어긋난
인연

어긋난 인연

오쿠노 슈지

김보예, 박세원 옮김

실화소설

디오네

일러두기

• 본문의 괄호 안 주석은 작가의 주입니다. 그 외의 주석은 모두 옮긴이의 주입니다.
• 본문의 방점 및 맞춤법의 오류 등은 원문의 표기에 따른 것입니다.
• 본문의 인명 및 오키나와 방언 등은 원문의 발음에 가깝게 표기하였습니다.
• 본 도서는 2002년에 출간된 개정판의 번역서입니다.

본 소설은 실제 사건을 바탕으로 하고 있으며, 1995년에 출간된 원문 초판은 1977~1994년까지 17년간
의 기록을 담고 있습니다. 이후 2002년에 문고판으로 개정되면서 '새로운 이야기'가 추가되어 총 25년간
의 기록을 담고 있습니다.

등장인물

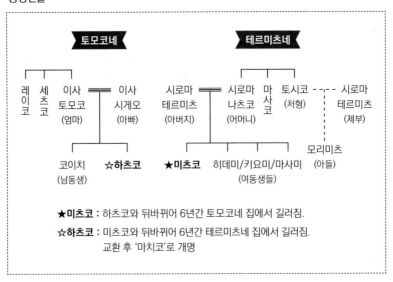

—

차례

—

—

프롤로그

—

오키나와에는 각각 20만 부 남짓의 발행 부수를 자랑하는 「오키나와 타임즈」와 「류큐신보」라는 유력한 지역신문이 있다. 2002년 7월 무렵의 오키나와 인구가 약 133만 명에 세대 수는 46만 가구 정도인 것을 감안하면, 20만 부라는 수치는 현민[1]들에게 대단한 영향력을 미치고 있었다는 뜻이다.

오키나와 사람들은 보통 이 두 신문 중 하나를 읽고 나서 「아사히 신문」이나 「요미우리 신문」 같은 전국지를 살펴본다.

다른 부·현[2]의 지역신문과 비교했을 때, 오키나와 지역신문의 특징은 교도통신[3] 같은 통신사에서 배포되는 기사가 적다는 것이다. 바다

---

1   우리나라의 도민에 해당
2   우리나라의 광역시·도에 해당
3   일본의 대표 통신사

어긋난 인연

로 둘러싸인 도서 지방의 특색 때문인지 지면의 내용도 현내 뉴스가 압도적인 비중을 차지했다.

현재 나하시[4] 「류큐신보」 본사의 문화부 기자인 쟈하나 요시히로는, 1977년에 나하에서 약 20㎞ 북쪽에 위치한 나하시 중부 지국에서 배치 2년째를 맞이했다. 당시 쟈하나는 29세였다.

그해 7월 27일은 타나카 카쿠에이[5]가 체포된 지 딱 1년을 맞이하는 날이었다. 그날로부터 대략 일주일 전인 21일에는 록히드 사건[6]으로 위증죄 혐의를 받게 된 국제흥업 사주 오사노 켄지[7]에 대한 첫 공판이 도쿄지법에서 열렸다. 이에 맞춰, 전날 밤 텔레비전에서는 늦게까지 록히드 사건을 화제로 평론가들의 해설이 이어졌다. 쟈하나가 뉴스를 전반적으로 훑어보고 나서, 밤샘으로 졸린 눈을 비비며 출근했을 때는 오전 10시가 조금 지난 시간이었다.

중부 지국에는 쟈하나를 포함해 기자가 세 명뿐이었다. 그중 한 명은 보도 부장으로 현장 취재는 하지 않았다. 대기조로 취재를 하는 기자는 두 명밖에 없었다. 그 외 광고 담당이 세 명, 판매 담당이 한 명으로 총 일곱 명이 전부인 작은 지국이었다. 다른 한 명의 기자는 이미 취재를 나간 후라 쟈하나가 출근했을 때는 자리에 없었다.

선하품을 하면서 들어온 쟈하나를 보자마자 보도 부장은 이렇게 말했다.

"자네 부인, 하시구치 병원에 다니지?"

4　오키나와현의 현청 소재지이며 경제 중심 도시
5　일본 총리를 역임한 정치인으로 록히드 사건의 중심인물
6　미국 록히드사가 대형 제트 항공기 판매를 위해 일본 정부의 고관에게 금품을 준 사건
7　록히드 사건에서 타나카 카쿠에이에게 자금을 건넨 것으로 알려진 인물

"네."

"본사에서 이상한 연락이 왔는데, 조사해 줄 수 있겠나?"

보도 부장이 전달한 연락의 내용은 이러했다. 전날 밤인 26일, 본사 사회부 소속의 관계자가 은밀한 제보 전화를 걸어왔다. 그 남자의 이야기에 따르면 나하시의 하시구치 병원에서 아이가 뒤바뀌었는데, 지금은 벌써 유치원생이 되어 양쪽 부모 모두 아이를 교환해야 할지 말지 망설이고 있다는 것이다. 아이의 교통사고에 대비하기 위해 혈액검사를 하면서 알게 되었는데, 이 일을 대수롭지 않게 생각하는 병원을 용서할 수 없다고 했다. 반드시 기사를 내주었으면 좋겠다는 얘기였다.

전화를 받았던 본사의 젊은 기자는 "전화로는 자세히 알 수 없으니 만나서 이야기하시죠"라고 했으나, 남자는 "신문에 실리게 되면 자세히 알려 드리겠습니다"라는 한마디로 전화를 끊어 버렸다. 기자는 이상한 전화라고 생각하면서도 거짓말이 아닌 것 같은 말투였기에 확인 겸 조사에 착수해 보기로 했다.

일본에서 유일한 가타카나[8] 지명을 가지고 있는 코자시가 오키나와시로 이름을 바꾼 것은, 오키나와의 시정권이 일본에 반환된 지 3년째인 1974년의 일이다. 가까운 미사토촌과 합병하여 인구가 9만 명으로 늘어난 오키나와시는, 오키나와현 내에서 나하시 다음으로 큰 도시가 되었다.

철근 건물에 들어서 있는 하시구치 병원은 84개의 침상을 갖추고 있는 5층 규모의 종합병원으로, 그중 산부인과는 오키나와 중부 지역에서 제법 이름이 알려져 있었다. 고야 사거리라고 불리는 나하시의 번

---

8 일본어 문자는 히라가나와 가타카나가 있으며, 그중 가타카나는 외래어 표기에 많이 쓰임.

화가와도 가까워 임신 중이던 쟈하나의 아내도 이 병원에 다녔다.

그런데도 쟈하나는 취재가 썩 내키지 않았다.

'어쩌면 아내에게 다른 병원을 찾아보라고 해야 하지 않을까?'

될 수 있으면 다른 기자에게 취재를 맡기고 싶었지만, 지금은 쟈하나밖에 없었기에 담당을 변경해 달라는 얘기를 꺼내기가 쉽지 않았다.

큰길로 나가자, 태풍 5호의 접근으로 한여름의 뜨거운 볕은 완전히 없어지고 하늘은 어둑어둑 흐렸다. 며칠 전까지만 해도 32도를 넘는 더위가 계속되었던 것이 마치 거짓말 같았다.

'일단은 사실인지 아닌지 확인이라도 해 보자.'

쟈하나는 무거운 발걸음을 이끌고 병원으로 가면서 어떻게 이야기를 해야 할지 고민했다.

접수처에서 이름을 말하고 원장에게 전달해 줄 것을 부탁하자, 접수원은 진찰이 끝날 때까지 잠시 기다려 달라고 했다. 접수처가 있는 병원 로비는 환자로 북적거렸다.

하시구치 히데아키 원장은 1958년에 쥰텐도대학[9]을 졸업하고 몇 군데의 병원에서 근무한 후, 1965년에 부인과를 전문으로 하는 하시구치 산부인과 의원을 개원했다. 아담한 2층 건물에서 출발한 병원은 이후 베이비붐의 기세를 타고 성장해, 1972년에는 산과뿐만 아니라 소아과, 내과를 병설하며 종합병원으로 거듭났다. 1930년생으로 사건이 밝혀진 당시 47세였던 하시구치 원장은 학구적이며 열정이 넘치는 의사라는 평판을 들었다.

원장과는 진찰실에서 만났다. 간호사가 나간 것을 보고, 쟈하나는

---

9 도쿄에 있는 사립대학

잡담을 꺼내듯이 슬쩍 하시구치 원장에게 물었다.

"이 병원에서 아이가 뒤바뀐 적이 있지 않습니까?"

"그게 무슨 말씀이시죠?"

"시치미 떼셔도 소용없어요. 사실, 있었죠?"

"기자님, 농담이 지나치십니다."

"선생님, 관계자에게 전부 얘기 들었습니다."

"뭐라고요……?"

"아이가 유치원생이죠?"

"그렇게 발설하지 말라고 했는데……."

원장은 작게 중얼거렸다.

"그럼, 정말 있었다는 거네요."

쟈하나는 다그치듯이 원장에게 말했다. 원장은 당황했다. 틀림없이 동요하는 모습이었다. 눈앞에 있는 기자에게 '사건'의 경위를 전부 들켰다고 생각했는지 체념하는 기색이 뚜렷했다. "그만 물어보면 안 되겠냐"고 몇 번씩 말하면서도, 아이가 바뀐 사건에 대해 변호사를 끼고 위자료 교섭을 하고 있다는 것까지 시인했다.

이때 쟈하나는 아이가 바뀌었다는 사실 이외의 구체적인 상황은 아무것도 모르는 상태였다.

"일부러 그랬을 리가 없지 않습니까? 제 자신도 의사로서 책임을 지려고 했습니다만, 무언가 잘못되어 이렇게 된 겁니다. 죄송하다고 생각하고 있고, 잘못은 잘못이라고 이 자리에서 인정합니다. 물론 인정하는 것뿐만 아니라, 성의를 가지고 보상할 계획입니다. 지금은 양쪽 가족 모두 화를 누그러뜨렸고, 가까운 시일 내에 아이들을 교환하기로 했습니다. 금방이라고는 말할 수 없지만, 서로의 환경에 익숙해지면

어긋난 인연

교환이 가능할 거라 생각됩니다."

갑작스러운 기자의 방문으로 원장은 확실히 놀란 것처럼 보였다. 원장의 '착각'은 쟈하나에게는 행운이었다. 쟈하나는 일부러 그 오해를 바로잡지 않은 채, 이야기를 이어 갔다. 쟈하나는 메모를 하지 않고, 원장의 변명에 이미 사실을 다 알고 있다는 듯이 고개를 끄덕였다.

"어떻게 아이가 바뀌게 된 겁니까?"

"지금 와서는 알 수가 없습니다. 간호사가 아이의 옷을 벗기고 목욕을 시킬 때 무언가 사달이 난 것 같습니다만… 잘 모르겠네요. 게다가 이제 와서 그런 일을 캐낸다고 해도 해결이 되는 것은 아니니까요."

"지금 아이들은 어떻게 지내고 있습니까?"

"아이들은 아직 아무것도 모릅니다. 이런 일은 민감한 문제니까요. 그러니까, 기사로 내지 말고 덮어 둘 수 없겠습니까?"

원장의 어조가 점점 간절해지기 시작했다.

원장은 경계심이 풀렸는지 쟈하나에게 이렇게 말했다.

"그 일은 전부 간호사의 책임입니다."

"그런 무책임한 말이 어딨습니까. 책임은 원장인 당신에게 있는 것 아닙니까?"

쟈하나는 원장의 무성의함에 점점 화가 나 순간 말투가 거칠어졌다.

끝내 원장의 입에서 피해자의 이름은 들을 수 없었다.

쟈하나는 지국에 돌아가 본사에 제보한 남자의 전화를 기다렸다. 혹시 위자료 문제로 이용되고 있을지도 모른다고 생각했기에 반드시 물어보고 싶은 것이 몇 가지 있었다. 남자가 본사에 전화했을 때 중부 지국으로 연락해 보라는 말을 들었을 것이다. 그러나 책상 위의 전화는 끝까지 울리지 않았고, 어쩔 수 없이 원장에게 들은 이야기만을 정리해 본사로 보냈다.

1977년 7월 28일. 이날 조간 「류큐신보」의 사회면에는 6단에 걸친 특종기사가 실렸다.

6년간 키워 왔는데… 사실은 타인의 아이였다니
병원에서 뒤바뀌어 / 양측, 친자식 되찾기로

지면을 장식한 표제어는 당시 전국에서 빈번하게 발생했던 '아이가 뒤바뀌는 사건'이 결국 오키나와에서도 일어났다고 전했다. 조금 길기는 하지만, '사건'의 줄거리를 알 수 있도록 기사 전문을 실어 보았다.

【오키나와】 이제까지 내 아이라고 생각하며 키운 아이가 사실은 다른 사람의 아이였다. 6년 전, 오키나와 시내의 산부인과에서 태어난 아이들이 각자 다른 부모에게 전달되었고, 최근 관계자의 소송으로 이러한 사실이 밝혀지며 문제가 되고 있다. 그 이후, 아이들은 실제 부모가 누구인지 모른 채 쑥쑥 자라, 지금은 건강한 유치원생이 되었다(두 아이 모두 6세 남아[10]). 오랫동안 내 자식으로 생각하고 키워 온 양쪽 부모 모두 갑작스러운 사건으로 충격을 받았으나, 병원 측의 배려로 상대방과 만나 '아이의 교환'을 논의하고 있다. 한편, 아이들을 교환하는 방식은 향후 아이들에게 그림자를 드리울 수도 있는 복잡한 사안이다.

---

10 작가가 강조한 부분을 방점으로 표시(이하 같음.)

이미 아이들끼리도 접촉

바뀐 아이의 어머니들은 오키나와 시내에 살고 있는 주부 A 씨와 B 씨다. 아버지는 양쪽 다 회사원이다. 두 아이의 어머니 모두 당시 초산이었다. 출산 장소는 오키나와 시내의 하시구치 병원(당시 하시구치 산부인과, 원장 하시구치 히데아키)이다. 당시에는 병원 수가 적어 하시구치 병원도 상당히 붐볐고, 그런 상황에서 A 씨와 B 씨가 아이를 출산했다. 하시구치 원장은 "나는 신생아 식별에 신경을 많이 썼다. 하지만 간호사의 작은 실수로 아이가 바뀐 것 같다"며 병원 측의 과실을 인정했다.

아이가 자신의 자식이 아님을 알게 된 것은 A 씨 가족이 '아이가 자라면서 얼굴 윤곽이 부모와 다르다'고 생각했을 무렵, 하시구치 병원에 문의한 것이 계기였다. 문의를 받은 하시구치 원장은 깜짝 놀라 급하게 6년 전의 차트를 찾아보았고, 다른 사람의 아이라는 것이 밝혀져 B 씨의 가족에게도 연락했다.

처음에는 양쪽 가족 모두 '설마'라며 의심하였으나 차트와 혈액검사 등의 결과를 보고 망연자실했다. 그러나 양측 모두 점점 냉정함을 되찾고, 가까운 시일 내에 아이를 교환하는 데 합의한 것으로 알려졌다. 합의 이전 두 가족이 아이들과 함께 만났을 때, 아무것도 모르는 아이들이 즐겁게 뛰어놀던 모습에 희망을 걸고 있다.

다만 아이들이 아직 어리기 때문에, 부모나 친척들은 아이들에게 생길 '마음의 후유증'을 극도로 걱정하고 있다. 따라서 시간을 들여 상대방의 생활환경에 적응시킨 이후 피가 섞인 친자식을 데려와 키울 생각이다. 한편, 실수를 인정한 하시구치 원장은 6년간의 '공백'을 사죄하며, 변호사를 통해 가족과 위자료(보상비)에 대한 교섭을 시작했다. 위자료는 아이들의 양육비 명목으로 지급될 예정이다.

하시구치 원장의 이야기 : 아이가 바뀐 것은 우리 측의 과실이다. 양쪽 가족에게는 죄송하게 생각하고 있으며, 아이들이 친부모에게 돌아가 잘 성장할 수 있기를 바란다. 다만 이를 위해서는 시간이 필요하며, 아이들의 정신적인 면에도 큰 영향을 미칠 수 있기 때문에, 신중하게 지켜보고 싶다. 과실에 대해서는 양쪽 가족에게 보상비를 지급할 예정이다. 6년 전에는 혼자 진료했지만, 지금은 의사(산부인과)가 네 명이다. 다시는 이런 과실이 일어나지 않을 것이다.

특종을 손에 넣었음에도 쟈하나는 자신이 쓴 지면이 무언가 부족하다는 듯 바라보았다. 아이가 뒤바뀌었다는 사실은 병원에서도 인정했지만 '사건'을 뒷받침할 만한 취재는 전혀 못했기 때문이다.

기사를 쓴 이후 쟈하나는 육법전서를 펼치고 아이가 바뀐 것의 의미에 대해 생각해 보았다.

민법 820조에는, 부모는 '아이의 감호 및 교육을 할 권리이자 의무를 가진다'고 쓰여 있다. 아이가 뒤바뀐 사건은 아이의 인격권뿐만 아니라 부모에게 교육을 받을 권리까지 침해당한 것으로 볼 수 있다. 내 아이를 키울 수 있는 권리는 부모만의 권리로, 그 권리는 '어떠한 권력에 의해서도 침해당해서는 안 된다.' 또한 아이의 인격 형성에는 '연계성과 일관성'이 필요하기 때문에 어떤 부모라도 갑자기 헤어진다는 가정하에 아이를 키우진 않는다. 가령 키워 온 자식과의 인연을 끊어 버리고 친자식과 새로운 인연을 맺더라도 지금까지 형성된 인격을 간단히 바꿀 수는 없을 것이다. 그렇다면 아이가 뒤바뀌었다는 것은 과거에 행사한 권리를 일부 부정당하는 게 아닐까. 하지만 법적으로 제한할 수 없는 부모와 자식의 정까지 부정할 수 있을까. 쟈하나는 깊은 한

숨을 쉬었다.

기사가 실린 28일 아침, 「류큐신보」 본사의 전화벨이 요란하게 울렸다. 들끓는 여론에 놀란 편집부는 쟈하나에게 속보를 지시했다.

석간신문 시간에 맞추기 위해, 쟈하나는 부랴부랴 병원으로 향했다. 한두 마디 정도 비아냥댈 것을 각오했는데, 쟈하나를 본 원장은 뜻밖에도 "어이, 어이"라며 웃는 얼굴로 말을 걸었다. 병원 뒤편에 있는 원장의 자택으로 가자, 고상한 초로의 변호사가 기다리고 있었다. 그의 이름은 미야자토 마츠쇼였다. 향후 이 '사건'의 재판에서 하시구치 병원 측의 변호를 담당하게 될 사람이었다.

미야자토는 1986년 중의원 선거에서 자민당으로 출마하여 첫 당선이 되었고, 이전까지는 야라쵸뵤 지사 밑에서 부지사를 지냈다. 임기 만료로 퇴임한 것이 1976년이었으므로 쟈하나를 만나기 1년 전까지는 부지사였다는 뜻이다. 이후 변호사연합회의 상무이사로 취임할 정도로, 당시 오키나와 법조계에서는 꽤 중역이었다.

미야자토가 쟈하나에게 말을 걸었다.

"신문기자니까 기사를 내는 건 어쩔 수 없지요."

쟈하나는 입을 열지 않고 가만히 들었다.

'이것 참, 뜻밖에도 거물을 데리고 왔네.'

쟈하나의 미심쩍은 표정을 알아차린 것인지, 원장은 당황하며 소개했다.

"미야자토 선생님은 저와 동기이고, 그 인연으로 우리 병원의 고문 변호사를 맡고 계십니다."

쟈하나와의 취재 후, 원장은 미야자토에게 사태의 수습을 맡긴 듯했다. 방금 전까지 대책을 세우고 있던 분위기였다. 쟈하나는 "그렇습니까" 하고 흘려들으며 수첩을 꺼냈다. 다음에는 더 강도 높은 기사를 내겠다고 별렀지만, 수중에는 적수를 상대할 만한 자료가 없었기 때문에 어떻게 말을 꺼내야 할지 망설였다.

"그건 일부러 실수하신 거죠?"

갑자기 미야자토가 말을 꺼냈지만, 쟈하나는 그 뜻을 알 수 없었다. 어떻게 대답해야 할지 고민했다. 웃으며 어물쩍 넘어가려고 했으나, 내심 식은땀이 날 정도로 초조했다.

"무슨 말씀이시죠?"

"시치미 떼지 마시죠. 여자아이들인데 '두 명 다 남아'라고 쓰지 않으셨습니까?"

'앗, 여자아이였던 거야.'

쟈하나는 속내를 들킨 것 같아 빨리 그 자리를 뜨고 싶었다. 뒤바뀐 아이가 남아인지 여아인지도 확인하지 않은 자신의 실수에 얼굴이 빨개졌다. 하시구치 원장과 미야자토 변호사에게 들키지 않기 위해 메모를 하는 척 고개를 숙였다.

서둘러 그날 석간신문에는 '남아'를 '여아'로 정정하여 원고를 보냈다.

표제를 포함해 6단으로 구성된 〈관계자 친자 인수에 열심〉이라는 제목의 기사는 사회면에서 꽤 큰 자리를 차지했다. 다만 기사의 내용은 조만간 '교환하는 날'이 오는 것을 대비해, 공원 등에서 두 가족이 함께 아이들과 놀아 주고 있다는 것과 양쪽 가족 구성을 새로 추가한 정도로, 대부분 조간신문에 쓰인 사실을 재확인하는 데 그쳤다.

아이가 뒤바뀐 사건이 일어났던 하시구치 병원의 하시구치 원장은
28일 아침부터 병원에서 자취를 감추고, 나카소네 씨의 자택에서 미야

자토 마츠쇼 변호사와 함께 대책을 논의했다. 또한, 보도기관의 문의 등으로 분주한 움직임을 보였다.

하시구치 원장은 "아이를 교환하는 작업은 지금 차질 없이 진행되고 있다. 나로서는 주변이 소란스러워져, 지금까지의 노력이 무너지는 것이 두렵다. 가만히 내버려 두었으면 좋겠다는 심정이다. 아이들에게는 계속 접촉하여, 반년 정도의 시간을 들여서 '아이의 교환'이 이루어질 수 있도록 할 것이다"라고 밝혔다. (중략) 아이들은 친부모를 모른 채 공원 등에서 가족 모두와 만남을 가졌다. 부모 측도 아이들에게는 아직 사실을 알려 주지 않았다. 따라서 아이들은 실제의 부모에 대해서 아는 아저씨, 아줌마 정도로 생각하고 있다고 한다. 두 아이의 형제 관계는 한쪽이 두 명, 다른 한쪽이 네 명으로, 다른 형제들과도 함께 놀고 있다.

기사에서 양쪽 아이들의 형제 관계에 대해 밝혔지만, 이 가족 구성도 실제와는 달랐다. 그러나 정보원이 하시구치 병원뿐이었던 쟈하나가 단기간의 취재로 사실을 알아내기에는 어려움이 많았다.

당시 세간에 알려진 '아이가 뒤바뀐 사건'의 내용은 이것뿐이다. 이 기사만 본다면 6년 전에 뒤바뀐 아이들이 결국 교환되어, 친부모의 곁으로 돌아가 평화로운 시간을 보내고 있다고 생각할 것이다. 그렇다면 가족들은 그 이후, 정말 아무 일도 일어나지 않았던 것처럼 평화로운 시간을 되찾았을까.

쟈하나는 제보한 남자의 전화를 계속 기다렸다.

하지만, 사건이 보도된 이후에도 전화는 끝끝내 오지 않았다.

제1장

—

타인의 아이

1971년 8월 16일, 이사 시게오와 토모코 사이에서 태어난 3kg의 신생아에게는 부모가 각자 좋아하는 한 글자씩을 합친 미츠코라는 이름이 붙여졌다. 그 이틀 후인 18일에는 시로마 테르미츠를 아버지로, 나츠코를 어머니로 둔 하츠코가 태어났다. 2.5kg의 작은 아기였다.

1971년은 27년에 걸친 미국의 통치에 종지부를 찍고 오키나와가 일본에 반환되기 1년 전이었다. 오키나와에서는 7월 중순을 전후로 '후손들의 정월'이라 불리는 추석 행사를 시작으로 8월 15일까지 각지에서 다양한 행사가 열리지만, 그 이후는 파도가 밀려간 듯 조용해진다. 하지만 토모코와 테르미츠의 집은 첫 아이의 탄생으로 여기저기에서 친척이 모여 조용한 날이 없었다.

오키나와에는 '만산'이라고 하는, 아이가 태어난 지 한 달째 되는 날을 성대하게 축하하는 풍습이 있다. 과거에는 아이가 태어나도 영양실

어긋난 인연

조 등으로 사망하는 경우가 많아, 아이의 생존 여부는 한 달이 지나야 알 수 있었다고 한다. 한 달이 지난 후 축하하는 것은, 이제 아이가 죽을 걱정이 없다는 기쁨의 표현이기도 했다. 물론 지금은 영양실조로 죽는 신생아가 거의 없지만, 과거의 풍습은 아직 이어지고 있다.

한 가족에게 축하할 일이 있을 때는, 무토야라고 불리는 본가로 가서 불단에 보고하는 것이 관습이다. 이러한 경사에는 히쟈(산양)를 푹 삶아 큰 냄비에 넣고 둘러앉아 먹거나, 오키나와의 식생활에서 빠질 수 없는 돼지 요리나 카타리님부(튀김 요리)에 팥찰밥을 곁들인다.

그날은 갑작스럽게 태풍이 불어 닥쳐 축하할 분위기는 아니었지만, 그래도 토모코의 친척들은 본가에 모여 미츠코의 탄생을 성대하게 축하했다.

그로부터 4년 후, 토모코 부부의 장남인 코이치가 태어났다.

테르미츠 부부 사이에서는 하츠코를 포함하여 연년생으로 세 명의 여자아이가 태어났고, 그로부터 2년 뒤에 태어난 넷째 아이도 여자아이였다.

당시 시게오는 체중이 90kg에 가까운 거구였다. 두껍고 진한 눈썹, 쌍꺼풀진 커다란 눈, 높지는 않지만 훌륭한 콧마루가 전형적인 우치나지라(오키나와인의 얼굴)였다. 이에 비해 미츠코는 호리호리한 몸매에 손은 대나무처럼 여위었다.

시게오의 아버지는 그런 손녀를 보고 "밥은 잘 먹이고 있는 거냐"며 핀잔을 주기도 했지만, 붙임성 있게 옹알대는 밝은 미츠코는 누구에게나 사랑받았다. 고개를 조금씩 갸웃거리며 이야기하는 것이 너무나 사랑스러워서 아무리 장난을 쳐도 혼나는 일이 없었다.

한편 하츠코는, 테르미츠 부부와는 달리 체격이 좋았다. 조금 내성적이기는 했지만 눈을 동글동글 귀엽게 뜨고 있는 것을 보면 아무 생각 없이 안아 주고 싶어지는 아이였다.

오키나와가 일본에 반환된 이후 물가가 점점 상승하여 어느 가정이나 생활이 어려웠지만, 토모코의 가족과 테르미츠의 가족은 기다려 왔던 아이가 남의 아이라고는 생각하지 못한 채 평온한 나날을 보내고 있었다.

1977년 6월, 곧 여섯 살이 되는 미츠코는 유치원에 다니고 있었다.

"다녀왔습니다!"

언제나처럼 밝고 큰 소리로 돌돌 구르듯이 들어온 미츠코는 가방을 침실에 던져 놓고, 한 장의 작은 종잇조각을 토모코의 눈앞에 내밀었다.

"이거, 선생님이 엄마한테 주라는데."

장마가 걷힌 오키나와에는 이미 여름 햇볕이 내리쬐고 있었다. 여름철 오키나와 가정 요리의 주역은 고야(쓴 오이)다. 산뜻한 쓴맛이 식욕을 자극해서 더위 먹는 것을 막는 데 최고였다. 챔푸르[11]라고 하는 범벅을 해서 볶아 먹는 방식이 일반적인데, 이날도 마침 엄마 토모코는 점심으로 고야 챔푸르를 준비하고 있었다.

미츠코가 토모코에게 건넨 종이에는 미츠코의 혈액검사 결과가 쓰여 있었다. 교통사고에 대비하기 위한 대책으로, 오키나와 도시 지역 유치원에서는 초등학교 진학 전까지 요충검사, 소변검사와 함께 혈액검사를 하는 곳이 많았다.

"어머, 미츠코 A형이네?"

토모코는 언뜻 보고 특별히 신경 쓰지 않았다. 식사 준비로 바쁜 토모코의 양손은 쉬지 않고 움직였다.

---

11 숙주나물과 야채를 주재료와 함께 볶은 요리

미츠코가 살고 있는 아파트는 오키나와시에서도 가장 북적이는 G정[12]에 있었다. 누추한 조립식 건물이 빽빽이 들어선 골목을 벗어나면, 머리를 하나 덧붙인 것처럼 2층의 철근 콘크리트 건물이 자리 잡고 있었다. 미국 군용으로 지어졌다고 알려진 이 아파트는, 천장이 보통의 집보다 40㎝가량 높은 덕인지 여름에도 시원했다.

1층의 셋방에는 세 가족이 살았는데, 토모코네 방은 그중에서도 가장 안쪽이었다. 2층은 주인집이었다. 일본식 집이라면 으레 있을 법한 시멘트 바닥의 현관이 없고 철제문을 열면 바로 부엌 겸 거실이 나왔다. 10첩[13] 정도의 마루에 작은 식탁이 놓여 있고, 그 옆으로 6첩짜리 침실이 붙어 있는 작은 아파트였다. 침실은 미츠코와 남동생 코이치의 이층 침대와 부부의 더블베드로 꽉 차 있었다. 게다가 2만 8,000엔이라는 월세는 남편의 수입에 비해 너무 비싼 듯했다.

남편 시게오는 1년 전부터 대형 크레인 운전사로 작은 회사에 이직했는데, 수입은 한 달에 14만 엔 정도로 결코 넉넉한 편은 아니었다. 가계부를 펼쳐 보면, 월세 외에도 가스 요금 3,500엔, 전기 요금 2,000엔, 수도 요금 3,500엔, 유치원 수업료 2,400엔, 가구 대여비 7,000엔, 옷값과 식비를 포함한 생활비가 무려 8만 엔, 그 외에 모아이라는 항목으로 1만 1,000엔을 지출하고 있었다.

모아이는 만일을 대비해서 자금을 융통하기 위해 든 상호부조 같은 것으로 계와 비슷하다. 본토에서는 은행 같은 금융기관이 발달하면서 많이 줄어들었지만, 오키나와에서는 지역 사람들의 기질과 잘 맞아서

---

12 정(町)은 우리나라의 읍(邑)에 해당
13 1첩 = 1.65㎡

그런지 아직도 널리 유지되고 있다.

결국, 지출을 모두 합하면 약 13만 7,400엔으로, 간신히 적자를 면했다. 어떻게 해도 유흥비를 쓸 여유는 없었다. 한 달에 한 번 패밀리 레스토랑에서 식사하는 것만이 가족의 소소한 즐거움이었다.

대문을 열고 몇 분 정도 걸어 나가면, 휘황찬란한 원색 네온의 거리가 나타났다. 주점과 바의 현란한 간판과 코카콜라가 크게 적힌 건물이 스포트라이트를 받으며 빛났다. 낮에는 쥐 죽은 듯 조용하지만, 밤에는 카데나 기지[14]에서 몰려나온 미군들로 이국적인 유흥가가 되었다. 흡사 미국 서해안 근처의 작은 거리에 있는 것 같았다. 붉고 푸른 빛이 반짝반짝 빛나고, 군인들에게 바짝 다가서는 젊은 여자들의 교성으로 거리는 새벽까지 소란스러웠다.

"호적이 없어서 입학할 때가 되어도 학교에 등록을 할 수 없는 아이. 엄마가 호스티스여서 아침에 깨워 줄 사람이 없어 지각이 일상인 아이. 밤의 네온 거리를 어슬렁어슬렁 돌아다니는 아이. 다른 지역의 학교에서는 생각할 수 없을 만한 아이들이 있어, 꼭 오키나와의 축소판을 보는 것 같았습니다."

이후 하츠코가 다니게 된 초등학교의 교사가 한 말이다. 자녀 교육에는 절대 좋은 환경이 아니었다. 그럼에도 불구하고 이곳으로 이사를 온 까닭은 시게오의 직장과 가깝다는 이유 하나 때문이었다. 거기에, 토모코가 의지하고 있던 두 언니가 토모코의 아파트와 멀지 않은 곳에 살고 있었다.

토모코와 시게오는 1969년까지 야에야마 제도의 이리오모테 섬에

---

14 오키나와에 자리 잡은 미국의 공군기지

살았다. 가정을 꾸리고 얼마 되지 않아 오키나와 본섬으로 건너와, 코자시 근방의 챠탄정에서 외딴집을 빌려 지냈다. 미츠코가 태어난 것은 그 이듬해의 일이었다. 월세는 쌌지만 출퇴근도 장 보는 것도 불편했기 때문에, 미츠코가 세 살이 되었을 때 지인의 소개로 나하시 G정의 아파트에 세를 얻어 이사했다. 마침 장남 코이치를 가졌을 때였다.

"미츠코, 그 종이 이모한테 보여 주렴."

"어, 레이코 이모도 왔네."

미츠코가 레이코 이모라고 부른 사람은 토모코의 큰 언니였다. 레이코의 아이가 미츠코와 동갑이기도 해서, 토모코의 아파트에 자주 놀러 왔다.

레이코는 A형이라고 적힌 종이를 뚫어져라 쳐다보았다. 잠시 후 레이코는 무언가 생각난 듯 물었다.

"이거, 혈액형이 이상하지 않아? 틀린 거 아니야?"

"어디가 이상해?"

"토모코, 너 혈액형이 뭐였지?"

"O형이야."

"분명 제부 혈액형은 B형이었는데."

"그런데, 그게 뭐?"

"너 학교에서 배웠던 거 기억 안 나? O형과 B형 사이에서 A형은 태어날 수 없잖아. 잘 알아보는 게 좋지 않겠어?"

별 관심 없이 듣고 있던 토모코가 언니의 한마디에 움직임을 멈췄다. 황급히 옷장 서랍을 열어 모자수첩을 꺼냈다. 모자수첩에는 체중 3kg, 신장 52㎝, 가슴둘레 29㎝, 머리둘레 31㎝ 같은 숫자와 함께 혈액형 B형이라고 확실하게 쓰여 있었다. 아이가 가져온 종이와 비교하면서 토모코는 고개를 갸웃거렸다. 이런 일이 있을 수 있나. 토모코도 레이코도 말이 없었다.

침묵을 깬 것은 레이코였다.

"검사인지 뭔지 틀린 거 아니야? 유치원 선생님에게 한 번 더 물어보는 건 어때?"

"그러게. 어떻게 된 일인지 모르겠네."

이튿날 아침 아이를 유치원에 데려다주고 나서, 토모코는 서둘러 담임교사를 찾아갔다.

"이거 미츠코의 혈액형이랑 다른데요. 다른 아이랑 바뀐 거 아닌가요?"

토모코의 질문을 받은 교사는 대답하기 곤란한 얼굴로 말했다.

"죄송하지만, 보건소에서 재검사를 받아 보시지 않겠어요?"

토모코는 왠지 나쁜 예감이 들어 가슴이 고동치는 것을 필사적으로 견뎠다. 바로 아이의 조퇴를 신청하고, 미츠코의 손을 이끌고 코자 보건소로 서둘러 달려갔다.

검사 결과는 미츠코가 가져온 결과지와 마찬가지로 A형이었다. 모자수첩에 적혀 있는 B형이 아니었다. 어떻게 된 것일까. 머리가 어질어질해져, 귀에 날아든 소리가 점점 멀어지는 것처럼 느껴졌다.

"이런 일도 있나요?"

갑작스러운 질문을 받은 보건소의 직원은, 곧 덤벼들 것만 같은 토모코의 태도에 절로 움찔했다.

"뭔가 실수가 있는 거죠?"

"네네, 모자수첩에 실수가 있었다고 생각할 수도 있겠네요."

"그렇죠… 저도 어딘가에서 그런 이야기를 들은 적 있어요."

부모의 혈액형 조합	태어날 수 있는 아이의 혈액형	태어날 수 없는 아이의 혈액형
O×O	O	A, B, AB
A×A	O, A	B, AB
A×O	O, A	B, AB
B×B	O, B	A, AB
B×O	O, B	A, AB
O×AB	A, B	O, AB
A×AB	A, B, AB	O
B×AB	A, B, AB	O
AB×AB	A, B, AB	O
A×B	O, A, B, AB	없음.

마츠쿠라 토요지 편저, 『법의학』 참조

가슴이 심하게 고동치는 소리가 들렸다.

"남편이 A형일지도 모르니까, 내일 가족 모두와 함께 오겠습니다……."

토모코는 남편의 회사에 전화를 걸어 퇴근 후 딴 길로 새지 말고 곧장 집으로 오라고 전해 달라 부탁했다. 시게오는 마작을 좋아해서 밤이 조용해질 때쯤 들어오는 일이 잦았기 때문이다.

시게오가 돌아오자 토모코는 지금까지의 사정을 전부 설명했다. 혈액형을 묻자 남편은 잊어버렸다고 말할 뿐, 토모코의 이야기를 가만히 듣고 있기만 했다. 어쩌면 A형이 맞고 B형은 자신의 착각일 수도 있다며, 타고난 낙천가인 남편은 착각일 수 있다는 생각에 왠지 안도하는 것 같았다.

이튿날, 시게오는 휴가를 내고 토모코, 레이코와 같이 보건소에 갔다. 언니 레이코도 조마조마한 마음에 함께 움직였다.

토모코의 불안감은 적중했다. 시게오는 B형, 토모코는 O형, 그리고 미츠코는 Rh+ A형으로 판명되었다. 역시 실수가 아니었다. ABO식 혈액형으로 판정하는 한, 적어도 토모코와 시게오 사이에서는 A형의 아이가 태어날 수 없었다.

ABO식 혈액형은 혈청 내에 존재하는 항 A, 항 B라는 항체를 이용해 적혈구 항원을 조사하는 것이다. 세 종류의 대립유전자에 따라 결정되는데, 보통 A(AA, AO), B(BB, BO), O(OO), AB(AB) 식으로 표시된다. 일본인의 통계를 보면 A형 37%, O형 32%, B형 22%, AB형 9%로, 거의 4 : 3 : 2 : 1의 비율이다.

갓 태어난 아기의 경우 적혈구 항원의 대부분이 O형으로, 성장하면서 점점 A형, B형과 같은 식으로 나누어진다. 태아의 항원 강도는 성인의 60% 정도로, 당연히 혈액 판정을 할 때 항원항체반응도 약하다. 태아일 때 검사한 혈액형에 종종 실수가 있는 것은 이러한 이유 때문이다. 그러나 미츠코처럼 여섯 살에 가까운 나이가 되면 오류가 발생할 확률이 줄어든다. 6~7세 정도가 되면 항원의 강도가 성인과 거의 비슷해지기 때문이다.

"혈액형의 의미는 이해하시죠?"

직원의 목소리가 토모코의 귀에 들어왔다. 누구도 입을 떼지 않았다. 토모코는 때가 탄 리놀륨 책상을 아련히 응시했다.

"선생님, 돌연변이 같은 것은 아닐까요?"

"그런 일은 절대로 없습니다."

한 가닥의 희망을 걸고 물었지만 너무도 쉽게 무너지고, 토모코는 멍하니 서서 꼼짝하지 못했다. 정신이 들었을 때는 시게오가 팔을 부축하고 있었다.

"미츠코를 출산한 병원에 가 보면 알 수도 있지 않을까? 그래. 잘은 모르겠지만 병원에서 실수가 있었을 거야. 다 같이 하시구치 병원으로 가 보자."

어긋난 인연

언니 레이코는 토모코의 어깨를 끌어안고 재촉했다.

보건소 직원에게 감사를 표하고, 한달음에 하시구치 병원으로 향했다. 6년 전에 미츠코를 출산했던 하시구치 산부인과 의원은 이미 없어졌기 때문에, 이들은 시청 옆에 위치한 5층짜리 종합병원인 하시구치 병원으로 향했다.

접수처에서 원장인 하시구치 히데아키와 만나게 해 달라고 요청했으나, 공교롭게도 원장은 부재중이었다. 하는 수 없이 접수처 직원에게 지금까지의 경위를 설명하고, 내일 다시 오겠다고 말했다.

G정에 있는 집까지 어떻게 돌아왔는지, 토모코는 레이코가 부축해 준 덕에 돌아왔다는 것도 기억하지 못했다. 아파트에 겨우 도착한 시게오는 갑자기 일어난 사건을 어떻게 이해해야 할지 몰라 괴로워했다. 토모코는 초점이 없는 눈으로 천장을 응시했다. 시게오는 보건소에서 받아 온 검사표를 몇 번이고 다시 읽었다.

"우리 아이는 분유가 체질에 맞지 않아서, 한 살 반이 될 때까지 내 젖을 물려서 키운 아이인데… 이런 말도 안 되는 일이… 이런…….."

감정이 복받쳐 오른 토모코는 끝까지 말을 잇지 못했다. 시게오는 뭔가 말하고 싶은 것처럼 보였다. 당연히 비탄에 젖어 있는 아내를 달랠 것으로 생각했던 레이코는, 시게오의 입에서 나온 말을 듣고 귀를 의심했다.

"당신, 바람피운 거 아냐?"

토모코는 욱했다.

시게오는 토모코에게 책임을 전가하는 것으로 심리적인 부담을 덜어 버리려고 했을지도 모른다. 토모코의 얼굴을 보며 추궁한 것은 아니지만 어떻게 봐도 의심하고 있는 눈치였다. 불편한 기색을 느낀 것인지 옆에 머물던 레이코가 입을 뗐다.

"토모코. 진짜로 바람피운 적은 없지?"

"당연하지. 절대 없어."

"그렇다면 이대로 두어서는 안 돼. 먼저 미츠코가 태어났을 때부터 차례대로 생각해 봐. 확실히 해 두지 않으면 두 사람 모두 기분이 찜찜하잖아."

원인을 확실히 알지도 못한 채 이러쿵저러쿵 요란스럽게 떠들어 대도 소용없지 않겠냐는 레이코의 중재 때문인지, 시게오는 일단 외도에 대한 말을 넣어 두었다.

세 사람은 6년 전 미츠코가 태어났을 당시를 떠올렸다. 이것저것 기억을 맞추어 원인을 찾아보려고 했으나, 납득이 가지 않는 일은 어떤 것도 없었다. 당연히 간단히 알 수 있는 일이었다면, 이미 토모코 자신이 밝혀냈을 것이다. 하지만 모자수첩을 보고 있던 토모코는 자꾸만 고개를 갸우뚱했다. 3kg으로 태어났는데, 한 달 뒤 건강검진에서 체중이 겨우 300g밖에 늘지 않았다. 동생 코이치의 체중 변화와 비교해도 이상한 수치였다. 그때는 발육이 좋지 못한 탓이라고 생각했지만, 300g이라는 숫자는 너무 적었다. 하지만 그게 무엇을 의미하는지 결론을 내지 못한 채 일단 이야기를 마무리했다.

옆방에서는 미츠코가 기분 좋은 숨소리를 내며 자고 있었다. 동쪽의 하늘은 벌써 어렴풋이 꼭두서니 빛[15]으로 변하기 시작했다.

부부의 머릿속은 이런저런 생각으로 복잡했다. 말로 꺼내지는 못했지만 출생 시에 아이가 뒤바뀌었을지도 모른다는 생각이 자연스레 스쳐 갔다. 신문에서 몇 번 그런 기사를 본 적이 있기 때문이다. 다만, 아

---

15 꼭두서니 꽃의 빛깔을 비유한 표현으로 자줏빛 혹은 붉은 보랏빛을 말함.

내의 외도에 대한 의심은 깨끗이 씻어 낼 수 없었다. 시게오에게는 그쪽이 더 큰 문제였다.

부부 사이가 좋았다면 아무리 의심이 들더라도 뿌리칠 수 있었을 것이다. 불행하게도 이 당시 토모코와 시게오의 부부 관계는 일시적으로 위험한 상황이었다. 사소한 일로 부부 싸움을 하는 일도 잦았다. 원인은 — 이제 와서 원인을 찾아봐도 대수롭지 않은 것이다 — 굳이 말한다면 권태기였을 수도 있지만, 시게오의 입장에서는 만 분의 일의 가능성보다는 주변에서 일어날 법한 외도를 의심하는 것이 상식적인 선택이었다. 아이가 바뀌었다는 상상보다는 외도의 가능성이 더 현실적이기 때문이었다.

이때 당시 시게오는 27세였다. 토모코는 한 살 아래인 26세였다.

토모코 부부의 사례가 아니더라도, 지금까지 아이가 바뀐 가족을 조사해 보면 제일 먼저 의심하는 것이 외도였다. 실제로 아버지와 부자 관계가 성립하지 않는 혈액형의 신생아가 태어났을 때, 조사를 해 보면 어머니의 외도에 의한 임신인 경우가 적지 않았다.

예를 들어, 엄마가 O형이고 태어난 아이가 AB형이라고 해 보자. 이 경우, 상대가 어떤 혈액형의 남성이어도 AB형의 아이는 태어날 수 없다. 모자 관계도 부자 관계도 성립하지 않기 때문에, 확실히 아이가 바뀌었다고 생각하는 것이 자연스럽다. 토모코 부부와 같이 엄마가 O형, 아빠가 B형이라면, 태어난 아이는 O형이나 B형이다. A형은 절대 태어날 수 없다. 그러나 A형 혹은 AB형의 남성과 바람을 피운 경우, A형의 아이가 태어날 가능성이 있다.

즉, 미츠코와 시게오의 부녀 관계는 성립하지 않지만, 토모코와의 모녀 관계는 성립할 수도 있는 것이다.

외도에 의한 혈액형의 불일치는 예전부터도 적지 않았고 시대가 변할수록 점점 늘어 갔다. 하지만 토모코로서는 도저히 생각할 수 없는 일이었다. 다른 사람의 아이이건 아니건 눈앞의 남편에게 부정을 의심받는 것은 몹시 슬펐다.

긴 밤을 보내기 위해 토모코는 이날부터 일기를 쓰기로 했다. 편지조차 좀처럼 쓰지 않았던 탓에 어렸을 때부터 일기 같은 것은 다른 사람의 일이라고 생각해 왔다. 글을 쓰는 것으로 혼란스러운 마음을 정리하기 위해서였는지도 모른다.

아이가 바뀌었다는 것이 드러나고 본격적인 소송이 진행되면서, 재판이 끝날 때까지 2년 4개월 동안 토모코가 쓴 일기는 공책 다섯 권에 달했다. 누구에게도 말할 수 없는 괴로움을 종이 위에 던져 내듯 필사적으로 글을 썼다. 가끔은 글씨가 심하게 흐트러지기도 했다.

1977년 6월, 혈액형이 다르다는 것을 발견하고 아이가 바뀌었다는 것을 알게 되기까지의 며칠 동안, 토모코는 일기장에 이렇게 적었다.

6월 21일. 보건소에서 가족 모두가 혈액검사를 받았다. 역시 걱정했던 대로 우리는 아이의 혈액형과 맞지 않았다. 설마. 그럴 리가 없어. 뭔가 잘못된 거야!

하지만 오늘 검사에서 미츠코는 우리 부부의 아이가 아닐 수도 있다는 것을 알게 되었다. 설마 그럴 리가 없다고 생각하면서도, 손, 발, 그리고 내 몸의 피가 전부 솟는 것 같은 기분이 들어, 그 자리에 주저앉고 말았다. 타리[16]가 바들바들 떨려, 서 있을 수 없었다. 나 자신이 무슨

---

16 작가는 토모코와 테르미츠의 일기를 비롯해 인용문 등에서 맞춤법의 오류가 있는 부분이나 강조하고자 하는 부분에 방점을 찍음.

어긋난 인연

말을 하고 있는지, 상대방이 무엇을 말하고 있는지 전혀 알 수 없었다.

하지만 아직 희망은 있다. 출산한 병원에 가서 다시 한번 알아보면 뭔가 좋은 결과가 있을지도 모른다. 그 길로 바로 하시구치 병원에 갔지만 오늘은 원장 선생님이 부재중이어서 내일 다시 오기로 했다. 더는 버티기가 힘들어 집으로 돌아왔다. 어쩌지, 걱정하는 구런 일이 생기지 않는다면 좋을 텐데…….

6월 22일. 하시구치 병원의 관리인이라는 사람이 우리 집을 방문해 나를 병원에 데려갔다. 그곳에는 이미 쿄다라는 변호사가 기다리고 있었다.

게다가 혈액검사 결과, 역시 우리가 가장 두려워하던 일이 일어나고 말았다.

원장 선생님은 결정적으로 두려운 말을 우리에게 전했다.

아이가 바뀌었습니다!!

이 말이 우리를 때려눕힌 것 같았다… 땅속으로 몸이 가라앉는다… 말도 안 돼!! 의사가 아닌 누구라도 좋다. 나라님이라도 상관없다. 입 밖으로 욕설을 퍼붓고 싶었다. 하지만 나는 절대 믿지 않을 것이다. 아이가 바뀌었다니. 미츠코는 내가 낳았다. 이런 일이 세상에 있을 수 있는 일인가. 누가 뭐라 해도 미츠코는 내 피가 섞인 아이란 말이다… 위로의 말 따위는 듣고 싶지 않아! 오늘은 나의 인생에서 가장 슬픈 날이다.

미츠코의 잠든 얼굴을 바라보며, 밤새 울며 날을 지새웠다.

6월 23일. 병원에서 어떤 연락도 없었기에, 역시 뭔가 잘못되었던 거라 생각했다. 오늘은 아침부터 아무것도 먹을 수가 없었다. 밥도 너머가지 않는다. 입에 음식을 넣어도 토할 것 같다. 하루 종일 몸이 무겁다. 미츠코의 잠든 얼굴을 보고 있으면 눈물이 나서, 눈물이 나서, 밤에 잠들 수가 없다.

사무직원으로부터 보고를 받은 날, 하시구치 원장은 밤늦게까지 분주하게 움직였다. 역시나 의사답게 친자 관계가 성립할 수 없는 혈액형이 나왔다는 이야기를 듣고 아이가 바뀐 것이 아닐까 생각했다. 이제까지 미야기현과 나가사키현의 병원에서 아이가 바뀐 적이 있다는 것은 산부인과 학회의 보고서 등을 통해 이미 알고 있었다.

한편, 진찰 기록부의 보관 기간은 5년이다. 일이 발생한 지 벌써 6년이 지났기 때문에 폐기했을지도 모른다는 불안한 마음이 들었다. 어쨌든, 총무 과장인 야마지로 카츠지에게 1971년의 진찰 기록부가 보관되어 있는지 창고를 조사하도록 했다. 필요한 것은 이사 토모코가 출산한 1971년 8월 16일 전후 일주일 사이의 진찰 기록부였다.

곧 총무 과장으로부터 연락이 왔다. 다행히 1971년도의 진찰 기록부는 월별로 묶여 1년분이 쌓여 있었다.

당연한 일이지만, 그곳에는 이사 토모코의 진찰 기록부도 있었다. 누렇게 변한 기록부에는 1971년 8월 16일 오전 1시 41분 출산이라고 쓰여 있었다. 3kg으로 태어난 신생아는 확실히 ABO식 혈액형으로 B형이었다.

진찰 기록부 뭉치에서, 원장은 먼저 A형이라고 적힌 여아들을 골라냈다. 같은 시기에 입원했던 신생아와 바뀌었을 가능성을 생각했기 때문이다.

진찰 기록부에 B형이라고 적힌 '이사 토모코의 아이'가 뒤바뀌면서

어긋난 인연

A형으로 판정되었다면, 실제로는 B형이지만 진찰 기록부에는 A형이라고 기입된 아이가 있을 것이다. A형의 신생아는 여덟 명이었다. 그중 토모코가 입원한 기간과 겹치는 산모를 찾아보니 네 명으로 좁혀졌다.

이튿날부터 해당되는 네 명에게 전화를 걸어, 학술 조사를 명목으로 내세워 혈액검사를 진행했다. 한 명은 외국인과의 혼혈이었기 때문에 제외했다. 다른 한 명은 이사 간 곳을 알 수 없어 검사가 불가능했다.

남은 두 명의 채혈 결과, 원장이 상상했던 대로 B형인 아이가 있었다. 진찰 기록부의 혈액형과 달랐다. 6년 전에 바뀐 것이 거의 확실했다.

사회적으로도 문제가 되었던 아이가 뒤바뀌는 사건이 과거 자신의 병원에서 있었다고 생각하고 싶지는 않지만, 없던 일로 할 수도 없었다. 6년이 지나, 아이가 바뀐 가족이 눈앞에 나타났다. 변명의 여지가 없었다. 원장은 전부 인정하기로 결심했다. 출생 당시 바뀌었다는 것과 상대 가족을 알고 있다는 사실을, 병원의 관리인 나카소네 노부요시에게 부탁해 즉시 토모코 부부에게 전달했다.

이때 원장은 당사자의 기분을 몰랐기 때문에 아이가 뒤바뀐 것을 알게 된 이상, 모든 실수를 인정하고 빨리 친자 교환을 하는 것이 상책이라고 생각했다. 위자료뿐만 아니라 재판까지 갈 것을 우려해 즉시 고문 변호사에게 상담받을 준비를 했다.

—

한편, 학술 조사의 명목으로 혈액검사를 했다는 사실에 대해 테르미츠의 가족 그 누구도 의문을 품지 않았다.

하시구치 병원에 있는 시로마 나츠코의 진료 기록부에는 이렇게 쓰여 있었다.

1971년 8월 18일 입원. 당일 오후 11시 21분 여아 분만. 신생아의
체중은 2.55kg, 신장은 50㎝, 머리둘레는 31㎝, 가슴둘레는 29㎝. 혈
액형은 Rh+ A형. 8월 23일 퇴원

이사 토모코보다 이틀 늦은 출산이었다.

이때 테르미츠 부부가 살고 있던 곳은 오키나와 시내의 M정이었는
데, 6년 전 하츠코가 태어났을 때는 아직 M촌[17]이었다. 토모코 부부가
살던 G정으로부터 차로 20분도 안 되는 거리였지만, G정과는 달리 오
키나와의 전원 풍경이 그대로 남아 있는 시골 마을이었다. 정으로 승
격했지만 아직도 촌의 분위기가 감돌았다.

지금은 주택단지가 들어서면서 인구가 급격히 늘기 시작했지만, 당
시에는 카데나 기지 내에 맹장처럼 조용히 자리 잡은 촌락이었다. 가
는 곳마다 '군용견 주의'라고 적힌 표지판이 매달려 있어, 전형적인
'기지 거리'의 일면을 엿볼 수 있었다.

마을 사람들은 대개 머리 위를 나는 전투기 아래에서 사탕수수 등을
재배하는 농민이었다. 류큐기와[18] 지붕이 여기저기 보이는 조용한 마
을은, 옛날부터 시로마, 나카소네, 히가와 같은 성씨가 대부분을 차지
했다. 이 세 성씨가 마을 인구의 80%를 이루고 있어 서로가 어느 정도
는 친척이라고 할 수 있었다. 지연, 혈연으로 엮여 있는 공동체로 봐도

---

17 촌(村)은 우리나라의 면(面)에 해당
18 류큐 전통 가옥에 쓰인 붉은 기와

무방했다. 1971년 당시에는 밤에 불 없이는 걸을 수 없을 만큼 깊은 어둠에 둘러싸여, G정과는 비교도 되지 않게 한적한 전원 지역이었다.

시로마 나츠코의 남편인 테르미츠는 M촌에서는 드문 자동차 정비 기사로 근처의 수리 공장에서 근무했다. 1953년생인 나츠코는 이때 당시 24세였다. 1944년생 남편은 당시 33세로 아내와는 아홉 살 차이였다. 두 사람은 1971년에 결혼하여 친척의 소개로 나츠코의 친정에서 그리 멀지 않은 곳에 외딴집을 빌려 살았다.

미야자토 변호사로부터 M농협에 전화가 걸려 온 것은 1977년 6월 24일이다. 시로마 테르미츠의 근무지를 알고 싶다는 내용이었다. M정과 같은 농촌에서 조합원의 가족 관계는 농협에 물어보는 것이 가장 확실했다. 이따금 테르미츠의 어머니가 농협을 방문했기 때문에 어머니가 직접 아들의 근무지를 알려 주게 되었다.

그날 점심 즈음 미야자토 변호사를 포함한 세 명의 병원 측 대리인이 테르미츠가 근무하는 수리 공장을 방문했다. 이미 농협에서 연락을 받긴 했지만, 테르미츠는 자동차와 관련된 방문이라고 들었기에 갑작스러웠다.

테르미츠는 여기서는 곤란하니 가까운 레스토랑에서 식사를 하면서 얘기하자는 변호사의 제안을 거절했다. 고작 자동차 수리 상담을 위해 레스토랑에 가자고 하는 건 아니라는 생각이 들어 도시락을 싸 왔다는 핑계를 댔다.

전날 하시구치 병원에서 간호사가 집으로 방문하여 하츠코의 혈액형을 조사했다는 말은 아내에게 들었지만, 설마 그런 일로 변호사가 찾아왔을 것이라고는 생각하지 않았다. 그러나 테르미츠는 세 남자의 기세에 눌려 마지못해 레스토랑에 가게 되었다. 원하는 것을 주문하라고 했지만 테르미츠는 난처했다. 그렇지만 마다할 이유도 없었다. 잠깐 주저했으나 고급 양복을 차려입은 모습이 틀림없이 부자일 것이라고 생각하여 이들의 호의를 받아들였다.

식사를 하는 동안 아무리 시간이 지나도 자동차 이야기는 나오지 않았다. 벌써 오후 1시가 다 되어 갔다. 일하러 돌아갈 시간이었다. 일어서려는 테르미츠를 멈추게 한 것은 미야자토 옆의 젊은 변호사 쿄다였다.

"이야기를 듣고 놀라지 않으셨으면 합니다만……."

쿄다는 목소리를 낮추어 말했다.

"사실은, 정말 말씀드리기 어렵지만, 따님이 테르미츠 씨 부부의 아이가 아니라고 합니다."

쿄다의 말은 테르미츠의 이해를 넘어서는 내용이었다. 테르미츠는 얼굴을 일그러뜨리며 웃었다.

조롱을 당하는 것 같아 점점 화가 났다.

"당신들, 대체 무슨 일로 온 겁니까?"

쿄다의 말을 이어받은 것은 미야자토였다.

"따님의 혈액을 검사한 결과, B형이었습니다. 남편분은 O형, 아내분인 나츠코 씨는 A형이므로, 테르미츠 씨 부부로부터 B형의 아이가 태어나는 것은 불가능합니다."

그는 하츠코의 혈액형이 적혀 있는 용지를 꺼내 테르미츠에게 보여주었다.

"농담하지 마시죠. 그런 터무니없는 일이 일어날 리 없지 않습니까. 뭔가 잘못된 거 아닙니까?"

"아니요. 틀림없습니다. 따님이 태어났을 때 병원에서 다른 아이와 바뀐 것이 거의 확실합니다.”

“바뀌었다고요? 다른 사람의 아이와? 말도 안 돼.”

“죄송합니다만… 저희 쪽에서도 나름대로 성의를 다할 예정입니다.”

“모자수첩에도 A형이라고 쓰여 있습니다. 바뀌었다니 말도 안 되는 것 아닙니까?”

“아니요. 검사 결과는…….”

“검사 같은 거 상관없어요. 하츠코는 누가 뭐래도 우리 아이입니다. 이렇게 자란 하츠코가, 곧 여섯 살이 되는 하츠코가, 우리 아이가 아니라니, 그런 일은 없습니다. 설사 있다 하더라도 당신들한테는 줄 수 없어요!”

네 명의 남자 사이에 어색한 침묵이 흘렀다. 변호사들은 그저 머리 숙이며 “이해해 주십시오”라고 반복할 뿐이었다. 계속할 이야기가 없자 테르미츠는 자리에서 일어났다.

“그렇다면 아내를 데리고 지금 바로 병원에 갈 테니, 다시 한번 검사를 해 주시겠습니까?”

테르미츠는 공장에 전화를 걸어 그날 오후 휴가를 냈다.

쿄다를 자신의 차에 태워서 집으로 돌아갔을 무렵, 밖에는 비가 조금씩 오기 시작했다.

하츠코는 놀러 나가 아직 집에 돌아오지 않았다. 아내 나츠코에게 물어봤지만 고개를 갸우뚱할 뿐이었다. 테르미츠는 어쩔 수 없이 하츠코가 놀러 갔을 만한 친척 집에 딸을 찾으러 가기로 했다. 아내에게 이 일을 어떻게 설명해야 할지 고민하던 중, 쿄다가 자신이 직접 설명하겠다고 말했다.

남편이 없는 거실에서 나츠코는 쿄다의 이야기를 묵묵히 듣고 있었다.

마침 그때, 농협에서 돌아오던 테르미츠의 어머니가 집에 들렀다. 젊은 남자 앞에서 고개를 숙이고 있는 며느리의 모습을 보고 무언가 오해를 한 것인지 "대낮부터 남자를 집에 들여 뭘 하는 거냐"며 호통쳤다. 쿄다는 흥분한 노파의 모습을 보고 바로 일어나 인사를 건넸다. 그리고 다시 한번 처음부터 설명했다.

손녀가 병원에서 뒤바뀌었다는 이야기를 들은 노모는 평정심을 잃었다.

"큰일이 났구나. 시로마 가문의 수치가 아니냐!"

급작스레 닥친 불행한 일을 노모는 '가문의 수치'로 받아들였다.

테르미츠의 어머니뿐만 아니라, 아이가 바뀐 것을 '수치'라고 생각하는 일은 그렇게 특별하지 않았다. 노모에게 아이가 뒤바뀐 일은 엄마인 나츠코가 범한 '수치'였다. 사회의 최소 단위가 가족이 아닌 혈족 또는 지역인 오키나와에서는 공동체 의식이 강해 '개인의 수치는 곧 가문의 수치'였다.

하츠코가 태어난 이후 테르미츠 부부는 세 명의 아이를 더 얻었지만, 모두 여자아이였다. 어린 여동생들을 노모에게 맡긴 테르미츠와 나츠코는 하츠코를 데리고 병원으로 향했다. 그러나 몇 시간 뒤 테르미츠의 기대는 무너졌다. 하츠코의 혈액검사는 쿄다와 미야자토가 말한 그대로였다.

당시의 상황을 테르미츠는 다음과 같이 남겨 놓았다.[19]

---

19 시로마 테르미츠의 일기는 '맞춤법 오류'와 반말과 높임말이 뒤섞인 '통일되지 않은 문체'로 쓰여 있음.

병원의 원장은 죄송하다며 나의 어깨를 토닥였다.

혈액을 조사한 결과 역시 하츠코는 B형, 우리는 O형과 A형이었습니다. 하지만 믿을 수 없었다. 그 이후 더 이상 무슨 말을 해야 할지, 무슨 말을 듣고 있는지 알 수 없었습니다. 상대방 부모의 사진도 받았습니다. 우리의 사진도 전달했습니다.

집에 돌아오자 아내는 쿄다 씨가 모자수첩과 아이의 사진을 가져갔다고 햇다. 아이가 바뀌었다는 사실을 믿을 수 없어 어떻게 해야 할지 모르겠다. 머지않아 우리는 넋 빠진 사람처럼 몸을 가눌 수 없었고, 누구와도 이야기할 기분이 아니었습니다.

아이가 뒤바뀌었다는 사실을 알게 되었어도, 젖을 먹이고 기저귀를 갈아 주며 6년간 쏟아부은 애정 때문에 부부는 현실을 부정했다.

테르미츠는 아내와 함께 맥이 쭉 빠진 채로 병원 대합실의 소파에 주저앉았다.

원장은 "바뀐 아이와 만나게 해 드리고 싶은데, 만날 의사가 있으십니까?"라고 물었지만, 테르미츠의 귀에는 아득히 먼 곳에서 소곤거리는 것처럼 잘 들리지 않았다.

나츠코는 손 위에 올려 두었던 하츠코의 사진을 꽉 쥐고 가만히 눈앞에 있는 원장의 얼굴을 들여다보았다. 그와 동시에 '내 친딸이 지금 어떤 생활을 하고 있을지, 한 번이라도 좋으니 보고 싶다'고 생각했지만, 남편을 의식한 것인지 입 밖으로 말을 꺼내지는 못했다.

비가 그친 후 하늘에는 본격적인 한여름의 구름이 펼쳐지고 있었다.

제2장

—

피와 정 사이

6월 25일. 어젯밤도 결국 한숨도 자지 못했다. 몸이 무거워 움직일수 없다. 밤에 잘 수도 없고 밥도 넘어가지 않아, 언니가 와서 밥을 지어 먹여 주었다. 잠도 안 자고 밥도 안 먹고, 이 상태로 아이들을 어떻게 돌볼 거냐는 말을 들었다. 하시구치 병원에 가서 수액을 맞고 오라며 내 손을 잡아끌어도, 일어나 앉을 수도 없다. 어떻게든 밥을 먹지않으면 안 되겠다고 생각해, 무리해서 먹으려고 하면 속이 좋지 않다. 밤에 제대로 못 자기 때문인 것을 알고 있지만, 어떻게 해야 좋을지 모르겠다.

전력을 다해 쓴 글이 공책 안에 제멋대로 펼쳐졌다. 이사 토모코의일기다.

토모코의 상태는 상황을 보러 온 언니 레이코가 '곁에 있지 않으면

어긋난 인연

자살할 지도 모르겠다'고 생각할 만큼 나빴다. 언젠가 우편함에 들어 있는 신문을 꺼냈는데, 〈부모와 자식 일가족 가스 자살〉이라는 표제어가 보였다. 레이코는 황급히 신문을 작게 접어 토모코의 눈에 띄지 않도록 몰래 쓰레기통에 버렸다.

아파트 안은 어질러진 상태 그대로였다. 부엌에는 설거지 더미가 쌓여 있고, 아이들과 남편의 세탁물이 화장실 입구부터 흘러넘치고 있었다. "그렇게 야무졌던 동생이…"라며 한숨을 쉰 레이코는, 밥도 먹지 않고 이불에 엎드려 있는 토모코를 보고 할 말을 잃었다.

토모코의 옆에서 이제 막 두 살이 된 장남 코이치가 울고 있었다. 배가 고파서 운다고 생각한 레이코는 서둘러서 식사를 준비했다.

토모코는 환자처럼 공허한 눈을 한 채 "힘들다, 힘들어"라고 혼잣말을 했다.

"그렇게 똑 부러지던 네가, 대체 어떻게 된 거니?"

아무리 힘들어도 씩씩하고 다부졌던 토모코도 심리적인 스트레스가 쌓이자 바로 신체적인 변화가 일어났다. 거식증 증세를 보이며 밥을 전혀 먹으려고 하지 않았다. 이 때문에 점점 수척해져 가는 것이 레이코의 눈에 확연히 보였다.

간단히 식사 준비를 하고 세탁까지 끝낸 레이코는 동생의 손을 잡고 말했다.

"하시구치 병원에 가서 수액이라도 맞으면 어때? 수액 정도는 얼마든지 맞아도 되니까, 그 정도는 해도 괜찮아. 지금 상태로는 너 죽을지도 몰라. 원장한테 말하기 힘들면 내가 말할게."

레이코는 택시를 불러 싫다는 토모코를 억지로 태워서 병원에 데려갔다.

아이가 바뀐 것이 확실해진 지금, 하시구치 병원의 대우는 각별했다. 미리 전화를 해 두었기 때문인지 병원에 도착하니 간호사가 현관까지 마중을 나와 있었다.

"역시 병원도 조금은 책임을 느끼고 있나 보네."

토모코의 몸을 껴안다시피 하고 있던 레이코가 작은 소리로 말했다. 비꼬는 듯한 말이 간호사에게도 들렸는지 몇 번이나 깊이 고개를 숙였다.

병원에서 돌아온 뒤, 레이코는 가까이 사는 둘째 세이코에게 연락하여 교대로 토모코를 돌보기로 했다. 충동적으로 무슨 일을 할지 몰라 걱정이 되었기 때문이다.

이튿날인 6월 24일, 하시구치 병원으로부터 연락이 왔다. 상대편 아이의 거처를 알게 되었으니 만나 보겠냐고 묻는 전화였다. 토모코는 생각지도 못한 연락에 잠시 동안 말을 잇지 못했다. 친딸을 찾을 수 없을 것이라고 생각했는데 찾았다는 말에 당황하고 말았다. 하지만 반사적으로 "그 아이는 어디에 살고 있나요?" "건강한가요?"라고, 자신도 놀랄 정도로 말이 술술 터져 나왔다.

토모코는 순간 고민했지만 병원의 제안에 응하기로 했다.

장소는 시내 중심에 있는 팰리스 회관이라고 전화로 전해 들었다.

이틀 후인 6월 26일, 토모코는 언니 레이코의 부축을 받아 남편과 같이 나갔다. 예정 시간보다 꽤 일찍 도착했다. 세 명은 병원 측에서 빌려 놓은 방에 들어가, 의자에 꼿꼿이 앉은 채 고개를 숙이고 있었다. 복도를 걷는 발소리만이 문을 통해 들려왔다. 조용한 시간이었다.

30분 정도를 기다렸다. 예정 시간이 훨씬 지났음에도 상대편 가족은 나타나지 않았다. 병원 사람들도 불안한 듯 문 앞을 왔다 갔다 했다.

어긋난 인연

병원의 관리인 나카소네가 뛰어 들어온 것은 그로부터 얼마 지나지 않았을 때였다. 계획에 착오가 생긴 건 아닌지 걱정하던 나카소네가 상대방의 집에 확인을 하러 다녀온 것이다.

"정말 죄송합니다. 오늘 밤 상대편 가족에게 사정이 생겨서 만나지 못하게 되었습니다."

여태까지의 긴장감이 한꺼번에 날아가 버렸다. 세 명은 참았던 숨을 토해 냈다. 실망감과 동시에 왠지 모를 안도감이 들었다.

이 세상 어딘가에 친자식이 있다는 것을 알게 되었지만, 지금까지 키워 온 미츠코는 어떻게 되는 것일까. 아파트에 돌아온 후, 토모코와 시게오는 밤이 이슥해질 때까지 이야기를 나누었다. 하지만 "어떻게 이런 일이…"라는 말만 자꾸 입 밖으로 나올 뿐 결론을 낼 수 없었다.

한숨만 쉬며 어떠한 구체적인 방안도 생각해 낼 수 없었던 토모코 부부에게 레이코 역시 "그렇게 끙끙 앓아 봤자 해결되는 건 아니잖아"라는 말밖에 할 수 없었다.

6월 24일. 친딸을 찾았다는 것을 알게 되었다. 보고 싶다! 한번 만나고 싶다! 어떤 곳에서, 어떤 생활을 하며 살고 있는 것일까. 빨리 보고 싶다. 하지만 미츠코는 어떻게 되는 것일까. 지금부터 어떻게 되는 걸까. 걱정 또 걱정으로 미칠 것 같다.

6월 26일. 팰리스 회관에서 상대방이 오기를 꼼짝 않고 꼿꼿이 앉아 기다렸다. 1초 1초가 매우 길게 느껴졌다. 빨리 만나고 싶어! 누구랑 닮았을까… 여러 가지 생각으로 머리가 꽉 차 있었다. 하지만 약속한 시각이 되어도 상대 가족은 나타나지 않았다. 오늘 밤 사정이 생겨 나올 수 없게 된 것이다. 실망한 채 집에 돌아왔다. 남편과 이런저런 얘기를 했다. 지금부터 미츠코는 어떻게 해야 할까. 6년간 내 피를 나눈 아이라고 믿고 손때 묻혀 키워 온 이 아이를 이제 와서 다른 사람의 아이라고 하다니, 나는 절대 믿을 수 없다. 차라리 다 가치 죽어 벌릴까. 함께 저세상으로 가 버릴까 하는 생각마저 들었다.

왜 우리 모녀가 이렇게 슬픈 운명이어야만 하는 것일까. 하느님, 부처님이 이 세상에 있기는 할까!

결혼을 한 후 토모코는 시게오에게 눈물을 보인 적이 없었다. 토모코는 성격이 강해, 나카소네조차 '이 사람은 만만찮은 상대'라고 느낄 정도였다. 하지만 요즘에는 남의 눈도 신경 쓰지 않고 훌쩍훌쩍 울었다. 일기에 '다 가치 죽어 벌릴까'라고 썼을 만큼 토모코의 정신은 아슬아슬한 상태까지 넘나들었다.

오열하는 아내의 모습을 처음 본 시게오는 어떻게 달래 줘야 할지 몰라 안절부절못했다.

—

토모코 일행이 팰리스 회관에서 테르미츠 부부의 도착을 기다리는 동안, 테르미츠는 근처 친구네 거실에서 술잔을 주고받고 있었다. 급하게 마신 탓인지, 나카소네가 찾아왔을 때는 몹시 취해 있었다.

이날이 토모코 부부 밑에서 자란 친딸과 대면하는 날인 것은 테르미츠도 당연히 알고 있었다. 만남을 승낙했기 때문에 술을 마시고 있었던 것이다.

어긋난 인연

전날 밤 늦은 시간, 테르미츠가 일을 끝내고 돌아왔을 무렵 나카소네가 원장의 전갈을 가지고 왔다. 뒤바뀐 상대 가족과 만나 주었으면 좋겠다는 내용이었다. 잠시 고민했으나, 일단 가겠다는 대답을 전했다. 그러나 테르미츠는 썩 내키지 않았다.

그렇다고 거절하고 싶은 것도 아니었다. 같은 오키나와에 살고 있는 친딸을 가능하면 만나 보고 싶었다. 하지만 병원에서 시키는 대로 하면, 부모의 의사와는 상관없이 강제로 교환을 하게 되는 것은 아닐까. 그리고 친딸과 만나면 그 나름대로 괴롭지 않을까. 테르미츠는 이런 예감에 떨고 있었다.

한편, 아내 나츠코는 자신이 낳은 아이를 한 번이라도 좋으니 만나 보고 싶다고 우는소리를 했다. 그런 아내의 기분을 완전히 무시할 수도 없었다.

"우리가 기른 하츠코와 상대방이 길러 준 친딸. 어느 쪽이 좋아?"

테르미츠는 최대한 부드럽게 말하려고 했으나, 아내는 테르미츠가 자신에게 화가 났다고 생각했다. 나츠코는 "그건…"이라며 한마디를 던진 후, 작은 목소리로 "하츠코"라고 말했다.

"나도 친딸이 보고 싶어. 하지만 만나지 않는 편이 좋을 거라고 생각해."

테르미츠는 아내에게 자신이 친딸과의 만남을 망설이고 있다는 것을 들키지 않으려고 의연하게 말했다.

그날, 일을 하러 가서도 머릿속은 아이의 생각으로 가득했다. 스패너를 손에 쥐어도 마음은 다른 곳에 있어 33세의 숙련된 수리공으로서는 드물게 일이 진척되지 않았다.

친구의 우연한 방문을 반기며 술을 마시면서 아이의 일 따위는 잊어

버리려고 했다. 술에 취하면 만나러 가지 않을 수 있다. 술이 테르미츠의 고민을 잠깐이나마 지워 줄 것 같았다.

"테르미츠 씨, 오늘 어떻게 된 겁니까? 아이와 만나기로 하지 않았습니까?"

나카소네는 허리를 숙이며 들어왔다. 매우 정중한 말투에서 병원 측이 신경을 쓰고 있다는 것을 확실히 느낄 수 있었다.

"친구가 와서 한잔하고 있으니 오늘은 안 됩니다."

"어떻게든 가 주시면 안 되겠습니까? 상대편 가족이 기다리고 있습니다만……"

"취해서 걸을 수가 없습니다. 다음에 만나면 안 되겠습니까?"

"그러신가요… 정말로 다음에는 와 주시는 거죠?"

"아아, 다음에는 가겠습니다. 그러니까 빨리 돌아가 주시죠."

테르미츠는 술에 취해 혀가 꼬부라진 소리로 말하며 시끄럽다는 듯이 손을 휘저었다. 기분을 상하게 하면 안 되겠다고 생각했는지 나카소네는 "잘 부탁드립니다"라고 말하며 풀이 죽어서 돌아갔다.

—

그다음 날, 테르미츠는 만나기로 결심을 굳혔다.

몇 번이고 찾아오는 중년의 나카소네가 가여워서 그런 것은 아니었다. 하츠코에게 더 애정이 있다면 만난다고 해도 자신의 신념이 흔들릴 리가 없으므로, 만나는 것뿐이라면 괜찮을 거라고 믿었기 때문이다. 나츠코도 같은 의견이었다.

친딸을 만나 보고 싶다는 기분을, 두 사람은 이런 식으로 얼버무린

어긋난 인연

것일지도 모른다. 어쨌든 '만나 보는 것만'을 조건으로 나가기로 했다. 이번 장소는 병원 뒤쪽 나카소네의 자택이었다.

세 명의 어린 여동생들을 아내의 친정에 맡긴 테르미츠 부부는 하츠코를 데리고 나왔다. 나들이옷을 입는 것만으로도 아이는 천진난만하게 기뻐했다. 물론 하츠코에게는 사정을 알려 주지 않았다. 어떻게 설명해야 좋을지 알 수 없었다. 일단은 친척 집에 놀러 간다고만 이야기했다.

나카소네의 집은 도로를 끼고 병원 뒤편의 대각선 방향에 있었다. 관리인의 집이니까 작고 아늑할 거라고 생각했던 테르미츠는 12첩이나 되는 다실풍의 거실에, 비싸 보이는 탁자가 줄지어 놓인 것을 보고 놀라고 말았다.

테르미츠와 나츠코는 안절부절못했다. 익숙하지 않은 양복도 불편했다. 하츠코만은 발랄하게 돌아다니고 있었다.

나카소네로부터 '오늘 밤에는 상대방 가족을 만날 수 있을 것 같다'는 연락을 받은 토모코 부부는 밖에서 놀던 미츠코가 돌아오기를 기다렸다가 황급히 준비해서 나갔다.

그러나 상대방의 가족을 바로 만나지는 못했고, 먼저 들르게 된 곳은 병원의 응접실이었다. 그곳에는 병원 측의 의뢰를 받은 미야자토 변호사도 기다리고 있었다. 갑자기 만나는 것은 양쪽 모두에게 큰 충격이 될 수 있을 거라 판단한 원장은, 토모코 부부에게 마음의 준비를 할 시간을 주는 동시에 병원 측의 의향을 먼저 설명해 두는 것이 좋겠다고 생각한 것이다.

몸을 꼿꼿이 세운 토모코 부부의 앞에 나카소네로부터 선생님이라고 불린 중년의 남자가 얼굴을 내밀었다.

"오늘은 상대방 가족도 만나는 것에 동의해 주셨습니다. 우리 병원에서 바뀐 것이 거의 틀림없습니다. 사정은 이해하지만, 지금까지의 경우를 보면 저희 쪽에서는 이런 경우 교환하는 것이 빠를수록 좋다고 판단했습니다.

아이들이 서로 익숙해질 수 있도록 여름방학에 교류를 지속하고 그 이후에 교환하는 것이 가장 좋다고 생각합니다. 이를 위해서 병원 측에서도 최대한 노력을 기울일 계획입니다."

변호사로부터 "최선을 다하겠습니다"라는 말을 몇 번이나 들었지만 토모코 측은 "네, 네"라고 대답할 뿐이었다. 아이를 만날 수 있다고 해서 온 것뿐이므로 교환 시기까지 생각할 여유는 없었다. 빨리 내 아이의 얼굴을 보고 싶다는 생각만이 머리를 가득 채웠다.

나카소네 집의 현관을 지나 테르미츠 부부가 기다리는 거실로 안내된 것은 그 후였다.

입구를 등지고 앉아 있던 테르미츠 부부는 토모코 일행의 기척을 느끼고 뒤돌아보았다. 테르미츠의 몸에 가려 보이지 않았던 어린아이도, 부모를 따라 어깨 너머로 토모코 부부를 쳐다보았다.

토모코는 '앗' 하고 소리를 지를 뻔했다. 놀란 것은 시게오도 마찬가지였다.

입구에서 발을 멈춘 채로 토모코는 가만히 아이의 얼굴을 바라보았다. 아이는 눈도 깜빡이지 않은 채 토모코 부부를 쳐다보고 있었는데, 광대뼈가 나온 모습이 시게오와 똑 닮았다.

토모코는 이 순간을 일기에 이렇게 적었다.

그날이 찾아왔다! 나는 아이의 얼굴이 뚫어져라 쳐다봤다. 닮았어!

어긋난 인연

코이치랑 똑 닮았다. 아니, 남편이랑도… 미츠코는 상대방 부모와 쏙 빼닮았다. 특히 체구가 작은 엄마와 똑 닮았다. 서로를 계속 바라보며, 내 딸이구나, 역시 바뀐 것이 맞구나, 라는 생각에 몸이 덜덜 털리기 시작했다.

우리는 서로 자신의 아이를 안아 주었다. 출산 이후 처음으로 안아 보는 내 아이… 눈물이 흐르고 한마디도 할 수 없었다. 남편은, 울고 또 울고, 눈물만 흘렸다. 우리의 진짜 아이의 이름은, 하츠코였다.

상대방인 시로마 나츠코도, 미츠코를 보고 감탄한 듯이 '바람피웠을 리가 없지'라고 생각했다. 홀쭉한 아래턱이 확실히 시로마 테르미츠와 닮았다. 눈은 나츠코와 똑 닮았다. 게다가 나츠코의 뒤에서 부끄러워하며 서 있는 하츠코는, 방금 들어온 이사 시게오를 빼닮은 듯했다. 반신반의했던 나츠코도, 가슴을 닫았던 두꺼운 얼음벽이 한순간 녹는 기분이었다. 바뀐 것이 틀림없다. 혈액검사 결과가 필요 없을 정도로, 아이의 얼굴을 보자 바뀌었다는 사실이 피부로 느껴졌다.

자신의 아이를 처음으로 만난 감동을 테르미츠는 그 나름대로 이렇게 표현했다.

처음으로 내 아이를 무릎에 앉히자 뭐라고 마랄 수 없을 만큼 가슴이 아파 오고, 눈물이 차오르고, 말로는 표현할 수 없을 정도로 괴로웠습니다. 안아 주고 싶었습니다. 아이들은 병원에서 인형을 받아, 매우 기뻤습니다.

인형은 나카소네의 배려였다. 등에 작은 녹음기가 들어 있어 버튼을

누르면 간단한 인사를 하거나 노래를 부르는 귀여운 인형이었다. 이 인형은 미츠코가 이전부터 토모코에게 사 달라고 조르던 것이기도 했다.

미츠코는 아무것도 모른 채 인형을 안고 돌아다녔다.

하시구치 원장이 아이가 뒤바뀌었다는 사실을 숨김없이 털어놓았을 때, 나카소네는 이 일이 장기전이 될 거라고 여겼다. 따라서 아이들이 자신을 좋아하게 만드는 게 우선이라고 생각했다. 차질 없이 교환을 진행하기 위해서는 세상 물정에 어두운 원장을 대신해서 자신이 직접 신경을 쓰는 것이 좋겠다고 판단했다. 나카소네는 이를 위해 인형을 사 두었다.

병원 측에서는 하시구치 원장과 미야자토 변호사, 그리고 나카소네 세 명이 대면의 자리에 참석했다.

토모코와 시게오는 울지 않으려고 애썼지만 마음속 깊은 곳에서부터 치밀어 오르는 감정을 참지 못하고 어느새 얼굴을 구겼다. 아이와 대화를 하기 위해 둘이서 생각해 놓았던 말도 순식간에 어딘가로 흘러가 버렸다.

단벌 양복을 입은 시게오는 몸을 아래로 향한 채 떨고 있었다. 토모코는 가만히 손수건을 건네주었다. 시게오가 다른 사람 앞에서 눈물을 흘린 것은 처음이었는데, 굳은 얼굴과는 어울리지 않는 참으로 이상한 광경이었다.

하츠코는 이상하다는 듯이 쳐다보며 혀짤배기소리로 물어보았다.

"아저씨, 왜 우는 거예요?"

시게오는 목소리가 나오지 않았다.

옆에서는 테르미츠가 미츠코에게 말을 걸었다.

"미츠코라고 했지? 아저씨 무릎에 앉을래?"

무언가를 꾹 참고 있는 듯한 목소리였다. 테르미츠 역시 울지 않기 위해 필사적으로 버티고 있었다.

갑자기 처음 보는 남자가 말을 걸자, 미츠코는 부끄러운 듯 수줍어했다. "자, 이리 오렴." 테르미츠가 양손을 뻗자, 어찌 된 일인지 미츠코는 주저하지도 않고 테르미츠의 무릎에 앉았다.

토모코는 놀랐다. 이것이 피로 이어졌다는 것일까.

두 아이는 부모들의 낯선 모습을 멀뚱멀뚱 쳐다봤다.

시게오는 결국 아이를 만질 수 없었다. 하츠코를 바라보고 있으면, 무언가 정체를 알 수 없는 것이 가슴 깊숙한 곳에서부터 올라와 몸이 떨렸다. 얼굴조차 제대로 쳐다볼 수 없었다. '코이치와 많이 닮았다는 생각을 하니 감정이 폭발'할 것 같았다. 시게오는 끝끝내 친딸을 안아주지 못했다.

원장은 적당한 순간을 가늠하다 서로의 가족을 소개했다. 그리고 인근 팰리스 회관으로 자리를 옮겨 식사하면서 대화하자고 제안했다.

팰리스 회관은 식사를 하거나 결혼식을 올리거나 혹은 약속 장소 등으로 자주 사용되는, 나하 시내에서도 잘 알려진 곳이었다.

테이블 위의 요리에 아이들은 눈을 빛냈지만, 어른들은 아무도 젓가락을 대지 않았다. 토모코는 하츠코의 얼굴을 뚫어져라 쳐다보았다. 말은 없었다.

드디어 부모들이 평정을 되찾은 것을 알아챘는지 원장은 조용히 고개를 숙이고 이렇게 말했다.

"아이들이 크고 나면 부모에게도 아이에게도 부담이라 너무 힘들 겁니다. 마침 초등학교에 입학하기 전이니 여름방학을 이용하여 8월 말경에 아이들을 교환하는 것은 어떨까요. 새로운 친척이 생겼다고 편하게 생각하시면 좋을 것 같습니다만……."

가만히 듣고 있던 토모코는 분한 마음에 가슴이 울컥했다. 개나 고양이도 아니고 아이들을 그렇게 쉽게 교환할 수 있겠냐고 말하고 싶었지만, 아이들 앞에서 아수라장을 만드는 것은 좋지 않다고 생각하여 참았다. 하지만 여전히 분한 마음에 양손이 조금씩 떨렸다.

시게오는 잔뜩 찌푸린 얼굴을 하고 있었다. 테르미츠는 테이블 아래를 가만히 응시한 채로 한마디도 하지 않았다. 나츠코는 "이래서 의사는 신뢰할 수 없다니까"라고 혼잣말을 중얼거렸다.

원장의 말을 이어받은 미야자토 변호사는 이렇게 말했다.

"서로 아이들과 친해지기 위해서 4~5일 정도 휴가를 내시고, 문비치 쪽의 호텔에 묵는 것도 좋을 것 같습니다. 물론 휴가 비용은 저희가 지불하도록 하겠습니다."

미야자토는 다음과 같은 제안도 했다.

"아이를 교환해도 지금 사는 곳은 이웃 사람들의 눈에 띄어 교육에 좋지 않다고 생각합니다. 새로운 곳에 아파트를 빌려서 양쪽 가족이 가까이 산다면, 서로 익숙해지는 데도 좋을 것 같습니다."

교환을 전제로 한다면 틀린 말은 아니었다. 그러나 부모들은 그 자리에서 결정을 내릴 만큼의 여유가 없었다. 병원 측에서도 악의는 없었지만, 빨리 결론짓기 위해 부모들의 기분을 생각하지 않은 것은 실수였다. 어쩌면 원장은 처음 일어난 의료 사고를 어떻게든 서둘러 해결하고 싶었던 것일지도 모른다.

화제가 전환되어 아이의 이름을 어떻게 해야 할지 얘기할 때 즈음, 원장은 슬며시 이런 말까지 꺼냈다.

"호적을 바꾸는 것은 시간이 오래 걸리니 호적은 그대로 두고, 이렇게 하면 어떨까요. 이사 미츠코 양은 우치나(오키나와) 이름으로 하고 진짜 이름은 시로마 미츠코라고 가르쳐 주는 겁니다. 마찬가지로 시로마 하츠코도 우치나 이름으로 하고 실제 이름은 이사 하츠코로 한다면 호적을 고치지 않고도 이름을 바꿀 수 있습니다."

가만히 듣고 있던 토모코는 기가 찼다. 아직 아이를 교환하기로 한 것도 아닌데 원장은 교환하는 것이 당연하다는 것처럼 말했기 때문이다.

원장은 아이들 일은 심각하게 생각하면 좋지 않으니 편하게 마음먹고, 아이들이 커서 어른이 되었을 때 교환된 것을 우스갯소리처럼 말할 수 있도록 기르면 어떠냐고 했다. "두 아이 모두 좋은 아이이니까 꼭 행복해질 겁니다"라는 원장의 말에, 토모코는 자신의 책임은 뒤로 밀어 두고 어떻게 그런 말을 할 수 있는지 분노로 가슴이 아팠다.

거침없이 이야기를 계속해 나가는 원장을 보며 토모코는 의사라기보다는 경영자 같다는 인상을 받았다. 빨리 교환하라는 것은 세간에 알려지기 전에 해결해 버리려는 속셈이라고, 그 자리에 있는 당사자들 모두가 그렇게 생각했다.

원장과 변호사의 말은 계속되었다.

"아이들도 건강하고, 향후 병원에서도 계속 지원해 드릴 예정입니다. 감정적으로 여기지 말고 친척이 늘어났다고 생각하며 사이좋게 지내봅시다. 아이들에게도 부모가 두 명이라고 가르쳐 주면 어떻겠습니까. 앞으로도 이 원장을 친척이라고 생각하고 언제든지 상담하시기 바랍니다. 나카소네에게 연락을 주시면 최대한 도와드리겠습니다. 다들 아이들에게 최선의 방법이 될 수 있게 해결하려는 것 아니겠습니까."

가장 좋은 방법이 무엇일지 아무도 선뜻 입을 열지 못했다. 이때 구체적인 해결책이 나왔다고 하더라도 6년 만에 자신이 낳은 아이를 만난 감회에 젖어, 천천히 그 시비를 생각해 볼 여유가 없었다.

토모코는 병원 측의 말을 건성으로 듣고 있었다. 토모코가 남편과 꼭 닮은 하츠코의 미소를 바라보면, 하츠코는 입을 꽉 다물고 의아한 표정을 지었다.

"방학 때 아줌마 집에 놀러 와."

토모코가 머리를 쓰다듬자 하츠코는 부끄러운 듯 아래를 내려다보았다. 쭈뼛쭈뼛 몸을 비비 꼬면서 작은 소리로 "응"이라고 대답했다. 주변 분위기에 자연스레 녹아들지 못한 탓인지 말수도 줄고 몸짓도 굳었다. 토모코는 직감적으로 남편을 닮아 낯가림이 심하다는 것을 깨달았다.

어느새 토모코의 뒤에 미츠코가 서 있었다. 불안한 것은 부모들만이 아닌지 어린 미츠코 역시 주위의 쌀쌀한 분위기에 안절부절못했다. 이렇게 사람이 많이 모이면 요란스러운 것이 당연한데 아무도 웃지 않았던 것이다. 항상 밝고 사교성이 좋은 미츠코도 어딘지 모르게 이상한 분위기에 당황했다.

"누구야? 엄마 친구?"

토모코는 "그래, 그래"라고 대답했다.

이 사실을 어떻게 설명하면 좋을까. 어떻게 하면 아이를 이해시킬 수 있을까. 여섯 살이면 제대로 알아들을 나이라고 생각하면서도, 어설픈 설명으로는 오히려 혼란만 줄 것 같았다. 그것보다 부모인 자신이 아이들에게 털어놓을 배짱이 없었다.

"여러분에게 부탁이 있습니다만, 이 사실이 공개적으로 알려지면 아이들에게 상처가 될 수 있습니다. 부디 여러분께서 아이가 바뀌었다는 사실을 누구에게도 발설하지 말아 주셨으면 합니다."

어긋난 인연

미야자토는 절대 누설하지 말아 달라고 못 박았다. 변호사로서 당연한 직무라고 했다. 그러나 테르미츠 부부는 석연치 않은 생각이 들었다.

'이런 걸 누구한테 말해? 세상에 알려지면 괴로워지는 건 우리 자신인데. 병원은 아이가 바뀐 것이 알려지면 신용을 잃는다고 생각하겠지. 아이들에게 상처가 된다고 생각하는 것보다는 병원에 피해가 갈까 봐 초조해하는 거라고.'

토모코와 시게오의 속마음도 편치 않았다. 하지만 만약 아이를 교환하게 된다면 병원 측의 협조를 얻어야 한다. 여기서 대립하는 것은 좋지 않다고 생각하여 분한 마음을 숨긴 채 미야자토의 말에 조용히 고개를 끄덕였다.

친자식과의 만남은 모두에게 큰 영향을 미쳤다. 아무리 피를 나눈 아이라도 6년간 기른 정을 끊을 수는 없다고 생각했지만, 친자식과 대면한 순간 맥없이 무너져 내렸다. 닮았다! 그 자체만으로 격하게 동요했다.

그날 밤, 미츠코가 잠든 것을 보고 시게오와 토모코는 위스키를 들이켰다. 원래 두 사람은 술을 별로 좋아하지 않았다. 즐기지 않던 술을 마신 토모코는 가슴이 타들어 가는 것 같았다. 미츠코의 잠든 얼굴을 보면서, 시게오는 눈물이 뚝뚝 떨어지는 것을 아내에게 들키지 않기 위해 손으로 얼굴을 가렸다. 이들은 정과 피라는 양자택일이 불가능한 과제를 등에 짊어지게 된 것이다.

친딸을 만난 지 일주일째인 7월 5일, 원장의 부탁으로 나카소네가 테르미츠의 집을 방문했다. 토모코의 집과 테르미츠의 집에는 아직 전화가 없었기 때문에, 작은 일이라도 직접 찾아가야 했다.

"8월 말일 경까지 아이들을 교환할 수 있을 것 같나요?"

나카소네의 말에 테르미츠는 망연자실했다.

"아이가 아빠, 엄마라고 부르게 된 후에 교환이든 뭐든 되는 겁니다. 지금은 교환하는 것보다 친해지는 것이 중요하다는 건 당신도 잘 알고 있지 않습니까? 교환하는 데는 1년이나 1년 반 정도가 걸릴 것 같습니다."

"1년이나, 말입니까……."

언뜻 점잖고 상대하기 쉽다고 생각했던 테르미츠에게서 뜻밖의 강경한 태도를 보게 된 나카소네는 당황했다.

나카소네는 원장의 부탁으로 과거에 아이가 바뀐 사례를 조사하기 위해 일부러 나가사키까지 찾아간 적이 있다. 그곳에서 아이들이 놀라울 만큼 빨리 적응하는 것을 보고, 최대한 서둘러 교환하는 것이 서로의 가족을 위해 좋다고 생각하게 된 것이다. 전국적으로 사례를 조사해 보아도 아이가 바뀐 것을 발견한 후 최대한 빠른 시일 안에 교환하는 것이 일반적이었다. 그런데 이렇게 딱 잘라 말하다니, 나카소네에게는 예상외의 상황이었다.

자신과 꼭 닮은 미츠코를 보고 온 이후 테르미츠도 동요했다. 절대로 하츠코를 떠나보내지 않겠다고 다짐했는데, 교환해도 좋다고 생각하기 시작한 것은 역시 상대방의 아이가 자신과 똑같이 생겼기 때문이었다. 그러나 나츠코는 반대였다. 의외로 나츠코는 이대로 하츠코를 계속 키우고 싶다고 생각했다. 이상하게도 자신이 미츠코의 엄마라는 느낌이 강하게 들지 않았다.

한편 토모코 부부는 교환에 대해 생각할 여유가 없었다. 극도의 공황 상태로 인한 것인지 부부가 마주해도 눈을 피한 채 앉아 있기만 했다. 특히 토모코는 상태가 좋지 않았다.

어긋난 인연

양측 가족은 교환에 대한 답을 얻기 위해 먼저 서로 마음을 맞추어 보아야 하지 않을까 생각했다. 일단 두 가족은 같이 식사를 하거나, 소풍을 가거나, 서로의 집에 묵는 등의 방법으로 아이들을 포함해서 모두 함께 교류하기로 했다.

아직 어느 가족도 아이에게 사실을 털어놓지 않았다. 언젠가 적절한 시기가 올 때까지 문제를 미룰 수밖에 없었다.

토모코는 아이와 만난 다음 날에 있었던 일을 일기에 이렇게 적었다.

6월 28일. 나카소네 씨의 손에 이끌려 처음으로 하츠코가 살고 있는 집으로 향했다. 유치원에서 돌아온 지 얼마 되지 않은 하츠코에게 "하츠코야, 아줌마 기억하고 있지?"라고 물으니 "응, 어제 저녁에 만난 아줌마죠? 기억하고 있어요"라고 대답하며 엄마를 불러 주었다. 집을 알았으므로 이제는 언제든지 만날 수 있다. '아줌마'라고 불려서 기분이 조금 이상하지만 어쩔 수 없다.

6월 29일. 아무것도 모르는 아이들을 보고 있으면 견디기가 힘들다. 미쳐 버리기라도 한다면, 지금의 힘든 상황에서 도망갈 수 있을 건데. 완전히 미쳐 버리면 좋을 텐데.

7월 2일. 나카소네 씨가 찾아와 내일이라도 두 가족의 아이들을 다 같이 데리고 어딘가 놀러 가면 어떠냐고 이야기하여 밤에 테르미츠 씨의 집에 가서 상의를 하고 왔다.

7월 3일. 아이들을 놀이공원에 데려가니, 매우 기뻐하며 뛰어놀았다.

7월 5일. 나카소네 씨가 찾아왔다. 원장이 8월 정도에 교환하는 것이 좋지 않겠냐고 했다는 것이다. 그렇게 빨리 교환할 수 있을 리가 없다. 개나 고양이의 새끼도 아니고, 바뀌어 버렸으니까 자, 교환하자고 말할 수는 없다. 자신들이 이렇게 엄청난 실수를 해 놓고 제3자의 입장에서밖에 이야기하지 못한다는 것인가. 속이 뒤집힐 것 같다.

밤에 남편과 이야기를 해 보니 역시 아이들의 미래를 생각하면 교환하는 것이 좋겠다고 말했다. 어렸을 때 받은 충격은 오래가지 않지만, 아이들이 크고 나서 이런 이야기를 했을 때 어떻게 받아들일지를 생각해 보면, 역시 어렸을 때 교환하는 편이 좋다는 결론에 이르렀다. 그러나 마음이 찢어지는 것 같아 아무 말도 하고 싶지 않았다.

—

그날 이후, 미츠코는 유치원에서 몇 번 이상한 경험을 했다.

유치원이 끝날 무렵이 되면 어디선가 화려한 복장의 아줌마가 나타나 미츠코의 아파트까지 따라왔다. 그 여자는 디스코가 아직 고고 춤이라고 불릴 무렵에 유행했던 뾰족한 흰색 테두리의 선글라스를 끼고 있었다. 미츠코는 어쩐지 기분이 나빠져서 도망치듯이 집에 간 적도 있다.

미츠코가 다니던 유치원은 나중에 하츠코가 다니게 될 초등학교에 인접해 있었다. 주택가 한쪽에 있는 유치원 교문으로 들어서면, 눈앞에 겹겹이 뿌리내린 아름드리 가쥬마루나무[20]가 우뚝 솟아 있다. 어느

---

20 벵골보리수를 뜻하는 일본어로 잎은 달걀 모양이며, 꽃과 열매는 무화과와 비슷

날, 그 수상한 여자가 여름의 강한 햇빛을 피하기 위해 땅을 덮어 버릴 것처럼 거대한 나무 그늘 아래 서 있었다.

"이사 미츠코구나."

갑자기 말을 걸어서 미츠코는 당황했다. 챙이 넓은 모자와 밝은 노랑의 원피스 차림은 몹시 눈에 띄었다. 거기에 안경이 유독 도드라졌다. 미츠코는 밤이 되면 아파트 근처에 이런 차림새의 여자들이 지나다녔던 것을 떠올렸다.

유괴되는 것은 아닌지 걱정되어 항상 같이 집에 돌아가는 친구의 손을 꼭 잡았다. 친구는 미츠코와 수상한 여자의 얼굴을 번갈아 보며 "아는 사람이야?"라고 물었다. 미츠코는 황급히 고개를 젓고 몸을 굽혀 쏜살같이 달리기 시작했다. 이상하게도 그 아줌마 역시 애매한 거리를 두고 미츠코의 뒤를 바짝 쫓아왔다. 어디까지 따라 오려는 건지, 미츠코의 가슴은 두려움으로 크게 뛰었다.

"내가 너의 엄마야. 오늘 엄마가 마중 나온 거야."

무슨 말을 해도 무시하려고 했으나, 갑자기 '너의 엄마'라는 말에 미츠코는 무심코 그 자리에 서 버렸다.

미츠코가 '이상한 아줌마'라고 생각한 사람은 시로마 나츠코였다. 그러나 미츠코는 나츠코의 얼굴을 기억하지 못했다.

아파트가 보이고, 마침 토모코가 장에서 돌아오고 있었다.

"엄마, 아까부터 저 아줌마가 따라와서 이상한 말을 해."

그런데 쫓아낼 거라 생각한 엄마가 의외로 생글생글 웃으며 '이상한 아줌마'와 이야기를 나눴다. 자신을 무섭게 한 아줌마와 엄마가 왜 다정하게 얘기를 하는 걸까. 미츠코는 입을 벌린 채 두 사람을 번갈아 보았다.

이런 일이 몇 번 계속되는 동안 두 가족은 '교환'을 보류한 채, 교류를 계속해 나갔다.

7월 7일. 곧 여름방학. 하루하루 지나가는 것이 매우 빠르게 느껴진다. 잠들 수 없는 밤이 늘어나 몸이 힘들다. 아이들에게 힘든 얼굴을 보여 주면 안 되니까 힘껏 미소를 짓는다. 아이들을 위해서라도 제대로 하지 않으면 안 된다.

7월 10일. 아이들을 데리고 놀러 갔다. 무심히 놀고 있는 모습을 보면 마음이 아프다. 미츠코와는 무슨 일이 있어도 절대 헤어지지 않겠다고 생각했다. 하지만 하츠코도 내 손으로 키우고 싶다. 둘 다 우리가 키울 수 있다면 얼마나 좋을까.

7월 17일. 테르미츠 씨 가족과 해변에 갔다. 아이들은 아무것도 모르고 즐겁게 놀았다. 아이들이 기뻐하는 모습을 보면, 잠시 마음이 편안해진다.

토모코는 '교환하는 것이 좋겠다'고 생각하다가도 며칠이 지나면 '무슨 일이 있어도 절대로 바꾸지 않을 거야'라며 두 갈래의 감정에 흔들렸다.

가족처럼 지내 온 아파트의 집주인도 간혹 걱정스러운 얼굴로 토모코를 쳐다보았다. 토모코는 안 닮았다고 빨리 얘기해 주지 않은 주위 사람들을 원망하면서도, 부질없는 짓이라는 생각에 집주인에게 토로할 곳 없는 울분을 토해 냈다.

"미츠코를 토모코가 데려온 자식이라고 생각했어. 동생 코이치는 아빠와 쏙 닮았는데, 미츠코가 아빠와 닮지 않은 것은 재혼했기 때문인가 하고 말이야."

닮지 않았다는 얘기는 종종 들은 적이 있었다. 그럴 때마다 본능적으로 비슷한 부분을 찾아내 이렇게 말했다.

"아이가 마른 건 별로 이상하지 않아요. 남편도 예전에는 말랐거든요."

결혼하기 전의 시게오는 분명 말랐다. 지금처럼 관록 있는 몸이 된 것은 최근 몇 년 사이의 일이었다. 몸이 가는 것은 예전 시게오를 닮고 얼굴이 갸름한 것은 자신과 닮았다며, 아무리 남들이 왈가왈부해도 신경 쓰지 않았다. 그런데 지금에서야 그런 말에 신경 쓰지 않았던 것을 후회했다.

아이들과 함께하는 가족 교류는 그 후에도 계속되었다. 교환하기로 결정한 것은 아니었지만 교류를 거듭한다는 것은 교환을 포기하지 않았다는 신호였다. 그러나 두 가족 모두에게 교류로 인한 경제적 부담은 가볍지 않았다.

아이들을 새로운 가족에 적응시키기 위해 토모코 부부가 쓴 돈은 한 달 평균 약 5만 9,000엔이었다. 테르미츠 부부는 5만 1,000엔가량을 썼다. 경제 수준에 따라 적기도 하고 많기도 한 금액이지만, 중장비 운전사인 시게오의 월급은 당시 14만 1,000엔이었다. 자동차 수리공인 시로마 테르미츠의 급여는 세전 15만 엔이었다. 의식비로 평균 8만 엔이 드는 것을 고려하면 상당한 부담이었다.

테르미츠는 8월부터 다달이 본가로부터 돈을 빌렸다. 이윽고 테르미츠는 '아이가 네 명이나 있으니 한 명에게 100엔을 주면, 다른 아이들도 돈을 달라거 해서 난처합니다. 되도록이면 돈을 즈지 않으려고 하지만, 아이가 달라고 하면 안 즐 수도 없다'고 일기에 적을 만큼 궁핍한 생활을 하고 있었다.

경제 상황은 시게오도 마찬가지였다. 아이들과 놀아 주기 위해 종종 일을 쉬어야 했고, 이로 인해 월급이 줄어 생활이 궁핍해졌다. 얼마 없는 저축은 어느새 바닥을 보였고 회사에서 가불을 받아 살아갈 수밖에 없었다. 이렇게 두 가족은 경제적으로도 궁지에 몰렸다.

즐거운 것은 아이들뿐이었다. 유원지에 가는 일은 매우 드물었는데 예상하지도 않은 일이 매주 계속해서 일어나니 눈이 반짝반짝 빛났다.

하지만 너무 많은 생각에 빠져 있던 토모코는 점차 몸이 아파 왔고, 친자식을 만난 지 일주일 정도가 지나자 앓아눕는 일이 잦아졌다.

산처럼 쌓인 빨래를 언니에게 맡겼다. 가끔 가슴이 얼얼하게 아픈 것 같다. 가슴에서 뭔가 빠져나가는 것 같은 기분이 든다. 저녁에는 언니가 울어서 시뻘겋게 퉁퉁 부은 눈으로 찾아왔다. 서로 아무 말도 하지 않고 울고 싶은 마음을 어떻게든 참았다. 언니는 나의 영양 상태가 걱정되어 구운 간을 잔뜩 가져다주었다.

유일한 상담 상대인 언니들도 어떻게 위로해야 할지 몰라 함부로 말을 걸지 못했다. 언니들의 걱정에도 불구하고 쇠약해진 토모코는 점점 입을 열지 않았다. 일어서면 현기증이 나서 화장실도 겨우 기어가는 형편이었다.

식사 준비부터 세탁까지 가사는 전부 언니들이 맡아 주었다. 가라앉은 분위기를 띄우기 위해 언니들은 최대한 소란스럽게 행동했다. 한때

어긋난 인연

는 "미츠코와 함께 죽어 버리면 얼마나 편할까" 하고 무심결에 말하던 토모코도, 쉴 새 없이 교대로 움직이는 언니들을 보고 '시끄럽네'라고 생각하며 시름을 잊어 갔다.

지금까지 누구에게도 의지한 적 없던 토모코가 언니들에게 의지하는 모습이 레이코에게는 애처로웠다.

—

8월 20일, 미츠코의 일곱 번째 생일을 축하하기 위해 토모코의 집에 친척들이 모였다.

실제로 미츠코가 태어난 것은 8월 18일이지만 이사 미츠코로서는 8월 16일이 생일이었기에, 엄밀히 말하면 나흘 늦은 축하였다. 나중에 하츠코와 교환되어 시로마 미츠코가 되었을 때, 생일도 8월 18일로 바뀌게 된다.

오키나와에서는 친척들이 모인 자리에서 십이지를 기초로 한 인생의 중대사를 축하하는 관습이 이어져 왔다. 자신의 띠를 맞이한 해를 '마리도시'라고 하는데, 그중에서도 처음으로 십이지를 한 바퀴 돈 '13유야(13세가 되는 해를 축하하는 것)'는 더욱 성대하게 축하한다. 특히 여자아이는 두 번째 마리도시 때 이미 결혼을 한 경우가 많기 때문에 첫 마리도시가 더 소중했다.

마리도시는 아니지만 토모코 부부는 십이지의 절반이 지났다는 명목으로 가까운 친척들을 불렀다. 물론, 토모코와 시게오는 이 기회를 통해 아이가 뒤바뀐 것에 대해 상담하려는 의도도 있었다.

당연히 친척들 사이에서는 미츠코의 이야기가 화제였다.

"역시 자신의 아이로 바꾸지 않으면 안 될 것 같은데. 아이들이 나중에 커서 왜 바꾸지 않았냐고 물어보면 너희는 어떻게 할 거니? 그래도 괜찮겠니?"

"그러니까. 자기 배 아파 낳은 자식이 이 세상 어딘가에 있다는 걸 알고 있으면서도 바꾸지 않았다는 것을 알고 아이들이 삐뚤어지면, 너희들 그 책임을 질 수 있겠니?"

"낳은 정보다는 기른 정이 낫지 않을까"라는 의견도 있었지만, 다수의 의견에 묻혀 어느새 사라지고 말았다.

토모코는 가만히 듣고 있었다. 더 이상 반박할 기력이 없었다.

친척들의 의견은 대략 교환해야 한다는 방향으로 정해졌다.

다들 자신의 아이가 아니기 때문에 부담 없이 말할 수 있는 거라는 생각에 토모코는 가슴이 답답해졌다. '피와 정'이라는 선택지를 받았을 때, 아무리 친척이라도 엄마, 아빠만큼의 깊은 정이 없으니 혈연관계를 더 중요하게 생각하는 것이 당연했다.

지금까지 미츠코를 귀여워했던 시게오의 삼촌들도 교환해야 한다는 의견이었다.

토모코는 '역시 교환하는 편이 좋을지도 모른다'는 쪽으로 마음이 기우는 한편, 점점 더 미츠코를 떠나보낼 수 없을 것 같았다. 하지만 대다수 친척들의 교환해야 한다는 의견에 반대할 수도 없었다.

테르미츠 부부도 상황은 비슷했다.

테르미츠는 미츠코를 데려오고 싶어 했지만 아내 나츠코는 그렇지 않았다. 이제 와서 교환해 가정에 풍파를 일으키고 싶지 않았다. 자신도 아이도 고생만 하는 게 아닐까 하는 불안감이 나츠코를 짓눌렀다.

"나아는"이라고, '나'와 '나아'의 중간쯤 되는 발음으로 나츠코는 말

어긋난 인연

했다.

"여자애들은 결국 시집을 가니까 교환하지 않고 그대로 두길 바랐어. 아무리 뒤바뀐 사실을 알았다고 해도, 토모코 씨 부부가 찾아오지만 않았어도 모른 체하려고 했는데… 병원에서 일단은 상대방과 만나 보고 결정해도 늦지 않다고 한 말 그대로 따른 게 잘못이었어. 하츠코도 아빠인 시게오 씨와 똑 닮았고, 미츠코도 당신 누님의 아이랑 똑 닮았고. 마치 쌍둥이 같아서 미츠코를 보는 게 무서웠단 말이야……."

교환하고 싶지 않은 한편, 얼굴과 몸 그리고 걸음걸이까지 테르미츠와 똑같은 미츠코를 보니, 역시 내 아이구나 하는 감정이 부글부글 터져 나왔다.

1971년 당시 M촌은 인구 907명에 220세대가 살고 있는 작은 마을이었다. 자작농과 소작농을 합쳐 거의 83%에 달하는 183세대가 농가였다. 전형적인 농촌이었다. 당시 기록에 따르면 M촌 전체에 물소를 포함한 소가 29마리, 말 6마리, 염소 73마리, 돼지 339마리, 닭 1,853마리가 있었다. 사탕수수를 재배하면서 가축을 길렀다. M촌에서 테르미츠와 같은 자동차 수리공은 소수였다.

공동 작업과 모임 등으로 서로 얼굴 볼 일이 많은 농촌에서는 소문이 퍼지는 것도 빨랐다. 일일이 입단속을 하는 것은 불가능했기 때문에 사실이 밝혀지고 나서 겨우 2주 만에 M촌에서는 테르미츠 부부의 아이가 바뀐 것을 모르는 사람이 거의 없게 되었다.

친척이나 지인들은 테르미츠 부부를 만날 때마다 "아이고, 안됐네요. 병원에서 바뀌었나 보네요. 어떤 아이예요?"라고 묻는 것이 인사가 되었다.

그때마다 부부는 꾹 참아야 했다. 호기심 어린 눈길과 연민을 받는 것은 역시나 가혹했다.

소문이 퍼지면서 테르미츠와 나츠코의 친척들은 다양한 조언을 했다. 나이가 많은 이들은 대부분 '아무리 키운 정이 있어도 메이메이(자신)의 아이가 최고다'라는 의견이었다.

테르미츠의 어머니도 가만히 있지 않고 아들 부부를 불러 이야기했다. "어떻게 할 거니? 나도 교환하는 편이 좋다고 생각한다."

나츠코에게는 이 말이 결정적이었다.

언젠가부터 당사자들의 미묘한 감정과는 관계없이 교환하여 친자식을 데려오는 것이 당연하게 되어 갔다.

테르미츠의 어머니가 '가문의 수치'라고 말한 것처럼, 마을에서는 가문의 결속과 연대가 생활의 기초였다. 시조가 같은 일족을 문츄(문중)라고 하는데, 오키나와 사회는 가족보다 문중을 친족 관계의 기본 단위로 여긴다. 예를 들어, 조상숭배가 강한 오키나와에는 다양한 연중행사가 있는데, 대부분의 제사가 무토야(본가)를 중심으로 진행된다. 사람들의 의식도 문중과 깊이 연결되어 있어 곤란한 일이 생겼을 때도 가문 내에서 해결하는 일이 많다. 혈연은 무시하기 힘들 정도로 생활에 밀접하게 연관되어 있어, 친척과 교제가 없으면 시마나이챠(오키나와에 이주한 사람)라고 이상하게 볼 정도다.

가문 내에서는 대부분 교환해야 한다는 의견이었기에 굳이 반대를 하기 위해서는 어려움을 감수해야 했다. 하지만 두 사람 모두 집안에 등을 돌릴 만큼 배짱도 없고, 끝나지 않는 고민에 지쳐 있었기 때문에 친척들의 의견에 크게 흔들렸다.

나츠코와 테르미츠는 친척의 뜻이라는 강한 힘에 휩쓸렸다.

부모 자식 간의 끊을 수 없는 핏줄과 6년간의 애정 중 하나를 강요당

한 이들은 우왕좌왕했다. 그러나 두 가족 모두 정확한 판단을 어디에 요청해야 할지 짐작조차 못했다.

자신이 낳은 아이를 처음 안았을 때 눈물이 흘러 멈추지 않았던 토모코도 교환이 결정되자 냉정함을 잃고 '무력감에 온몸의 힘이 빠진다'고 할 정도였다.

'자신이 키운 자식이 타인의 아이이며, 자신의 친자식은 다른 사람이 키우던 아이라는 것을 생각하면 마음이 너무 괴롭다'고 노트에 적은 테르미츠는 남 얘기를 좋아하는 친척들의 말에 귀를 기울이면서도 왜 우리만 이런 고통을 겪어야 하는지 혼잣말을 하며, 분명 아무 일도 없었다는 듯이 행동하는 날이 반드시 올 것이라고 생각했다.

하지만 이때는 두 가족 중 어느 쪽도 마음의 정리를 하지 못해 아직 아이들을 교환할 상황은 아니었다.

그들이 마침내 뜻을 맞추게 된 것은 멀리 도쿄에서 온 한 부부를 만난 다음이다. 결론을 내기 위해서는 그때까지 기다려야 했다.

제3장

—

각각의 선택

아이가 뒤바뀐 사건이 「류큐신보」에 실린 지 한 달 반 만인 1977년 9월, 나는 오키나와시 M정에 있는 시로마 테르미츠의 집을 향해 구불구불한 언덕길을 올라갔다. 이 길을 드나든 지도 벌써 3주째였다. 이때 내가 소식을 알고 있던 당사자는 시로마 테르미츠뿐이었다. 사실 테르미츠를 의지해 취재에 나서려고 했지만 딱 잘라 거절당해 망연자실한 상태였다.

처음부터 "그런 얘기는 들어 본 적 없습니다"라고 모른 체하며 끈질기게 딴청을 피우고 말을 돌리기도 했다. 결국 사실만은 인정했지만 테르미츠는 여전히 입을 열지 않았다.

달력상으로는 벌써 가을이 되었는데 햇빛은 조금도 수그러들지 않고 쨍쨍 내리쬤다. 이걸로 안 되면 포기하자는 생각으로 발걸음을 옮겼다.

어긋난 인연

흐르는 땀을 훔치며, 나는 마지막 비장의 카드라고 할 수 있는 방안을 제시할 생각을 했다. 그것은 한때 아이가 뒤바뀐 적이 있는 가족과의 대담이었다. 만남은 비밀리에 진행할 예정이었다. 자신의 아이가 일면식도 없는 남의 아이와 바뀌었다는 전대미문의 사태에 휩쓸리게 되면 그 어떤 사람도 도리가 없을 것이다. 그럴 때 경험자의 조언만큼 든든한 것은 없다.

그리고 역시 예상한 대로였다. 시로마 테르미츠는 "토모코 씨 댁에서 좋다면"이라고 말하며 토모코 부부의 주소가 적힌 쪽지를 건네주었다. 토모코 부부 역시 "꼭 만나 보고 싶다"며 그 자리에서 승낙했다.

—

그들에게 소개하고 싶었던 이들은 오다 마사토와 후미코 부부였다.

오다 부부는 아이가 바뀐 것을 1975년 4월에 알게 되었다. 당시 아이는 벌써 초등학교 3학년이었다. 9년간의 '공백'이었다. 학교에서 교통상해보험에 들기 위해 혈액검사를 한 것이 계기였다.

남편의 혈액형은 AB형, 아내는 O형이었다. 그런데 학교에서 가져온 혈액검사표에는 아이의 혈액형이 O형으로 표기되었다. O형의 어머니로부터 O형의 아이가 태어났기 때문에 보통 간과해 버리기 쉽지만, 이공학부를 졸업하고 대기업에서 기술 관계의 일을 하던 남편은 고등학교에서 배운 유전에 대해 잘 기억하고 있었다. AB형은 어떤 혈액형의 배우자를 만나도 O형의 아이를 낳을 수 없다.

"뭐야 이거. 검사가 잘못된 거 아니야?"

그 상태로 1년의 세월이 흘렀다.

1976년 4월, 교통상해보험 계약의 갱신을 위해 다시 아이의 혈액형을 검사했다. 역시 O형이었다. 혈액검사가 두 번이나 틀릴 리 없었다. 부부는 법의학 서적을 사서 읽었다. 거기에는 지문이나 귀, 손톱, 손가락 모양 등도 유전의 영향을 받는다고 쓰여 있었다. 아이와 자신들을 비교하니 '설마'라는 생각이 들었다. 전해 5월 오이타현 죠나이정에서 '아이가 뒤바뀐 사건'을 보도한 신문 기사가 떠올랐다.

이때 오다 부부는 도쿄에 살고 있었지만 출산은 시댁에서 가까운 나가사키 시내의 산부인과 병원에서 했다. 남편은 당장 나가사키로 떠났다. 갑작스런 방문에 원장은 안색이 변하면서, 보관하고 있던 진료 기록 카드를 꺼내 대조해 주었다. 그 결과 아이가 뒤바뀌었다는 것을 알게 되었다. 뒤바뀐 아이의 부모는 나가사키 앞바다에 있는 작은 섬의 어부라고 했다.

병원에서는 상대방의 이름을 가르쳐 주지 않았지만, 작은 섬이니까 알 수 있을지도 모른다고 생각한 남편은 아내와 아이를 데리고 섬으로 건너갔다. 섬의 파출소에서 알아본 결과 자신의 아이와 같은 날에 태어난 남자아이는 한 명밖에 없었다.

주택가 골목을 지나 그 집 현관 앞에 선 부부는 마중 나온 여자를 보고 말문이 턱 막혔다. 지금껏 키워 온 아이와 똑 닮았기 때문이었다. 그때까지 남편의 등에 업혀 안 보이던 아이가 얼굴을 내밀자 여자는 큰 소리로 울기 시작했다.

하지만 이후부터가 큰일이었다. 양쪽 다 두 아이 모두 자신들이 키우고 싶다고 주장하며 쉽게 의견을 좁히지 못했다. 두 가족의 교류가 깊어지면서 1년이 지나고서야 마침내 교환 약속을 하게 되었다.

그해 연말의 어느 날 부부는 아이를 거실로 불러 비밀을 털어놓았

70

다. 그 순간이었다. 아이의 얼굴이 굳어지더니 마치 울부짖는 듯한 목소리가 이어졌다. 아빠와 엄마도 함께 울었다.

"엄마, 앞으로 며칠 남았어?"라던 말버릇이 결국엔 "엄마, 앞으로 몇 시간 남았어?"가 되었다.

비행기 안에서 "이대로 추락하면 좋겠다"고 한 아이의 말이 부부의 귀에서 영원히 사라지지 않았다. 10년간의 정을 끊기 위해, 부부는 떠나보낸 아이와의 연락도 끊었다.

토모코 부부와 테르미츠 부부가 오다 부부와 만난 것은 아이를 교환해야 할지 고민하고 있던 때였다. 경험을 듣고 싶어 하는 진지한 눈빛 때문에 일곱 시간에 걸쳐 웃음기 하나 없는 긴장된 목소리의 상담이 진행되었다. 장소는 나하 시내의 호텔 객실이었다.

그날의 대화를 정리하면 다음과 같다.

—

이사 토모코 : B형과 O형 사이에서 A형의 아이는 태어날 수 없으니까 출산한 병원에 알아보라는 말을 들었을 때는 하늘이 무너지는 기분이었어요. 그런 말도 안 되는 일이 절대 일어날 리 없다고 생각하면서도 바로 병원에 갔어요. 어떤 말도 귀에 안 들어오고… 상대방의 아이 따위는 찾지 않는 게 좋다고, 미츠코가 내 자식이라고 생각했어요.

시로마 테르미츠 : 공장에서 일하고 있던 때였을 겁니다. 점심시간에

변호사가 와서 차에 대해 이야기하고 싶다고 했습니다. 이야기를 듣고 놀라지 말라고 하기에, 차 얘기를 하는 데 놀랄 일이 뭐가 있냐고 묻자, 사실은 이렇다고 하더군요. 저는 농담이라고 생각해서 웃었습니다. 이런 내용의 드라마를 텔레비전에서 본 적은 있지만, 설마 실제로 이런 일이 나에게 일어날 것이라고는 생각한 적이 없으니까요.

시로마 나츠코 : 그 전날 병원에서 간호사 두 명과 혈액검사를 하는 남자 한 명이 함께 왔고, 다음 날 병원에 갔어요. 혈액검사 결과를 들었을 때는 앞이 깜깜해져서 휘청거리고 현기증이 났어요.

이사 토모코 : 바뀐 아이를 못 찾게 해 달라고 매일 마음속으로 기도했어요. 그렇긴 하지만 내 친자식이 지금 어디서 어떤 생활을 하고 있을지 생각해 보지 않은 날은 없었어요. 그런데도 아이를 찾았다는 소식을 들으니 나도 모르게 보고 싶어져서… 내 아이를 거두고 싶다는 생각으로 마음이 가득 차게 되었어요.

오다 마사토 : 저희는 아이를 열 살까지 키웠는데 어딜 데려가도 닮지 않았다고 하더군요. 그런데도 눈치채지 못했습니다.

시로마 테르미츠 : 하츠코 아래로 동생이 세 명이나 태어났지만 안

닮았다고는 생각하지 않았습니다.

이사 토모코 : 친척 누군가를 닮지 않았을까 생각했던 것 같아요.

오다 후미코 : 맞아요, 맞아요. 자기랑 안 닮았는데도 말이에요.

오다 마사토 : 비슷한 친척을 찾는 거죠. 그러면 누군가 한 명 정도는
있는 법이거든요.

이사 토모코 : 둘째를 낳으면서 안 닮았다는 게 눈에 띄었어요. 첫째
는 닮지 않았네? 부인이 바람피운 거 아니야? 라는 말
을 들은 적도 있고요.

오다 후미코 : 저도 바람피웠다는 의심을 받은 적이 있어요.

시로마 나츠코 : 저도 누가 시어머니께 며느리가 다른 사람의 애를
만든 게 아니냐는 말을 했다고…….

오다 마사토 : 누구라도 아기가 바뀌었다는 것보다는 아내가 바람피
웠다고 생각해 버리니까요.

이사 토모코 : 바람피운 적이 없어서 아무렇지도 않았지만요.

오다 마사토 : 아이의 체중 증가가 이상하지 않았습니까?

이사 토모코 : 네, 3㎏으로 태어났는데 이틀째에 2㎏대가 됐어요. 한
　　　　　　달 후 검진 때도 3.3㎏밖에 안 됐어요.

오다 마사토 : 보통 의사가 이쯤에서 눈치를 채야 하는데 말입니다.

이사 시게오 : 저희도 아이를 처음 낳은 거라 그저 기뻐서…….

오다 마사토 : 저희 아이는 나가사키의 병원에서 태어나 어부의 아
　　　　　　이로 자라 왔는데, 처음으로 제 아이를 보았을 때의
　　　　　　기분을 어떻게 표현해야 좋을지…….

오다 후미코 : 그 집 뒷골목 쪽으로 살짝 들어가니 처마 밑에 서 있던
　　　　　　상대방 엄마가 우리 아이의 얼굴을 보자마자 소리를
　　　　　　내면서 울었어요. 뭐, 한눈에 알 수 있었거든요. 얼굴
　　　　　　이 너무나 닮아서…….

이사 토모코 : 저희가 처음 만난 것은 6월 27일이었어요. 만나기 전
　　　　　　에는 불안하고 또 불안해서… 무슨 말을 할지 여러 가
　　　　　　지 생각했는데 만난 순간 가슴이 벅차올라 아무 말도
　　　　　　할 수 없었어요.

시로마 나츠코 : 아, 닮았구나. 역시 바뀐 거구나. 역시 교환하지 않
　　　　　　으면 안 되겠지 하고 생각해서…….

이사 시게오 : 저도 눈물을 힘껏 참으려는 생각뿐이어서…….

이사 토모코 : 안아 주려고 했지만 눈물만 나고 아무것도 할 수 없었어요. 테르미츠 씨는 미츠코를 안아 주기도 하고 볼을 비비기도 했는데 말이에요. 그래서 저는 남편에게 "용기 내서 안아 봐"라고 했지만 남편은 하츠코를 안지 못했죠.

이사 시게오 : 뭔가 마음에 응어리진 것이, 이렇게, 복받쳐 올라왔습니다.

이사 토모코 : 예전에는 술도 별로 안 마시던 남편이 밤에 잠이 안 온다며 술을 마시고는 미츠코는 잠들었는지, 잘 자고 있는지 물으면서 아이의 자는 얼굴을 보고 눈물을 뚝뚝 흘리더라고요. 술이라도 마시지 않으면 견딜 수가 없으니까요. 부모들도 이렇게 힘든데 아이들은 얼마나 더 괴로울지를 생각해 보면 너무 불쌍해서… 정성껏 키워 온 내 자식이잖아요. 피를 나눈 하츠코도 그렇지 않은 미츠코도 내 자식이에요. 인간의 피 따위 다 같으면 좋을텐데… 라고 생각했어요. 혈액형이라는 게 있어서 이렇게 괴로워해야 하는 것 아닌가 하고요.

시로마 나츠코 : 병원에서 하츠코를 토모코 씨 부부에게 주면 어떠냐고 말한 적도 있어요. 터무니없는 말이라 당연히 거절했는데 그런 병원은 다시는 가지 않을 거예요.

시로마 테르미츠 : 미츠코의 얼굴을 보니 마음이 찢어지는 것 같았
습니다. 바꾸는 것이 좋을지, 바꾸지 않는 것이
좋을지 충분히 생각했고, 여러 사람의 의견도 들
었습니다. 어차피 크면 시집을 가니까 지금 그대
로 두는 것이 좋지 않겠냐는 사람도 있었고……

오다 마사토 : 저희 주변에서도 아이를 바꾸지 말라고 했습니다. 저
도 아이를 교환할 생각으로 찾아간 건 아니었습니다.
다만, 내 아이를 한 번 보고 싶어서……

이사 토모코 : 저도 아이를 찾은 이상, 한 번은 만나 보고 싶어서……

시로마 테르미츠 : 드디어 만나게 된 날, 저는 술을 퍼마시고 있었습
니다. 만나러 가면, 지금 당장 바꿔 달라고 할 것
같았습니다. 친자식을 보고 싶었지만 하츠코를
떠나보낼 수 없어서, 놀러 온 친구에게 이런 사정
은 숨기고 계속 술을 마셨습니다.

오다 마사토 : 저는 아이들의 미래를 생각해서 교환하기로 결심했습
니다. 평생 숨길 수도 있지만 더 커서 알게 되었을 때
비밀로 한 것이 원인이 되어 나쁜 길로 빠지진 않을까
걱정이 되었습니다. 게다가 한 번이라도 보게 되면 내
아이는 내가 키우고 싶게 됩니다. 하지만 키운 자식도
내 품에 두고 싶어지죠. 마음을 독하게 먹고 아이를

교환하는 수밖에 없었습니다.

시로마 테르미츠 : 교환하고 나서도 아이가 나를 찾아온다면요?

이사 토모코 : 교환하고 난 뒤에도 아이가 양쪽을 왔다 갔다 했나요?

오다 마사토 : 교환하고는 교류하지 않았습니다. 우리의 경우 도시
와 어촌이라는 매우 다른 환경이라, 아이들이 적응할
수 있을지가 큰 걱정이었습니다. 열 살이니까 혼자 열
차를 타고 돌아가 버리지는 않을까. 어른들은 이런저
런 걱정을 했지만 실제로 아이들은 놀랄 만큼 단기간
에 적응했습니다. 경험자로서 말씀드리는 건데, 아이
들의 적응력은 대단한 것 같습니다.

이사 시게오 : 교환하고 얼마나 지난 후입니까?

오다 마사토 : 9개월입니다. 넉 달째부터는 거의 문제가 없었습니다.
모르는 사람이 보면 태어났을 때부터 함께 생활한 친
자식이라고 생각했을 겁니다.

이사 토모코 : 아이들끼리는 잘 지내나요?

오다 후미코 : 역시 마음이 잘 맞더라고요. 취향이나 버릇이 형제들
과 닮았으니까요. 이전 아이는 혼자 달라서 맞지 않는

부분이 있었거든요.

오다 마사토 : 형제 사이도 전보다 좋아졌습니다. 나가사키에 간 아
　　　　　이도 형제들과 사이좋게, 건강하게 지내고 있어요. 도
　　　　　쿄 따위 돌아가고 싶지 않다는 말을 듣고 안심도 되었
　　　　　고 실망도 했습니다.

시로마 테르미츠 : 그 점은 걱정 안 해도 되는군요.

—

　오다 부부와의 만남은 두 가족에게 결정적인 영향을 미쳤다. 특히
'단기간에 아이들이 적응했습니다'라는 말은 그들이 가장 듣고 싶었던
얘기였다. 하지만 그 말이 너무 강렬했기 때문에 '도시와 어촌으로 환
경이 달랐다'는 오다 부부의 상황을 놓쳐 버렸다.
　일곱 시간에 이르는 긴 대화에도 불구하고 아무도 지친 표정을 보이
지 않은 것은 그만큼 절실했기 때문이었다.
　그날 밤 시로마 테르미츠는 노트에 이런 글을 남겼다. 투박하지만
직접적인 감정 표현이 테르미츠의 불안과 결의를 잘 전하고 있다.

　오다 씨 부부가 당신들도 끔찍한 일을 겪었다고 하면서 아이들이 정
말 불쌍하다며 눈물범벅이 되어 말했다. 오다 씨 부부는 아이들은 우
리가 생각하는 것 이상으로 강하니까 교환해도 형제들에게 금방 적응
할 거라고 했다. 하지만 앞으로 어떤 일이 일어날지는 모른다고 했다.

아이가 바뀌었다는 사실은 아주 고통스러운 일로, 키워진 아이도 키워온 부모도 칼같이 인연을 잘라 내기 힘든 구석이 있다고 햇다. 굳이 말하자면, 아기 때부터 키운 아이에게 더 마음이 가는 것이 엄마의 마음이라고 햇다. 하지만 아이를 생각한다면, 역시 친자식을 거두는 게 조다고 말했다. 아이들이 커서 삐뚤어지기라도 하면, 부모가 더 힘들어지기 때문이라고 햇다. 그래서 우리도 교환하는 편이 좋다고 말했다. 그 나름대로의 불안함은 모두에게 있지만, 어쩔 수 없는 것이라고 말했다. 우리는 이 말을 듣고, 조금은 마음이 안정되었습니다.

우리는 아이들을 교환하기로 결심했습니다. 그렇지만 마음 한구석에는 불안함이 자리 잡고 있어, 어떻게 해야 할지 도저히 모르겠습니다. 오다 씨 부부가, 나약해지지 말고 힘내라고 햇다.

교환해야 할지 말지 망설이던 테르미츠도, 오다 부부를 만나고 난 후 드디어 아이들을 교환하기로 결심했음을 알 수 있다. 같은 경험자로서 오다 부부의 발언은 그들에게 큰 영향을 주었다.

학창 시절부터 테르미츠는 공부를 별로 좋아하지 않았다. 특히 글쓰기에 서툴렀다고 한다. 나중에 테르미츠가 계약직으로 본토에 건너갔을 때의 일이다.

"본토에 취업해서 뭐가 가장 두려웠냐 하면, 전철을 탈 때 한자를 못 읽는 거였습니다. 어디로 가는지 몰라서 항상 조마조마했죠. 버스 정류장에서 '이거 어디 가는 건가요?'라고 물어보면, 대부분 '거기 써 있습니다'라고 대답했습니다. 곤란했죠. 표지판을 봐도 읽을 수가 없으니까. 장 보는 것조차 직장에서 멀리 나가지 못했습니다. '어디 어디 가는 걸 타면 돼'라고 알려 줘도 한자를 읽을 수 없으니, 얼마나 슬프고 억울했던지……."

문법과 맞춤법 사용에 오류가 많고 매우 읽기 어려운 문장이지만, 의무교육을 마친 후 일자리를 얻기 위한 교육만을 받아 온 테르미츠에게는 이것이 최선의 표현이었다.

—

오다 부부를 만난 후, 양쪽 부모 모두 '교환'을 머릿속에 구체적으로 그렸다. 아이들을 적응시키기 위해 교류에 힘쓴 것도 이때 즈음이다. 이로 인한 금전적인 부담은 가계를 압박하고 있었지만 정신적인 압박에 비하면 아무것도 아니었다.

다만 토모코는 불안감과 허탈감을 이기지 못하고, 8월 중순쯤에는 더위까지 먹는 바람에 체중이 8㎏이나 줄어 40㎏밖에 나가지 않을 정도로 몸이 쇠약해졌다.

이때의 심경을 토모코는 일기에 다음과 같이 썼다.

잠 못 드는 밤이 많기 때문에 몸이 무겁다. 아이들에게 힘든 얼굴을 보여 주고 싶지 않기 때문에 힘껏 미소를 짓는다. 아이들을 위해 정신 바짝 차리지 않으면 안 된다.

아이들을 데리고 놀러 갔다. 아무것도 모른 채 놀고 있는 아이들을 보면 마음이 아프다. 어떤 일이 있어도 미츠코는 놓지 않을 것이다. 하지만, 하츠코도 내 손으로 키우고 싶다. 둘 다 키울 수 있다면 얼마나 좋을까.

어긋난 인연

오늘은 해변에 갔다. 오키나와에 있는 공원은 다 돌아본 느낌이다. 몸과 마음의 피로러 지친다. 언제까지 미츠코와 같이 살 수 있을까. 얼마 안 남았다고 생각하면 슬퍼진다. 잘모슬 범한 병원을 저주한다. 그동안은 아이의 잠든 얼굴을 보고 귀엽다고만 생각했는데, 그 이후 아이의 자는 얼굴을 보면 씁쓸해진다. 미츠코의 손을 꼭 잡고 잤다.

테르미츠 부부도 같은 생각을 하고 있었다.

아이들을 보면 정말 기뻐하고 있는 것 같지만, 상대방의 부모를 보면 웃음이 나오지 않아 억지웃음을 짓는 것이 너무 힘들었다.

두 가족 모두 즐거워 보이지만, 우리는 즐겁다고는 할 수 업고, 교환하게 되면 어떡하지 생각하면서도, 교환하지 않으면 안 되겠지 하는 생각이 든다. 아이를 바꾸지 않으면 어떻게 성장할지 생각하면, 엄청 부란해서 견딜 수가 없다.

아무것도 모르는 아이에게, 키워 준 부모로부터 친부모애개로 돌려보낼 쑤 없을 것 같다. 게다가 친엄마에게 엄마라고 불러 줄까, 라는 의문이 들었습니다.

지금까지 유원지에 간 것이 손에 꼽을 정도였던 아이들에게는 꿈과 같은 매일이 이어졌다. 일요일이, 그리고 여름방학이 몹시 기다려졌다. 하츠코가 지금껏 가족끼리 놀러 간 것은 테르미츠의 취미인 낚시를 따라가 해변에서 바비큐를 즐긴 정도였다. 당연히 레스토랑에서 식사하는 것 같은 사치는 생각해 본 적도 없었다.

미츠코의 가족도 사정은 비슷했다. 시게오는 항상 집에 늦게 들어와 온 가족이 단란하게 밥을 먹는 일조차 별로 없었다. 그런데 일요일마다 가족이 다 같이 외출하게 되니 미츠코도 하츠코도 들떠서 기뻐했다.

그러나 이상한 점은 두 가족이 유원지나 해변에 몇 번이나 놀러 갔던 일을, 현재 미츠코와 하츠코는 기억하지 못한다는 것이다. 즐거웠던 날들이 교환을 위한 수단이었다는 것을 알게 되었을 때 무의식이 기억을 소멸시켜 버린 것일까. 이 기간만이 공백으로 남았다.

하츠코의 여동생들과 미츠코의 남동생까지 두세 번 공원에서 함께 놀며 아이들은 금방 친구가 되었다. 다만, 낯을 많이 가리는 하츠코만은 항상 무리에서 떨어져 놀곤 했다.

"하츠코랑도 같이 놀아 주렴"이라고 토모코가 미츠코에게 주의를 준 적도 있지만 미츠코는 "놀자고 손을 잡아끌어도 안 와"라며 곤란한 얼굴로 변명했다.

토모코는 그런 하츠코를 보고 아이가 익숙해질 때까지 고생할지도 모른다는 생각이 들어 마음이 무거웠다.

응석받이 미츠코는 엄마 손을 잡고 장 보러 다닌 즐거운 기억도 많지만 꾸중을 들었던 기억도 많았다. 토모코는 예의범절에 대해서 특히 엄했다.

유치원에 들어갔을 무렵, 미츠코가 엄마의 지갑에서 만 엔짜리 지폐를 빼간 것을 들켜 손과 발이 묶인 채 벽장에 갇힌 적도 있었다. 사실 미츠코는 만 엔짜리인지 천 엔짜리인지도 모르고 가져간 것이지만, 그래도 훔쳤다는 것은 변함없다며 토모코는 아이를 꾸짖었다. 벽장에서 꺼낸 후에는 허리띠 끝으로 엉덩이가 빨갛게 될 때까지 아이를 때렸다.

어긋난 인연

첫째 언니 레이코의 눈에도 토모코는 유달리 엄격한 엄마였다.

"어린 시절 미츠코는 달리기만 하면 꼭 전봇대에 부딪혔어요. 게다가 보도의 갓돌에 걸려서 잘 넘어지곤 했기 때문에 '정신을 안 차리니까 그렇지. 앞을 보고 걸어라'라는 꾸중을 듣곤 했어요. 미츠코가 근시인 것을 알게 된 건 유치원에 들어가고 나서인데, 우리 가족 중에는 눈이 나쁜 사람이 없어서 이상했어요. 처음으로 상대방 부모와 만났을 때, 아아, 친부모가 눈이 나빴기 때문이구나 하고 납득이 갔어요."

둘째 언니 세츠코의 눈에 비친 토모코는 아버지를 닮아 교육열에 불타는 엄마였다.

"두세 살이 되어 말할 수 있게 되자 얼른 ○△□를 그린 종이를 벽에 붙이고 어느 쪽이 삼각형이냐고 물을 만큼 극성인 엄마였어요. 어디에나 낙서할 수 있도록 아파트 벽 한쪽 면에 하얀 종이를 붙여 놓았죠. 유치원에 들어갈 때 즈음에는 대충 읽고 쓸 수 있게 되었으니 대단한 엄마예요."

토모코와 자매들은 아침에 일어나면 그날 저녁 식사를 걱정해야 할 정도의 낙도에서 자랐다. 외딴섬에서는 가난이 당연한 일상이었다. 그래도 아버지는 "교육이야말로 아이들에게 남길 재산"이라고 말해 왔다. 세상에 나와도 부끄럽지 않도록 밭일이 가장 바쁠 때도 아이들에게 예의범절을 철저하게 가르쳤다. 이러한 교육에 대한 열정과 예의에 대한 엄격함이 모르는 사이에 토모코에게 이어진 것으로 보였다.

남들에게 바보 취급을 받지 않는 인간으로 성장시키겠다는 것이 토모코의 일관된 교육 방침이었다. 아무리 엄격해도, 그만큼 응석 부릴 기회를 준다면 아이도 알아줄 것이라는 신념이 있었다. 오키나와에는 '자식에게 도움이 되지 못하는 부모는 똥이나 다름없다'는 속담이 있는데, 토모코의 아버지가 입버릇처럼 하던 말이자, 토모코가 아이를 대하는 자세이기도 했다.

처음으로 하츠코를 집에 불러 재웠을 때였다. 하츠코의 행동거지를 보고 토모코는 가정환경의 차이에 몹시 놀랐다.

미츠코와는 달리, 하츠코는 야생 그 자체였다. 머리를 짧게 자른 하츠코를 처음 본 친척 중 한 명은 "여자애랑 바뀌었는데 어째 남자애가 와 있는 거지?"라고 중얼거렸을 정도였다. 젓가락질도 잘 못했고 숟가락이 없을 때는 손으로 먹었다.

토모코를 가장 곤혹스럽게 한 것은 학습 능력이었다. 글씨는 전혀 읽지 못했고 그림책조차 이해하지 못했다. 자신의 이름을 쓸 수 없는 것은 물론이었다. 미츠코와의 큰 차이에 '마치 산 속에서 기어 나온 것 같다'고 놀랄 정도였다.

향후 하츠코를 데려오고 토모코가 가장 먼저 한 일은 입학할 때까지 자신의 이름 정도는 쓸 수 있도록 특별훈련을 시킨 것이다. 식사 후 식탁을 치우고 도화지를 펼쳤다. 히라가나를 읽고 쓰는 것부터 가르쳤지만, 기초가 전혀 없는 하츠코는 잘 늘지 않았다. 토모코는 또한 이전에 미츠코를 위해 사 놓은 그림책을 벽장에서 다시 꺼내 읽어 주었다. 지금까지 누군가가 그림책을 읽어 준 적이 없었던 하츠코는 토모코의 낭독만은 즐겁게 들었다.

이러한 육아법의 차이는 교환 이후 두고두고 다양한 형태로 꼬리를 물고 이어지게 된다.

'엄마는 무섭다'라는 것이 지금까지 미츠코가 품어 온 토모코의 인상이었다. 그런데 이제 토모코는 믿을 수 없을 정도로 부드러운 엄마가 되었다. 자신의 아이가 아닌 것을 깨달았을 때부터 '남의 아이를 맡

어긋난 인연

고 있는' 듯한 기분이 들어 꾸짖는 일조차 할 수 없었다.

토모코와 미츠코에게 무엇보다 즐거운 일이라면, 시게오가 유례없이 일찍 귀가하게 된 것이다.

시게오는 다른 사람에게 말할 수 없는 고민이 있었다. 그것은 코골이였다. 스스로는 잘 알 수 없었지만 주변에서 무슨 일이 일어난 줄 알고 벌떡 일어날 정도로 코를 무시무시하게 골았다. 신혼 초에는 무시할 수 있었는데 어느새 토모코조차 잠들 수 없을 정도가 되었다. 시게오는 이것이 신경 쓰여 일이 끝날 무렵에는 누구라도 불러 마작을 하며 시간을 보내다가 심야에 귀가했다.

그러나 지금은 이런 습관을 멈추고 저녁 때 돌아왔다. 잠깐이나마 가족이 함께 보내는 단란한 시간이 우울한 토모코를 간신히 지탱해 주었다. 부부를 극한으로 몰아간 이 '대사건'이 반대로 부부의 인연을 강하게 만들어 주고 있었다.

시게오의 아파트는 카데나 기지에서 일하는 미군을 위해 지어진 것으로, 욕실에는 샤워기밖에 없었다. 그래서 서둘러 욕실을 개조해 작은 욕조를 설치했다. 좀처럼 딸과 같이 목욕하지 않던 시게오는 앞으로 미츠코와 보낼 날이 얼마 없다고 생각하자 최대한 많이 미츠코와 목욕을 하고 싶었다.

욕조는 시게오가 들어가면 단번에 넘쳤는데, 그때마다 미츠코는 환호성을 질렀다.

—

8월 중순부터는 상대방의 가정으로 아이만 보내서 놀도록 했다.

하지만 부모의 생각대로 되지는 않았다.

하츠코가 처음으로 테르미츠에게 이끌려 토모코의 아파트에 왔을 때였다. 토모코는 아이가 낮에는 집 주변 골목에서 얌전하게 놀다가도 해가 질 때가 되면 안절부절못한다는 것을 알게 되었다. 거의 적응했다고 생각한 토모코의 가슴에 비수가 꽂히는 것 같았다.

어떻게 하고 싶은지 물어도 대답이 없었다. 그때 토모코의 집으로 아이를 기른 아버지인 테르미츠가 데리러 왔다.

"아아빠!"

하츠코는 지금까지 돌봐 주던 토모코의 손을 뿌리치고 테르미츠에게 뛰어갔다. 테르미츠의 가슴에 붙어 떨어지려고 하지 않았다. 웃지 않는 아이라고 생각했는데 지금까지 본 적 없는 웃는 얼굴로 응석을 부렸다. 모처럼 연결된 실이 툭 끊어진 기분이 들어 토모코는 말로 다 할 수 없는 비참함을 맛보았다.

여름방학이 되면 가족의 교류는 일과처럼 이루어졌다. 자주 놀러 가는 것이 아이들에게도 이상하게 느껴졌는지 미츠코는 토모코에게 여러 가지를 물어보았다. 그 자리에서는 적당히 얼버무렸지만 머지않아 아이들에게 확실히 설명해야 할 날이 오고 있다는 것이 느껴졌다.

테르미츠 부부의 집에 미츠코를 데리고 놀러 갔을 때의 일이다. 화젯거리가 없는 시골 마을에서 이런 '대사건'은 마을 사람들의 입에 오르내리지 않는 날이 없었다.

여느 때처럼 마을 노인들이 기웃거렸다. 미츠코와 하츠코의 얼굴을 비교해 보기 위해 온 것이었다. 술을 마시고 온 탓인지 미츠코의 얼굴을 보고 이렇게 말했다.

"역시 닮았네. 네 엄마는 이쪽이 아니라 저쪽이야. 지금 엄마는 진짜

어긋난 인연

엄마가 아니거든."

미츠코는 어리둥절한 표정으로 노인의 손가락이 가리키는 시로마 나츠코 쪽을 쳐다보았다. 이 상황을 바라보던 토모코는 깜짝 놀라 숨을 삼켰다. 식은땀이 날 정도로 경악했다.

그날 밤, 어찌해야 할지 모르게 된 토모코는 시게오와 상의하여 그동안의 과정을 미츠코에게 이야기하기로 했다.

토모코는 어떻게 말을 꺼낼지 주저하면서 미츠코의 손을 잡았다.

"있잖아, 미츠코가 전부터 왜 하츠코랑만 놀러 나가냐고 물어봤잖아. 미츠코도 이상하다고 생각했지?"

"응, 왜?"

"엄마는 하츠코가 친척이라서 그렇다고 말했지만, 그건 거짓말이었어. 미츠코한테 거짓말해서 미안. 사실은 미츠코랑 하츠코는 태어났을 때 병원에서 실수로 바뀌었어. 미츠코의 진짜 부모님은 하츠코의 부모님이야. 그러니까 미츠코가 1학년이 되기 전에 하츠코랑 바꾸지 않으면 안 돼."

진지하게 듣고 있던 미츠코의 입가는 점점 크게 일그러지고 작은 눈에서는 굵은 눈물이 뚝뚝 떨어졌다. 토모코는 무심코 미츠코의 작은 몸을 끌어안고 말하지 않았으면 좋았을 뻔했다고 생각하며 입술을 깨물었다.

"병원이 나쁜 거야……."

"왜 병원이 나빠?"

"미츠코가 태어났을 때 간호사가 이 아이예요, 라고 말해서 그대로 미츠코를 데리고 돌아왔거든."

"왜 그렇게 된 거야?"

"신께서 조금 괴롭히고 싶었나 봐. 그래도 바뀌는 바람에 미츠코랑 엄마랑 만나게 되었으니까 신께 감사하자."

"하지만 왜 거기에 가지 않으면 안 돼? 왜 거기에서 학교에 다니지 않으면 안 되는 거야? 이제 엄마랑 못 만나는 거야?"

끊임없이 쏟아지는 질문에, 토모코는 얼굴을 수건으로 가린 채 대답하지 못했다. 시게오도 딸의 얼굴을 제대로 볼 수 없는지 등을 돌리고 있었다.

"엄마도 아빠도 어딘가 멀리 가 버리는 거야?"

어찌할 바를 모르던 토모코는 작은 거짓말을 했다.

"그런 일은 없을 거야. 미츠코는 지금까지처럼 언제까지나 엄마, 아빠와 함께 살 거니까 아무것도 걱정하지 않아도 괜찮아."

이 한마디에 안심했는지, 미츠코는 눈물에 젖은 얼굴로 미소를 지었다.

8월 16일. 이날은 이사 미츠코로서의 마지막 생일이었다.

—

8월 21일에는 테르미츠 부부의 본가에서 미츠코와 하츠코의 생일을 함께 축하했다.

양쪽의 친척이 모여 성대하게 축하했지만 다들 말이 없어, 사람이 많아도 조용했다. 당시 인기 있던 핑크레이디[21]로 분장하고 노래하는 미츠코와 하츠코를 보고 어디선가 '불쌍하다'고 흐느끼는 소리가 새어 나왔다.

---

21 1970년대 후반에 활동했던 일본의 여성 듀오 아이돌 그룹

테르미츠는 아이의 생일을 축하하면서 눈물을 흘리는 부모가 어디 있겠냐고 자신의 불운을 한탄하며, 이날의 모습을 다음과 같이 일기에 썼다.

친척이나 친구가 정말 아이들이 불쌍하다며 눈물을 흘리면서 아이들을 보면, 하츠코가 '아빠, 왜 고모가 울고 있는' 거냐고 묻는다. 아이가 이런 말을 하면, 나 자신도 울 것 같아져 너무나 괴롭습니다.

전날 테르미츠 부부의 집에서도 하츠코에게 막 사정을 설명한 참이었다.

어느 날 유치원에서 돌아온 하츠코는 나츠코에게 이렇게 물어본 적이 있다.

"나는 엄마, 아빠 딸이 아니래. 진짜야?"

이때 하츠코에게는 아빠와 엄마가 두 명 있다고 조마조마하면서 설명했다. 그로부터 두 달이 지난 지금 나츠코는 더 이상 숨길 수 없다고 생각했다.

"사실 하츠코는 엄마 딸이 아니야."

"거짓말. 왜?"

"거짓말 같은 거 아니야. 아주아주 옛날에 하츠코가 태어났을 때 간호사가 잘못해서 미츠코랑 바뀌어 버린 거야. 그래서 1학년이 되기 전에 미츠코가 이쪽으로 오고 하츠코가 저쪽으로 가야 해……."

하츠코는 끝까지 말을 잇지 못하면서도, "거짓말. 거짓말. 엄마 바보. 저쪽에 가기 싫어"라며 흐느껴 울기 시작했다. 이 모습을 보고 나츠코는 아무 말도 할 수 없었다.

전날의 일이 잠시 나츠코의 뇌리를 스쳤지만, 지금 천진난만하게 노래를 부르고 있는 하츠코를 보고, 아이들은 적응력도 빠르고 포기도 빠르기 때문에 교환해도 잘 될 거라고 낙관적으로 생각하게 되었다.

토모코가 "두 아이 모두 키울 수 있으면 좋을 텐데"라고 나날이 입버릇처럼 말하게 된 것은 이때로부터 오래 지나지 않아서인데, 언니들은 그저 지켜볼 수밖에 없었다.

자기 배 아파 낳은 자식이 뒷전으로 밀려나는 것 같아도 그동안 키운 자식을 놓을 수가 없었다. 부모 자신이 결정하지 못하고 망설이고 있는 것을 보면, 아무리 자매 사이라도 아이의 교환 문제를 입에 담는 것은 조심스러웠다. 언니들은 '물에 빠진 두 아이 중 누구를 먼저 구할지를 알려 주는 것과 같다'고 생각했다.

단, 상대방의 가정에 무언가 복잡한 사정이 있다고 헤아린 레이코는 "내가 도와줄 수는 없지만 두 아이 모두를 키운다는 생각을 가지렴"이라고 충고했다.

토모코와 나츠코가 애틋한 손길로 대하는 것을 아이들은 민감하게 느끼고 있었다. 여태껏 의젓했던 모습은 거짓말처럼 사라지고 아이들은 원하는 게 있으면 주저 없이 사 달라고 졸랐다. 그리고 부모들은 아이들이 원하는 것을 다 사 주었다. 욕망을 억제하지 못하는 아이들의 행동을 우려하면서도 엄격하게 굴면 아이들에게 미움을 받을까 싶어, 가만히 지켜볼 수밖에 없었다. 아이들의 행동에 일희일비하는 모습을 토모코는 일기에 이렇게 썼다.

8월 28일. 아이들과 드라이브를 하고 식사를 했다. 요즘은 하츠코도 점점 나애개 응석을 부리는 것 같다. 한 명의 기분을 맞추면 다른 한 명

어긋난 인연

이 화를 내기 시작하고, 두 명에게 휘둘려 마음이 편안해질 틈이 없다.

9월 4일. 다 같이 해변에 갔다. 미츠코는 지금까지 볼 수 없었던 정도로 응석을 부렸다. 나도 이 아이와 함께 지낼 수 있는 날이 얼마 남지 않았으니, 같이 있을 때만이라도 응석 부리게 두자, 즐겁게 해 주자, 하고 생각해서 나쁜 짓을 해도 혼낼 수도 없게 되었다.

테르미츠의 집에서도 사정은 비슷했다. 하지만 네 아이를 품에 끼고 급급하게 사는 테르미츠는 '앞으로의 생활은 더 힘들지 않을까' 하고 걱정에 잠겼다. 용돈으로 10엔 동전을 주면 "흰 돈[22]이 더 좋다"고 우는 아이를 꾸짖을 수 없었다.

여유만 있다면 아이가 좋아하는 것을 사 주고 싶었다. 하지만 경제적으로 궁핍한 환경에서 아이들이 원하는 것을 모두 해 줄 수는 없었다.

—

10월 하순이 가까워지면서 유치원과 가정에서는 내년 봄의 초등학교 입학이 화제가 되었다. 동시에 그것은 아이들이 교환된다는 의미이기도 했다. 아이들, 특히 미츠코의 정서가 불안정하고 초조했는데, 화를 내거나 넘어지는 등의 행동이 일정한 주기로 반복되었다.

어느 날, 토모코는 마을 잡화점 '산에'에서 하츠코를 위해 스웨터를 사 왔다. 유치원에서 돌아온 미츠코는 쇼핑백 안의 스웨터를 보고 화

---

22 10엔은 황동 구리, 100엔은 백동 구리로 제작

를 내기 시작했다.

"왜 하츠코는 사 주고, 나는 안 사 주는 거야?"

토모코는 어떻게든 달래 보려고 했지만 결국 미츠코가 원하는 대로 색상도 디자인도 똑같은 옷을 사게 되었다.

미츠코는 여러모로 하츠코와 경쟁하는 사이가 되어서 사소한 일도 격렬한 싸움으로 이어지는 경우가 있었다. 체격도 더 좋고, 시골에서 자유롭게 자란 하츠코와의 싸움에서 미츠코는 항상 졌다. 미츠코는 울면서 토모코의 옆에 바짝 붙어, 엄마를 방패 삼아 하츠코를 노려보았다.

하츠코는 반대로 미츠코를 노려보며 도발했다.

"하츠코의 엄마야. 미츠코의 엄마 아니야!"

또다시 격렬한 싸움이 시작되었다. 머리채를 잡힌 미츠코는 터질 듯한 목소리로 울부짖었다. 이긴 하츠코도 의기양양하기보다는 무표정한 듯 뾰로통했다.

이럴 때 토모코는 어떻게 해야 좋을지 몰라 안절부절못했다. 누구의 편도 들지 않고, '나도 함께 엉엉 울고 싶은 마음'을 간신히 억제했다.

"사실이야? 그럼 미츠코의 엄마는 누구야?"

추궁당한 토모코는 말이 나오지 않았다.

엄마가 대답을 해 주지 않자 미츠코의 분노는 하츠코를 향했고, 말로 응수했다.

말싸움은 미츠코가 더 잘했다.

"하츠코는 돌아가! 너는 M정으로 돌아가!"

하츠코도 짧게 반박했다.

"미츠코 따위 죽어 버려!"

곤경에 빠진 아이들은 그 자리에 우두커니 선 채 계속 울었다.

―

주말에는 교대로 상대방의 집에 머물렀다.

M정에서 돌아오면, 맨 먼저 토모코의 품으로 달려가 "엄마, 걱정했어?"라며 뺨을 비비는 것이 미츠코의 습관이 되었다. 토모코가 "걱정했지"라고 하면 자못 안심한 것처럼 웃음을 되찾았다.

하츠코가 오면 반드시 미츠코와 말썽이 일어났다. 누가 토모코 옆에서 자야 하는지 밤늦게까지 논쟁을 벌였다. '엄마'를 빼앗긴다고 생각했는지 미츠코는 집요하게 하츠코에게 대항했다. 이런 경우 토모코를 가운데 두고 셋이 나란히 잠을 잤다.

눈을 감고 잠시 후, 미츠코의 이불 속에서 작은 손이 뻗어 왔다. 무언가를 찾는 듯한 손길을 토모코가 말없이 꼭 잡아 주었다. 그대로 손을 잡고 한참을 움직이지 않고 있으면 안심한 것처럼 가볍게 색색 숨소리를 내며 잠들기 시작했다.

하츠코는 토모코의 집에서 미소조차 보이지 않았다. 토모코가 고심을 거듭해 진수성찬을 차려도 얼굴에 기쁨이 드러나지 않았다. 언제나 외로운 듯 무릎을 끌어안고 있었다. 단 한 번 하츠코의 표정이 변할 때는 M정에 돌아가자고 할 때였다. 그런 하츠코를 보고 있으면, 토모코는 테르미츠 집에서의 미츠코 모습이 훤히 보였다.

어느 아이도 상대방의 집에 가고 싶어 하지 않았다. "나는 엄마 딸이니까 안 가"라고 미츠코가 말했다. 말수가 적은 하츠코는 더욱 과묵해졌다. 토모코는 빨리 진짜 가족에게 적응시켜야 한다는 생각에 초조한 한편, 그냥 이대로 교환하지 않는 것도 좋겠다는 생각이 들어, 아직도 뚜렷한 결정을 내리지 못했다.

언젠가는 이런 일도 있었다.

　밥을 먹다가 미츠코가, 밤이 되면 M정에 데려갈 거야? 라고 물어서
내가, 그래, 내일 쉬는 날이니까 저녁에 M정에 가자, 라고 대답했더니
미츠코가 밥을 먹지 않았다. 깜짝 놀라서 많이 먹으면 데려가지 않을
거니까 빨리 먹으라고 말하자 알았다며 큰 소리로 대답하며 웃었다. M
정에 가자, 라고 말할 때마다 울 것 같은 얼굴이 되니 나도 슬퍼진다.
　밤이 되자 테르미츠 씨가 하츠코를 데리고 왔다. 그리고 테르미츠
씨가 미츠코에게 함께 M정에 가자고 말하자, 용돈을 주지 않으면 가지
않겠다고 했다. 300엔을 쥐어 주자 마지못해 따라갔다. 그런 쓸쓸한
뒷모습을 보면 이대로가 좋다고 교환 따위 하지 않아도 된다고 생각하
게 된다.

　초등학교 입학이 화제가 될 때마다, 아이들은 입학하기 싫다는 의사
를 확실하게 표현했다.
　"4월이 되면 G정 초등학교에 입학할 거야"라고 말하자 "나는 G정
초등학교에는 안 갈 거야"라고 하츠코가 반항한 것은 다음 해 1월경이
다. 한편 미츠코의 반항은 두 달 정도 빨랐다는 것이 토모코의 일기를
통해 여실히 드러난다.

　12월 1일. 1학년이 되기 전, 할머니와 함께 야에야마로 도망가겠다
고 한다. 엄마, 좋지? 라고 물어봐서 응, 이라고 하자, 옷장에서 자신의
옷을 꺼내서 보자기에 쌌다.

12월 10일. 오늘은 무슨 일인지 미츠코의 기분이 나빴다. 무슨 일이냐고 물어봐도 대답하지 않았다. 1학년이 되면 M정에 가야 한다는 것을 알고 있기 때문에 이따금 생각이 나서 토라진 것이다.

12월 21일. 미츠코가 1학년이 되고 싶지 않다고 한다. "걱정하지 마. 미츠코가 1학년이 되어도 M정에는 보내지 않을 테니까"라고 말하자, 몹시 기뻐하며 나와 손가락을 걸어 약속했다.

미츠코의 가방을 사 왔을 때의 일이다. 갑자기 가방이 없어져 집안이 난장판이 되었다. 토모코는 언니와 분담하여 가방을 찾았지만 보이지 않았다. 결국 레이코의 집 벽장에서 가방이 발견되어 놀랐지만, 대략적인 이유는 토모코도 짐작이 되었다.

미츠코에게 물어보니 기죽지도 않고 이렇게 대꾸했다.

"1학년이 되지 않으면 저쪽에 안 가도 돼?"

초등학교에 입학하기 전에 교환한다는 것이 어느새 미츠코의 머릿속에서는, 초등학교에 입학하지 않으면 교환하지 않아도 된다는 것으로 바뀌어 있었다.

연말이 다가오자, 미츠코는 점점 이상한 행동을 보였다. 새해가 되면 교환될지도 모른다는 불안이 현실로 다가오고 있기 때문이었다. 토모코가 아무리 설득해도 테르미츠 부부의 집에는 놀러 가지 않았다. 나츠코가 데리러 와도, 머리까지 이불을 덮은 채로 고개도 움직이지 않았다. 나츠코가 자신을 데리고 가면 그대로 돌아올 수 없게 될지도 모른다는 불안감에 사로잡혔다.

시게오도 고집스러운 딸의 행동을 지켜보는 것이 괴로웠다.

"물건도 아닌데 무리해서 데려갈 수는 없잖아."

일단은 교환하기로 했지만 부모들의 결단은 다시금 흔들리고 있었다.

—

토모코에게 1978년 1월 1일은 하츠코와는 처음으로, 그리고 미츠코와는 마지막으로 맞는 새해였다.

미츠코의 얼굴을 보러 온 삼촌이 이름을 물었을 때의 일이다. 세뱃돈을 받기 위해서였는지 미츠코는 자신이 이사 미츠코와 시로마 미츠코라며 "나에게는 두 개의 이름이 있다"고 자랑했다.

나들이옷을 입고 기념사진을 찍었다. 그때까지는 즐겁게 놀고 있었는데 무슨 생각을 한 것인지 시치미를 떼는 듯한 목소리로 토모코의 귓가에 속삭였다.

"설날이 지나면 미츠코, 바로 1학년이 되는 거야?"

"그런 거 아니야. 4월부터야."

"4월은 언젠데?"

"4월이 되려면 아직도 여러 밤 자야 해."

"아아, 잘 됐다."

함께 살 수 있는 시간이 앞으로 넉 달밖에 없다고 생각하니 토모코의 하루는 지금보다 더 짧게 느껴졌다.

—

1월 6일, 입학 통지서가 도착했다.

어긋난 인연

그러나 법적인 절차상의 문제로 결국 입학이 연기되었다. 오키나와 시의 교육위원회를 찾아가 사정을 설명했지만 호적을 바꾸지 않는 한 수속이 불가능하다고 문전 박대를 당했다.

먼저 가정법원에서 '친자 관계 부존재'를 승인받은 후, 병원에서 출생증명서를 발급해 호적이 있는 관공서에서 다시 수속을 밟아야 했다. 이 때문에 아이들의 교환은 입학식 직전으로 미루어졌다.

약속한 날까지 앞으로 석 달 정도밖에 남지 않았다. 아무리 목청 높여 소리쳐도 그날은 반드시 올 것이다. 토모코는 '내일이라는 날이 오지 않았으면 좋겠다. 오늘 시간이 멈춰 버렸으면 좋겠다'라고 일기에나마 소원을 힘껏 써 내려갔다.

2월 12일. 하츠코가 외로워 보이는 얼굴을 하고 있어, M정에 가자고 하니 몹시 기뻐하며 빨리 가자고 했다. 부모들이 열심히 해도, 아이들이 생각하는 대로 따라 주지 않기 때문에 몹시 슬픈 기분이 든다.

2월 19일. 나츠코 씨가 미츠코를 데리고 왔다. 문 쪽에서 큰 소리로 "엄마, 미츠코 집에 돌아왔어"라고 말하며 달려왔다. 미츠코가 없어서 외로웠던 일이나 걱정되었던 일을 말해 주니 기뻤다. 나츠코 씨는, 미츠코가 첫날은 어떻게든 놀았지만, 이틀째부터는 방구석에서 말없이 울고 있었다고 했다.

2월 21일. 나츠코 씨가 우리 집에 왔을 때, 남편 시게오가 하츠코도 미츠코도 우리가 키우게 해 주시지 않겠습니까? 라고 말하자, 그럴 수는 없다고 했다. 양쪽 다 같은 기분이라는 것은 알고 있어도 무의식중에 이런 말이 입에서 나오는 것이다. 하츠코도 키우고 싶다. 하지만 미츠코도 잃고 싶지 않다. 하루하루 지나가는 것이 빠르게 느껴졌다. 그날이 오는 것이 무섭다.

2월 25일. 테르미츠 씨 집에서 늦게까지 놀고 말았다. 미츠코는 잠이 오는 것을 열심히 참고 있었다. 자도 된다고 말해도 싫다고 했다. 잠들어 버리면 이대로 여기에 놓고 가 버릴까 봐, 아빠가 데리러 올 때까지 깨어 있겠다고 했다. 안아서 차에 태워 갈 테니 걱정하지 말라고 하자 안심하고 잠들었다.

3월 6일. 교환일이 3월 24일로 미뤄졌다.

3월 9일. 외판원이 오르간을 팔러 왔다. 나츠코 씨가 미츠코에게 오르간을 사 주면 M정에 올 거냐고 물었다. M정에 와서도 집에 돌아간다고 말하지 않겠다고 약속할 수 있냐고 묻자, 응, 약속할게요, 라고 했다고 한다. 매우 좋은 기분으로 나츠코 씨 일행과 M정에 갔다. 하지만 나의 귓가에 작은 목소리로 역시 엄마가 있는 곳이 좋다고 했다.

3월 18일. 오늘은 유치원 졸업식이었다. 이제 마음의 준비가 필요하다. "미츠코, M정에 가서도 계속 씩씩하게 지내야 해"라고 말하자 싫다고 하며 손으로 귀를 막아 버렸다. 3월 24일이 교환 예정일인데, 지금 같은 상황에서는 아이들을 바꿀 수 없을 것 같다.

그때부터 며칠간, 토모코는 매일 "1학년이 되면 M정에 있는 초등학

어긋난 인연

교에 가는 거야"라고 미츠코에게 알려 주었다. 마음만이라도 그날에 대비해 준비시키고 싶었던 것인데 그때마다 미츠코는 귀를 막고 저항했다.

한편 하츠코는 테르미츠에게 더욱더 응석을 부렸다. 일을 마치고 돌아오면 제일 먼저 텔레비전 앞에 앉는 것이 테르미츠의 습관이었는데, "아빠 무릎은 하츠코 거"라며 재빨리 무릎을 베고 누워 동생들을 가로막았다. 미츠코와 하츠코가 공통적으로 가지고 있던 것은 교환되기 싫다는 강한 마음이었다.

—

3월 24일은 대길일이었다.

전날부터 미츠코의 옷이나 교과서, 아끼던 봉제 인형과 그동안 모은 인형 옷, 그리고 종이로 만든 인형을 상자에 넣어 교환 준비를 시작했다. 물건을 집을 때마다 추억이 매우 생생하게 떠올랐다. 토모코는 짐 정리를 하면서 '아이를 버리고 가는 듯한' 기분이 들었다. 마지막으로 유치원 알림장을 열고 선생님이 적어 준 통신문을 다시 읽어 보았다.

'유치원까지는 내가 기른 것이니 이것만 남겨 두자.'

토모코는 이렇게 생각하며 알림장을 슬며시 옷장 속에 넣었다.

마지막 저녁 식사가 될지도 모른다고 생각하며 미츠코가 좋아하는 음식인 소고기 피망 완자와 새우튀김을 잔뜩 만들었다. 아쉬운 대로 엄마로서 최선을 다한 것이다. 식탁 가득히 차린 만찬을 보고 남동생 코이치는 눈을 희번덕거렸다.

그릇이 부딪치는 소리와 누가 가장 큰 새우튀김을 가져갈 것인가 같은 대화가 식탁 위에서 떠들썩하게 펼쳐졌다.

"오늘은 왜 이렇게 먹을 게 많아?"

미츠코가 툭 하고 물었다. 식탁의 분위기가 싹 바뀌었다.

"역시 나는 나츠코 아줌마네 집에 버려지는 거구나."

시게오도 토모코도 말이 없었다.

"엄마, 나는 진짜로 누구 딸이야?"

토모코는 대답 대신 딸을 힘껏 끌어안았다.

교환 당일, 아슬아슬한 시간에 토모코의 아파트로 테르미츠가 찾아왔다. 교환 날짜를 어떻게든 연기할 수 없냐는 것이었다. 토모코 부부는 두 가지 조건을 전제로 이에 동의했다.

입학식은 4월 8일이다. 그때까지 각자의 가정에 적응시키는 동시에 새로운 집에서 같이 통학하는 친구 한 명 정도는 만들어야 한다. 그렇기 때문에 적어도 입학식 일주일 전까지는 아이들을 교환해야 했다. 교환일을 입학식 일주일 전으로 연기했다고 해서 무언가 달라지는 것은 아니었지만, 3월 30일이 길일이었으므로 교환은 그날 진행하기로 했다.

미츠코는 방에 들어박혀서 나오지 않았다.

"무슨 일이야?"

흐느끼는 목소리만 들려왔다.

"엄마가 나쁜 거야. 엄마가 나쁜 거야."

"왜 엄마가 나빠? 병원이 실수를 해서 어쩔 수 없는 거야. 이해해줘."

"병원이 나빠도 교환하지 않으면 되잖아."

그것은 토모코의 본심이기도 했다.

"미안해……."

목소리가 잠겨 더 이상 말이 이어지지 않았다. '어딘가 먼 곳으로 아이를 데리고 도망쳐 버릴까' 하다가도, '마음을 모질게 먹더라도 포기하면 안 되지'라고 생각을 다잡았다. 아이가 이렇게 고통받고 있는 모습을 하시구치 병원의 원장과 간호사에게 보여 주고 싶다고 토모코는 힘껏 일기에 적어 내려갔다.

—

마지막 밤에는 역시 잠들 수 없었다. 코이치를 재운 뒤, 토모코는 이불 속에서 미츠코를 끌어안았다. 미츠코도 잠들지 못했는지 토모코의 가슴에 바짝 다가왔다.

"역시 엄마가 있는 곳이 좋네."

작은 목소리였다. 토모코는 미츠코의 숨소리를 들으면서 지난 6년을 하나하나 떠올려 보았다.

그날은 결국 한숨도 자지 못하고 아침을 맞았다.

아이에게 새로 장만한 옷을 입히며, 부모 자식으로 지내는 마지막 날이라고 생각하니, 가슴이 저며 오는 것 같았다. 목 놓아 울고 싶은 기분이었지만 오늘만큼은 웃는 얼굴로 배웅하자고 마음을 고쳐먹고, 송별 파티에서는 시게오와 토모코 둘 다 밝게 행동했다.

어른들은 각자의 생각에 빠졌다.

시게오는 처음으로 아버지가 된 기쁨에 면허증과 미츠코의 사진을 함께 끼워 넣고 다니면서 자랑했던 것을 떠올렸다. 동료들에게 팔불출이라고 자주 놀림을 받곤 했다.

양복 재단사였던 둘째 언니 세츠코는 몰래 미츠코를 직장에 데려가

다리미판 위에 올려놓고 놀게 했던 일이 그리웠다.

그리고 토모코는 미츠코가 자주 감기에 걸려 열이 났던 것이 생각나 환경이 바뀌어도 괜찮을지 걱정했다.

각각의 생각이 한 아이에게로 수렴되었다.

미츠코는 옷을 담은 골판지 상자에서 토모코와의 추억이 있는 것들을 꺼내어 다시 옷장 안쪽 깊숙한 데 넣었다. 설날 입으려고 샀던 하카마[23]를 보고 "작으니까 저쪽 동생들에게 물려 주렴"이라고 하는 토모코의 말에 가만히 고개만 좌우로 흔들었다. 욕심쟁이라며 웃었지만 미츠코는 그 말을 귀에 담아 두지 않고 그저 묵묵히 손을 움직였다.

—

테르미츠의 집에서도 하츠코를 위한 송별 파티가 열렸다. 시간을 늦춰도 미련을 버릴 수 있는 것은 아니었다. 밤 10시가 넘었을 때, 테르미츠는 하츠코를 초록색 라이트밴에 태웠다. 테르미츠는 되도록 천천히 차를 몰았다. 차에 타면 항상 노래를 부르던 하츠코도 이날은 멍하니 창밖만 바라보았다.

G정의 아파트에 도착했을 때는 밤이 완전히 깊어진 때였다. 유흥업소의 네온 사이를 빠져나가면서 테르미츠는 시골에서 자란 딸이 이런 곳에서 살 수 있을지, 알 수 없는 불안감에 가득 찼다.

몹시 풀이 죽었던 하츠코가, 토모코의 아파트에 도착하자마자 "엄마"라며 작은 소리로 토모코를 불렀다. 테르미츠는 이 말을 놓치지 않

---

23 일본 전통 의상으로 허리에서 발목까지 덮는 하의

았다. 손에서 무언가 빠져나간 것 같은 기분이 들었다.

미츠코의 옷과 장난감이 담긴 상자를 차 뒤에 싣고 가장 소중한 앨범도 교환했다. 하츠코의 사진은 손에 꼽을 정도밖에 없었다. 그리고 서로 울먹이는 목소리로 "잘 부탁드립니다"라는 한마디만을 나눴다.

미츠코를 태운 라이트밴은 천천히 왔던 길을 따라 움직였다. 하츠코는 차를 쫓아 달렸다. 테르미츠는 백미러를 보았다. 백미러에는 어둠 속에서 손을 흔드는 딸의 모습이 비쳤다.

미츠코도 창문으로 몸을 내밀고 필사적으로 손을 흔들었다. "바이바이"라는 말이 몇 번이나 바람을 타고 들려왔다. 하지만 미츠코는 혼자 차에 탄 것의 의미를 잘 이해하지 못했다. 그냥 자러 가는 것뿐이라고 생각했지만 지금까지와는 다른 분위기에, 자신에게 무언가 좋지 않은 일이 일어나고 있다고 느꼈다. 지금까지보다 몇 배는 심한 쓸쓸함이 밀려왔다.

토모코는 결국 안녕이라고 말하지 못했다. 차가 멀어져 갈수록 긴장이 풀렸다. 울지 않으려고 애썼지만, 눈물이 흘러나오는 것을 참을 수가 없었다.

시게오와 토모코, 그리고 하츠코는 차가 보이지 않을 때까지 그 자리에 우두커니 서 있었다. 어둠 속에서 자동차 후미등은 두 개의 점이 되더니, 곧 사라졌다.

제4장

—

판가름 난 인연

오키나와에서 일어난 '아기가 뒤바뀐 사건'은 이런 종류의 사건치고
는 이례적으로 본격적인 재판을 받게 되었다. 지연, 혈연이 강한 오키
나와에서는 이런 사건으로 법정에 가는 일 자체가 드물었다.

결과적으로 각자가 재판에서 얻은 것은 적었다. 당사자 가족들은 원
했던 만큼의 위자료를 받지 못한 채 사건의 전말이 만천하에 알려져,
오키나와 사회에서 부끄러움을 느껴야 했다. 또한, 위험한 병원이라는
낙인이 찍힌 하시구치 병원은 결국 규모를 축소할 수밖에 없었다. 그
렇다면 왜 합의를 이루지 못하고 법정 싸움을 해야 했을까.

교환된 아이들이 초등학교에 입학한 직후였던 1978년 4월 나하 지
방법원 오키나와 지부에서 시작된 재판은 항소를 포함하여 약 2년 4개
월간 지속되는데, 토모코의 일기나 테르미츠의 메모를 조합해 보면 병
원에 대한 불신이 점점 커져 가는 것을 알 수 있다.

처음으로 친자식을 만난 날로부터 일주일 정도가 지났을 무렵, 토모코는 일기에 이렇게 분노를 표출했다.

원장은 8월 정도에 교환하는 것이 좋지 않겠냐고 했다. 그렇게 빨리 교환할 수 있을 리가 없다. 개나 고양이의 새끼도 아니고. 바뀌어 버렸으니까 자, 교환하자고 말할 수는 없다. 자신들이 이렇게 엄청난 실수를 해 놓고, 제3자의 입장에서밖에 이야기하지 못한다는 것인가. 속이 뒤집힐 것 같다.

병원 관리인 나카소네는 이런 말을 거듭해서 했다.
"빨리 이 문제를 정리하지 않으면 병원 측은 포기할지도 몰라요."
잠자코 듣고 있던 토모코는 '포기하려면 포기해도 좋다. 대신 6년 전으로 되돌려 주었으면 좋겠다'라며 분한 마음을 가졌다. 아이가 바뀐 가족들의 심정은 이해하지 못한 채 빠른 마무리를 최우선으로 생각하는 병원의 태도가 그들의 기분을 거슬리게 한 것이다. 어찌 보면 병원 측도 노력은 했지만, 병원의 노력은 이들 가족에게는 전해지지 않았다.

전에 나카소네 씨가 집에 와서 한 말이 생각나서 화가 나고 말았다.
"이 아이들은 이런 운명이 되도록 신께서 정해서 태어난 건지도 모르겠네요." 자신들의 실수를 신의 탓으로 돌리다니, 이런 어이없는 일이 일어났다는 게 말이 되나요, 라고 되받아쳤으면 좋았을 걸.

테르미츠의 분노도 토모코와 비슷했다. 나카소네가 '8월쯤에는 교환이 가능할 것인지'라는 원장의 말을 전하러 왔을 때의 일이다.

'아이들을 친부모와 익숙하게 하는 것만으로도 힘이 잔뜩 빠지는데, 원장은 우리 일을 어떻게 생각하고 있는 것인지 불안한 마음이 든다. 보통 아이들은 잘 적응하고 있는지를 먼저 묻는 것이 순서인데'라며 당시의 일기에 불쾌감을 드러냈다.

아이들의 생일을 챙기지 않은 것에 대해서도 '미안한 마음이 있다면 양쪽의 친척 앞에 얼굴을 보여 주고 사과하는 것이 당연한데'라며 강한 어조로 반감을 표시했다. '나카소네 씨가 올 때마다 변호사와 상담을 했는지, 아이들은 빨리 교환하는 것이 좋다는 속 편한 말만 하고 돌아가는' 일로 인해 양측의 골은 더 깊어졌다. 또한 '아이들을 적응시키기 위해 하루에도 몇 번이나 왔다 갔다 하는데, 병원은 우리의 일을 몰라 준다'며 한탄했다.

이후 테르미츠는 '우리를 생각하는 마음이 있다면, 적은 돈이라도 써 주시죠'라고 이야기하는 것이 당연하다고 생각하게 되었고, 생활에 쪼들리고 있다는 것을 반영하듯 병원에 대한 분노는 금전적인 요구로 변해 갔다.

테르미츠와 시게오는 양쪽 가족을 합쳐 7,500만 엔의 위자료를 요구했다. 7,500만 엔이 적당한 금액인지는 그들도 알지 못했다. 이는 상대편 변호사가 '오키나와에서는 사망 사고 위자료도 350만 엔인데, 아이가 바뀌었다고 해도 건강에 이상이 없으므로 200만 엔씩으로 해결하자'고 일축하며 제안한 결과였다. 소송을 걸게 되면 고액의 변호사 비용이 들뿐만 아니라, 판결 결과에 따라 위자료가 더 줄어들지도 모른다는 말 때문에 테르미츠는 불안과 분노에 휩싸였다.

이렇게 낮은 금액을 제시한 것은, 하시구치 병원만의 뜻은 아니었다. 어느 병원이라도 의료사고에 대비하여 보험에 가입하며, 하시구치 병원도 예외는 아니다. 아이가 바뀌었다는 이례적인 사고를 보험회사에서 어떻게 처리할지는 모르지만 200만 엔으로 해결하든 1,000만 엔으로 해결하든 병원이 전액을 지불할 리는 없다. 그럼에도 불구하고 200만 엔밖에 제시하지 않은 것은, 고액 합의가 선례로 남을 것을 두려워한 오키나와시 의사회가 하시구치 병원을 압박했기 때문이라고 알려졌다. 그런 의미에서는 하시구치 병원도 피해자라고 할 수 있을지 모른다.

토모코 부부와 테르미츠 부부의 사례뿐만 아니라, 당시에는 어느 병원에서나 이런 사고가 발생할 위험성이 충분했다. 의사회가 하시구치 병원을 견제한 것도 이상한 일은 아니었다. 그것은 법정에서 피고석에 서게 된 하시구치 병원 대리인의 목소리로 전해진 이야기였으며, 당사자들과의 협상은 의사회의 의도가 강하게 작용하고 있었던 것이 분명했다. 전전긍긍하던 의사회의 입장에서는 하시구치 병원이 방파제였다.

하시구치 병원은 의사회의 입장에 따라 사무적으로 일을 처리하고자 했다. 그러나 아이가 바뀐 부모들은 병원으로부터 놀라움과 불안, 당혹감 등에 대한 정신적인 지원을 기대했다. 양측은 이러한 견해 차이를 수용할 수 없었고, 결국 마찰이 일어날 수밖에 없는 운명이었다.

병원 측의 무례한 언동에 상처 입은 부모들은 분한 마음에 끝까지 원장에게 사과를 받겠다는 데 온 신경을 집중했다.

하지만 이들이 처음 사건을 의뢰한 오키나와의 젊은 변호사 N에게는 두 가지 고민이 있었다. 사건이 복잡하다는 것이 하나의 고민이었고, 병원 측 변호사가 미야자토 마츠쇼라는 것을 듣고 오키나와시 의사회와 오키나와 법조계의 중진을 상대로 싸우기 싫다는 게 더 큰 고민이었다.

당시 내가 N 변호사를 찾았을 때였다. 헤어지면서 "앞으로 큰일이네요"라고 말하며, "본토에 좋은 변호사가 있다면 그 사람에게 맡기고 싶은데…" 하고 은근히 사퇴를 암시했다. N 변호사는 병원 측이 제시한 금액을 받아들이도록 부모들을 설득했다. 하지만 이들이 받아들일 의사를 보이지 않자, 사건에 적극적으로 개입하지 않으려고 했다. 이런 이유로 두 가족이 오다 부부와 만났을 때도 바쁘다는 핑계로 참석을 거절했다.

토모코 부부와 테르미츠 부부가 소송에 나서게 된 것은 도쿄에서 온 카토 요시키라는 변호사의 출현이 계기였다. 이전까지 변호사가 너무 소극적이었기 때문에 이들은 어떻게 해야 할지 망연자실한 상태였다. 나는 이러한 사실을 친구에게 전해 연줄로 요시키 변호사를 소개해 주었다. N 변호사를 대신해 의뢰를 받은 그는 "이런 일이 정말로 있습니까?"라며 놀라는 동시에 "이런 일은 용서할 수 없다"는 정의감으로 수락했다.

1977년은 지금과는 달리 도쿄의 변호사가 오키나와의 사건을 맡는 일이 흔치 않았다. 물론 카토 변호사에게도 이런 일은 처음이었다. 짐수레를 끄는 말이 우측통행을 하여 곤란했다는 사건이 신문 가장자리에 실릴 정도로, 아직 오키나와 반환에 따른 혼란의 여파가 남아 있는 시절이었다.

최종적으로 재판이 종료될 때까지 약 2년 반 동안 카토는 수십 번이나 도쿄와 오키나와를 왕복했지만, 어느 가족도 변호사의 교통비를 대줄 여유가 없었다. 그는 '무보수'로 오키나와까지 다녔다. 대부분 당일 왕복이라는 강행군이었다. 보상에 비해 노력이 많이 필요한 일이었다.

어긋난 인연

하지만 두 가족이 궁핍한 사정에도 불구하고 일부러 자신에게 일을 맡긴 것에 대해 변호사로서 보람을 느끼고 있었다.

—

일본에서 '아이가 뒤바뀐 사건'이 언론에 언급되기 시작한 것은 1966년, 시즈오카에서 일어난 일이 처음이었다.

독일 등의 사례가 어느 정도 알려져 있었지만, 그런 일이 설마 일본에서 일어날 것이라고는 생각하지 못했기에 이 사건은 세간에 큰 충격을 주었다. 당시 「마이니치 신문」은 사회면 절반 이상의 지면을 할애했으며, 많은 주간지에서도 이 문제를 속보로 크게 보도했다. 사건의 개요는 다음과 같다.

1965년 1월 23일, 시즈오카현의 한 산부인과에서 남아를 출산한 여성은 출산 후 2일째에 '무엇인가 잘못된 것이 아닌가' 하는 의문을 품게 되었다. 주유소를 경영하는 남편도 아이가 태어났을 때는 까맸는데, 이튿날에는 하얘지고 이목구비도 멀끔해진 것에 대해 이상하게 생각했다. 산부인과에 문의했으나 "그럴 리가 없다"고 일축했다. 납득할 수 없었던 부부는 과학적인 확인을 받기 위해 퇴원 후 바로 국립유전학연구소에 혈액검사를 의뢰했다. 불안은 적중했다. 그해 4월, 부부의 아이가 아니라는 결과가 나왔다.

아이가 뒤바뀐 것을 알게 된 부부는 가정법원에 중재를 요청했지만, 상대편 가족은 "우리 아이가 틀림없다"며 교환을 거부했다. 그래서 부득이 시즈오카 지방법원에 '신생아의 인도 청구'와 '친자 관계 존재 확인, 동 부존재 확인' 소송을 제기했다. 거듭 되풀이되는 법원의 중재로 마침내 상대방 가족도 교환에 동의했다. 부모와 자식의 인연이 처음으로 법정까지 가게 된 사례였다.

이와 같은 '아이가 뒤바뀐 사건'의 기록을 모아 보기 위해 후생성[24], 법무부, 그리고 의사회에 연락해 보았지만 어떤 단서도 얻지 못했다. 직원의 응대에서 유추해 보면 기록이 남아 있지 않다기보다는 애초부터 기록이 없었던 것이 아닐까 생각된다.

딱 하나 손에 넣을 수 있었던 기록은 1973년 3월, 일본 법의학 총회에서 발표된 도호쿠대학[25] 아카이시 스구루 교수의 보고서였다.

당시 법의학계의 중진이었던 그는, 1965년쯤부터 빈번하게 발생한 '아기가 뒤바뀐 사건'의 원인을 파악하는 데 중요한 역할을 수행했다. 각지의 병원에서 발생한 사건의 친자 확인에 없어서는 안 되는 인물이었던 것이다.

미해결 사건에 대한 처리 요청이 점점 많아지면서, 아카이시 교수는 '발표되거나 보도된 사례는 일부에 불과하며, 전체로 보면 상당한 건수가 있는 것이 아닐까' 하는 의문을 품게 되었다. 이에 1972년 5월, 전국 각 대학의 법의학 연구실 등 주요 기관에 조사를 의뢰해 자료를 수집했다. 그 결과는 놀라운 수치였다.

처음으로 신문에 보도된 것은 1966년이지만, 그 이전인 1957년부터 1971년까지 15년 동안 32건의 사건이 있었던 것으로 보고되었다. 그중 생후 1년 이상이 지나고 나서야 아기가 바뀌었다는 것을 알게 된 경우가 14건이나 되었다. 그러나 이 수치는 빙산의 일각일 뿐 실제는

---

24 우리나라의 보건복지부에 해당
25 미야기현에 있는 국립대학

이보다 훨씬 많을 것이라고 했다. 1973년『산과와 부인과』8월 호에 실린 아카이시 교수의 논문에는 이렇게 적혀 있다.

> 어머니 혹은 간호사가 알아채고 즉시 해결했다고 전해지는 '미수 사례'를 제외하더라도, 발생은 했으나 여러 가지 사정으로 인해 이 통계에 포함되지 않은 것이, 제가 아는 한에서만 적어도 세 건 있으므로 실제 발생 건수는 더 많은 것이 확실합니다. … 심히 유감스럽게도 일본은 세계 제일의 아기가 뒤바뀐 사건의 다발국임이 일단 확실한 것으로 보입니다.

이 수치에 오키나와에서 일어난 '사건'은 포함되어 있지 않았다. 오키나와에서는 토모코 부부와 테르미츠 부부의 사건 외에도 '한 사건'이 더 있는 것으로 확인되었지만, 이 사건 또한 아카이시 교수가 조사한 수치에는 포함되지 않았다. 이 점을 감안했을 때 드러나지 않은 숫자가 적지 않을 것으로 예상된다. 일부에서는 보고된 수의 열 배, 즉 300건이 넘지 않겠냐는 의견도 있었다. 당시 의사들이 '사례가 100건 있어도 이상하지 않다'고 생각했던 것도 결코 과장이 아니었던 셈이다.

집계 결과에 놀란 아카이시 교수는 '꼭 발표해야겠다'는 결론에 도달한다.

예상한 대로 의사들로부터 강한 반발이 있었다.

'같은 의사인데 이런 발표를 하다니 곤란하다'거나 '이런 발표를 하는 사람의 정신을 이해할 수 없다'와 같은 '마음의 소리'도 아카이시 교수의 귀에 들려왔다. 또는 '우리는 인간의 능력을 넘어서는 일을 하고 있기 때문에, 아이가 바끼는 일이 한두 건 발생한다고 해도 어쩔 수 없다'고 막말을 하는 의사도 있었다고 한다.

산부인과 의사의 입장에서 아카이시 교수의 보고서는 목을 찌를 수 있는 비수나 다름없었다.

—

아이가 뒤바뀌는 사건은 왜 빈발했던 것일까. 1965년부터 1970년 무렵에 걸쳐 이러한 사건이 집중된 데는 그만한 이유가 있다.

아이들이 바뀐 시점을 더듬어 보면, 대부분 목욕을 시키면서 일이 발생했다. 신생아에게 달아 둔 표식이 온전하고, 확인만 철저히 한다면 아이가 바뀔 일은 없다. 그러나 현실에서는 표식을 달고 있는데도 아이가 바뀌는 경우가 있었다. 그렇다면 이것은 인위적인 실수라고밖에 생각할 수 없다.

실수가 빈번해진 것은 시설 분만의 급증과 밀접한 관계가 있다.

전후 베이비붐이 처음 일어났던 1947년에는 아이를 병원이나 진료소에서 출산하는 시설 분만율이 2.4%에 불과했다. 당시에는 산파라 불리는 조산사의 도움으로 자택에서 출산하는 것이 일반적이었다. 그런데 1955년이 되면서, 시설 분만이 갑자기 급증하여 17.6%에 이르게 되었다. 1965년에는 84.0%로 늘어나고, 마침내 1970년에는 96.1%에 달했다. 이즈음에는 집에서 분만하는 경우가 거의 없었다.

50년대 중반부터 고도의 경제 성장이 시작되었다.

경제 백서에 적힌 '더 이상 전쟁은 없다'라는 말이 유행한 것은 1956년의 일이었다. 1959년에 왕세자와 미치코 왕비가 결혼할 당시,

어긋난 인연

텔레비전 수상기가 폭발적으로 팔린 것도 사람들의 생활에 여유가 생겼기 때문이었다. 60년 안보투쟁[26]으로 인해 사회적 혼란은 있었지만, 1964년의 도쿄올림픽은 일본 경제를 단숨에 끌어올렸다. 이케다 내각의 '소득 배증 계획'이 현실이 되면서, 생계 걱정에서 벗어나 여가를 즐기는 세대가 증가했다.

극장에서는 마릴린 먼로와 오드리 햅번이 미국 문화를 퍼뜨렸고, 텔레비전을 틀면 언제든지 미국의 생활을 엿볼 수 있었다. 가타카나 표기가 증가한 것도 이 시기 전후이다.

영화나 드라마에서 여배우는 항상 흰색의 청결한 병원에서 출산을 했는데, 현실에서도 병원에서 출산하는 것이 사회적 풍조가 되어 자택 출산은 거의 사라지게 되었다.

또한 1945년 이후, 미국에서 들어온 문화로 인해 출산 후 모자가 각각 다른 침대를 쓰는 것이 '문병객의 잡균에 대한 저항력이 없는 신생아의 건강을 지키고, 분만 후 모체의 피로 회복을 빠르게 도와준다는 면에서 가장 합리적인 방법'으로 알려지면서 병원 출산율 증가에 박차를 가하게 되었다.

패전으로 미국에 점령된 오키나와에서도 시설 분만이 순식간에 자택 분만을 앞지르게 된 것은 당연한 흐름이었다.

아기가 뒤바뀌는 사고는 이러한 시설 분만의 증가와 함께 늘어났다. 아카이시 교수가 조사한 통계를 보면, 1965년을 경계로 갑자기 사건이 빈발하는 것을 알 수 있다. 발견된 사고 건수는 첨부된 표와 같다.

---

26 미일안전보장조약에 반대하는 노동자·학생·시민이 참가한 반정권, 반미 시위로 1959~1960년과 1970년에 두 차례 전개됨.

일본의 '아기가 뒤바뀐 사건' 발생 건수

(지역별, 연도별 조사)

연도	1957	1961	1962	1963	1964	1965	1966	1967	1968	1969	1970	1971	계
도호쿠	1		1			1	1	1				1	6
간토		1	1		1	1		1	1		1		7
츄부 호쿠리쿠						1					2	1	4
긴키				1		1	3	2	2	3			12
츄고쿠							1	1					2
규슈										1			1
합계	1	1	2	1	1	4	5	5	3	4	3	2	32

(홋카이도, 시코쿠 지역에서는 미발견)   (아카이시 스구루 조사)

시설 분만 백분율 추이

연도	출생인구 (명)	병원, 진찰소, 조산소 분만율
1947	2,678,792	2.4%
1950	2,337,507	4.6%
1955	1,730,692	17.6%
1960	1,606,041	50.1%
1965	1,823,697	84.0%
1970	1,932,849	96.1%

1967년이 되자 오츠 적십자병원, 미에 현립대학 부속병원, 야마가타 시립병원 제생관 등의 큰 병원에서 잇달아 사건이 일어났다. 특히 오츠 적십자병원의 사고는 후생성을 당황하게 했다. 빈번한 사고를 줄이기 위해 「의료 시설의 신생아 보호 정책에 대해서」라는 공문을 띄우기도 했다.

미에 현립대학 부속병원에서 바뀐 아이는 생후 7개월이었다. 야마가타 시립병원 제생관에서 바뀐 아이는 두 살된 쌍둥이 중 한 명이었다. 한편, 오츠 적십자병원에서 바뀐 아이들은 유치원 입학 직전인 네 살이 되어서야 바뀐 사실을 알게 되었다.

4년이나 '다른 사람의 아이'를 키운 것은 이때까지 전례가 없었던 탓에, 당시 양쪽 가족은 열흘간 공동생활을 한 후 아이를 교환하는 방법을 택했다.

다음 해 1월에는 국립 센다이 병원에서도 사고가 일어났다. 그러자 후생성은 국립병원의 간호사 수를 아기 네 명당 한 명의 비율로 늘리기로 했다.

의료 시설에서 아이를 낳는 여성은 급격히 증가하는데, 간호사 및 조산사의 수는 그에 턱없이 부족했다. 그로 인해 간호사의 일이 많아지게 되었다. 일손이 부족했기 때문에, 한 번에 많은 아기를 목욕시키는 것이 일상이었다. 아기를 욕실까지 데려오는 운반팀와 목욕을 시키는 목욕팀으로 나누어 분업하는 병원도 많았다. 게다가 시설도 옛날 그대로였다. 이러한 불균형이 '사건'을 일으킨 원인이 된 것이다.

이 당시 인구 10만 명에 대한 간호사 및 조산사의 수를 비교해 보면, '사건' 다발 지역인 간토, 츄부, 긴키는 각각 267명, 288명, 268명인 것에 비해, 발생 건수가 적었던 규슈, 시코쿠, 츄고쿠는 각각 367명, 388명, 396명으로 그 수가 많았다. 간호사 및 조산사의 상대적인 숫자가 '사건'의 발생에 적지 않은 영향을 미친 것이다.

간호사라는 직업은 백의의 천사와는 거리가 멀었다. 도시 지역에 가까울수록 간호사를 지망하는 사람이 적고 가난한 지역일수록 간호사가 되려는 사람이 많은 것을 보면, 힘든 노동에 비해 보상이 적고 근무

조건이 열악했다.

오키나와시에서 병원을 개업한 의사 우에무라 쇼에이에 따르면, 이러한 불균형의 결과가 오키나와까지 영향을 미치는 데는 다소 시간이 걸렸다고 한다.

"시설 분만이 증가한 것은 본토보다 10년쯤 뒤의 일입니다. 아이가 바뀌는 사건도 역시 본토보다 10년 늦게 발생했습니다. 다양한 의료적 측면에서 오키나와는 본토보다 10년쯤 더디다고 볼 수 있습니다."

어쨌든 아기가 뒤바뀐 의료 실수는 병원에서 출산에 대한 시스템을 제대로 갖추기 이전의 혼란기에 발생한 일이다.

이후 아이의 이름을 적어 두는 표식과 신생아 관리 방법 등이 개선되면서 아기가 바뀌는 일도 줄어들었다. 특히 의사와 간호사의 위기의식이 높아지면서 인위적인 실수도 사라졌다. 이윽고 1982년 전후에는 표면적으로나마 이런 사건이 거의 없어졌다.

—

1971년 8월 16일, 갑자기 진통을 느낀 토모코는 황급히 하시구치 산부인과 의원으로 향했다. 입원 절차를 밟고, 그날 오후 1시 41분에 여자아이를 출산했다. 3㎏이었다.

이때 병원은 철근 콘크리트로 지어진 아담한 2층 건물이었다. 1층에는 분만실, 진통실, 신생아실 등이 있고, 2층에는 열 개가량의 입원실이 있었다. 토모코가 입원했던 곳은 계단으로 올라가 가장 우측에 있는 방이었다.

출산 직후에는 간호사로부터 "여자아이입니다"라는 얘길 듣고 머리가 멍해져 아이의 얼굴은 보지 못했다. 출산 후 상태가 좋지 않았던 토모코가 아이와 처음 대면한 것은 나흘이 지난 20일이었다.

당시 하시구치 산부인과 의원에서는 산모가 출산을 하면 담당 간호사가 의사로부터 신생아를 인도받아 체중을 재고 목욕을 시킨 후, 네임밴드를 발목에 묶은 다음 침대에서 재웠다. 네임밴드는 비닐 재질로 남자아이는 파란색, 여자아이는 분홍색이었다. 거기에 신생아의 생년월일과 성별, 엄마의 이름이 적힌 종이를 끼워 넣었다. 물론 종이는 물에 닿아도 젖지 않게 처리되어 있었고, 퇴원 시에는 네임밴드를 빼는 것이 병원의 방침이었다.

혹시 모를 사고를 방지하기 위해 네임밴드는 탯줄을 자르기 전에 착용하는 것이 가장 안전하다고 알려져 있었다. 당시에는 한 번에 두세 명의 아기를 목욕시키기도 하고, 한 침대에서 몇 명씩 재우는 일도 일반적이었기 때문이다.

그때 당시 네임밴드를 아예 사용하지 않는 시설이 전국에 20%나 있었던 것과 비교하면, 표식에 관해서는 규정을 따랐다고 볼 수 있었다. 그러나 관리 면에서 큰 실수가 있었다.

당시의 네임밴드는 조악했기 때문에, 몸에 착용하면 아이의 피부가 짓무르곤 했다. 그래서 하시구치 의원에서는 목욕을 시킬 때 네임밴드를 벗겼다. 게다가 배냇저고리에는 이름을 써 놓지 않았다. 이런 경위는 지금까지의 사례에서도 원인으로 지목된 것들이었다.

1968년에 일본 산부인과 학회 등 열두 단체가 함께 작성한 「신생아 식별 방법」에서는 제1 표식과 제2 표식을 병용하도록 권고하고 있었다. 첫 번째 표식은 하시구치 의원에서 사용하던 것 같은 비닐 소재의 네임밴드가 주류였다. 두 번째 표식은 직경 3㎝ 정도의 플라스틱 이름표를 매달거나, 신생아의 발 등에 매직펜으로 직접 이름을 기입하거나, 배냇저고리에 이름을 쓰는 등의 방법이었다. 하시구치 의원에서는 두 번째 표식으로 손목에 직접 이름을 쓰는 방법을 사용했다.

아카이시 교수에 의하면 손목, 발목 등에 표식을 달고, 거기에 신생아의 발바닥 지문, 어머니의 지문, 혈액형에 이르기까지 일곱 가지나 되는 식별 방법을 사용했음에도 불구하고 아이를 착각했다는 병원도 있었다고 한다. 결국, 아무리 많은 식별법을 사용해도 제대로 관리하지 않으면 소용이 없다는 것이다.

—

1978년 6월 12일, 이사 토모코는 출산 당시의 상황을 진술하기 위해 법정 증언대에 섰다. 다음 대화는 일부의 이름 변경이 있지만, 나하 지방법원 오키나와 지부에서 작성된 구두 변론 조서의 내용을 인용한 것이다.

질문하는 사람은 토모코 부부가 의뢰한 카토 변호사이다.

"당신의 병실에는 다른 사람이 있었습니까?"

"예, 한 명 있었습니다."

"당신이 입원했던 당시, 같은 방에 있던 사람에게 무슨 일이 있었습니까?"

"네. 그 사람이 자기 아기의 기저귀를 갈아 주려고 보니, 배에 반점이 있어야 할 자리에 반점이 없어서 전날 아이가 바뀐 것이 아닌가 하는 소동이 있었습니다."

"그래서 당신은 무슨 얘길 했습니까?"

어긋난 인연

"아이가 바뀌었다면 큰일이네요, 라고 말했습니다. 그래서 제 아이의 특징을 기억해 두었습니다. 제 아이는 눈썹이 하나처럼 연결되어 있고, 다리에 멍이 있었습니다."

"미츠코가 당신의 아이라는 표시는 있었습니까?"

"다리에 밴드를 하고 있었습니다. 그 밴드에 제 이름과 생년월일이 적혀 있었습니다."

"배냇저고리에도 적혀 있다고 하는데, 어땠습니까?"

"없었습니다."

"아이가 바뀐 것에는 당신의 과실도 있지 않냐는 이야기가 있는데 어떻게 생각하시나요? 예를 들어, 체중이 아이마다 다르니까 금방 알 수 있다고 하는데요."

"그렇지 않습니다. 같은 병실에서 아이가 바뀌는 일이 있었기 때문에 저도 주의하고 있었습니다. 제가 처음으로 안은 아이는 끝까지 변하지 않았습니다."

이러한 진술이 나온 것은 아이를 교환하고 2개월이 지난 시점이었다. 이에 따르면 '뒤바뀜'을 예감하도록 만든 문제가 이미 토모코의 병실에서 발생했다는 것이었다. 미수 사건이기는 하지만, 까딱하면 사고로 이어질 수 있었다.

토모코의 기억에 따르면 출산 후 분만실에서 두세 시간 쉬고 나서 병실로 돌아왔다. 그때 병실에 먼저 머무르고 있던 산모가 간호사가 데리고 온 아기를 보고 자신이 낳은 아이가 아니라고 소란을 피우기 시작했다. 이 소동을 계기로 자신의 아이가 바뀌면 큰일이라고 생각한 토모코는 20일에 처음으로 수유를 하면서 아이의 특징을 머릿속에 확실히 담았다. 이때 확인한 특징이 퇴원할 때도 변하지 않았다고 하니,

토모코의 아이가 바뀐 것은 그보다 더 이전인 것으로 보인다.

하시구치 의원에서는 신생아실 입구에서 간호사로부터 아이를 건네받은 뒤, 자신의 방에서 모유 수유를 하게 되어 있었다. 출산 후 5일째 되는 날 자신의 아이를 안게 된 토모코는 오전과 오후 두 번에 나눠 모유를 먹였다. 그다음 날도 아이를 안았지만, 이때도 각별히 주목할 만한 변화는 없었다.

1965년 무렵부터 오키나와에서도 병원에서 출산하는 산모가 급격하게 증가했기 때문에, 산부인과 병원은 병실이 절대적으로 부족했다. 한 방에 두세 사람이 입원하는 것은 흔한 일이었고, 토모코가 입원했을 때도 열 실 정도 되는 병실이 이미 가득 차 있었다.

신생아실에는 주간에 네 명, 야간에 두 명으로 총 여섯 명의 간호사가 근무했다. 토모코는 간호사들이 서둘러 복도를 이동하는 모습을 보고, 또 뭔가 일어났구나, 하는 생각이 들었다.

규정상 한 명의 간호사가 한 명의 신생아를 전담하게 되어 있었지만, 신생아가 많은 경우에는 체중 점검 및 목욕 담당과 탯줄 처리 및 옷 입히기 담당으로 나누어졌다. 여기서도 '분업'을 하고 있었다.

신생아실은 만원이었다. 신생아용 침대에 서너 명의 아이가 있는 것도 드문 일이 아니었다. 수유를 위해 신생아실로 아이를 받으러 갔을 때, 토모코는 아기들이 침대에서 자고 있는 것을 보고 놀란 적이 있다. 칸막이 같은 것도 없이, 네 명의 아이가 어지럽게 누워 있었다.

시게오는 아내가 출산한 날부터 매일 병원을 찾았다. 신생아실의 복도나 창문을 통해 아이와 대면했지만, 설마 아이가 바뀌었을 것이라고는 전혀 생각하지 못했다.

토모코의 퇴원은 입원한 지 6일째 되는 21일 저녁이었다. 간호사로

어긋난 인연

부터 건네받은 아이를 안았을 때도 별다른 인상을 받지 못했다. 다만 퇴원 다음 날 탯줄이 떨어져, 토모코의 어머니가 '조금 늦은 것이 아닌가' 하고 고개를 갸웃거렸을 뿐이었다. 이것도 초산인 토모코에게는 파고들 정도의 문제는 아니었다.

토모코가 출산한 지 이틀째인 8월 18일, 같은 하시구치 의원에서 시로마 나츠코가 2.55㎏의 여자아이를 낳았다. 나츠코가 자신의 아이에게 처음으로 모유를 준 것은 출산 후 3일째인 20일이었다. 토모코가 퇴원하기 전날이었다. 이때는 일시적으로 신생아가 많지 않았기 때문에, 나츠코는 토모코와는 달리 신생아실에서 모유를 먹였다.

나츠코의 회상에 의하면 '눈이 크고 특징이 있는 얼굴이었기 때문에 잘 기억할 수 있었다'는 게 처음 아이를 안았을 때의 인상이었다. 나츠코의 퇴원은 8월 23일이었다. 나츠코는 퇴원할 때 건네받은 아이가 처음 안았던 아이와 똑같다고 주저 없이 단언했다.

기대했던 남자아이는 아니었지만, 첫아이의 탄생이 너무나 행복했던 테르미츠는 하루에도 몇 번이나 신생아실에 드나들었다. 테르미츠 역시, 시게오처럼 특별한 인상은 받지 못했다. 내 아이가 아니라는 의심 따위는 전혀 하지 않았다.

토모코가 낳은 아이를 처음 본 사람은 둘째 언니 세츠코였다. 출산 다음 날이었다.

세츠코가 본 여동생의 아이는 귀엽게 통통했는데, 퇴원 후 본 아이는 한결 작아져 있어 깜짝 놀랐다. 이렇게 작았냐고 의아해했지만, 친척 숙모들이 아기는 원래 태어났을 때보다 작아지는 거라고 했기 때문에 '그런가' 하고 말았다. 출산 경험이 있었다면 그래도 이렇게 작아지는 건 이상하다고 이야기했을 테지만, 안타깝게도 세츠코는 결혼을 하지 않았기 때문에 비교의 대상이 없었다.

　1개월 차 검진 당시 하시구치 원장은 각각의 체중이 이상하다는 것을 알았다. 토모코에게 "애를 잘 못 키우는군요"라고 하며 모자수첩의 영양란에 불량이라고 기입했다. 나츠코에게는 "마른 아이인데 잘 키웠네요"라며 칭찬했다. 설마 자신의 병원에서 아이가 바뀌었을 거라고는 의심조차 하지 않은 원장은 그 이상 깊게 따지지 않았다.

—

　시시각각 변하는 신생아의 체중을 그래프로 그린 것을 체중 곡선이라고 한다.

　아이가 바뀌었다고 생각되면, 가장 먼저 보는 것이 이 체중 곡선이다. 바뀐 아이들의 체중 곡선을 겹쳐 보면 하루에 수백 g이나 체중이 늘거나 줄어서 두 개의 그래프가 어느 지점에서 마주친다. 체중 곡선 자체에는 이상이 없더라도 두 개의 곡선이 교차하거나 만나는 것을 분석해서 바뀐 아이를 알아내거나 언제 바뀌었는지 추적하는 것이 가능하다.

　체중 곡선의 변화를 주의 깊게 관찰하면 사고를 미연에 방지할 수 있다고 한다. 물론 이것은 정확한 계측을 전제로 하는 것이다.

　『산과와 부인과』에 실린 아카이시 교수의 논문 내용을 인용하여 체중 곡선으로 바뀐 아이를 알아낸 사례를 다음과 같이 제시한다.

　미숙아 A를 출산한 30대의 주부가 있었다. A 아기는 인큐베이터에 10일 정도 있다가 서른다섯 번째로 퇴원했다. 태어났을 때는 얼굴이 갸름하고 머리카락이 더 까맸다는 할머니의 말이 신경 쓰여 혈액형을 조사했다. 부부는 양쪽 모두 B형이었으나 아이는 AB형이었다. 병원에서 아이가 바뀐 것은 아닐까. 그러고 보니 미숙아 중에서 아버지끼리 성씨가 같은 아이가 있었다.

ABO식 혈액형, Gc혈액형, 혈구 효소형 PGM 등에 따라 조사한 결과, 부자 관계는 불가능했지만 모자 관계는 가능했다. 외도의 가능성도 있었지만, 아이는 아버지와 어머니 그리고 형제 누구와도 닮지 않았다.

병원에 사정을 이야기하니 원장은 놀란 듯했지만 흔쾌히 조사를 수락했다. 병원 의료 기록상의 체중과 간호사가 측정한 체중에 큰 차이가 있으면 의사 자신이 다시 측정할 정도로 철저했기 때문이었다.

의료 기록을 확인하니 역시 같은 성씨의 아이가 있었다. 그러나 이 아이의 체중 곡선을 A 아기와 겹쳐 보아도 교차하는 부분이 전혀 없었다. 바뀐 아이가 아니었다. 다른 아이들의 체중 곡선을 차례로 겹쳐 본 결과, 여덟 번째 아이의 체중 곡선과 만나거나 교차하는 부분이 여섯 군데나 있었다. 유력한 제1 후보였다.

상대 가족에게 사정을 설명하고 혈액검사를 부탁했지만 강경하게 거부했다. 세 번째로 부탁했을 때 '절대 교환하지 않는다'는 조건으로 마침내 검사에 응했다. 그 결과, 예상대로 친자 관계가 성립하지 않았다. 결과를 조심스럽게 알리자, 부부는 탁자에 엎드려 울고 말았다. 그러나 '혈액형은 어떻게 설명해도 모르겠다'며 교환 의사가 없다고 호소했다. 이때 A 아기에게 달걀만 한 반점이 있고 점은 어느 정도 유전성이 있다고 알려 주자, 갑자기 상대의 표정이 바뀌었다. 손뼉을 탁 친 상대방의 아버지는, 제 왼쪽 무릎에도 있습니다, 라고 말하며 고개를 숙였다.

아이가 바뀐 것을 의심할 때는 그만한 이유가 있다. 아카이시 교수는 크게 세 가지 동기를 꼽았다.

첫 번째, '왠지 이상하다'는 엄마의 직감
두 번째, 얼굴이 닮지 않음.
세 번째, 혈액형이 다름.

혈액형에 모순이 있으면 틀림없이 아이가 바뀐 것이라고 할 수 있냐고 묻는다면, 꼭 그렇지는 않다. 가장 흔한 것은 '검사 착오'이지만, 그 이외에도 '오해, 엄마의 외도, 강간 임신, 양자, 인공수정, 대리모' 등의 사례가 있어, 실제로는 아이가 바뀐 것 이외의 원인이 압도적으로 많다.

일반적으로 친자 판정에는 ABO식 혈액형을 만능으로 생각하기 쉬운데, ABO식 이외에도 MNSs식, Rh-Hr식, PGM형, Gm형, Gc 혈청형 등 다양한 형질이 있다는 것은 의외로 알려져 있지 않다. 혈액을 구성하고 있는 성분, 즉 적혈구와 백혈구 또는 혈청 중 어떤 것을 조사할 것인가에 따라 종류가 나뉜다. ABO식 혈액형은 이 많은 혈액형 종류의 하나에 불과하다.

ABO식 혈액형에 문제가 없더라도 다른 혈액형에서 친자 관계가 불일치한 사례도 있을 수 있는데, 아카이시 교수는 'ABO식 혈액형으로 모자 관계가 부정되는 경우는 제외하고, 원칙적으로 ABO식 혈액형으로만 친자 관계나 모자 관계를 논하는 것은 위험'하다고 했다.

그렇다면 하츠코와 미츠코의 체중 곡선은 어떻게 된 것일까.

다음의 그래프는 모자수첩에 기입된 하츠코와 미츠코의 체중 변화

어긋난 인연

를 그린 것이다. 가로축 날짜의 간격은 일정하지 않다. 두 사람의 체중 곡선이 교차하는 정확한 날짜는 알 수 없지만, 대략 9월 2일 정도로 추정된다.

모자수첩에 따른 하츠코(……)와 미츠코(──)의 체중 곡선

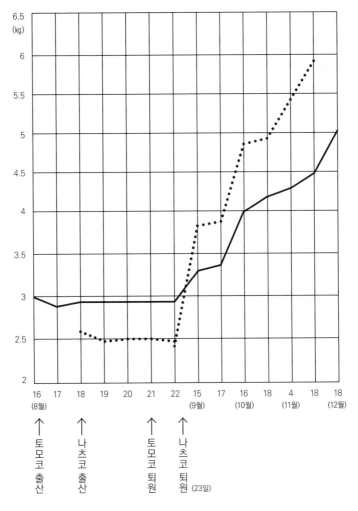

이것은 어떻게 봐도 이상하다. 토모코가 퇴원한 날은 8월 21일, 나츠코는 8월 23일이다. 특별한 일이 없는 한 퇴원 후 아이가 바뀌었을 리는 없다. 나츠코가 출산한 18일부터 토모코가 퇴원한 21일 사이에 바뀌었다고 생각하는 것이 타당하다. 그렇다면 왜 체중 곡선의 교차일이 두 사람의 퇴원 이후가 된 것일까.

모자수첩에 기입된 체중, 즉 병원에서 측정한 체중이 정확하지 않았다면 이야기가 된다. 이후 조사에서, 나츠코의 의료 기록이 생후 나흘째인 8월 21일과 다음 날인 8월 22일의 체중란에서 변조된 흔적을 발견했다. 아마 21일과 22일에 측정한 하츠코의 체중이 이상했을 것이다. 그래서 급히 기록을 수정한 것은 아닐까.

이 사실을 통해 추측해 보면, 아이가 바뀐 시각은 20일에 체중을 측정한 이후부터 21일에 토모코가 퇴원하기 직전까지로 압축된다.

토모코는 처음으로 수유를 했을 때, 아이의 오른발에 점이 있는 것을 발견했다. 지금도 미츠코의 오른발에는 점이 있다. 즉, 수유를 시작한 20일에는 이미 아이가 바뀌어 있었던 것이다. 그렇다면 아이가 바뀐 시점은 20일 아침, 아이를 목욕시키고 체중을 측정했을 때로 예상할 수 있지 않을까.

어찌 되었든 당시 체중 측정값이 이상했기 때문에 간호사나 의사는 더 빠르게 사고 발생을 알아챘어야 했다. 자신들의 실수는 의심하지 않은 채, 의료 기록을 바꿔 앞뒤를 맞추는 것에만 급급했다고 생각할 수밖에 없다. 이에 더해 엄마의 양육 방식을 지적하며 책임을 떠넘기는 바람에 사고 사실이 6년이나 은폐된 것이다.

이러한 병원 측의 태도는 사고가 발각된 후에도 변하지 않았다. 슬픔에 빠진 가족들의 마음을 위로하기보다 병원의 명예를 지키는 데 급

급한 원장의 태도는 점차 불신을 가져왔다.

이때 싹튼 불신은 이후에도 씻어 낼 수 없었다. "그때 진심으로 사과하고, 우리의 입장에서 생각해 주었다면 소송을 걸지 않았을 것이다"라는 게 시게오의 솔직한 마음이었다.

아이들이 바뀐 것이 알려진 1977년 10월, 토모코 부부와 테르미츠 부부는 하시구치 병원에 내용증명을 보냈다. 합의를 위한 협상이 시작되었지만 위자료의 액수가 큰 걸림돌이었다.

당시 두 부부는 한 가족 당 2,600만 엔을 청구했다. 카토 변호사는 '향후 정신적 고통이 계속될 것을 생각하여 일회성 사망 사고 이상의 금액을 책정해야 한다'며 부모의 위자료 각 800만 엔, 아이의 위자료 1,000만 엔으로 가족당 2,600만 엔의 손해 금액을 산정했다. 양쪽 가족을 모두 합치면 5,200만 엔이었다.

그러나 하시구치 병원은 '사회 통념상 타당한 금액이라면 받아들이겠으나, 2,600만 엔은 도가 지나치다'며 거부했다. 이렇게 서로 합의하지 못한 채, 다음 해 4월에 재판에 돌입한다.

카토 변호사는 재판의 진행 과정을 다음과 같이 예측했다.

출산 당시 실수를 저지른 것은 병원에서도 인정하고 있으므로 여기에 대해서는 논쟁의 여지가 없다. 문제는 과실 여부이다. 카토는 병원의 일방적인 과실을 주장했지만, 병원 측은 '간호사가 아이를 착각해서 전달했더라도 어머니가 주의했다면 체중과 체형의 변화를 발견했을 것이다'라고 반론했다. 그러나 카토 변호사는 '산모들은 초산이었고 아이를 처음 접한 것은 출산 후 3, 4일 뒤(실제로는 2~4일 후)였으며, 5일째(실제로는 6일째)에는 퇴원했으니 사고를 알아채는 것이 불가능하다'고 반박했다. 카토가 주장하고 싶었던 것은 과실에 대한 책임의 중요성이었다.

"부모는 자녀를 교육하고 양육할 권리가 있습니다. 이 권리는 경제적, 사회적, 문화적인 조건에 의해 정해진 환경 속에서 자신의 사상, 신념, 신조, 생활 방식 등에 따라 아이의 적성과 능력에 맞는 보육, 교육을 통해 바람직한 부모 자식의 관계를 만들어 갈 권리입니다. 이 권리를 빼앗겼을 뿐만 아니라 아이를 다시 교환한다고 해도 즉시 원활한 교육 및 감독이 가능할 리 없습니다.

아이들도 마찬가지입니다. 아이 역시 한 명의 개인으로 인격권이 존중되어야 합니다. 부모의 보호 아래에서 교육을 받으며 자식으로서의 행복을 추구할 권리가 있습니다. 이러한 권리를 6년이나 박탈당했을 뿐만 아니라, 친부모에게 돌아간다고 해서 지금까지 형성된 인격 등이 간단히 바뀔 리가 없습니다. 인격의 형성에는 연속성과 일관성이 있어야 합니다. 단절로 인해 생긴 정신적 영향은 중대하다고 볼 수 있습니다."

여기에 대한 정확한 '치료 방법'이 없다는 것이 사건 해결을 어렵게 하는 근본 원인이라고도 말했다.

부상이나 질병은 의학적인 치료가 가능하다. 그러나 아이를 교환해야 하는 정신적 고통을 치료할 수 있는 방법은 의학적으로도 미지의 분야다. 또한, 교환 후 아이의 성격이 어떻게 될지, 본래의 친자 관계가 회복될 수 있는지 등은 전혀 예측할 수 없다.

"지금 아이들은 서로 바뀌었다는 사실을 나름대로 인지하고 있지만, 이를 완전히 이해했을 때의 정신적·심리적 영향이 미지수인 만큼, 부모는 예측할 수 없는 고통과 불안을 느끼고 있습니다."

카토 변호사는 부모들의 정신적 충격을 해소하기 위해 상담받을 것

어긋난 인연

을 권유하며 류큐대학[27]의 사사키 유우지 교수를 소개해 주었다. 상담을 받아들인 사사키 교수는 법원에서 '이런 영향이 가장 구체화되는 것은 스무 살 전후의 사춘기'라는 의견을 내놓았다. 또한, 이 일로 인해 가정이 파괴되는 이차적인 문제가 일어날 가능성도 지적했다. 이것 역시 아직은 예측에 불과했다. 하지만 적어도 단기간에 해결될 문제가 아니라는 것만은 확실했다.

… 이번과 같은 문제는, 아이들의 마음에 악영향을 주고, 향후 후유증이 생길 수 있다고 생각되나, 어떻게 될지는 알 수 없습니다. 다만 스무 살 무렵의 사춘기가 가장 위험하다고 합니다.

지금 상황에서는 일주일에 한 번 정도 만나는 것이 좋을 것 같습니다. 하지만 현재 아이들이 원하는 것을 다 들어주고 있기 때문에, 이기적인 아이로 성장하지 않을까 걱정이 됩니다. 역시 장기간에 걸쳐, 우리 부모나 형제, 주변에서 따뜻한 눈으로 바라보는 방법밖에는 없을 것 같다고 합니다.

그리고 사사키 교수님은 앞으로 사춘기가 될 때까지 월 1회 정도 가족을 만나 다양한 지도를 해 주시겠다고 하셨습니다. 마음에 영향을 미칠 것이 제일 걱정입니다.

이런 이유로 사사키 교수님께 부탁을 드리게 되었습니다만, 역시 상담비를 지불하지 않으면 안 되었고, 첫 면담은 1만 5,440엔이었습니다. 이 상담비는 아직 내지 못했습니다. 앞으로 1년 치 상담비로 8만 5,920엔이 듭니다. 저희는 다른 치료 방법은 모르기 때문에, 이 돈을

---

27 오키나와현에 있는 국립대학

지불하더라도 치료받고 싶습니다.

위의 내용은 토모코 부부와 테르미츠 부부가 법원에 제출하기 위해 함께 작성한 보고서의 일부이다. 새롭게 육아를 시작해야 하는 고단함이 매우 큰 동시에, '스무 살 정도가 가장 위험하다'는 말을 마치 예언자의 경고처럼 받아들이고 있었다.

—

전례가 없는 재판이었다. 가족이 입은 손해를 금전적으로 환산할 수 있는 기준이 없다는 것이 변호사가 가장 고심했던 부분이었다. 카토 변호사는 아이가 바뀐 것을 알고 교환하게 된 부모의 고통과 서서히 다가오는 가정의 붕괴를 경제적인 면과 정신적인 면으로 나누어 금액을 산정했다. 실질적으로 구체적인 숫자를 산정하기 위해 '원활하게 친자를 교환하기 위한' 교류 비용은 식사 비용이나 유원지 비용 등으로 한정했다. 그 외에 전문가 상담 비용 같은 것도 있었지만 '이러한 비용은 각 가정의 수입 능력을 넘어 가계를 압박할' 정도로 큰 금액은 아니었다.

문제는 부모와 자녀의 정신적 손실액에 대한 산정이었다. 사고사보다 피해가 막대하다고 해도, 이를 판사에게 납득시킬 수 있는 방법은 부모들의 증언뿐이었다. 그래서 네 명의 부모는 아이들을 교환함으로써 입은 정신적 타격의 정도를 변호사의 심문에 대답하는 형태로 각자 자세히 이야기하고자 했다.

1978년 6월 12일, 증언대에 선 이사 토모코는 키워 온 아이를 보내게 되어 '앓아누운 채로 밥도 먹을 수 없는' 상태였다고 호소했다. 다음은 교환까지의 경위를 밝힌 진술 후반 부분으로, 질문자는 앞에서와 마찬가지로 카토 변호사이다.

"처음 친자식을 만났을 때, 어떤 기분이었습니까?"

"많이 닮아서 복잡한 심정이었습니다."

"자신의 아이라는 실감이 들었습니까?"

"아니요."

"남편은 뭐라고 말했습니까?"

"아이의 잠든 얼굴을 보고 울었습니다. 그날 밤 3시까지 잠들지 못하고 술을 마셨습니다."

"하츠코의 일곱 살 생일을 축하해 주었죠?"

"네, 친척이 많이 모였지만 모두 아이를 보고 울었습니다."

"8월 21일 미츠코의 생일 파티에서, 모두가 모인 자리에서 무슨 일이 있었습니까?"

"네. 핑크레이디의 흉내를 냈는데, 저는 보지 않았습니다."

"미츠코는 당신에게 어떤 식으로 응석을 부렸습니까?"

"이전보다 더 많이 응석을 부렸습니다. 미츠코가 나쁜 짓을 해도 혼낼 수가 없었습니다."

"왜죠?"

"불쌍하기도 했고 다른 사람의 아이라는 생각 때문이었습니다."

"미츠코가 방구석에서 울기도 했습니까?"

"네, 그럴 때는 미츠코에게 내 딸이라고 말하며 안아 주었습니다."

"10월쯤, 초등학교 입학 이야기가 있었는데, 미츠코가 뭐라고 했습니까?"

"4월이 되면 미츠코를 테르미츠 아저씨네 집으로 보낼 거잖아, 라고 말했습니다. 제가 책가방을 사 오니, 그 책가방을 저희 언니 집에 숨겨 놓을 거라고 했습니다."

"당신의 어머니가 하츠코를 보기 위해 야에야마에서 올라와, M정까지 보러 갔던 일이 있죠?"

"네."

"그때 미츠코가 뭐라고 말했습니까?"

"네. 1학년이 되면 M정에 가야 하니, 야에야마로 도망칠 거라고 했습니다."

"미츠코는 테르미츠 씨 집에 가는 것에 대해 어떻게 말했습니까?"

"1학년이 되면 테르미츠 아저씨네 집에 가야 하기 때문에, 1학년이 되는 것이 싫다고 했습니다. 이불을 뒤집어쓰고 울기도 했습니다."

"1월 6일에 입학 통지가 왔죠?"

"네. 그때, 저는 마음이 착잡해져서 1월이 이대로 멈춰 버린다면 좋겠다고 생각했습니다. 미츠코도 M정에 가는 걸 싫어했습니다."

"일주일에 몇 번 정도 왔다 갔다 합니까?"

"이전에는 주 3회 정도였는데, 1학년이 된 이후로는 주말에만 오가고 있습니다."

태어나서 처음으로 증언대에 선 토모코는 긴장해서 땀을 흘렸다. 법정의 엄숙한 분위기에 압도당했는지, 변호사의 심문이 끝나도 다리의 떨림은 멈추지 않았다.

증언 도중 토모코는 눈물샘이 폭발했다. 오열하느라 목소리도 우물거리게 되고 평소에는 술술 나오던 말도 막혔다.

표준어를 써야 한다는 생각이 토모코의 몸을 더욱 굳게 만들었다.

퇴장한 후에도 변호사의 얼굴만 떠오르고, '오키나와 사투리라면 더 잘 말할 수 있었는데'라는 후회만 들었다.

—

이사 시게오의 증인 심문은 아내의 증언 후 4개월이 지난 1978년 10월 5일에 열렸다.

시게오는 3일 후면 스물아홉 번째 생일을 맞았다. 통나무 같은 팔과 펀치파마[28]는 죽 늘어앉은 사람들에게 강렬한 인상을 주었다. 이 건장한 체격이 친자식에게는 '무섭게' 보였다는 것이 비극이었다. 평소 남달리 친절하고 온화한 그는 직장 동료들 사이에서도 아이를 사랑하는 아버지로 잘 알려져 있었다.

몸집과 어울리지 않게 시게오의 손은 긴장으로 떨렸다.

"6월 22일 밤, 하시구치 병원에 가셨군요. 원장이 어떤 이야기를 했습니까?"

"아이가 바뀐 것은 틀림없다고 했습니다. 피고로서도 최대한 죗값을 치를 테니 신문에는 공표하지 말아 달라고 했습니다."

"그런데 왜 신문에 보도된 겁니까?"

"모릅니다."

"하츠코는 당신을 잘 따릅니까?"

"아빠라고는 부르지만, 안으려고 하면 도망칩니다."

"일주일에 한 번 상대방의 집에서 재웁니까?"

---

28 짧은 머리를 구불구불하게 하는 파마

"네."

"전혀 안 만나게 하는 방법을 생각해 본 적은 없습니까?"

"가능하다고 해도 아이들이 어떻게 행동할지 모르기 때문에, 지금까지 해 왔던 대로 하고 싶습니다."

"2주에 한 번이나, 전혀 만나지 않게 할 생각은 없습니까?"

"부모로서 할 수 없을 것 같습니다."

"미츠코는 자주 전화를 하는 것 같습니다만, 하츠코는 어떻습니까?"

"안 하는 것 같습니다."

"당신이 혼내면 하츠코는 어떤 태도를 보입니까?"

"울거나 고개를 숙이고 있습니다. 미츠코라면 아예 자리에 앉아 있지 않았을 겁니다."

"하츠코는 동생과 잘 지냅니까?"

"평소에는 별 문제가 없지만, 물건을 서로 빼앗는 게 심합니다."

"하츠코의 아버지로서 첫 만남 이전으로 시간을 되돌리고 싶었던 적은 없습니까?"

"없습니다."

"앞으로 어떻게 하고 싶습니까?"

"시간을 들여 친해질 수밖에 없다고 생각합니다."

토모코와 시게오는 6년 동안 키운 아이를 쉽게 보내 줄 수 없었다. 이제까지 모르고 지냈던 아이에게 갑자기 부모라고 믿게 하는 것도 무리였고, 시간이 지난다고 친자식과 부모 자식의 관계가 될 수 있을지 자신이 없었다.

시로마 나츠코가 증언한 것은 시게오와 같은 날인 10월 5일이었다. 가을이라고 해도 오키나와의 늦더위는 아직 지독했고, 철거 직전의 오래된 건물에 위치한 나하 지법 오키나와 지부의 법정은 숨 막힐 것 같은 열기로 가득했다.

"아무렇지 않게 아이를 바꿀 수 있었습니까?"

"아니요. 하츠코는 오랫동안 키워 온 아이이기 때문에, 어떻게 해도 헤어질 수가 없었습니다."

"당신은 미츠코를 원했습니까?"

"아니요."

"친척들은 뭐라고 했습니까?"

"친자식을 키우는 편이 좋을 거라고 했습니다. 그래서 교환하게 되었습니다."

"미츠코는 동생들과 잘 지내고 있습니까?"

"아니요. 자주 싸웁니다. 혼을 내면 G정으로 돌아가고 싶다고 말해서 골치가 아픕니다."

"G정에 자주 전화합니까?"

"네. 자신을 데리러 오라고 전화합니다."

"토모코 씨 집에 전화가 있습니까?"

"아니요. 집주인 히라타 씨에게 하는 것 같습니다."

"히라타 씨는 뭐라고 했습니까?"

"아이를 교환했으니, 아이를 진정시키라고 했습니다. 저도 노력은 하고 있는데, 이런 말을 들으면 화가 납니다."

"간식 때문에 싸울 때도 있습니까?"

"네. 미츠코는 자신의 것은 숨기고 동생들의 것부터 먹기 때문에 싸움이 납니다."

"미츠코는 학교에 잘 다니고 있습니까?"

"네."

"학교 선생님으로부터 미츠코에 대해서 뭔가 들은 얘기가 있습니까?"

"네, 미츠코는 학교에서도 G정의 초등학교가 좋다고 말한다고 합니다."

"하츠코가 M정에 왔을 때는 어떻습니까?"

"외로웠는데 왜 데리러 오지 않았냐고 저를 원망합니다."

"하츠코는 원래 말이 없었습니까?"

"아니요. 말을 잘 하는 아이였습니다."

"아이가 말이 없어졌다는 것을 들었을 때 어떤 기분이었습니까?"

"왜 그렇게 되었는지 마음이 무거웠습니다."

"당신은 어떻게 하고 싶습니까?"

"원래대로 되돌렸으면 좋겠다고 생각합니다."

이후 오카미츠 판사가 "이 아이가 역시 내 아이구나, 라고 생각한 적이 있습니까?"라고 물어보자 하츠코는 "있습니다. 얼굴, 체형, 걸음걸이까지 남편과 비슷합니다"라고 대답했다.

나츠코의 증언에는 다소 앞뒤가 맞지 않는 부분이 있어 안노마에 재판장도 이상하다고 생각했지만, 일부러 변호사의 심문이 끝난 후에 "당신은 아이와 친밀하지 않은 것 같은데, 남편은 아이와 친밀하게 지내고 있나요?"라고 물었다. 그러자 나츠코는 "네. 잘 지내고 있습니다"라고 대답했다. 앞서 변호사의 심문에서는 '아이와 친밀하지 않아 곤란하다'라고 말한 직후였다.

나츠코의 목소리는 작아서 듣기 힘들었다. 긴장한 탓에 얼굴은 하얗게 질려 있었다. 나츠코 역시 오키나와 사투리를 표준어로 바꾸어 말하기 위해 신경을 쓰는 바람에 교과서를 읽는 것 같은 말투였다. 대답이 단순했던 것은 표준어로 미묘한 심정을 전하지 못했기 때문이 틀림없었다. 그래도 나름대로 최선을 다한 것이었다. 나츠코 역시 토모코처럼 말하고 싶었던 것이 열 배는 더 있는데, 라며 후회했다.

—

나츠코의 남편 시로마 테르미츠가 증언한 것은, 이보다 3개월 전인 1978년 7월 20일이었다. 법정 안은 찜통 같았다. 이날은 여름방학 전날로, 미츠코는 방학 동안 토모코의 집에 머무르기 위해 배낭 안에 갈아입을 옷과 공부할 것을 가득 담아 두었다. 2학기가 시작되기 전까지 돌아오지 않을 생각이었다. 이는 테르미츠의 마음에 어두운 그림자를 드리우게 했다.

"문비치에 갔을 때는, 아이들이 친부모가 아닌 것을 알고 있었습니까?"

"아니요. 모르는 것 같았습니다."

"사정은 이야기했습니까?"

"아니요. 말할 용기가 없었습니다."

"하츠코에게 진짜 부모는 시게오 씨와 토모코 씨라고 말한 적이 있습니까?"

"저는 한 적이 없지만, 아내가 말한 적이 있습니다."

"아이를 적응시키기 위해 집에 머물게 한 것은 언제부터입니까?"

"작년 여름방학부터입니다."

"미츠코의 태도는 어땠습니까?"

"처음에는 여동생들과 사이좋게 지냈지만, 저녁이 되면 G정에 돌아간다며 울었습니다."

"당신과 부인에게는 어땠습니까?"

"저녁이 되면 서럽게 울며 우리의 말은 전혀 들어주지 않습니다."

"동생들은 어땠습니까?"

"미츠코는 울보니까, 하츠코로 바꿔 오라고 했습니다."

"아이들은 키워 준 부모를 만나면 어떻게 합니까?"

"품에 안기거나 매우 기뻐했습니다."

"아이를 교환한 후 3일째 되는 날 두 가족이 함께 식물원에 갔는데, 미츠코의 태도는 어땠습니까?"

"미츠코가 키워 준 부모의 손을 잡고 걷는 것을 보니, 뭐라 말할 수 없는 기분이었습니다."

"미츠코는 G정에 가고 싶어 합니까?"

"예, 말할 필요도 없이 가고 싶어 합니다"

"그런 경우에는 어떤 식으로 타이릅니까?"

"토요일에 데려갈 테니 그때까지 참으라고 하고 드라이브를 나가거나 합니다. 그래도 집에 돌아오는 길에는 G정에 데려다 달라고 조릅니다."

"밤새 울지는 않습니까?"

"웁니다. 남동생의 이름을 부르며 벌떡 일어나기도 합니다."

"밥은 잘 먹고 있습니까?"

"월요일부터 금요일까지는 잘 먹지만, 토요일이 되면 G정에 돌아가겠다며 안절부절못합니다. 엄마의 목소리를 듣겠다며 항상 G정에 전화합니다. 50엔을 줄 때마다 10엔은 꼭 전화 요금으로 씁니다."

"그런 태도를 볼 때, 앞으로 어떻게 될 것 같습니까?"

어긋난 인연

"고통이 덮쳐 오는 것 같습니다. 원장 선생님은 어떻게 생각하고 있는지, 분노가 치밀어 오릅니다. 저는 어떻게 해야 할지 모르겠습니다."

아내가 교환한 것을 후회하며 '원래대로 돌아가고 싶다'고 대답한 것과 달리, 테르미츠는 혼란스러워하고 있었다. 어쨌든 교환한 이후에도 부모들은 한참이나 시행착오를 겪는 중이었다.

증언대에 선 그날, 테르미츠는 노트에 다음과 같이 적었다.

> 우리의 괴로움을 원장도 그 누구도 모른다고 생각합니다. 원장도 안 됐지만, 재판이 끝난 후 원장은 편해지지만, 재판이 끝나도 아이와 부모의 고통은 계속되기애, 아무도 모른다. 그게 너무나 부란합니다.

카토 변호사는 그들의 증언을 부연하며 법정의 한 단 높은 곳을 향해 말했다.

"친자식이 친부모와 친형제에게 친밀함을 느끼지 못합니다. 6년이라는 긴 시간 동안, 다른 아이의 부모가 친자식처럼 키웠기 때문입니다. 불행한 일이지만 당연한 결과입니다.

아이들은 길러 준 부모가 보고 싶어 밤새 울기도 합니다. 자다가도 갑자기 예전 남동생의 이름을 외치며 벌떡 일어납니다. 친부모가 안으려고 해도 도망치고, 길러 준 부모에게 돌아가고 싶어 합니다.

초등학교에 입학하면 교환된다는 것을 알아 버린 아이는, 시간이 멈추어 학교에 가지 않았으면 좋겠다고 생각해, 모처럼 엄마가 사 준 가방을 숨기기까지 했습니다. 입학 이후에도 길러 준 부모가 있는 곳의 학교에 가고 싶다고 호소합니다. 부모 또한 이런 아이의 태도에 어떻게 대처해야 할지 몰라 앓아눕거나, 술로 마음을 달래거나, 출근할 기력을 잃거나, 심지어는 '가족이 다 같이 죽었으면 좋겠다'라는 생각까지 합니다.

길러 준 부모에게 돌아가고 싶어 하는 아이를 말릴 수 없어서, 그나마 만나는 횟수라도 줄여 보려고 물건을 사 주며 환심을 얻으려고도 했습니다. 부모가 할 수 있는 기본적인 훈육조차 불가능한 상황으로, 이대로는 정상적인 인격으로 성장하는 걸 기대할 수 없을 뿐만 아니라 부모와 자식의 관계도 왜곡될 수 있습니다."

이렇게 네 명 부모의 위자료를 각 800만 엔, 두 아이의 위자료를 각 1,000만 엔으로 산정하고 기타 비용으로 약 300만 엔가량을 더해 총 5,500만 엔을 청구했다.

첫 재판으로부터 1년 반이 지난, 1979년 9월 20일에 판결이 났다.

판결을 앞두고 법원 측도 상당히 고심하는 모습이었다. 이후 일화로, 담당 판사가 부모 자식 간의 보이지 않는 애정의 깊이를 헤아려 보기 위해 아내나 자녀를 둔 동료를 찾아다녔다는 이야기가 있다.

부모의 증언이 주효했는지, 카토의 주장은 대부분 받아들여졌다. 다만, 위자료에 대해서는 원 청구액인 5,500만 엔의 약 4분의 1인 1,422만 엔으로 판결이 났다. 병원의 중대한 과실 때문에 부모가 입은 손해는 엄청나지만, 현재 '두 아이 모두 심신이 건강하게 성장하고 있다는 것'과 '부모의 애정과 아이의 순응성에 따라서' 장래의 부모 자식 관계를 기대할 수 있으므로 사망 사고와 같은 물리적 산정은 불가능하다는 것이 그 이유였다.

미츠코와 하츠코에게는 각각 300만 엔, 네 명의 부모에게는 각각 200만 엔의 위자료가 인정되었다. 기타 상담 비용 등 사고와 인과관계가 있는 비용으로 가족당 11만 엔이 책정되었다. 모두 합해서 1,422만 엔이었다. 이들은 다시 항소했다.

1980년 8월, 하시구치 병원은 법원의 화해 권고를 받아들여 각 가정에 950만 엔을 지급하는 것으로 합의에 응했다. 교통사고와 같은 사례로 취급할 수는 없지만, 거기에 준하는 금액을 지불함으로써 병원 측도 '최대한의 배려'를 표시한 것이다.

2년 4개월에 걸친 재판은 이렇게 끝났다.

그날 밤, 도쿄로 가는 비행기에서 카토는 혼자 생각에 잠겼다.

'재판에서 해결된 게 무엇인가. 호적을 원래대로 되돌리고, 병원에서 위자료를 받은 게 전부 아닌가. 그것이 이 문제를 얼마나 해결해 주었는지 생각해 보면… 이것이 법의 한계구나.'

1,900만 엔이라는 금액이 두 아이의 '6년의 공백'을 되돌리는 데 충분한 것인지 아무도 모른다.

토모코네와 테르미츠네, 양측 가족 중 누구도 이겼다는 실감이 들지 않았다. 오히려 지금부터 생길 난제를 생각하면, 몸이 떨릴 정도로 불안했다.

토모코는 흐린 하늘 아래를 걸으며, 이 아이들의 인생은 지금부터 시작이라는 생각에 혼자 이를 악물었다.

제5장

—

맨발의 만남

이사 토모코는 한국전쟁이 일어난 해의 크리스마스인 1950년 12월 25일, 오키나와 본섬에서 서쪽으로 100㎞ 정도 떨어진 쿠메 섬에서 태어났다. 어머니는 연달아 다섯의 딸을 낳은 후 마침내 두 명의 아들을 낳았다. 토모코는 일곱 남매 중 넷째였다.

쿠메 섬에서는 어느 집이나 농사와 어업을 겸하며 어려운 생활을 했다. 1정보[29] 정도 되는 논에서 사탕수수를 재배했지만, 이것만 먹고살수는 없었기 때문에, 아버지 사부로는 농한기 때는 물론이고 평소에도 항상 바다에 나가 물질을 했다. 산호초에 둘러싸인 쿠메 섬은 물고기의 보고였다.

아버지는 통나무배를 교묘히 조작하여 구루쿤과 미바이라는 두 종

---

[29] 약 1,000㎡

류의 물고기를 잡았다. 쌀통이 항상 비어 있을 만큼 생활은 여유롭지 않았지만 먹을 것이 부족했던 기억이 없는 것은 아열대 기후의 풍토 덕분이었다. 그러나 좁은 땅에서는 미래가 없다고 생각한 아버지는 쿠메 섬을 떠날 결심을 한다.

패전으로 잿더미가 된 오키나와는 전쟁에서 살아 돌아온 사람들로, 가뜩이나 좁은 땅에서 밀치락달치락 하고 있었다. 류큐 정부의 자료에 따르면, 해외 귀환자 수가 1951년에만 10만 명에 달했다. 게다가 미군의 주둔으로 농지는 군용지로 징발되었다. 1953년에 시행된 '토지수용령'으로 징발된 농지는 오키나와 전체 농지의 17%에 이르렀다. 이로 인해 거의 5만 가구가 토지를 빼앗겼다.

식량 부족에 농지까지 징발당한 오키나와 사람들의 생활은 궁핍했다. 일을 하고 싶어도 일자리가 없었다. 이러한 사회 불안을 타개하기 위해 류큐 정부는 이주를 독려했다. 그리하여 패전으로 인해 돌아온 사람들과 미군에 땅을 징발당한 사람들은 브라질과 페루를 비롯하여 기반 시설이 부족한 야에야마 제도로 흘러 들어갔다.

전시 상황이었을 때부터 오키나와는 해외 이주가 활발했다. 고향을 버리고 해외로 떠나는 사람들에게는 나름의 이유가 있었다. 한때 오키나와는 동북지방과 마찬가지로 인신매매가 태연하게 행해졌을 정도로 가난한 섬이었다. 게다가 장남만이 토지를 물려받을 수 있었기 때문에, 차남이나 삼남은 경작할 수 있는 토지가 없어 결국 농사를 그만 두거나 해외의 새로운 땅을 찾아갈 수밖에 없었다. 오키나와는 자연스럽게 개척 이민의 조건을 갖추고 있었다.

패전의 혼란으로 이주를 부르짖는 목소리는 점차 높아졌지만, 오키나와의 어느 마을도 이주를 위한 재정적 여유는 갖추지 못했다. 군정부의 반응도 둔하고, 어디까지나 논의만 되고 계획이 진전되지 않았다. 얌바루라고 불리는 오키나와 북부의 오기미촌과 같이 몇 개의 마을에서 자주적으로 이주를 시도하기도 했지만, 본격적인 이주가 시작된 것은 샌프란시스코강화조약[30]이 체결된 1951년 이후의 일이었다.

1952년에 류큐 정부가 수립되면서 드디어 정부 주도의 개척 이민계획이 세워졌다. 류큐 정부의 계획 이민 제1호로 사람들이 떠나게 된것은 1952년 8월이었다. 정착지는 야에야마 제도의 이리오모테 섬과이시가키 섬이었다.

쿠메 섬을 떠나기로 결심한 토모코의 아버지는 아내 몰래 개척 이민에참여하기로 했다. 아버지는 한창 일을 할 나이인 서른여덟 살이었다. 당시에는 볼리비아 등 남미 이민이 주를 이루었지만 그가 이리오모테 섬을선택한 것은, 오키나와에서 너무 멀리 떠나고 싶지 않다는 게 이유였다.

이리오모테 섬은 류큐 열도 중에서도 오키나와 본섬에 이어 두 번째로 큰 섬이다. 지금은 '일본 최남단의 리조트 파라다이스' 등으로 알려져 여름이 되면 관광객이 우르르 몰려들지만, 당시는 '야키 섬'이라며두려워했던 곳이었다. '야키'는 풍토병인 말라리아를 뜻한다. 이리오모테 섬이나 이시가키 섬의 북단에는 폐촌의 흔적이 몇 곳 있는데, 모두 말라리아의 창궐로 인해 없어진 슬픈 마을이다.

오키나와 본섬에서 450㎞쯤 떨어진 이 섬이 아직도 원시의 모습을간직하고 있는 것은 말라리아 때문이기도 하다. 인간이 살기는 힘든섬이지만, 동식물에게는 천혜의 서식지였다. 야에야마 제도에서 말라리아가 근절된 것은 1962년의 일로, 그전의 이주자들은 상당한 각오

---

30 1951년 9월 샌프란시스코에서 연합국과 일본이 체결한 평화 조약

를 하고 섬에 들어간 것이다.

이리오모테 섬의 '오토미'로 이주한 것은 사부로의 가족을 포함하여 총 59가구로, 303명이었다. 토모코가 두 살 때였다. 언니 레이코는 이미 초등학생이었다.

그런데 이 '오토미'로의 이주는 정부의 이민 계획과는 상당한 차이가 있었다.

1977년에 오토미 이민 25주년을 기념하여 발행한 『오토미 개척 기념사』서문에서 개척 단장이었던 후쿠치 케이지는 '이런 곳에 정착할 생각을 한 사람들은 게렌(바보)이 아닐까 하는 험담'을 들은 일, '정부 담당관이 30% 정도만 잔류하면 괜찮다고 말한 것에 격노'한 일 등을 회상하기도 했다. 개척 이주를 계획한 류큐 정부의 담당자들조차 반신반의했던 것이다.

첫 이주자로 섬에 도착한 사부로는 곧 어깨가 축 처졌다. 높은 언덕에서 보이는 것이라고는 지평선 끝까지 빽빽하게 들어선 밀림뿐이었다.

개간 작업은 나무를 태우는 것부터 시작했다. 쿠메 섬에 남은 땅을 팔아 가장 먼저 산 것은 개간을 위한 물소였고, 먹고살기 위해 제일 처음 심은 것은 고구마와 벼였다. 사탕수수와 파인애플을 심은 것은 그로부터 1년 뒤다.

식수로 사용하는 해안 용천수를 통에 담아 멜대에 지고 날랐는데, 이것은 아이들의 일이었다. 집도 직접 지어야 했다. 사부로는 산에서 통나무를 잘라 가지고 와서 오두막집 같은 것을 지었다. 지붕은 이엉으로 엮고, 진흙 벽을 세웠다. 필리핀 등지의 시골에 가면 지금도 흔히 볼 수 있는 고상식[31] 건물과 비슷했다. 칸막이가 없는 집은 다다미 14첩 정도의 크기였다.

---

31 땅에서 올라오는 습한 기운을 막기 위해 마루를 높게 짓는 건축 양식

바닥을 높게 지은 것은 반시뱀[32]을 피하기 위해서였다. 기와가 있는 본격적인 집이 만들어진 것은 토모코가 중학교 2학년이 되고 나서의 일이다.

장녀 레이코에 따르면 처참하기 이를 데 없는 것은 땅만이 아니었다.

"옛날에는 탄광도 있었는데 말라리아로 인해 폐광되었을 정도로, 말라리아는 가장 두려운 것이었죠. 이주 초기 1, 2년은 괜찮았지만, 점점 먹을 것이 부족해지면서 몸이 허약해져 말라리아에 걸렸어요. 말라리아에 걸린 환자가 있는 집은 빨간 천 조각이 달린 깃발을 세워 두었기 때문에 바로 알 수 있었죠. 약이라고 할 만한 것도 없어서, 우물에서 길러 온 물을 고열의 환자에게 뿌려 열을 식히는 게 다였어요."

토모코에게는 이런 기억이 거의 남아 있지 않았다. 다만 어렴풋이 어머니를 간병했던 기억만 떠오른다고 했다.

"나는 뇌수막염에 걸렸을지도 몰라. 마치 잘게 부셔 놓은 파초[33] 나무 위에 누워 있는 기분이구나……."

'파초는 온몸의 열을 빼앗는다'는 말을 듣고, 보건소 직원이 올 때까지 그들은 민간요법으로 버텼다. '지금 살아있는 것이 신기할 정도'라는 것이 토모코 자매의 심정이었다.

정착한 이듬해인 1953년에는 킷도, 쥬디, 니나와 같은 대형 태풍으로 농장물이 초토화되었다. 특히 킷도 태풍은 최대 순간풍속이 44.3㎧였음에도 불구하고, 강우량이 4.8㎖밖에 되지 않는 마른 태풍이었다. 이로 인해 벼는 물론 사탕수수까지 모두 쓰러지고, 작물은 불에 탄 것처럼 문드러졌다. 희망을 잃은 이민자들은 귀향을 선택하기도 했지만,

---

32 류큐 제도에서 서식하는 독사
33 약재나 관사용으로 재배하는 2m 정도의 식물로, 사람 키만큼 커다란 잎을 가짐.

토모코 가족이 의지할 땅은 이곳밖에 없었다.

주식은 고구마와 생선이었다. 토모코 가족은 언젠가 쌀을 먹을 수 있을 거라고 생각했지만, 레이코가 중학교를 졸업할 때까지 흰쌀밥이 식탁에 오르는 일은 없었다. 흰쌀은 아플 때가 아니면 입에 댈 수도 없을 만큼 귀했다.

'오토미'에는 중학교만 있었는데, 초등학교는 이주 3년 차가 되어서야 옆 마을 '오하라'에 생겼다. 초등학교까지 아이 걸음으로 30분이 걸렸다. 언니들은 졸업할 때까지 그 길을 맨발로 다녔다. '잠옷을 그대로 입고 학교에 오는 아이도 있었다'고 할 정도였기 때문에 맨발로 다닌다고 주목을 받는 일은 없었다.

신발은 설날과 추석에만 신을 수 있었다.

찢어지게 가난한 생활에서 벗어나 겨우 한숨을 돌릴 수 있게 된 것은 1955년 이후 파인애플 덕분이었다. 운동화를 신고 학교에 갈 수 있게 된 것도 이즈음으로, 토모코가 초등학교 3학년 때였다.

"여유 있는 부모들은 식물의 잎을 엮어 신을 만들어 주었죠. 우리 부모님은 농사일로 틈이 없어서 신발을 만들어 주지는 못했어요. 부모님은 바쁘고 힘들게 몸을 혹사하면서 일하셨어요."

맨발이어서 가장 곤란했던 것은 한여름의 태양이 내리쬘 때였다.

학교 가는 길에는 맹그로브숲[34]으로 유명해진 나카마 강이 있었다. 하구의 폭은 대략 90m였고, 1km 정도 상류에 건설 현장의 발판으로 사용되는 파이프로 만든 다리가 있었다. 패전 후 들어온 미군이 만든 것으로 발판에 콜타르가 발라져 있는 허술한 임시 다리였다. 여름이

---

34 아열대나 열대의 해변이나 하구의 습지에서 발달하는 홍수림

되면 그 콜타르가 녹아 맨발로는 건널 수가 없었다.

두려움에 벌벌 떨면서 화상을 입지 않기 위해 뜨겁지 않은 곳을 찾아 디디며 다리를 건너야 했는데, 곳곳에 뻥뻥 구멍이 뚫린 곳도 있었다. 다리 밑을 내려다보면 아래쪽에서 급류가 휘몰아치고 있어 순간 얼어 버릴 때도 있었다. '강에 빠지는 것보다 화상을 입는 게 낫다'고 생각한 레이코는 어린 토모코의 손을 잡고 울면서 뜨거운 다리를 건넜다.

이런 일을 여름 내내 지속하면 아이들의 발바닥은 고무신처럼 두꺼워져 맨발로 산비탈을 올라도 괜찮을 정도가 되었다.

학교에서 돌아오면 밭일이 기다리고 있었다.

"학교에 다녀오면 토모코와 세츠코는 쇠여물을 베어 놓거라. 레이코는 감자를 캐서 삶아 두고."

아버지는 아침에 나갈 때 아이들에게 일정량의 일을 지시했다.

"오늘은 땅콩 수확이니 학교는 쉬어라."

아버지가 이렇게 말하면, 학교에 갈 준비를 하다가도 "네"라고 말할 수밖에 없었다. 아버지의 명령은 절대적이었다.

토모코는 지금도 즐거운 일요일이라는 건 도시 아이들만의 정서라고 생각한다. 일요일은 가족이 총출동해서 밭일을 하는 날이었다. 찐 감자를 허리에 매달고, 아침 해가 뜨기도 전에 밭에 나가 어둠 속에서 일을 시작했다.

파인애플 수확은 7월의 폭염 속에서 이루어졌다. 이런 날은 '다다미가 딱딱 소리를 낼 정도'로 뜨거웠는데, 일사병으로 쓰러지는 일도 종종 있었다. 볕 좋은 산기슭에 심은 파인애플을 수확해서 옮길 때는 뼈가 빠질 만큼 힘들었다. 석양이 질 무렵이 되면 다리가 부들부들 떨렸다.

설날이 지나면 또 다시 눈코 뜰 새 없이 바빠졌다. 수수 베기가 시작되기 때문이었다. 아버지가 수수를 베면 아이들이 새끼줄로 묶어 논두

렁까지 운반했다. 이 일은 4월 중순까지 계속되었다. 수수 베기가 끝나면 수수에 비료를 뿌리는 계절이 왔다. 물론 화학 비료는 아니었다. 퇴비나 인분을 운반하는 것은 상당한 중노동이었다.

"빨리 학교에 가고 싶어."

하루 일과가 끝나면 완전히 녹초가 되어 학교가 그리워졌다.

중학교에 들어가면 동아리 활동이 있다고 해서 기뻐한 적도 있지만, 눈 돌아가게 바쁜 생활로 동아리 활동도 쉽사리 할 수 없었다. 부모님에게 알려지면 "뭐 하고 있는 거야. 놀 시간이 있으면 일을 도와라"라며 호통을 들을 것 같았다. 가끔 부모님이 학교까지 찾아와 고함을 치며 데려간 적도 있어서 동아리는 이름뿐인 존재였다. 굶주림과 직면해 있는 개척지에서는 학교 수업보다 밭일이 훨씬 중요했다.

농번기가 되면 레이코와 세츠코는 "밭에 가서 감자 캐고 와라"라고 하는 아버지의 한마디에 자주 학교를 쉬었다. 중학교 바로 뒤편에 집이 있었기 때문에 터벅터벅 걸어가는 모습이 교실 창문으로도 잘 보였다. 밭까지는 나무 한 그루 없는 오솔길이었다. 언니들은 창피했는지 반 친구들이 보지 못하도록 얼굴을 숨기고 달려갔다.

오키나와에는 '아단'이라는 판다누스과[35]의 식물이 있다. 가지 끝에 파인애플 같은 열매가 열리고 여름이 되면 주황색으로 무르익는다. 먹을 수 있는 과일은 아니지만, 당시 아이들에게는 이마저도 간식이 되었다. 토모코와 자매들은 '아단' 열매를 너무 많이 먹은 나머지, 입이 시뻘겋게 부은 적도 있었다.

한 달에 한 번, 옥수수 가루나 밀가루 배급이 있을 때는 이를 반죽해

---

35 속씨식물과에 속하며, 잎이 줄기 끝에 모여서 나고 모양이 길고 좁은 게 특징

서 경단을 만들기도 했다. 말린 미꾸라지 뼈도 소중했다. 가방 안에 감춰 두었다가 배가 고플 때 빨아먹으면 꽤 맛있었다. 그래도 배고픔을 참을 수 없으면 산에 가서 밤송이나 산딸기를 따먹었다. 구아바나 귤은 어디에나 있었다. 꿀벌을 쫓아가 꽃의 꿀을 빨아 먹은 적도 있었다.

이리오모테 섬은 세마루하코 거북[36]이라는 천연기념물의 서식지인데, 당시에는 섬 어디에나 이 거북이 있었다. 누군가 "카-미(거북이) 먹자"라고 소리치면 아이들은 일제히 거북이를 찾아 돌아다녔다. 모닥불에 구우면 통닭처럼 고소한 냄새가 풍겼다. 레이코는 "그 거북이가 천연기념물이 된 것은 우리가 다 먹어서"라고 웃었지만, 당시 아이들에게는 귀중한 단백질 섭취원이자 최고의 만찬이었다.

간식도 이런 형편이니 용돈 같은 것은 당연히 받지 못했다. 섬의 아이들 중 누구도 취업 전에 돈을 가져 본 적이 없었다. 돈은 언제 사용하는 것인지조차 몰랐다.

1945년 이후 오키나와의 기축통화는 'B엔'에서 달러로, 달러에서 일본 엔으로 어지럽게 바뀌어 갔다. 오키나와를 점령한 미군은 1946년부터 1958년까지 13년간 'B엔'이라고 불린 B형 군표를 유통시켰는데, 그동안에도 'B엔'에서 일본 엔으로, 일본 엔에서 'B엔'으로 계속해서 변했다.

통화 전환이 이루어지면 '오토미'와 같은 이주 지역에서는 마을 회관에 모여 구권을 신권으로 교환했다. 아이들이 돈의 존재를 알게 된 것도 이때쯤이었다.

아이들이 가장 좋아했던 날은 1년에 한 번 설빔을 받을 때였다. 이리오모테 섬에는 옷 가게가 없었기 때문에 배를 타고 이시가키 섬까지

---

36 중국 상자 거북Chinese Box Turtle을 뜻하며, 얼굴 옆에 노란 줄무늬가 있는 것이 특징

어긋난 인연

건너가 옷을 사 와야 했다. 야에야마 제도의 정치, 경제, 문화의 중심지는 이시가키 섬이었다.

이리오모테 섬에서 이시가키 섬까지는 세미 디젤기관식 통통배를 타고 편도 세 시간이 걸렸다. 디젤엔진의 소음과 중유를 태우는 연기로 인해, 아이들은 대부분 멀미를 했다. 게다가 아이를 태우면 추가 운임이 들었다. 그래서 좀처럼 아이들을 데려가는 일은 없었다. 큰 보자기를 든 아버지가 대표로 물건을 사러 갔다. 원하는 옷의 모양이나 색을 말하는 건 당연히 있을 수 없는 일이었다. 하지만 아이들은 새 옷이 생긴다는 것 자체가 기뻤다.

토모코가 사춘기가 되었을 무렵, 어머니는 40대의 한창 나이에 심장 발작으로 쓰러졌다. 어머니는 임신 중이었는데 후미진 외딴섬에서는 애를 지우는 일도 불가능했기에 앓아누운 채로 출산을 했다. 첫아들이었다. 출산 후에도 어머니는 아이를 안아 주기 힘들었기 때문에, 갓난아기를 돌보는 일은 토모코 자매들의 몫이었다.

어머니는 그때부터 줄곧 병상에 누워 있었고, 지금까지도 토모코에게 어린 시절 어머니에 대한 기억은 자고 있는 모습밖에 없다. 어머니에게 안긴 기억도 없었다. 아버지 혼자 일곱 명의 아이를 키우느라 생활은 점점 더 어려워졌다.

어머니가 발작을 일으키면 누군가 근처 '오하라'에 있는 진찰소까지 달려가 의사를 불러와야 했다. 발작은 항상 갑자기 일어났다. 밤중에 어머니가 심하게 콜록거리면 레이코와 자매들은 움찔했다. 어머니에 대한 걱정보다도 어두운 밤에 산길을 달려 진찰소까지 가는 것이 더 무서웠기 때문이었다.

이리오모테 섬에 드디어 전기가 들어오게 된 것은 1962년의 일이다.

이시가키 섬에는 야에야마 제도의 유일한 병원인 야에야마 병원이 있었지만 어려운 형편 때문에 입원을 하는 건 상상조차 하지 못했다. 어머니가 심각한 발작을 일으키면 가끔 의사가 방문하기도 했다. 아이들은 집 뒤의 부추밭에서 아버지에게 이런 말을 들었다.

"지금부터 설명하는 걸 잘 들어라. 어머니가 곧 죽을지도 모른다."

레이코가 울기 시작하자 연이어 동생들의 울음소리가 들렸다.

"왜 우는 거야. 아직 죽지 않았는데 왜 울어."

이렇게 말한 아버지도 울고 있었다.

그러나 어머니는 간신히 목숨을 이어 갔다. 불단 옆에는 항상 주사기가 놓여 있었는데, 어머니가 발작을 일으킬 때마다 아버지가 황급히 주사를 놓는 모습을 토모코는 아직도 똑똑히 기억하고 있다.

어머니가 몸져눕자 아버지는 쉬지 않고 일했다. 낮에는 밭일을 하고, 밤에는 비행기 연료 탱크를 개조한 배를 타고 나가 고기를 잡았다. 아버지가 잡아 온 물고기는 아이들이 나누어 팔았다.

"자, 이 물고기 팔고 와라."

아침 5시에 아버지가 깨우면 아이들은 졸린 눈을 비비며 새끼줄로 묶은 물고기를 바구니에 넣어 팔러 나갔다. 하지만 생활이 어려운 것은 어느 집이나 마찬가지였다. 외상으로 물고기를 사는 집도 있었다. 가끔은 쌀과 교환하는 일도 있었다.

빈손으로 돌아오면 아버지는 화를 냈다. 어머니의 약값을 벌기 위해 물고기를 잡아 왔는데, 쌀이나 외상으로는 아무 도움도 되지 않기 때문이었다.

그런 아버지도 교육에 관해서는 열심이었다. 제대로 공부할 수 없는 환경을 안타깝게 생각했는지, 일이 아무리 힘들어도 가정교사를 자처해 아이들을 가르쳤다. 학교 선생님보다 아버지에게 물어보는 것이 더 알기 쉬웠다.

'한자도 주판도 전부 아버지에게 배웠다'는 토모코가 후에 언니들로부터 '호랑이 엄마'라고 불리게 된 것은 교육열에 불탔던 아버지의 열정을 온몸으로 흡수했기 때문이었다.

수년이 지난 뒤의 일이다. 어머니는 염원하던 야에야마 병원에 입원했다. 몇 개월 뒤 어머니의 퇴원 소식을 들은 아이들은 항구까지 마중을 나갔다. 바닷가 쪽에서 한 여자가 아이들을 향해 걸어왔다. 어머니와 닮긴 했지만, 입원할 때의 어머니는 들것을 대신해 문짝에 실려 나갈 정도로 병세가 위중했다. 죽음의 그림자가 드리운 것처럼 창백했었다. 하지만 걸어오는 여자는 그때의 어머니에 비해 피부가 윤기 있고 포동포동했다. 게다가 아이들이 본 적 없는 겉옷을 입고 있었다.

"이쪽을 향해 걸어오는데 누구지? 엄마와 닮긴 했는데."

빤히 바라보고 있는데 저쪽에서 말을 걸어왔다.

"뭘 보고 있는 거야, 너희. 엄마 얼굴 잊어버린 거니?"

어머니는 웃었지만 아이들은 어안이 벙벙했다. 미용실이라도 갔다 왔는지 파마도 한 채였다. 토모코가 어머니의 외출복 차림을 본 것은 이때가 처음이었다. 그러나 어머니는 그 후에도 앓아눕는 일이 많았다.

빚은 점점 늘어 레이코와 세츠코는 중학교를 졸업하자마자 식모살이를 하게 되었다.

"나는 팔린 거야?"라며 레이코는 친척에게 빌린 '집 한 채 값 정도'를 담보로 가내노동을 하게 되었다.

태평양전쟁 시절까지만 해도 오키나와의 가난한 농촌에서는 빚을 갚기 위해 몸을 담보로 일하는 것이 당연했다. 빚을 갚지 못하면 식모,

보모, 하녀 등의 인자(가내 노동자)가 되어 일을 했다. 이른바 노예와 같은 것이었다. 그중에서 가장 힘든 일은 남자는 이츄만위(이토만 어부에게 팔리는 것), 여자는 쥬리위(창녀로 팔리는 것)였다고 한다. 이러한 관습은 전쟁이 끝난 1945년 이후에도 다소 남아 있어 레이코와 세츠코의 경우도 특이한 것은 아니었다. 슬픈 마음보다는 가족을 돕는 일이 당연하다고 받아들인 탓인지도 모른다.

1966년에 토모코는 야에야마 고등학교에 진학했다. 이시가키 섬의 고등학교에 진학하는 것은 상당한 결심이 필요한 일이었다. 외딴섬에서 온 학생들 대부분은 이시가키에 친척이 있었다. 친척 집에서 살면서 학교에 다니는 것이 보통이었다. 토모코처럼 친척이 없는 경우에는 하숙을 할 수밖에 없기 때문에 돈이 많이 들었다.

그러나 아버지는 아이들에게 이렇게 말했다.

"너희들, 고등학교만은 다녀야 한다. 어떻게든 해 볼 테니 걱정하지 마라."

아버지는 셋째부터 고등학교에 진학시켰다. 아이들의 교육을 위해 농협에서 대출을 받기도 했다. 외딴섬의 비참한 환경에서 벗어날 수 있는 것은 교육밖에 없다는 절실한 생각 때문이었을 것이다. 아버지의 결심과 더불어, 두 언니가 송금해 오는 돈이 있었기에 가능한 일이었다.

언니들은 식모살이에서 벗어나면, 나하시로 나가 일하기로 되어 있었다. 매주 금요일이 되면 언니들이 달러를 송금했는데, 이 돈이 가족의 유일한 현금 수입이었다.

토모코 자매의 강한 결속력은 이리오모테 섬에서의 생활을 떠나서는 생각할 수 없다. 누구에게도 말할 수 없는 고난을 겪었지만, 누구 하나 좌절하지 않은 것은 서로가 서로를 지탱해 주었기 때문이었다.

어긋난 인연

이때보다 큰 고통이 이 세상에 있을 리 없다고 믿어 왔다. 그래서 어떤 힘든 일이 있어도 스스로 해결해 왔다. 적어도 자신의 아이가 바뀌는 지나치게 가혹한 현실에 직면하기 전까지 토모코는 그랬다.

—

시게오의 처지도 토모코와 비슷했다. 시게오 역시 야에야마 이주민의 자식이었다.

토모코가 태어나기 1년 전인 1949년 10월 8일, 오키나와 남부 타마구스쿠촌에서 2남 4녀의 장남으로 태어났다. 부모님은 간신히 사탕수수를 키우며 살아갔지만, 이것만으로 여섯 남매를 먹여 살릴 수는 없었기 때문에 농한기에는 목수로 일했다. 아버지 시게루는 성실한 성격으로 목수로서도 좋은 평판을 얻었다. 그러나 아버지는 자신의 토지를 경작하는 것만으로 먹고살 수 있는 농부를 꿈꿨다. 앞날을 걱정한 시게루는 농업으로 생계를 유지하기 위해서는 이주를 할 수밖에 없다고 생각했다.

1954년 무렵에는 미국을 등에 업은 류큐 정부가 적극적으로 사람들을 이주시켰다. 여기에는 이유가 있었다. 당시 정부는 미군 기지 건설을 위해 대규모로 토지를 징발했다. 당연히 원래 살던 사람들을 쫓아내야 했다. 이주는 이를 위한 표면적인 수단이었다. 1945년 이후 오키나와의 이주 문제는 군용지 문제와 연관이 깊다.

시게루는 류큐 정부의 이주 계획에 참여하기로 했다.

"야키 섬[37]에 간다고? 의미 없는 짓 하지 마라."

---

37 말라리아 풍토병이 도는 섬

친척들로부터 맹렬한 비판을 받았지만 성실한 시게루는 일단 결정했으면 무슨 말을 들어도 번복하지 않았다. 목적지는 이시가키 섬 북부에 위치한 쿠우라였다.

출발은 1957년 5월, 시게오가 초등학교 2학년이 되고 얼마 후였다.

이시가키 섬의 중심부에서 약간 북쪽에는 해발고도 526m의 오모토산이 우뚝 솟아 있다. 오키나와에서 가장 높은 봉우리가 있는 산이다. 오모토산의 동북 방향으로 길쭉한 산악 지대가 히라쿠보 반도를 따라 늘어서 있고, 쿠우라는 히라쿠보 반도의 끝자락에서 6㎞ 앞에 위치했다. 쿠우라보다 앞에 있는 히라쿠보 주변은, 이시가키 섬에서도 말라리아로 가장 골머리를 앓던 곳이었다. 류큐 정부가 편찬한 『야에야마 군도 말라리아 환자 수』의 통계를 보면, 그해 총 인구 4만 7,000명 중 말라리아 발병자 수가 1,730명이었다. 그나마 사망자 수가 3명에 불과했던 것은 의약품의 보급 때문이었다.

이전에도 타마구스쿠촌에서 야에야마로 이주한 사람들은 많았다. 하지만 들려오는 이야기는 거의 다 순조롭지 못했다. 곳곳에서 원망의 소리가 높아지자 류큐 정부는 쿠우라 지구부터는 선발대를 보내 개발이 쉽도록 땅을 정비하고 도로 건설에 착수했다.

지금까지의 정착촌과는 다르게 시멘트 기와지붕을 얹은 주택이 들어섰다. 동서남북으로 질서 정연하게 늘어선 모양은 누가 봐도 의기양양한 인상을 주었다. 집 하나에 1정[38] 5단보[39]짜리 밭을 받게 된 54번째 가족은 간절히 염원했던 꿈이 이루어졌다며 손을 붙잡고 기뻐했다.

---

38 1정 = 3,000평
39 1단보 = 300평

그러나 정작 중요한 생활용수가 확보되지 않았다. 이로 인해 마실 물을 빗물에 의존하게 되었다. 이것이 치명적이었다. 시게루 가족이 정착한 이듬해에 덮친 '피카지'는 마른 태풍이었다. 모든 생활을 빗물에 의존했기 때문에 비가 오지 않는 것은 심각한 일이었다. 물 기근은 식량난보다 무서웠다. 식수를 확보하지 못해 밭일을 할 경황도 없었다.

쿠우라 지구만큼 태풍으로 고통받는 곳은 없었다. 북풍을 제대로 맞는 데다, 등 뒤로 병풍처럼 높은 산맥이 자리하고 있어 내리 부는 산바람이 마을의 상공을 소용돌이쳤다.

현재는 나하시 근교에서 손자와 함께 여생을 보내고 있는 시게루는, 이때만큼 태풍의 무서움을 몸소 겪은 적이 없었다.

"정착한 지 몇 년 지난 해였습니다. 태풍이 와서 전등 아래에서 가만히 기다리고 있었는데 갑자기 몸이 확 떠오르는 것 같았습니다. 엘리베이터에 탄 듯한 느낌이었죠. 위험하다고 생각해 황급히 아이들을 데리고 밖으로 나왔는데 몇 초 지나지 않아 집이 2, 3m 정도 들리더니, 순간 쿵 하는 소리와 함께 박살이 났습니다. 근처 동굴에 숨어 태풍이 지나가기를 기다렸는데, 뭐라 말할 수 없을 만큼 힘들었습니다. 그런 바람은 처음이었어요. 하늘에서는 바람이 빙글빙글 소용돌이치고, 마치 맹렬한 회오리 아래에 있는 것 같았습니다. 매년 9월이 되면 불안했죠."

집도 무너지고 모처럼 심은 사탕수수도 전멸했다. 남은 것은 빚뿐이었다.

시게오가 다닌 히라쿠보 초등학교는 근처 마을에 있었다. 한 학년당 학생은 세 명 정도였다. 학교에 가는 길은 밀림을 헤치고 걸어가야 하는 산길이었다. 아이의 걸음으로 아열대의 잡목림을 헤치면서 가면 족히 1시간은 걸렸다. 이시가키 섬 전체에 일주 도로가 생긴 것은 1962

년으로, 그때까지는 옆 마을에 갈 때도 '길다운 길이 없는 정글 지대를 헤쳐' 나가는 수밖에 없었다.

밭에는 파인애플과 사탕수수 외에 땅콩도 심었다. 시게오 가족의 생활을 지탱해 준 것 역시 파인애플이었다.

초등학교 5, 6학년쯤 되자 시게오도 어른과 똑같이 일을 했다. 토모코의 가족처럼 농번기가 되면 학교를 쉬는 날이 계속되었다. 날이면 날마다 밭일만 해서, 시게오는 흔히 말하는 어린이들의 놀이를 해 본 적이 없었다.

중학교 졸업을 앞둔 시기였다. 아버지는 시게오가 졸업하면 밭일을 더 많이 도울 수 있어 생활도 나아지고 빚도 갚을 수 있을지 모른다며 기뻐했다. 시게오는 그런 아버지의 기대에 사납게 반발했다.

"나는 가난뱅이로 살려고 태어난 게 아니에요. 이런 일은 이제 싫어요."

평소 점잖았던 시게오가 이날만은 드물게 대들었다.

"뭐라고 하는 거야. 네가 없으면 이제 앞으로 어떻게 하라고."

"싫어요. 뭐라고 해도 나는 여기를 떠날 거예요."

어머니는 시게오를 달래려고 했지만, 한번 결심하면 어떤 말을 해도 듣지 않는 것이 아버지와 똑같았다. 아버지와 어머니는 이런 시게오의 마음만은 충분한 것 이상으로 이해했다.

의무교육을 마치고 마을을 떠나 부모에게 돈을 보내는 것이 당시 젊은이들의 풍조이기도 했지만, 허구한 날 밭일만 하는 일상에서 벗어나고 싶다는 강한 바람도 있었다. 시게오는 농부가 되는 것이 싫지는 않았다. 다만 아무리 일해도 빚만 남는 이 섬에서는 착실한 농부가 되는 것이 불가능하다고 생각했다.

말은 내뱉었지만 섬을 떠나겠다는 결단을 내리지 못한 채 1년을 보냈다. 열여섯 살이 되던 이듬해 1월, 신문에서 오키나와산업개발청년대가 학생을 모집하는 것을 보고 지원을 했다. 이른바 개척을 위한 직업훈련 학교 같은 것이었다.

"역시 여기서 평생을 보내고 싶지 않아."

시게오는 이 말만 남기고 뛰쳐나갔다. 아버지는 더 이상 반대하지 않았다.

계속되는 태풍과 가뭄 피해로 쿠우라를 떠나는 이웃들이 속출했다. 하나둘 사람이 빠져나가고, 시게루 가족은 어찌할 수 없는 마음으로 점점 친구가 줄어 가는 것을 외롭게 지켜보았다. 마을에 남은 집은 시게루 가족처럼 빚이 있어서 떠나고 싶어도 떠날 수 없는 이들뿐이었다.

시게오 가족이 섬을 떠난 것은, 오키나와가 일본에 반환된 1972년이었다. 그 이전 해인 1971년에 야에야마 제도에는 비가 오지 않는 날이 계속되었다. 무려 162일이나 비가 오지 않았는데, 이는 야에야마의 재해 역사에서도 드물게 큰 가뭄이었다. 또한 그해 9월에는 폭풍우가 제대로 몰아쳐 '이시가키 기상청이 개설된 이래 76년간 이런 재해 기록은 없었다'고 말할 정도의 이상기후가 이어졌다.

가뭄과 폭풍은 말 그대로 야에야마의 섬들에 직격탄을 던지고 심각한 후유증을 남겼다. 기상이변으로 사탕수수 수확량은 평년의 5분의 1에 불과한 전대미문의 흉작이 되었다. 쿠우라도 예외는 아니었다. 지형이 나쁜 탓에 더 큰 피해를 입어 대부분의 농가가 괴멸 상태에 이르렀다. 어떻게든 빚을 갚으며 개간을 지속해 오던 시게루도 의욕을 잃을 정도였다.

그해 9월 8일자 「류큐신보」는 '농작물이 전멸한 괴로움'으로 자살자가 속출한 이주 지역의 비극을 생생하게 전달하고 있다. 〈시든 사탕수수를 태워 버리며 분노와 불안에 휩싸인 야에야마, 미야코에서는 3,000명의 기우 쿠이챠〉라고 실렸을 정도로 사태가 심각했다. 쿠이챠라는 것은 미야코 섬에 전해지는 민속무용이다. 단체 기우제를 지낼 정도로 큰 타격을 입은 개척자들에게는 다시 한번 처음부터 시작할 여력이 남아 있지 않았다. 결국 시게루 가족은 '지금까지의 16년은 무엇이었을까' 하는 허무함에 섬을 떠난다.

현재는 '아이들을 무사히 키운 것이 나의 재산'이라고 생각하며, 나하 근교에서 16년의 세월을 가슴에 묻고 여생을 보내고 있다.

한편, 오키나와산업개발청년대의 훈련 실습장은 오키나와 본섬 북부의 히가시손과 나키진 두 곳이었다. 시게오가 들어간 곳은 히가시손에 위치한 훈련장이었다. 이곳에서 시게오는 산업용 기계의 조작 방법과 중장비 운전법 등을 배웠다. 훈련은 8개월간 지속되었고, 그동안 대형 특수면허도 땄다.

훈련장을 졸업한 후, 쿠우라의 본가로 돌아가 밭일을 돕고 있던 중 개발청년대 선배의 권유로 이리오모테 섬으로 가게 되었다.

이리오모테 섬은 야에야마 군도에서 제일 큰 섬이지만, 마을다운 마을로 번성한 적이 없다. 지금도 인근 타케토미 섬의 이름을 따 타케토미정이라고 부를 정도다. 섬의 대부분에 밀림이 우거져 있고, 해상에서 보면 준엄한 봉우리가 하늘을 향해 솟아 있다. 농업적으로도 개발된 것이 거의 없어, 어느새 '비경의 섬'이라고 하면 이리오모테 섬을 칭하는 말이 되었다. 1965년 당시 타케토미 섬, 쿠로 섬, 아라구스쿠 섬, 코하마 섬, 하테루마 섬, 이리오모테 섬, 하토마 섬 등 일곱 개의 섬을 합친 타케토미정의 인구는 7,000명 정도였다. 10년 후인 1975년에는 불과 3,400여 명으로 절반가량 감소했다.

1977년에 북안 도로가 개통될 때까지 이리오모테에는 두 개의 섬이 있다고 할 정도로 아열대성 정글이 섬을 서부와 동부로 갈라놓고 있었다. 항구가 있는 오하라에서 코미까지는 잘 정비된 오쿠덴 도로가 들어섰지만, 다른 마을은 도로가 개통되지 않아 서로 오가려면 바다를 통해 출입할 수밖에 없었다. 섬의 서부와 동부는 각자 외딴섬이나 다름없었다. 레이코에 따르면 이 섬에 살았을 당시 서부의 시라하마까지 가려면 오하라에서 약 5㎞ 북쪽에 있는 코미까지는 마차로, 코미에서부터는 다시 배를 타고 건너가야 했다고 한다.

작은 배가 유일한 교통수단이었기에 일단 바다가 거칠어지면 모든 왕래가 끊겼다. 일상생활에도 불편함이 많았다. 그동안에는 외딴섬이었기 때문에 방치되어 왔지만, 오키나와 경제가 안정되면서 도로 공사 계획이 세워졌다.

시게오에게 일을 권유했던 선배는 이미 불도저 기사로 공사에 참여하고 있었다.

월급이 100달러라는 말을 듣고 시게오는 귀를 의심했다. 아무리 불도저 기사라고 해도, 아버지가 1년 동안 일해도 모을 수 없는 돈을 스무 살도 되지 않은 시게오가 한 달 만에 벌 수 있다는 것이었다. 두 말 없이 이리오모테 섬으로 넘어갔다.

섬에서는 사탕수수와 파인애플을 심는 것 외에는 현금 수입이 없어 아이들을 고등학교에 보내기 위해서는 누군가 섬을 떠나 돈을 송금해야 했다. 장남인 시게오는 당연히 그것이 자신에게 주어진 역할이라고 생각했다.

1969년 6월에 시작된 이리오모테 임간 도로 신설 공사는, 이듬해 6월부터는 정글을 벌목해 동서를 잇는 횡단 도로 건설과 병행하여 진행

되었다. 모든 공사는 나하에 있는 남해건설이 맡았다. 횡단 도로는 원시림을 통과해야 했기 때문에 작업이 지지부진하고 어려움도 극에 달했다. 비가 오면 땅바닥이 진흙처럼 질퍽해져 공사에 손도 댈 수 없었다.

결국 이 개발은 아열대림 보존운동이 고조되면서 1971년 10월에 중단되었다. 물론 당시 시게오는 이런 이유까지는 알 수 없었다.

—

시게오가 이리오모테 섬에 온 지 딱 1년 만이었다. 변방의 땅에서 기계 역시 혹사당하고 있었다. 시게오가 운전하는 불도저가 갑자기 움직이지 않게 되었다. 불도저를 고치기 위해서는 건설 회사에 연락해 대체 부품을 보내 달라고 해야 했다. 시게오는 망가진 부품을 보내기 위해 공항이 있는 이시가키 섬으로 향했다.

이리오모테 섬의 현관인 오하라 항구에 도착해 대기소에 가는 대신 부두와 가까운 벤치에 앉아 페리를 기다렸다. 그곳에는 이미 두 사람의 손님이 있었다. 한 명은 자신과 비슷한 나이로 보이는 젊은 여성이었다. 시게오는 어디선가 본 것 같다고 생각하며 고개를 갸우뚱했다.

이때의 시게오는 지금처럼 뚱뚱한 남자가 아니라 마른 몸에 선한 눈을 가진 잘생긴 청년이었다. 그러나 씩씩하게 그을린 팔과 목덜미에서는 육체 노동자의 풍모가 엿보였다.

물통의 물을 마시며 먼저 온 손님을 힐끗 쳐다보았을 때였다. 상대도 시게오 쪽을 돌아보는 바람에 시선이 마주쳤다. 그 순간, 아련한 기억이 선명해지면서 마음에 드는 여자를 어디에서 만났는지 생각났다.

도로 공사는 밤샘 작업으로 진행되었다. 공사가 진행됨에 따라 일하

어긋난 인연

는 사람도 늘어났기 때문에 현장에서는 합숙소로 집을 한 채 빌렸다. 합숙소에는 나이 많은 여자 두 명이 조리사로 일했다. 시게오는 그중 한 명에게 딸이 있다는 것이 떠올랐다. 그 딸을 멀리서 몇 번 본 적이 있었다. 미인은 아니지만 총명한 얼굴이 시게오의 머릿속에 선명하게 새겨져 있었다. 딸은 오키나와 본섬에서 일하고 있다고 들었는데, 이렇게 갑자기 눈앞에 나타날 것이라고는 생각하지 못했다.

오랜 기간 앓아누워 있던 토모코의 어머니는 이때부터 점차 회복되어 조리사로 일하고 있었다.

추석과 설날이 되면 어김없이 딸의 모습이 보였다. '추석 휴가도 끝났으니, 이제 오키나와 본섬에 돌아가겠지'라고 시게오는 생각했다.

8월의 타는 듯 뜨거운 날이었다.

평소에는 말수가 적은 편이었지만 이때는 과감히 말을 걸었다. 가능한 아무렇지도 않은 듯이 말을 걸고 싶었지만, 머릿속이 새하얘질 정도로 긴장했다.

그러나 토모코는 이때의 만남을 전혀 기억하지 못했다. 토모코의 기억 속에서 시게오와 처음 만난 것은 두 달이 지난 뒤였다.

페리는 두 시간이 걸려 이시가키 항에 도착했다. 그동안 시게오는 더듬더듬 토모코를 자기의 세계로 끌어들이기 위해 안간힘을 썼다. 토모코의 밝은 성격과 시원시원한 말투는 눈부실 정도였다.

"언젠가 다시 한번 만나 주실래요?"

시게오가 말하고 싶은 것은 이것뿐이었다.

10월이 되자 토모코는 이리오모테 섬으로 돌아왔다.

고등학교를 졸업한 후, 토모코는 언니들의 소개로 코자시 근교에서 봉제 일을 돕고 있었다.

'집에 돌아갈 돈이 있으면 부모님에게 보내 호강시켜 드리고 싶다' 며 설과 추석 외에는 집에 가지 않았다. 부모님에게 무슨 일이 생기면 자매 중 한 명이 대표해서 이리오모테로 돌아가는 식이었다. 어머니의 건강이 좋아지자 아버지는 토모코를 곁에 두고 싶었는지 다시 섬에 돌아오라고 귀찮게 재촉했다.

이리오모테 섬으로 돌아온 토모코는 오토미의 '공동 매점'에서 일하게 되었다.

'공동 매점'은 오키나와 본섬 북부의 오기미촌 사람들이 들여온 것으로, 말하자면 농촌형 생활협동조합이었다. 대부분의 생필품은 급한 대로 여기에서 살 수 있었다. 매점은 이사회에서 운영했지만, 실제 업무는 주임이라고 불리는 개인이 이사회로부터 하청을 받아 관리했다. 현금 수입이 없는 개척지에서 다음 수확까지 외상으로 물건을 살 수 있는 '공동 매점'은 중요한 존재였다. 농협처럼 융자 제도도 있어 병으로 급전이 필요할 때는 돈을 빌릴 수도 있었다.

토모코가 '공동 매점'에서 일하게 되자 시게오는 매일같이 찾아왔다. 말수가 적은 시게오는 땀까지 흘려 가며 이야깃거리를 궁리했다.

토모코의 언니가 만돌린을 갖고 싶어 한다는 얘길 듣고, 당시로써는 큰돈인 25달러를 주고 선물을 하기도 했다.

그 사이 토모코는 같이 일하는 아줌마들에게 "너한테 반한 거 아니니?"라며 놀림을 받았다.

"자기 맘대로 좋아하는 것뿐이에요."

토모코는 싫은 척했지만 내심 기뻤다.

시게오는 보름달이 뜨는 밤에 토모코에게 데이트를 신청했다. 어떻게 하면 토모코의 마음을 얻을 수 있을지, 시게오는 온종일 생각하고

어긋난 인연

계획을 세웠다. 도시와는 달리 이곳에는 연인들을 부드럽게 감싸는 자연이 가득했다. 하얀 모래와 파도에 흔들리는 작은 보트, 그리고 조명 같은 보름달. 사랑을 속삭이는 데 더할 나위 없는 무대 설정이라고 시게오는 생각했다. 여기에 분위기 연출에 딱 맞는 노래가 있으면 두말할 필요가 없었다. 고민 끝에 소노 마리의 〈만나고 싶어서 만나고 싶어서〉를 선택했다.

개발청년대에 있을 무렵 시게오는 비틀즈에 빠졌다. 그 덕분에 기타 정도는 칠 수 있게 되었다. 이리오모테 섬에서도 그때 산 기타를 소중히 여겼다. "너한테는 안 어울려"라고 놀림당하면서도 남자들만 있는 살벌한 생활 속에서 기타를 연주하며 큰 위안을 받았다. 하지만 연주 실력이 그렇게 뛰어난 편은 아니었다. 시게오는 토모코와 둘이서 보낼 날을 위해 시간을 아껴 가며 연습했다.

그리고 보름달이 뜨는 밤이 되었다.

'아차, 그녀를 데리러 갈 차가 없다. 그렇다고 불도저는…….'

궁여지책으로 시게오는 공사 현장에서 대형 트럭을 빌려 왔다. 10톤에 가까운 트럭을 집 앞에 세우자 토모코는 눈을 동그랗게 떴다.

잔교[40]가 있는 항구까지 트럭으로 드라이브를 했다.

백사장을 거닐면서 두 사람은 손을 잡았다. 한낮의 태양과 대비되어 밤의 바닷바람이 상쾌했다. 두 손을 꼭 맞잡고 있는 상태였다.

지금은 썩어 없어졌지만, 얕은 물 아래 말뚝을 박아 나무판을 이은 것뿐인 잔교가 나카마강 하구로 넓어지는 내해를 향해 나와 있었다. 그 끝자락에 한 척의 통나무배가 매달려 있었다. 시게오가 전날부터

---

40 구름다리

준비해 놓은 것이었다. 두 사람을 태운 작은 배는 산호의 바다를 향해 미끄러졌다. 많은 이야기를 하지는 않았다. 무릎을 세우고 앉아 기타를 치며, 시게오는 노래를 부르기 시작했다.

공사장의 굉음 속에서 목청을 높이는 것이 버릇이 된 시게오는 목소리가 거칠었다. 가급적 허술하게 보이지 않도록 목소리를 낮춰 노래를 불렀다. 이에 맞추어 토모코도 노래를 불렀다. 처음 듣는 토모코의 노랫소리는 깜짝 놀랄 만큼 미성이었다. 시게오는 어느새 노래 부르는 것을 잊고 듣는 데 심취되었다. 기타 연주도 시게오보다 훨씬 나았다.

어렸을 때부터 오키나와 고유의 악보인 쿤쿤시를 보고 민요를 배우는 것이 토모코의 즐거움 중 하나였다. 덕분에 산신[41]과 만돌린을 연주할 수 있는 남다른 재능을 가지게 되었다. 부모로부터 음악적인 소양을 물려받았는지 나중에 언니 세츠코는 오키나와 민요 사범을 한 적도 있다. 시게오는 그런 모습에 놀랐다.

부채꼴로 열린 만의 입구에는 작은 섬이 있었는데 밝게 비치는 달빛이 파도에 섬 그림자를 비추었다.

1945년 이전의 오키나와에는 가원[42]과 비슷한 모아시비(들놀이)라는 관습이 남아 있었다. 『오키나와 문화사 사전』에는 '달밤에 젊은 남녀가 외곽의 적당한 잔디 광장을 놀이터 삼아, 함께 밤늦게까지 놀았다'고 기록되어 있다. 밤이 되면 마을의 젊은 남녀가 해변과 들판에 모여 산신을 연주하거나 춤을 추거나 노래를 하면서 노는 것으로, 그중 마음이 통한 상대가 생기면 숲속으로 사라졌다고 한다. 사랑의 만남이 곧

---

41 오키나와의 전통 현악기
42 특정 날짜에 젊은 남녀가 모여 구애의 노래를 부르는 풍속

모아시비였다. 1920년대 중반까지 오키나와에는 모아시비에서 사랑에 빠져 이윽고 남자가 여자의 친정에 왕래하게 되는 고대의 통혼[43] 풍습이 남아 있었다. 다만, 이런 풍습은 풍기문란을 이유로 금지령이 내려져 점차 사라졌다.

예전부터 오키나와의 연인들은 '좋아해요'라든지 '결혼해 주세요'처럼 직접적인 언어로 사랑을 표현하지 않았다. 노래에 마음을 담아 전했다. 그 탓인지 야에야마 민요에는 사랑 노래가 많다. 즉흥곡인 '트바라마'는 사랑하는 사람에게 연애편지 대신 불러 주는 노래이다. 노래를 받은 사람은 역시 노래로 대답해 주어야 한다. 보름달이 뜬 밤에 밀회를 거듭하는 목가적인 사랑이 야에야마에서는 극히 자연스러운 일이었다.

시게오와 토모코는 이날부터 매일 밤 왕래했다.

얼마 후 시게오는 회사에서 제공한 숙소를 떠나 토모코의 집에 방한 칸을 빌려 살게 되었다. 토모코가 점심 도시락을 싸 주기도 하고, 토모코의 집에서 매일 아침 배웅을 받으며 공사 현장으로 향했다.

두 사람이 같이 살게 된 것은, 당연히 토모코의 부모님이 두 사람을 허락했기 때문이다. 딸이 선택한 배우자이니 반대할 이유도 없었다.

곧 이시가키 섬에서 시게오의 아버지가 찾아와 토모코의 부모님과 상견례를 가졌다.

가난했던 탓에 결혼식을 올리진 않았지만 서로의 부모에게 인정받았을 때가 결혼식이었다고 할 수 있다.

반년 정도 토모코의 집에서 살다가, 횡단 도로 1기 공사가 끝난 것을

---

[43] 결혼 후에도 부부가 동거하지 못하고 남편 또는 아내가 배우자 있는 데로 왕래하는 혼인 형태

계기로 두 사람은 이리오모테 섬을 떠나 오키나와 본섬으로 건너갔다. 시게오가 알고 있는 오키나와 본섬은 초등학교 1학년 때까지 살았던 타마구스쿠촌뿐이었다. 개발청년대 훈련소가 있던 북부의 히가시손에 살았던 적도 있지만 기숙사에서 생활했기 때문에 잘 안다고 할 정도는 아니었다. 그래서 토모코는 언니들에게 의지하여 나하시와 코자시 중간에 위치한 챠탄에 새집을 빌려 신혼 생활을 시작했다. 새집이라고 해도 양철 지붕의 단층집을 반으로 나눈 두 칸짜리였다.

1970년에 시게오는 크레인과 불도저 기사로 다시 건설 회사에 취업했다.

스물한 살의 젊은 나이 덕분인지 아무리 힘든 일이라도 불평하지 않았다. 외딴 이시가키라고 불리던 쿠우라에서의 생활을 생각하면 편하다고는 할 수 없어도 그럭저럭 만족했다.

마침내 토모코는 임신을 했다.

시게오는 토모코의 부모님에게 직접 인사를 하면서 소식을 전하기 위해 이리오모테 섬으로 향했다.

토모코의 아버지는 그 한마디를 기다렸다는 듯이 얼굴에 미소를 띠웠다.

장인이 "어디서 낳으려고?"라고 묻자, 시게오는 가슴을 펴며 이렇게 말했다.

"중부에 하시구치 의원이라는 곳이 유명하다고 합니다. 그곳에서 낳을 생각입니다."

이날은 밤늦게까지 손자의 탄생을 기대하는 장인과 축배를 들었다.

어긋난 인연

제6장
—
식탁 없는 가족

"내 차로 일출 보러 가지 않을래?"

테르미츠의 말에 나츠코는 부끄러운 듯 고개를 숙였다.

테르미츠는 이런 말을 스스럼없이 할 수 있을 정도로 멋진 청년이었다. 1953년에 태어난 나츠코는 이때 16세였다. 1944년에 태어난 테르미츠는 나츠코와 아홉 살 차이로 25세였다. 테르미츠는 165㎝ 남짓에 마른 체구였는데, 나츠코는 테르미츠보다 더 몸집이 작고 말라서 마치 중학생 같은 천진난만함이 느껴지는 소녀였다.

사토 총리와 닉슨 미국 대통령의 회담이 있은 지 3년 후, 오키나와의 시정권이 반환된다는 성명이 발표된 것은 겨우 1개월 전인 1969년 11월이었다. 하지만 오키나와가 반영구적인 기지 섬으로 변해 가는 조짐이 보이자, 주둔 미군에 대한 오키나와 사람들의 반감은 일촉즉발의 상태에 이르렀다. 오키나와에서 소위 '코자 폭동'의 발단이 된 것은 성명이 발표된 다음 해 12월 20일, 미군이 운전하던 승용차가 오키나와 남성을 쳐서 가벼운 부상을 입힌 사소한 사고가 계기였다. 억눌려 있던 불만이 군중심리를 부채질해서 점차 대폭동으로 발전해 나가고 있었다. 오키나와뿐만 아니라 일본 전체가 70년 안보투쟁을 목표로 떠들썩한 시대에 돌입했다.

테르미츠와 나츠코가 처음 데이트를 한 것은 이러한 시대의 아우성이 아직 가시지 않은 섣달그믐의 밤이었다.

테르미츠는 흰색 정장이 잘 어울렸다. 어디를 봐도 자동차 수리공 같지 않았다. 게다가 당시 오키나와에서는 보기 드문 일제 신차를 가지고 있었다. 패밀리카로 팔리는 닛산 써니였다. "500달러 주고 샀어"라고 말했다. 오키나와 평균 샐러리맨의 연봉을 훨씬 웃도는 금액이었다.

항상 반짝반짝 닦여 있는 새 차는 또래 청년들에게도 선망의 대상이었다. 일본 정부에 반환되기 전의 오키나와에서 젊은이들이 타고 다니던 차는 폐차된 택시를 수리한 것이나 미군이 사용했던 낡은 폴로 차를 수리한 것 둘 중 하나였다. 젊은 남자가 새 차를 탄다는 것은 재벌의 아들이거나 돈벌이가 좋은 사람이라는 의미였다.

당시 코자시에서는 미군이 들여온 볼링이 유행이었는데, 볼링은 오키나와에서 데이트하는 젊은이들의 작은 사치였다.

그날 나츠코는 우연히 직장 동료의 권유로 볼링장에 놀러 와 있었다. 그녀는 침대 커버와 커튼 등을 카데나 기지에 납품하는 회사에 근무했다. 반입된 천을 미군의 주문에 따라 재봉하는 것이 나츠코의 일이었다.

한편, 테르미츠는 애인과 볼링을 치기 위해 기다리고 있었다. 그런데 약속 시간이 지나도 애인의 모습이 보이지 않자 테르미츠는 초조한 마음으로 볼링장 통로를 돌아다녔다. 당시에는 데이트를 할 때 여성이 먼저 와서 기다리는 것이 일반적이었기에 더욱 초조했다.

"테르미츠, 볼링 치러 온 거야?"

혼자 멍하니 있는데 아는 사람이 말을 걸어왔다. 테르미츠의 중학교 동창인 카네시로였다.

"아무래도 나 차인 것 같아."

테르미츠가 풀이 죽은 표정을 하자, 카네시로는 같이 놀자고 제안했다. 카네시로 일행은 세 명이었다. 남자 둘에 여자 하나. 그 여자 한 명이 나츠코였다. 이왕이면 볼링보다 드라이브를 하지 않겠냐며, 테르미츠는 나츠코를 꼬셔 볼 생각으로 제안했다.

볼링장을 나온 네 사람은 테르미츠의 차를 타고 본부 방면으로 달렸다. 섬을 건너서 새해 일출을 볼 생각이었다. 애인과 한 달 전부터 계획했던 드라이브 코스였다.

조수석에 앉은 나츠코가 자꾸 "회사 어디 다녀요?"라고 물었지만 테르미츠는 화제를 바꾸며 대충 넘어갔다. 나츠코에게도 호감이 갔지만 약속 시간이 넘도록 나타나지 않은 애인이 계속 떠올랐다.

새해 연휴가 조금 지난 후, 나츠코에게 카네시로의 전화가 걸려 왔다.

"나츠코, 오늘 저녁에 쉬어? 일 끝나면 버스 정류장 근처에서 기다려 주면 좋겠는데."

카네시로에게 데이트 신청을 받았다고 생각한 나츠코는 대답을 주저했다.

"테르미츠의 직장이 어딘지 알려 줄게. 궁금한 거 아니었어?"

퇴근 시간에 딱 맞추어 일을 마친 나츠코는 정성스럽게 화장을 하고 나갔다.

카네시로가 데려간 곳은 자동차 수리 공장이었다. 나츠코는 의외였다. 며칠 전 선드러졌던 남자가 기계 오일로 얼굴이 새까맣게 되어 한겨울임에도 땀을 흘리면서 금속판을 두드리고 있었다.

"누가 내 직장을 알려 준 거야?"

테르미츠는 곤란한 얼굴로 물었다. 4, 5일 전에 처음 본, 만난 지 얼마 안 된 젊은 여성이 더러운 작업장에 갑자기 나타난 것이다.

"당신 친구요."

나츠코는 카네시로 쪽을 뒤돌아보았지만 그 사이에 도망갔는지 문밖에는 아무도 없었다.

"지금은 몸도 더럽고, 이 상태로 만날 순 없으니 내일 이야기해도 될까?"

"그래요. 그렇게 해요."

"직장 전화번호 알려 줘. 내가 데리러 갈게."

그 후 테르미츠는 매일같이 나츠코에게 전화를 했다. 하지만 적극적이었던 것은 오히려 나츠코로, 테르미츠에게 전화가 안 올 때는 "이제 안 만날 거야" 하고 신경질을 냈다.

종종 집에서 야채와 과일을 챙겨 오는 나츠코를 테르미츠는 알뜰한 여자라고 생각하며 관심을 가졌다. 어느새 나츠코는 일이 끝나도 집으로 돌아가지 않고 테르미츠의 방에서 묵었다.

—

코자시 근교의 K촌에서 태어난 테르미츠는 기억을 할 수 있을 즈음부터 홀어머니의 손에서 자랐다. 아버지는 미군의 치열한 함포 사격

어긋난 인연

중 실종되어 패전을 맞이한 후에도 돌아오지 않았다.

테르미츠는 2남 1녀 중 막내였다. 고향에서 중학교를 졸업하고 1960년, 오사카 사카이시의 메리야스 공장에 집단 취업이 되었다. 일본이 경제 고도성장기에 막 들어갔을 무렵으로 테르미츠와 같은 중졸자는 황금알 같은 존재였다. 4,000엔의 월급에는 불만이 없었지만 알루미늄 그릇에 담긴 적은 양의 식사에는 항상 불평이 쏟아졌다. 세 끼 식사를 빵이나 라면으로 보충해야 했다. 테르미츠는 반년 만에 야반도주하여 공장을 뛰쳐나왔다. 그 후 지인의 소개로 이케다시에 있는 다이하쓰[44] 공장에 자동차 수리공 인턴사원으로 취업하게 되었다. 새로운 직장의 월급은 잔업을 포함해서 8,000엔이었다.

미군 통치하에 있던 당시의 오키나와에서 본토 기업에 취직하기 위해서는 류큐 정부가 발행하는 여권이 필요했다. 여권은 건강보험증 정도의 크기였으며, 여행할 때마다 신체검사와 혈액검사를 받아야 했다.

정작 본토 기업에 취직해도 오키나와에서 들었던 근로조건과는 너무 동떨어져 있었기 때문에 테르미츠처럼 야반도주하는 사람이 끊임없이 생겨났다. 고용한 회사에서도 도망가면 큰 손해를 입기 때문에 계약 기간이 끝날 때까지 여권을 회수하는 것이 일반적이었다.

운 좋게 '탈출'에 성공하더라도 언젠가는 돌아올 수밖에 없다는 것을 고용주는 알고 있었다. 같은 일본인이라도 당시 오키나와 사람은 여권이 없으면 어디에서도 채용해 주지 않았다. 테르미츠는 한 번 이런 경험을 겪은 후에는 어떤 악덕한 조건이라도 도망만은 가지 않겠다고 다짐했다. 그리고 하루빨리 수리공으로 제 몫을 할 수 있기를 바라

---

[44] 일본의 자동차 전문 업체

며, 먹고 자는 것도 잊을 정도로 무모하게 일만 했다. 테르미츠는 3년 후 오키나와로 돌아왔다.

오키나와로 돌아올 때 테르미츠는 그동안 모은 돈을 털어 텔레비전을 샀다. 4만 엔이었으니 다섯 달 치 월급이었다. 텔레비전을 오키나와로 옮기기 위해 5,000엔을 주고 지인을 고용한 테르미츠의 평판은 상당히 좋았다. 텔레비전은 얼마 되지 않아 테르미츠네 집의 거실에 놓였다. 정말 가보가 따로 없었다.

테르미츠가 텔레비전을 산 것이 K촌에서 세 번째였다고 하니, 테르미츠의 어머니에게는 말 그대로 성공하여 금의환향한 막내아들이 죽을 때까지 자랑거리였다.

당시 역도산[45]의 인기는 어디를 가든 굉장했다. 전자상가에서 호객용으로 설치한 '길가 텔레비전' 앞은 역도산의 우람한 모습을 보기 위한 구경꾼들로 항상 인산인해를 이루었다. 테르미츠의 집에 텔레비전이 설치되었다는 소문이 마을에 자자해지자 너도나도 보여 달라며 매일 밤 사람들이 모여들었다.

"네가 텔레비전을 가지고 와서 에미가 어깨 펴고 다닌다. 비록 집은 낡았지만 마당에는 항상 사람들로 북적여."

어머니는 입버릇처럼 목에 힘을 주고 말했다.

저녁이 되면 작은 마당은 사람들로 가득했다. "빨리 밥 먹어. 곧 마을 사람들이 몰려올 거야"라며 닦달하는 어머니는 그야말로 행복해 보였다.

다시 본토로 건너가 수리 공장에서 일하다가 오키나와에 돌아와 현

---

45 한국계 일본인 프로 레슬러

지 정비 공장에 취직했을 때가 스물두 살이었다. 첫 월급은 45달러였지만 반년도 지나지 않아 60달러로 인상되었다. 그 무렵 오키나와에서는 15달러에서 20달러 사이가 첫 봉급 평균으로, 경력이 있는 직장인도 월 100달러 정도를 받았으니 불과 스물두 살짜리 애송이가 60달러를 받는 일은 파격적이었다. 테르미츠의 어머니와 형은 마을 사무소에서 근무하는 공무원이었는데 두 사람의 월급을 합쳐도 70달러에 못 미쳤다.

당시 오키나와에는 자동차 수리 기술을 가진 기술자의 수가 적었고 테르미츠처럼 본토에서 기술을 익힌 수리공은 더욱 드물었기에 특별 대우를 받았다.

"1달러라도 있으면 밤새 놀자"라고 말하고 다녔을 정도니 이때 테르미츠는 상당히 풍족한 생활을 하고 있었음에 틀림없었다. 그 후 "500달러에 샀어"라며 닛산 써니를 손에 넣은 것도 당연한 일이었다.

테르미츠는 차를 몰고 자주 댄스홀에 갔다. 또래라면 부러워할 정도의 사치스러운 놀이였다. 트위스트와 고고 같은 춤이 유행하던 당시 댄스홀은 코자시 부근에 불과 세 곳밖에 없었다. 그 세 곳을 번갈아 돌았다. 차를 댄스홀 입구 옆에 대고 길거리를 돌아다니면 사람들의 시선이 일제히 집중되었다.

새 차를 손에 넣어도 지금처럼 아스팔트로 포장된 도로가 적어, 대부분 울퉁불퉁한 비포장도로를 덜컹거리며 운전해야 했다. 콘크리트로 포장되어 있던 곳은 '혼도리'라고 하는 도로밖에 없었다. 그러나 혼도리는 기지에서 내릴 수 없는 전투기가 활주로를 대신해 가끔 날아오르는 위험천만한 도로였다.

새 차를 가지고 있어서인지 테르미츠의 주위에는 언제나 같이 놀고 싫어 하는 친구들이 많았다.

테르미츠의 방은 안채와 떨어져 있었다. 그리고 뒷문으로 출입할 수 있었기 때문에 친구들이 드나들어도 어머니에게 알려질 일은 없었다. 방에는 철제 침대가 놓여 있었고, 술을 마시고 들어가면 같이 놀던 여성이 마음대로 올라가서 자고 있기도 했다. 어머니는 성공한 아들이 어려웠는지 이런 일이 있어도 꾸지람을 하지 않았다.

나츠코가 평소처럼 테르미츠의 침대에서 자고 있을 때였다. 테르미츠가 사귀었던 다른 여성이 갑자기 방문을 열고 들어와 나츠코와 마주쳤다.

두 사람은 노려보며 대치하다 휙 하고 시선을 옆으로 돌리고 방 주인이 오기만을 기다렸다. 그날도 테르미츠는 만취된 상태로 방에 들어왔다.

"너 말이야, 내가 있는데 왜 이런 여자를 만나는 거야?"

전 애인은 테르미츠의 얼굴을 보고 잡아먹을 듯이 말했다.

"이런 여자라니, 뭐라고 하는 거야? 테르미츠 씨가 언제든 와도 괜찮다고 해서 자고 있었던 것뿐이야."

나츠코는 태연하게 말했다.

당황해서 횡설수설하는 테르미츠를 보고 정나미가 떨어진 것인지, 나츠코에게 어이없이 당한 여성은 그 이후 다시는 테르미츠의 방에 오지 않았다. 테르미츠는 '남녀 문제에서 만큼은 적극적이었던' 나츠코와 그날 이후로 좋든 싫든 교제를 이어 가게 되었다.

나츠코는 특별히 미인도 아니었고 몸집도 말라서 볼품없었다. 하지만 나츠코에게는 테르미츠를 매료시킬 만큼의 어른스러운 성적 매력이 있었다. 어느새 일주일에 한 번이었던 것이 2, 3일에 한 번으로 늘어

어긋난 인연

나고, 테르미츠의 방에서 나츠코가 자고 가는 것이 일상처럼 되었다.

얼마 지나지 않아 나츠코는 임신했다.

입덧이 심해지고 일도 손에 잡히지 않게 되자 나츠코는 엄마와 상담을 했다.

"테르미츠는 너 말고도 좋아하는 여자가 또 있는 거지? 너와 결혼해도 바람을 피울 거야. 그런 남자의 아이를 낳으면 쪽박신세를 면하지 못해."

나츠코의 엄마는 이렇게 말하면서 은근히 낙태를 권했다. 나츠코도 테르미츠네 집안 사람들 몰래 배 속의 아기를 지우려고 했다.

사실 테르미츠의 마음속에는 결혼하고 싶은 여자가 따로 있었다. 이전에 방에서 나츠코와 말다툼을 한 그 여성이었다. 테르미츠의 방에는 찾아오지 않았지만 나츠코의 눈을 피해 몰래 만나고 있었다.

나츠코는 언젠가 정리할 생각이었는데 우유부단하게 질질 끌려다니면서 계속 사귀다가 급기야 아이까지 생긴 것이었다.

테르미츠는 잠시 어떻게 해야 하나 고민했지만 결국 나츠코와 헤어질 생각으로 자신의 어머니에게 모든 것을 털어놓았다.

그런데 어머니의 대답이 뜻밖이었다.

"아이라고 하는 것은 그렇게 가볍게 생각해서는 안 되는 존재란다. 수십 년이 지나도 아이가 생기지 않는 부부도 있으니 아이가 생긴 것은 은혜로운 일이고 매우 행복한 일이야."

"배 속의 아기가 내 아이가 아닐지도 몰라요" 하고 반박했지만, 테르미츠의 어머니는 "이것도 인연이야"라며 나츠코와의 결혼을 적극적으로 추진했다. 테르미츠에게는 정말로 예상 밖의 상황이었다. 이럴 수는 없다고 분노하면서도 역시나 대답을 주저했다. 그런 아들에게 실망했는지 테르미츠의 어머니는 직접 나츠코의 집에 방문하여 결혼해 주기를 머리 숙여 부탁했다. 이렇게 되니 테르미츠도 되돌릴 수가 없었다. '이제 도망칠 수도 없다'라는 생각만 들었다.

—

나츠코는 1953년, 역시 코자시 근처의 M촌에서 태어났다. 나중에 테르미츠와 살림을 차린 곳도 이곳이었다. 테르미츠가 태어난 K촌까지는 걸어서 30분 정도의 거리였다. 테르미츠처럼 1남 3녀 중 막내로 태어났다. 나츠코는 어려서부터 병약했던 탓인지 오빠와 언니의 눈으로 봐도 '응석받이로 버릇없이' 길러졌다.

부모님은 M촌 근처에서 대규모로 사탕수수와 채소 농사를 지었다. 나츠코는 어릴 때부터 공부를 싫어해서 학교 성적은 항상 하위권을 맴돌았다.

학교에서 돌아오는 길에 위치한 미군 기지의 출입구 옆 잔디밭에 누워 있으면 기지 안 경비병이 자주 말을 걸었다.

"헤이, 베이비, 유, 머니?"

돈을 달라고 한 적은 없지만, 미군은 종종 이렇게 말하면서 나츠코에게 25센트 동전을 던졌다. 그 돈으로 아이스크림을 사서 배고픔을 달래기도 했다. 이것에 맛 들린 나츠코는 매일 출입구 옆을 지나갔다. 계속 기다려도 동전을 던져 주지 않을 때는 "머니, 아이스크림"이라고 외칠 때도 있었다.

당시 나츠코에게 철망 너머로 보이는 미국은 오만 가지 물건이 넘치는 신세계였다. 기회가 있다면 그곳에서 살아 보고 싶었다. 그게 불가능하다면 거기서 일이라도 하고 싶었다.

미군 기지 안에는 '45'라는 레스토랑이 있었는데 크리스마스가 되면 오키나와 아이들에게 미제 과자를 나누어 주었다. 나츠코의 할머니는 "이런 거 받으면 미군 병사에게 끌려가"라며 나무랐지만 나츠코는 그런 할머니를 이해할 수 없었다.

중학교를 졸업하면서 간사이의 방직 회사에 취직했다. 몸이 약한 탓인지 겨울이 되면 감기에 잘 걸려서 일을 쉬었다. 특히 본토의 겨울은 살을 에는 것처럼 추웠다. 어머니가 나츠코를 위해 두꺼운 점퍼를 장만해 왔지만 "뼈가 시리면서 아파요"라며 봄이 오기도 전에 서둘러 오키나와로 돌아와 버렸다. 그때부터 나츠코는 침대 매트를 누비거나, 가방이나 소파를 수선하는 일을 전전했다. 한곳에 진득하게 붙어 있지 못하는 성격 때문에 한 직장에 반년 이상 다니지 못했다. 테르미츠를 알게 된 것은 미군에서 사용하는 침대 커버를 누비고 수선하는 일을 시작한 지 얼마 되지 않았을 때였다.

—

1971년 6월, 나츠코가 임신한 후 테르미츠는 당황해하며 서둘러서 혼인신고를 했다.

두 사람은 나츠코의 친정에서 그리 멀지 않은 곳에 단층집을 빌려 살림을 차렸다. 지금으로 말하면 2LDK[46] 구조의 주택이었다. 그 집은 겨우 차 한 대가 지나갈 정도로 좁은 골목길이 꾸불꾸불 이어진 언덕

---

46 방 두 개에 거실, 식당, 부엌이 있는 주택을 뜻하는 일본식 약어

에 있었다. 집 뒤로는 억새 들판이 펼쳐져 있었는데 창문을 열면 마을의 전경이 한눈에 보이는 높은 곳이었다.

그 후, 두 달이 지난 8월 18일, 나츠코는 코자시 하시구치 산부인과 의원에서 첫딸을 낳았다. "어차피 아이를 낳을 거면 빨리 낳는 쪽이 좋아. 아이는 혼자 알아서 자라니까 낳기만 하면 돼"라는 친정 엄마의 충고에 따라, 나츠코는 차례대로 세 아이를 낳았다. 그러나 남편과 시어머니의 기대와는 달리 모두 딸이었다.

결혼 후, 테르미츠의 경제 상황은 점점 어려워졌다. 예전처럼 수리공이 구하기 힘든 인력이 아니었기 때문에 임금도 밀렸고, 아이가 태어날 때마다 생활은 궁핍해졌다. 아이를 키우기 위해서는 매일같이 잔업을 해야 했다.

테르미츠는 처음부터 나츠코와의 결혼에 불안감을 가지고 있었다. 막연했던 불안은 세 번째 아이가 태어난 것을 전후로 현실이 되었다.

"너 같은 엄마는 드물 거야. 애를 낳아도 아가씨 때처럼 놀고 있으니"라고 탄식할 정도로 나츠코의 방탕한 생활은 아이를 낳은 후에도 계속되었다.

어느 날 가까운 이웃이 이런 말을 한 적도 있었다.

"당신 부인은 아이를 내팽개치고 일을 하는 거예요?"

테르미츠는 고개를 갸웃거렸다. 결혼 후 나츠코는 일을 한 적이 없었다. 부업이라도 하라고 했지만 아이를 키우는 것만으로도 힘들다면서 모두 거절했다. 쌀과 채소가 떨어지면 농사를 짓는 친정에서 받아왔다. 쌀통이 비는 일은 없었기에 나츠코가 일을 할 필요는 없었다.

테르미츠가 직장에서 돌아와도 아내가 없는 일이 종종 있었고 다른 사람들에게 들은 말도 마음에 걸렸다. 어린 자식들끼리 아버지가 돌아

어긋난 인연

오기를 기다리는 날이 잦았다. "엄마는 어디 간 거야?"라고 물어봐도 아이들은 "모르겠어요"라며 고개를 저었다. 처음에는 '친정에 일손이라도 도우러 간 것일까' 하고 생각했지만, 아내의 행동이 주위 사람들의 입에 오르내리면서 그게 아니라는 것을 알게 되었다.

가계가 어려운데 어디에서 그런 돈이 났는지 궁금할 정도로 나츠코는 술을 자주 마시고 왔다. 친구들과 술을 마시는 동안은 노는 것에 흠뻑 빠져 집에 들어오는 것도 잊어버리는 듯했다. 나츠코의 언니와 어머니가 아이들을 돌본 적도 많았다.

언젠가 늦은 밤에 나츠코가 취해서 돌아왔다.

"낮에 나가서 밤늦게까지 집에 들어오지 않고 뭐 하고 다니는 거야!"

테르미츠는 얼굴이 새빨갛게 될 정도로 열을 내면서 소리쳤다. 나츠코는 고개를 숙인 채 듣고 있었다. 조용히 아무 말도 하지 않는 아내를 보고 이제 조금은 엄마가 된 것 같다고 생각했다.

하지만 며칠도 안 되어 반성은커녕 남편에게 야단맞은 것도 잊고, 언니에게 아이들을 맡겨 놓고 놀러 다녔다. 이 사실을 알고 분노한 테르미츠가 나츠코를 때린 적도 있었다.

맞은 아내는 울면서 친정으로 달려가 "남편이 폭력을 휘둘렀어요"라고 고함쳤다. 이 때문에 나츠코의 친정 식구들과 싸움이 일어나 역으로 테르미츠가 장모에게 사과를 해야 했다. 그 후 테르미츠는 아내가 아무리 놀러 다녀도 일일이 잔소리를 하지 않았다. 언젠가 고쳐질 거라며 포기하고 아이들만 잘 크면 된다고 스스로를 위로했다.

그런데 이것은 역효과를 일으켰다. 더 이상 타박하지 않자 나츠코는 오히려 아이들을 큰 언니 토시코에게 맡기고 대낮부터 놀러 나갔다.

토시코는 1947년생으로 나츠코보다 여섯 살 위였다. 나이보다 더

들어 보였지만 아직 결혼을 하지는 않았다. 오키나와에는 맞선 같은 풍습이 없기 때문에 지금껏 혼자인 것은 마음에 드는 짝을 못 만났다는 뜻이었다. 원래 아이들을 좋아하는 성격인지, 토시코는 나츠코를 대신해 하츠코와 여동생들을 돌봐 주었다.

하츠코가 유치원에 들어갈 무렵에도 나츠코의 방탕한 생활은 여전히 지속되었다. 심지어는 "동생들 데리고 저녁에 외할머니 집으로 밥 먹으러 가"라는 말을 다섯 살짜리 큰딸에게 남기고 놀러 나갔다.

하츠코가 어린 동생들의 손을 잡고 노을이 지는 논두렁을 터벅터벅 걸어 외할머니 집으로 향하자, 마을 사람들은 어이없다는 듯이 혀를 내두르며 바라보았다.

시간이 꽤 지난 후 하츠코는 이사 토모코에게 이렇게 말했다.

"미츠코와 코이치는 사진이 많아서 좋겠다. 나는 가족들이 사진을 찍어 준 기억이 없는데. 혹시 내가 결혼해서 아이를 낳으면 생일 때마다 매년 사진을 찍어 줄 거야."

아이들의 간식은 젖병에 담긴 우유였다. 배가 고플 때면 스스로 분유 가루를 타 먹었다. 이것이 습관이 되어 하츠코는 초등학교에 입학할 때까지 젖병 빠는 버릇을 고치지 못했다.

하츠코가 네 살 때였다. 항상 아이들을 돌봐 주던 외할머니가 집에 없어 저녁밥을 먹지 못했다. 점점 배가 고파져 견딜 수 없게 되자 아이들은 부엌 한구석에서 어깨를 맞대고 울었다.

잠시 후, 하츠코는 바로 아래 동생의 손을 잡고 엄마를 찾으러 가기로 결심했다. 엄마가 술집에 있다는 것을 무의식적으로 알았는지 나름대로 짐작해 인근 술집을 찾아다녔다. 아니나 다를까, 엄마는 카운터 옆 나무 의자에 앉아 맥주를 마시고 있었다. 젊은 남자의 어깨에 기대

어긋난 인연

어 있는 엄마의 등에 대고 "엄마, 배고파. 밥…"이라고 말하는 순간, 뺨이 떨어질 정도로 세게 잡혀서 가게 밖으로 내던져졌다.

한번은 테르미츠도 이혼을 생각해 본 적이 있다. 그러나 친척들이 "아이까지 낳았는데 내쫓을 건가?"라며 반대해 단념했다. 천성이 소심한 테르미츠는 주위의 반대를 무릅쓰고 이혼을 강행할 인물이 아니었다.

아침에 일어나면 아내의 술 냄새가 이불에 배어 있기도 했다. 그럴 때는 아침부터 엉망진창이었다. 식사 준비부터 하츠코를 유치원에 데려다주는 일까지 모두 테르미츠 혼자서 해야 했다. 게다가 토시코가 있는 처가에 작은 딸들을 맡기러 가야 했다. 출근은 그 후의 일이었다.

아이들은 친엄마와 함께 있는 시간보다 이모인 토시코와 있는 시간이 더 많았다. 좋아하는 음식과 싫어하는 음식도 친모인 나츠코보다 이모인 토시코가 더 잘 알았다. 나츠코는 "어머니"라고 불리고, 토시코는 "마마"라고 불리던 시기도 있었을 정도였다.

나츠코는 마음씨 좋은 언니에게 기대어 모든 일을 안일하게 생각했다. 어머니답게 행동하기 위해 노력할 생각이 있었는지 모르겠지만, 집을 나가면 돌아올 줄을 몰랐고 남편도 끝내 "집사람은 죽어도 안 들어올걸요"라며 포기했다.

낮에는 외할머니, 이모와 함께 지내고, 밤에는 집으로 돌아가서 자는 이중생활이 아이들에게는 당연시되었다.

너무나 무책임한 딸의 행동에 나츠코의 친정 엄마가 직접 이러쿵저러쿵 설교를 하기도 했다. 그럴 때마다 나츠코는 반드시라고 해도 좋을 정도로 얌전히 고개를 숙이고 들었다. 불쌍할 정도로 풀이 죽은 채 집으로 돌아가서는 어머니가 아니었어도 반성하고 자숙했을 것처럼 행동했다. 하지만 다음 날이 되면 전부 잊어버리고 말았다.

어머니로서의 자각이 없는 딸에게 부모도 슬슬 질려 버렸다. 나츠코의 어머니는 막내라는 이유로 나츠코를 응석받이로 키운 것을 후회했다. 이제 와서 주의를 줘도 고쳐지지 않을 것이라고 생각한 친정 엄마는 할 수 있는 한 딸을 대신해서 손녀들을 돌봤다.

가정의 의미를 몰랐던 것은 아닐까. 나츠코의 언니들조차 인정할 정도로 '철없는 아이가 그대로 어른이 된 것 같은 엄마'가 나츠코였다.

나츠코가 아이를 낳고 언니 토시코가 키우는 것이 테르미츠네 가정의 모습이었다.

벚꽃이 진 1978년 봄, 6년 동안 키워 준 부모의 품에서 억지로 떨어져 울면서 끌려 나온 미츠코가 마주하게 된 새 가족은 화목한 가정과는 거리가 먼, 복잡하고 기묘한 집이었다.

어긋난 인연

제7장

—

그 후

1978년 4월, 미츠코와 하츠코의 초등학교 입학식에는 각각 피를 나눈 친부모가 참석했다.

호적변경신고가 처리된 것은 입학식 직전이었다. 그로 인해 입학 절차는 입학식 직전에 분주하게 이루어졌다. 그런데 아이들은 부모가 바뀌었다는 사실을 아직 충분히 이해할 수 없었다. 테르미츠의 손에 이끌려 초등학교 교문을 들어선 미츠코는, 가슴에 단 이름표에서 모르는 글자를 발견하고 안절부절못하며 초조해했다.

"아저씨, 뭔가 이름이 이상해요."

대답이 없었다.

"이사 미츠코가 아니에요. 이거 잘못 적힌 것 같아요."

아저씨라고 불린 테르미츠는 "잘못되지 않았어"라고 작은 목소리로 말하며, 방긋 웃었다.

입학식에서는 사복을 입었다.

지금까지 미츠코가 다니던 유치원은 G정에 있는 초등학교 근처에 있었다. 교실 창가에 앉아 멍하니 밖을 바라보면, 유독 세일러복 교복이 눈에 들어왔다. 아무 일도 없었다면 세일러복을 입고 익숙한 초등학교에 다녔을 것이다. 세일러복 입을 날만 손꼽아 기다렸는데 테르미츠의 손에 이끌려 온 초등학교에서는 실망스럽게도 사복을 입었고, 미츠코의 꿈은 풍선처럼 펑 하고 터지더니 사라져 버렸다. 나중에 하츠코가 세일러복을 입은 모습을 본 날은 억울함이 목구멍까지 차올라서 잠들 수 없을 정도였다.

입학식이 끝난 후 테르미츠의 집으로 가는 것은 미츠코에게 너무나 이상한 일이었다.

테르미츠의 집에는 장녀의 초등학교 입학을 축하하는 잔칫상이 준비되어 있었는데, 그 앞에 앉은 미츠코는 시종일관 불만 가득한 표정을 지었다. 입학식만 끝나면 'G정 엄마'를 만날 수 있을 것이라고 생각했는데, 기대와 다른 전개에 미츠코는 짜증이 났다.

"집에 가고 싶은데……."

전등갓이 없는 전구 아래에서 조심스럽게 테르미츠에게 말했다.

"여기가 미츠코의 집이야."

"아니에요. 여기 아니에요. 미츠코의 집은 토모코 엄마가 있는 집이에요."

테르미츠 부부가 아무리 달래도 울음을 그치지 않은 미츠코는, 그날 밤 결국 울다가 지쳐 잠들었다.

미츠코가 다니게 된 M초등학교는 한 학년에 두 반밖에 없었다. 마을의 중심가였던 G정의 초등학교는 학생 수도 많았고 한 학년에 일곱 반이나 있었다. 미츠코는 어렸을 때부터 숫자 3을 좋아해서 3반이 되기를 바랐는데, 지금 다니게 된 초등학교는 두 반밖에 없다는 이야기를 듣고 아주 실망했다.

초등학교 입학을 기점으로 이름과 생일도 바뀌었다. 미츠코는 이사에서 시로마로, 하츠코는 시로마에서 이사로 성도 바뀌었지만 하츠코에서 마치코로 이름까지 바뀌어 마치 다른 사람이 된 것 같은 기분이었다. 새롭게 마치코라는 이름이 지어진 후, 이사 마치코라고 불리면 귀신에게 홀린 듯 얼굴이 하얗게 질렸다.

호적을 바꿀 당시 가정법원의 호출을 받은 토모코는 재판관으로부터 "부모는 아이의 이름을 지을 권리가 있고, 지금이라면 하츠코 양의 이름을 바꿀 수도 있습니다. 나중에는 바꾸고 싶어도 절차상 복잡하게 되니, 지금 잘 생각해 보세요"라는 말을 들었다. 토모코는 아이의 이름까지 바꿀 생각은 없었지만, 그 말을 계기로 테르미츠 부부에게 하츠코 이름의 유래에 대해 물어보게 되었다.

"네, 첫딸이라서 하츠코[47]라고 지었습니다." 테르미츠가 말했다.

그 말을 들은 시게오는 "첫아이니까 직접 이름을 붙이고 싶어"라고 우겼다.

"그건 부모의 욕심이야. 성이 시로마에서 이사로 바뀌는 것만으로도 힘들 텐데, 이름까지 바꾸면 아이가 얼마나 고생하겠어."

친척들은 일제히 반대했지만 고집 센 시게오는 한번 결정하면 누구의 말도 듣지 않았다. 아무리 말해도 자신이 직접 이름을 붙여 주고 싶다고 고집을 부렸다. 마치코라는 이름에는 시게오의 간절함이 담겨 있었다.

---

47 '하츠'는 처음을 뜻하고, '코'는 여자아이 이름 뒤에 많이 붙이던 돌림자

하츠코가 마치코로 바뀌었다는 이야기를 들은 테르미츠는 "하츠코라고 그대로 불러 주기를 바랐는데. 하츠코라는 이름이 마음에 안 들었군"이라며 속상함에 주먹을 쥐었다. 하지만 이미 자신의 아이가 아닌 이상 불평할 권리도 없었다. 키워 온 아이가 품에서 떠나가는 외로움을 맛보고, 테르미츠는 울분이 가득한 분노를 조용히 노트에 적었다.

친부모가 마치코라고 부른다는 말을 듣고, 우리 부부는 눈물을 흘리지 않을 수 없습니다. 또 우리 부부는, 왠지 모르개 마치코라는 이름을 불러 주기 싫습니다. 언제까지나 하츠코라고 부를 겁니다. 하츠코라고 하지 않으면 완전히 다른 아이가 된 것 같은 기분에 어떻게 해야 할지 모르겠어.

당사지인 하츠코에게도 청천벽력 같은 소리였다. 하루아침에 갑자기 시로마 하츠코에서 이사 마치코로, 한 번도 들어 본 적 없는 이름이 된 것이다.

입학식까지는 어떻게 해서든지 새로운 이름을 적응시킬 필요가 있었다. 시게오는 조바심을 냈고, 토모코는 하나하나 하츠코에게 설명해 주어야 했다.

"너는 내 딸이기 때문에 이름을 바꾼 거야. 괜찮아?"

"응."

"오늘부터 이사 마치코인 거야."

"응."

"학교에서 선생님이 이사 마치코라고 부르면 바로 손을 들어야 해."

"응."

"이제 하츠코가 아니니까, 입학할 때까지 잘 기억하렴."

"응."

이해했는지 못했는지 하츠코는 뭘 묻든 "응"이라고 밖에 말하지 않았다. 무표정으로 웃지도 않는 아이였다. 교환된 상황을 어떻게 받아들이고 있을까. 표정과 말로는 하츠코의 진심을 파악하기가 극히 어려웠다. 하지만 입학식까지는 며칠밖에 남지 않았다. 그때까지는 무슨 일이 있어도 이름이 바뀌었다는 것을 이해시켜야 했다. 그때부터 토모코는 집에서도 밖에서도 가능한 의식적으로 새 이름을 불렀다.

하지만 6년간 익숙하게 사용해 온 이름을 한순간에 버리기란 쉽지 않았다. 입학한 날로부터 몇 주 후, 담임교사가 토모코의 집으로 가정상담을 왔다.

"저, 이런 말씀을 드려서 죄송한데, 마치코를 병원에 데려가 진단을 받아 보는 것이 어떠신지……."

이름을 부르면 새하얗게 질리니 담임교사는 마치코에게 정신적으로 어딘가 문제가 있는 것이 아닌가 의심했다. 과묵한 성격 때문에 더욱 그렇게 느껴졌다. M정에서 막 이사 온 마치코와 같이 놀아 줄 친한 친구가 없었던 것이 오해의 원인이었다.

"네 이름을 말해 보렴." 이렇게 물으면, 한참 뒤에 작은 소리로 이사 마치코라고 대답했다. 그런데 몇 시간이 지나면 잊어버렸는지, 아무리 불러도 멍하니 선 채로 뒤돌아볼 뿐이었다.

환경이 갑자기 바뀐 데다 이름까지 바뀌어서 학교생활을 할 마음의 여유가 없는 것이라고 토모코는 짐작했다.

급하게 마치코의 담임교사에게 사정을 설명했다. 그리고 아이가 대답하든 말든 하루에도 몇 번씩 이름을 불러 달라고 부탁했다.

미츠코의 경우는 성만 바뀌었을 뿐이라 특별히 문제가 되지 않았다. 오키나와에는 같은 성을 가진 사람들이 많기 때문에, 성씨만 불리는 일은 거의 없었다.[48] 평소에도 아이들은 서로 이름을 불렀다. 만약 교실에서 "시로마!"라고 부르면, 적어도 다섯 명은 뒤돌아보기 때문이었다.

단지 출석을 부를 때, 담임교사가 "시로마 미츠코"라고 하면 어떻게 대답해야 할지 몰라 우물쭈물했다. 그리고 조심스럽게 대답했다.

"저, 이사 미츠코인데……."

교실을 둘러봐도 아는 얼굴이 없었다. 외로움이 미츠코의 불안을 더욱 부추겼는지, 당시 교사들에게는 '언제나 두리번거리는 초조한 아이'로 비쳤다.

—

미츠코가 자란 G정의 아파트에서 상점가를 빠져나오면 큰 거리가 나왔다. 그 거리를 따라 남쪽으로 몇 분 정도 걸으면 '산에'라는 큰 잡화점이 있었다. 그 건물 4층에 오락실이 있었는데, 미츠코가 토모코 엄마와 함께 장을 본 후 자주 갔던 곳이었다. 하지만 M정에는 오락실은 커녕 구멍가게만 하나 있을 뿐이었다.

도시 아이로 자란 미츠코는 시골의 놀이를 하나도 몰랐다. 게다가 같이 놀 친구도 없었다. 학교에서 돌아오면 방에 들어가서 토모코가 사 준 만화책을 몇 번이나 반복해서 읽었다.

갑자기 세 명의 여동생이 생긴 것도 미츠코는 이해할 수 없었다. 아

---

48 일본은 성씨가 다양하기 때문에 성으로 부르는 것이 일반적

니면 인정하고 싶지 않았는지, 동생들을 일부러 피하는 것 같았다.

매우 명랑했던 미츠코가 M정에 와서는 한마디도 하지 않는 날들이 계속되었다.

미츠코가 살게 된 테르미츠의 집은 부엌과 거실 외에 방이 두 개 있어서, 지금까지 살던 아파트에 비해 상당히 넓었다. 하지만 집 주위를 큰 나무들이 둘러싸고 있어서 그런지 어딘지 모르게 을씨년스러워서 미츠코는 적응하지 못했다. 좁아도 밝고 화사했던 G정의 아파트가 그리웠다.

이때는 아직 집집마다 전화가 없었다. 토모코네는 2층에 사는 집주인의 전화를 빌려서 사용했다. 테르미츠네는 인근에 전화를 가지고 있는 집이 없었기 때문에 이모의 집까지 걸어가든가, 구멍가게의 공중전화를 사용해야 했다.

울면서 테르미츠에게 끌려 나온 날, 미츠코는 토모코에게 숫자가 적힌 종이를 받았다. 그것은 아파트 집주인의 전화번호였다. 미츠코는 그 종이를 빨간 지갑 속에 소중히 간직했으며, 어디를 가든지 몸에 지니고 다녔다. 이 전화번호야말로 자신이 항상 'G정 엄마'와 연결되어 있다는 유일한 증거로 여겨졌기 때문이었다.

학교에서 돌아오면 가장 먼저 토모코에게 전화를 했다. 테르미츠의 집에서는 용돈을 주지 않았기 때문에, 전화비가 떨어지지 않도록 토모코가 준 용돈을 아껴 썼다.

나츠코와 테르미츠는 아이가 길러 준 엄마에게 전화하는 것을 못마땅하게 생각했지만, 억지로 못하게 할 수도 없었다. 외로움을 달래기 위한 아이만의 방법이라고 생각하며 모른 척 넘어갔다. 부모들은 오로지 아이들이 자신을 싫어할까 걱정되어, 유리구슬 다루듯 벌벌 떨며 좋든 싫든 아이가 하고 싶은 대로 하게 두었다.

아이들은 교환했지만 테르미츠 부부와 토모코 부부는 양가의 인연을 끊겠다는 극단적인 결단은 내리지 못했다.

지금까지의 사례를 보면 친자식을 되찾은 날부터 서로 교류하지 않는 것이 일반적이었다. 오다 부부의 경우도 마찬가지였다. 새로운 부모에게 정을 붙일 수 있게 '마음을 모질게 먹고' 헤어진 아이에게 미련을 끊었다. 때에 따라서는 아이와 마주치지 않기 위해서 이사를 가는 가족도 있을 정도였다.

그런데 테르미츠 가족과 토모코 가족은 달랐다. 부모도 아이도 오랜 인연을 영원히 차단하지 않았다. 두 집 다 이사를 갈 정도로 경제적인 여유도 없었고, 멀리 떠나기 위해서는 지금까지 해 왔던 일을 그만두어야 했는데 그 정도 모험을 일부러 실행할 각오도 없었다. 특히, 테르미츠처럼 태어났을 때부터 마을의 혈족 집단 속에서 살아온 사람이 경제적인 뒷받침도 없이 이사를 간다는 것은 매우 어려운 결정이었다.

교환할 때까지 일주일에 한 번 친부모와 보냈던 것을, 반대로 주말에 키워 준 부모에게 가서 지내며 두 가족은 계속 교류했다. 입 밖으로 꺼내서 논의한 적은 없었다. 두 부모 다 지금까지 키운 아이를 만날 수 있기를 바랐고, 이렇게 하는 것을 아이들도 좋아했기 때문에 쌍방의 암묵적 합의라고 할 수 있었다.

아이를 교환한 직후 토모코는 운전면허를 땄다. 당분간 매주 토요일은 테르미츠 집으로 왔다 갔다 해야 하기 때문이었다. 바쁜 시게오에게 매번 부탁하는 것도 어쩐지 미안했다. 가능하면 운전 따위는 하고 싶지 않았지만, 남편 눈치를 보지 않고 아이를 데리러 가기 위해서는 직접 운전하는 것이 제일 좋겠다는 생각이 들었다.

마치코는 월요일부터 금요일까지 구석에서 무릎을 끌어안은 채 가만히 있었다. 이때의 외로움이 컸는지, 어른이 되어서도 혼자 있으면 무의식적으로 무릎을 끌어안고 앉아 있는 버릇이 생겼다.

"오늘은 함박스테이크 만들까?"라고 물어봐도, 귀담아듣지 않으면 들리지 않을 정도의 가냘픈 목소리로 "응"이라고 대답했다.

"뭘 좋아해?"

"뭐든지 다 좋아해요."

"그럼, 엄마가 만들어 주는 거 뭐든지 다 먹어 줄 거야?"

"응."

마치코는 본래 특별히 싫어하는 것은 없었지만, 무엇을 물어봐도 여전히 "응"이라고만 말했다. 오죽하면 "오줌 누러 갈까?" 하고 물어볼 때까지 몸을 비틀며 참기도 했다.

항상 방구석에서 멍하니 있었기에 "잠 오니?"라고 묻는 것이 토모코의 입버릇이 되었다. '울 때도 엉엉 우는 것보다 끙끙거리며 운다'고 할 정도로, 본능적인 감정조차 참고 있었다. 교환 후 1년 동안 마치코가 표현하는 자기주장이라고는 우는 게 전부였다.

방구석에 웅크리고 앉아 있거나 텔레비전을 보거나, 마치코는 하루의 대부분을 둘 중 하나를 하면서 보냈다. 어떤 프로그램을 보고 싶냐고 물어도 대답하지 않고, 토모코가 알아서 아이가 좋아할 것 같은 프로그램을 틀어 줘야만 했다.

마치코는 표정 변화도 없이 가만히 텔레비전을 응시했다. 보고 싶은 것인지 보고 싶지 않은 것인지, 엄마인 토모코조차 짐작이 가지 않았다. 어린 코이치가 장난으로 채널을 바꿔도 불평 한마디 하지 않고 가만히 바라보고 있을 뿐이었다.

토모코는 교환한 이상 매주 길러 준 집에 데려다주는 것은 좋지 않

다는 생각에, 조금이라도 새 가족에게 익숙해질 수 있도록 2주에 한 번
으로 줄이려고 결심한 적도 있었다. 하지만 그렇게 했더니 마치코는
지금까지보다 더 불안해했다.

테르미츠 씨 집에 데려가지 않아서 향수병에 걸려 버렸는지, 한밤중
에 벌떡 일어나서 집에 돌아가겠다고 말하며 눈을 치켜뜨는 것을 보고
깜짝 놀랐다. 역시 일주일에 한 번 데리고 가지 않으면 안 되는 것인
가…….

한때는 잠꼬대로 "무서워, 무서워"라고 외치며 벌떡 일어나기도 했
다. 어떤 꿈을 꾼 걸까. 비몽사몽 간에 현관문을 열려고 한밤중에 어두
운 신발장 앞에 서 있던 적도 있었다. 마치코의 이런 행동은 토모코를
깜짝 놀라게 했다.

"다녀오겠습니다"라거나 "다녀왔습니다"라는 인사도 하지 않고, 조
용히 집을 나갔다가 조용히 돌아왔다. 공책이 떨어져도 "사 주세요"라
고 절대 말하지 않았다. 그래서 마치코가 아침에 나갈 때는 먼저 가방
속을 살펴본 후 학교에 보내야 했다. 토모코는 자신의 아이가 무슨 생
각을 하고 있는지 아무리 애를 써도 읽을 수가 없었고, 아이를 어떻게
다루어야 하는지 도무지 길이 보이지 않았다.

마치코는 초등학교 3학년이 될 때까지 토모코 앞에서 웃지 않았다.
이모인 레이코, 세츠코와 말을 하게 된 것은 중학교에 들어간 이후다.

마치코는 학교를 그만두어도 좋으니까 M정에 가고 싶다고 말하기
도 한다. 나도 이 방법도 저 방법도 다 써 보며, 어찌해서 여기까지 왔

어긋난 인연

지만, 이젠 지쳐 버렸다.

마치코에게 필요한 것은 안정감이 아닐까, 하고 생각한 토모코는 가능한 혼을 내지 않고 칭찬만 하려고 노력했다. 되도록 빨리 익숙해지는 것이 첫 번째 바람이었다. 모든 노력은 이를 이루기 위한 과정이었다. 하지만 시게오는 적응하지 못하는 마치코를 이해할 수 없었다.

시게오의 말에 따르면 토모코 부부의 품으로 돌아왔을 때 마치코는 마치 '시골 촌뜨기' 같은 야생의 아이였다. 젓가락질도 잘 하지 못했고, 늦잠을 자서 시간이 없을 때는 손으로 음식을 집어 먹었다. 자신의 이름조차 못 썼다. 그림책도 못 읽었다. 그런 아이에게 시게오는 잠시 냉정함을 잃고 고함을 쳤다. 제대로 된 교육을 하지 않은 테르미츠 부부에 대한 원망보다 눈앞에 있는 자신의 아이에게 화가 치밀었다.

시게오는 어릴 때부터 글을 쓰는 것이 서툴렀고 그것이 언제나 콤플렉스였다. 적어도 자기 자식에게만은 그런 열등감을 물려주고 싶지 않았기에, 싫다고 하는 마치코에게 글자 연습을 시키기도 했다. 그런데 난생처음 연필을 잡은 마치코는 몇 번을 써도 글자가 눈에 들어오지 않았다. 이런 자식에게 속이 상한 시게오는 욱하고 소리를 질렀다.

작업 현장에서 단련된 탓인지, 어른조차도 무서울 정도로 굵직한 목소리였다. 그때마다 어린 마치코의 얼굴은 공포에 질렸다. 점차 아빠를 무서워하게 되었고, 이윽고 시게오와는 말도 섞지 않게 되었다.

토모코는 남편을 달랬지만 시게오는 "잘못된 건 혼을 내야지. 내 행동은 틀리지 않았어"라며 고집을 부렸다. 시게오로서는 어떻게든 빨리 평범한 아이로 되돌리고 싶은 마음에 조바심을 낸 것이지만, 결과적으로는 아이에게 공포심만 조장했다. 시게오와 눈만 마주쳐도 무서워하며, 의도적으로 아빠를 피하게 되었다.

시게오가 운전하는 차에 탈 때는 절대로 조수석에 앉지 않았다. 같이 있는 것만으로도 오싹해 했다. 말을 걸면 몸이 굳고, 딴 곳을 보며 친아빠를 똑바로 응시하지 못했다. "안아 줄게"라고 양팔을 벌려도 울면서 토모코의 뒤에 숨었다. 머리에 붙은 먼지를 떼어 주려고 하면, 위협을 느낀 작은 새처럼 휙 하고 몸을 피하며 시게오의 손에서 벗어났다. 방 안을 도망 다니고, 끝내 도망갈 곳이 없어지면 울기 시작했다.

머리카락 하나라도 아빠는 만지지 못하게 하겠다는 고집 센 태도였다. 자신의 교육 방침이 잘못되었다는 것을 깨달았을 때는 더 이상 어떻게 할 수 없었기에, 시게오는 고개를 푹 떨어뜨릴 수밖에 없었다.

"친아빠인데 마치코와 손잡고 걸어 본 적이 없습니다. 함께 목욕한 적도 없죠. '아빠가 들어오면 나는 나갈래'라고 합니다. 한 번만이라도 좋으니까 딸이 등을 밀어 줬으면 좋겠습니다. 잘했어, 하고 머리를 쓰다듬어 주고 싶어도 도망가 버립니다. 아이가 잠든 것을 확인한 후에야 겨우 머리를 쓰다듬을 수 있습니다."

이 일은 어린 마치코에게도 깊은 상처를 남겼는데, 나중에 마치코에게 교환 후 1년간의 인상에 대해 물어보니 "무서웠다"라는 한마디로 표현했다. 그 후 시간이 지나면서 어린 시절의 기억은 흐려졌지만, 그때 흘린 눈물과 공포심만큼은 언제까지나 사라지지 않았다.

시게오에게도 지워지지 않는 기억이다. 마치코를 되찾고 나서 가족 모두가 잠든 조용한 심야에 끊었던 술을 다시 마셨다. 부엌에 아와모리[49]와 위스키 잔이 나와 있는 것을 보고, 놀러 온 친척은 한결같이 "술

---

49 쌀로 만든 오키나와의 전통 증류주

을 입에도 안 대던 시게오가…"라며 놀라움을 금하지 못했다. 원래 체질적으로 알코올을 받아들이지 못했던 시게오는, 그 '사건'이 일어나기 전까지는 술과 인연이 없었다.

고민을 하나하나 말하는 남자는 아니었지만, 딱 한 번 술에 취해 토모코에게 이렇게 말한 적이 있었다.

"아이 앞에서 꺽꺽 울면 나를 미워할까……."

괴로움을 말로 표현할 수 없어 술로 대신했다.

이때 생긴 말버릇이 "언젠가 마치코와 함께 목욕하고 싶다"였지만, 시게오의 바람은 그 후에도 결국 이루어지지 못했다.

—

테르미츠는 어땠냐고 하면 의외로 미츠코의 적응이 빨라서 만족했다.

"함께 목욕도 해 주고, 장 보러 가자고 하면 '작업복 그대로 가는 것은 부끄러우니까 갈아입어 주세요'라고 말하면서, 손도 잡고 걸어 주었습니다."

생각보다 빨리 적응해서 테르미츠의 마음을 설레게 했다. 하지만 그것이 토요일에 키워 준 집에 데려가 달라는 속셈을 감춘 행동이었음을 테르미츠는 눈치채지 못했다.

나츠코는 미츠코와 함께 공원에서 술래잡기를 하기도 했다. 진지하게 육아를 생각하게 된 건지는 모르겠지만, 안타깝게도 나츠코에게는 지구력과 끈기가 없다는 것이 치명적인 단점이었다. 피곤해서 몇 번 하고 그만둬 버렸다.

토요일에 학교 수업이 끝나면, 테르미츠는 책가방을 맨 채인 미츠코를 차에 태워 키워 준 부모에게 데려다주었다. 시게오가 회사에서 바로 데리러 오기도 했다. 아이들은 갑자기 부모가 바뀌었다는 믿기 어려운 사건에 충격을 받았지만, 다행히 학교만은 쉬지 않고 잘 다니고 있었기에 부모들은 안도했다. 학교에 안 가면 키워 준 집에 데려다주지 않을 거라고 굳게 믿고 있었기 때문이었다.

쿵쿵 돌층계를 뛰어 내려오는 발소리가 들리면, 어느새 아파트 문을 힘차게 열고 미츠코가 들어왔다. 토요일 오후는 항상 그랬다.

"다녀왔습니다. 엄마, 돌아왔어."

큰 소리로 말했다. 발랄하고 귀여운 미소였다.

책가방을 집어던지고 마치 정해진 것처럼 서랍장으로 향했다. 그리고 서랍을 열고 꼼꼼하게 조사하기 시작했다. '새로운 발견'이라도 있으면 한바탕 풍파가 일었다.

마치코에게 내가 뭔가 사 주지 않았는지 조사하고 있다. 새로운 물건이 있으면, 엄마는 마치코에게만 사 주고 미츠코에게는 안 사 줘… 라며 토라져 버렸다. 어쩔 수 없이 똑같은 물건을 사러 가야 했다. 한 명에게만 사 주는 것은 뭐든 안 된다. 무엇이든 같은 것을 두 개씩 사지 않으면 안 되었다.

토모코는 '마치 쌍둥이 자매를 기르고 있는 기분'이었다.

새로운 물건이 없으면 안심하고 원래의 웃는 얼굴로 돌아왔다. 그러고 나서 미츠코는 인근에 거주하는 레이코와 세츠코의 집을 순서대로 쭉 돌면서 "다녀왔습니다!"라고 큰 소리로 인사를 했다. 꼭 '미츠코는 여기에 있어요'라고 외치는 것 같은 목소리였다.

어긋난 인연

레이코와 세츠코는 웃음을 띠웠다. 미츠코의 몸이 들썩거리며 들뜬 것이 보였다.

토모코는 그런 미츠코가 애처롭기도 했다.

지금까지는 무엇을 사 줘도 고맙다는 말을 한 적이 없었는데, 최근에는 반드시 고맙다는 말을 한다. 왠지 아주 이상하다.

그동안 나를 도와준 적이 없는데, 미츠코가 밥그릇을 씻거나 장 보러 같이 가 준다. 온종일 내 곁을 떠나지 않으려고 한다. 볼에 뽀뽀하면서 응석을 많이 부린다.

평소에는 '산에'에서 장을 보는데, 미츠코가 오면 일부러 G정 중앙 상가까지 걸어서 장을 보러 나갔다. 어른도 걸어서 30분 정도 걸리는 거리였다. 미츠코는 장을 보는 것보다 토모코와 손을 잡고 걷고 싶어 했다.

마치코도 테르미츠 씨 부부가 오면, 빨리 집에 가자고 하면서 들뜬 기분을 진정도 시키지 않은 채 서둘러서 돌아가 버린다. 서로 지금까지 자란 곳이 좋은 듯, 집에 돌아오면 좋아서 어쩔 줄을 몰라 한다. 진심을 말하면, 우리 부부도 아직까진 미츠코가 예쁘고, 애정도 그 아이에게만 있다.

토모코는 토요일이 되면 미츠코가 좋아하는 미트볼과 쇠고기 피망 볶음을 만들어서 기다렸다. "우와, 내가 좋아하는 음식이다"라고 말하며 싱글벙글거리며 좋아하는 표정을 보면 왠지 모르게 마음이 치유되는 것 같았다.

어렸을 때부터 편식이 심한 아이였다. 고야와 양파를 싫어해서 지금까지 젓가락을 갖다 댄 적이 없었는데, 테르미츠의 집에서는 불평하지 않고 먹었다는 이야기를 듣고 토모코는 놀랐다. 싫어하는 것도 참으면서 먹는 모습을 생각하니 마음이 먹먹했다.

하룻밤을 자고 난 후, 일요일이 되면 전날과는 완전히 다른 얼굴로 곁눈질을 하면서 어떻게 할 수 없을 정도로 불안해했다. 그야말로 슬픈 표정을 하곤 입을 다물었다. 저녁이 가까워지면 더욱 심했다. 토모코가 말을 걸어도 대답조차 없었다.

해가 떨어지고 잠시 후, M정에서 테르미츠가 데리러 왔다. 엔진 소리가 들려오면, 미츠코는 "가고 싶지 않아. 가고 싶지 않다고"라며 문에 매달려 저항했다.

"엄마는 바보야! 왜 병원에서 낳은 거야……."

콧물을 훌쩍거리는 소리가 섞여 미츠코는 끝까지 말을 잇지 못했다.

어떻게든 달래려고 큰길까지 배웅을 나왔다. 미츠코는 멀어져 가는 자동차 창문으로 작은 몸을 내밀어 계속 손을 흔들었다. 토모코도 손을 흔들며 미츠코를 떠나보냈지만, 늘 이 순간이 되면 '그때 교환한 것은 실수였을지도' 모른다는 후회가 밀려왔다.

　엄마 안녕, 잘 있어, 라고 큰 소리로 몇 번이나 말하는 것을 듣고 있자니 눈물이 나왔다. 마치 가지 말라면서 발목을 잡는 것 같아 발길이 떨어지지 않았다.

키운 아이에 대한 미련을 끊어 내지 못한 토모코는 흔들리는 마음을 일기에 적었다.

4월 15일. 미츠코가 집에 왔다. 밤에 잠들어 있는 얼굴을 보면 뭐라고 말할 수 없는 기분이 든다.

낮에는 엄마, 엄마, 라면서 응석을 부리며 무릎 위에서 떨어지지 않는다. 많이 외로웠던 것일까. 엄마가 병원에 가서 검사한 게 나빠, 라고 말했다. 병원에 가서 검사하지 않았다면 저쪽 집에 안 가도 되었을 건데, 라고 말했다. 이런 말을 하면 나는 어떻게 해야 좋을지 모르겠다.

저녁이 되면 응석을 부리며, 업어 주라고 말한다. 저쪽 집에서는 응석을 부릴 수 없었을 것이다. 집에 데리고 오면, 지금까지 부리지 않던 응석을 부린다. 역시 여기가 아니면 응석을 부릴 곳이 없을 거라는 생각에 아이가 원하는 대로 업어 주었다.

4월 22일. 마치코는 코이치를 벌레 보듯 하니 어떻게 하면 좋을지 모르겠다. 동생이니까 예뻐해 줘야 한다고 말해도 가까이 다가가면 도망쳐 버린다.

4월 26일. 낮에 미츠코를 데리고 오니, 엄마 생각나서 엄청 슬펐어, 라고 했다. 교환하지 않았으면 좋았을 것을, 나는 뭐라고 답해 주면 좋을지 도무지 모르겠다. 할 수 있다면 미츠코를 내 곁에 두고 싶다. 미츠코의 얼굴을 보면, 가슴이 먹먹해져서 눈물이 난다.

4월 28일. 마치코가 내일 방학이니까 M정에 가자면서 우리가 하는 말을 들으려고도 하지 않는다. 너무 졸라서 밤에 데리고 가니, 매우 좋아하며 날아다녔다. 우리가 정을 주려고 노력해도, 역시 낳아 준 부모보다도 길러 준 부모에게 마음이 가는 것 같다.

5월 4일. 코이치는 미츠코가 제일 좋다고 했다. 마치코는 자신을 벌레 보듯 하니까 싫다고 했다. 마치코는 저쪽 집에 가면 여동생들을 아주 예뻐해 주는 것 같다. 미츠코도 여기에 오면 코이치랑 잘 놀아 준다.

6월 11일. 친구가 놀러 왔지만, 내 무릎에서 떨어지지 않으려고 했다. 내 볼에 자기 볼을 비비면서 온종일 내 곁에 있었다. 밤에 테르미츠 씨 부부가 데리러 오니 싫은 얼굴로 침대 위에서 울면서 엄마, 내일도 데리러 올 거지? 라고 했다.

6월 27일. 나츠코 씨가 마치코를 데려다 주었는데, 화가 난 듯이 집에 들어왔다. 어서 오라고 말해도 들었는지 못 들었는지 대답도 없었다. 테르미츠 씨 집에서 돌아올 때는 웃으면서 온 적이 한 번도 없다. 언제나 화가 난 얼굴로 들어온다.

7월 26일. 마치코와 미츠코가 싸움을 했다. 싸움의 시작은 코이치가 미츠코가 제일 좋다고 말한 게 원인이 되어, 마치코가 서러워했다. 이때, 나도 어쩔 줄 몰라서 과자를 사 주며 화해시켰다.

9월 2일. 엄마가 데리러 오지 않았어, 라며 미츠코가 화를 냈다. 바빠서 못 갔어 미안해, 라고 하자, 엄마는 거짓말쟁이 아무리 사과해도 외로웠기 때문에 용서 못해, 라고 했다. 지금까지 내가 거짓말을 한 적은 한 번도 없었는데…….

토모코와 시게오는 사실 어떻게 해야 할지 몰랐다. 테르미츠 부부와 토모코 부부 모두 이미 교환을 했음에도 두 아이를 다 키우고 싶다는 생각에, 가망 없는 타협점을 찾으려고 고생했다.

교환 후 토모코는 남편에게 비밀로 하고, 테르미츠에게 두 명 다 자기에게 줄 수 없는지 딱 한 번 부탁한 적이 있었다.

"웃기는 소리 하시네. 두 명을 다 키우고 싶은 건 우리 쪽도 마찬가지요!"

테르미츠는 얼굴이 새빨갛게 되더니 울분을 토했다. 그 후 토모코는 테르미츠의 기분을 고려해서 다시는 그 얘길 입에 올리지 않았다.

—

지금까지 키워 온 아이와 일주일에 이틀이라도 함께 지낼 수 있다는 것에 부모들은 만족해야 했다. 단 이틀뿐이지만, 그 이틀이 아이들에게는 삶의 전부였다.

꿈같던 일요일이 지나고 월요일이 되면 마치코는 "앞으로 5일 후면, M정에 갈 수 있죠"라며 다음 토요일을 손꼽아 기다렸고, 미츠코는 "또 일주일을 참아야 하는 거야?"라며 실망을 감추지 못했다.

토요일을 오늘내일하며 기다렸던 것은 아이들뿐만이 아니었다. 부모들도 마찬가지였다. 꼭 만나야 할까 아니 만나고 싶다는 생각을 거듭하다가, 결국 만나고 싶은 마음을 억제하지 못하고 어느새 상대방

집 문턱에 서 있기도 했다. 적당한 구실을 찾기 위해 고군분투하면서, 종종 토모코는 자신도 모르는 사이에 발이 테르미츠의 집으로 향하기도 했다.

어젯밤 울면서 돌아갔기 때문에, 마음이 쓰여서 잠이 오지 않는다. 오늘 낮에 보러 갔더니 아주 좋아하면서 엄마라고 큰 소리로 외치며 뱅글뱅글 돌았다. 미츠코의 얼굴을 보면 바로 돌아올 생각이었는데, 빨리 가자, 빨리 집에 가자고 했다. 왜 그렇게 울었어? 라고 물어보자, 엄마 보고 싶어서, 저쪽 집에 가고 싶지 않아, 라고 말했다.

한편 테르미츠도 '우리 아이'의 얼굴이 보고 싶어 가끔 토모코의 아파트에 들렀다. 테르미츠가 찾아오면, 지금까지 울적해하고 있던 마치코의 표정이 바로 밝아졌다. 목소리가 커지고, 한껏 응석을 부리는 모습을 토모코와 시게오는 그냥 조용히 지켜보고 있을 수밖에 없었다.

어느 날 테르미츠가 마치코를 놀라게 해 줄 생각으로 발소리를 내지 않고 찾아온 적이 있었다. 덩그러니 슬픈 얼굴로 웅크리고 있는 아이를 보니 목이 메었다.

집에 있을 때의 하츠코는 아주 큰 소리로 울거나 말장난도 치는 개구쟁이였다. 동네 꼬마 아이들을 모두 데리고 와서 알몸으로 방을 뛰어다니며 놀았는데, 저쪽 집에 가면 쓸쓸히 웅크려 있다. 그렇게 밝았던 아이가 어떻게 된 건지. 그런 하츠코를 볼 때마다 뭐라고 말할 수 없는 기분이 들었다.

어긋난 인연

키운 아이의 이름이 마치코로 바뀌어도 테르미츠에게는 아직도 하츠코였다. M정으로 돌아오면 마치코는 '하츠코'가 되었다. 친척들은 "은제 마치코로 바뀐 겨?(언제 마치코로 이름을 바꾸었니?)"라고 비난하며, 모두가 이전 그대로 '하츠코'라고 불렀다. 어린아이의 머리로는 두 개의 이름을 구분하기 어려웠기 때문에, 마치코라는 이름에 익숙해지기까지는 약 1년의 시간이 걸렸다.

토모코는 육아의 어려움을 다시 한번 느끼고 있었다.

마치코가 나에게 2학년이 되면 마치코라는 이름을 하츠코로 바꾸어 달라고 했다. 왜? 라고 묻자, M정에서 마치코를 아직 하츠코라고 부르고 있기 때문이라고 했다. 어느 쪽이 좋니? 라고 물어보자 역시나 하츠코가 좋다고 했다. 마치코는 엄마의 딸이기 때문에 이름은 바뀌지 않아, 라고 했더니, 엄마 딸 아니야! 라고 했다. 그럼 누구 딸이야? 라고 물어봤더니, 나츠코 어머니의 딸이라고 했다. 이제 어떻게 말해야 좋을지 모르겠다. 하고 싶은 대로 하라고 말해 버렸다.

토모코 부부와 테르미츠 부부를 간신히 지탱하고 있던 것은, 두 아이 모두 자신들의 아이로 키울 수 있을지도 모른다는 희미한 기대였다.

—

미츠코는 교실 창가에 앉아 멍하니 떠 있는 구름을 바라보는 일이 많았다. 〈뭉게구름님에게〉는 하얀 구름에 자신의 감정을 담아낸 시였다.

오늘 모두가 체조할 때 뭉게구름님이 나타났습니다.

모두가 체조하면 뭉게구름님도 체조하기 시작합니다.

신기한 구름이네요.

뭉게구름님도 잘 지내셨나요? 저는 잘 지내고 있어요.

뭉게구름님 저는 뭉게구름님과 함께 G정에 가고 싶어요. 왜냐하면, G정에는 토모코 엄마와 남동생 코이치와 에리와 사오리와 스구루와 카츠유키 오빠와 코준 등 많은 친구가 있기 때문입니다.

뭉게구름님은 생일이 언제예요?

저는 8월 18일이 생일이에요.

8월 18일은 시로마 미츠코로서 새로운 생일이었다.

—

미츠코는 어린 여동생들이 떠들면 "시끄러워"라고 고함을 치며 절대 함께 놀지 않았다.

마치코도 남동생 코이치가 옆에 바짝 다가오면 "더러운 벌레가 붙었어"라며 냅다 밀쳐 냈다. 얼굴에 돌을 던져 상처를 낸 적도 있었다. 마치코는 자신의 몸에 코이치의 손가락 하나라도 닿으면 모질게 굴었다.

코이치는 막 세 살이 되었다. 그때까지는 미츠코와도 각별히 사이좋은 '남매'는 아니었는데, 마치코와 함께 살게 되면서 미츠코를 잘 따르게 되었다. 과자를 사 주면 "이건 미츠코 누나 줄 거야"라며 미츠코 몫까지 챙겼다.

미츠코도 여동생들을 괴롭혔다.

어긋난 인연

미츠코는 G정에 갈 때마다 토모코에게 용돈으로 200엔씩 받았는데, 그 돈으로 과자를 사도 숨어서 혼자 몰래 먹었다. 연필 한 자루라도 여동생들과는 나누어 쓰지 않았다. 여동생들도 그런 미츠코가 싫었는지 점점 무시했다.

하시구치 병원과 재판을 진행했던, 이듬해인 1979년 5월 10일에 '이런 상태가 지속되면 어떤 아이로 성장할 것인가'라는, 각각의 불안감을 네 명의 서명이 담긴 보고서로 작성해 법원에 제출했다.

엊그제 일입니다만, 미츠코가 동생 히데미, 키요미와 놀다가 히데미가 하수구에 빠져서 울고 있는데, 미츠코가 이것을 그냥 바라보면서 내버려 뒀습니다. 결국 셋째 키요미가 울면서 부모에게 알리러 와서 근처에 있던 동네 아주머니가 구해 주었지만, 이 정도로 미츠코는 친자매들과 친하지 않습니다. 이 일로 "히데미가 시궁창에 떨어졌는데도 엄마에게 알리지 않았으니까, 벌로 G정에 안 데리고 갈 거야"라고 말했더니, 또 미츠코는 펑펑 울기 시작했습니다.

주위 사람들에게는 미츠코가 유독 여동생들에게 차갑게 구는 것처럼 보였다. 빈 깡통으로 둘째의 머리를 때린 적도 있었다.

"사이좋게 지낼 마음이 없는 거니? 언니니까 동생들에게 좀 더 상냥하게 대해야지."

보다 못한 테르미츠가 이렇게 말했지만, 미츠코는 태연하게 딴 곳을 바라보았다.

하지만 테르미츠는 이보다 더 강하게 혼내지 못하고, 말도 조심스럽게 했다. 그때마다 "왜 우리는 혼내면서, 언니는 안 혼내는 거야?"라며 둘째 히데미가 항의를 했다. 테르미츠는 식은땀을 흘리면서 "똑같이 혼냈어" 하고 횡설수설 변명했지만, 둘째는 달랐다고 주장했다.

입으로는 이말 저말 해도, 미츠코에게는 체벌을 할 수 없었다. 아빠가 제일 싫다는 말을 듣는 것이 가장 두려웠기 때문이었다.

그런 미츠코가 말을 걸어오는 경우는 "앞으로 며칠 후에 G정에 데려다줄 거예요?"라고 물을 때뿐이었다.

테르미츠는 짜증이 났다.

—

그해 초여름, 미츠코는 "어머니 집은 즐겁지 않아"라고 토모코에게 말했다.

'어머니'는 친어머니인 시로마 나츠코를 뜻했다.

교환하고 나서도 미츠코가 테르미츠와 나츠코를 "아저씨" "아줌마"라고 부르자, 여동생 히데미와 키요미까지 똑같이 따라 했다. 친척들이 "아저씨가 아니야. 아빠라고 불러야지" 하고 내 아이를 꾸짖는 것을 옆에서 지켜보는 것만큼 아버지로서 애처로운 일은 없었다. 테르미츠는 난감했다. 귀담아듣는 것은 토모코의 말뿐이었다. 테르미츠는 시게오에게 어떻게 하면 좋을지 상담했다.

테르미츠가 돌아간 후, 토모코는 미츠코를 불러 상황을 설명했다. 어디까지 이해해 줄지 걱정되었으나 그냥 내버려 둘 수는 없었다.

"미츠코가 '아줌마'라고 하니까 히데미랑 키요미까지 '아줌마'라고 하잖아. 엄마도 미츠코가 엄마를 '아줌마'라고 부르면 너무 슬퍼서 죽어 버릴지 몰라."

어긋난 인연

"미츠코는 엄마를 '아줌마'라고 안 불러."

"그러니까 저쪽 집에서도 '아줌마'라고 부르지 마."

"하지만, 엄마가 둘이라니 이상해."

토모코는 대안을 궁리했다. 일곱 살 아이에게 '길러 준 부모'와 '낳아 준 부모'를 이해시키는 것은 무리였다. 아이와 어른 모두 납득할 만한 해결 방안이 뭐가 있을까 고민하던 중, 번뜩 떠올랐다.

"그렇다면 이렇게 하는 것은 어때? 저쪽 집에서는 '아버지, 어머니'라고 부르고, 여기에서는 지금까지 불렀던 것처럼 '엄마, 아빠'라고 부르는 건 어떠니?"

오키나와에서는 혈연관계가 아니어도 이런 호칭이 일상적으로 통용되었다. 토모코는 순간적으로 이걸 떠올렸다. 그리고 미츠코를 간신히 설득했다. 그때부터 테르미츠는 '아버지' 나츠코는 '어머니'가 되었다.

미츠코를 데리러 갈 때, 토모코는 테르미츠에게 이 사실을 전했다. 테르미츠 앞에서 "아버지라고 불러 봐" 하고 미츠코에게 귓속말을 했다. "부끄러워"라며 쭈뼛거리는 미츠코에게 다시 "아버지라고 하면 기뻐하실 거야"라고 재촉하자, 미츠코는 잠시 몸을 비틀더니 작은 소리로 "아버지"라고 말했다.

이때만큼은 테르미츠도 몹시 기뻐했다.

딱 한 번 이런 일이 있었다. 농담인지 실수인지, 미츠코가 시게오를 "아저씨"라고 불렀다. 시게오는 머릿속이 새하얘지면서, 자신도 모르게 "뭐라고 한 거냐. 아빠 속상하게"라고 소리쳤다. 이제 와서 아저씨라고 불리는 것만큼 속상한 일은 없었다. 그 순간 테르미츠의 마음이 얼마나 아팠는지 알 것 같았다.

그랬던 미츠코가 이젠 '어머니 집은 즐겁지 않다'고 말했다.

미츠코는 G정의 아파트에 오면 자주 이런 말을 했다.

"학교에서 돌아오면 여동생들은 집에 없어. 집에 있다고 해도 여동생들은 시끄러워서 싫어."

테르미츠는 잔업으로 귀가가 늦었다. 10시가 지나서 들어오는 일이 다반사고, 퇴근 후에 술을 마시러 가는지 아침까지 들어오지 않을 때도 잦았다. '어머니' 나츠코는 어디에 갔는지 학교에서 돌아오면 집에 없을 때가 훨씬 많았다. 가끔 집에 있을 때도 이런저런 이야기를 하면 금세 "시끄러워!"라며 욕설이 날아왔다. 테르미츠는 "그랬구나" 하고 들어 주었지만, 집에 돌아오는 시간이 언제나 잠든 이후였기 때문에 토요일과 일요일 외에는 얼굴 보기가 힘들었다.

토끼와 닭 그리고 '재키'라는 이름의 개를 키우고 있었는데, 학교에서 돌아온 미츠코의 친구가 되어 주는 것은 이런 동물들이었다.

이슬비가 내리는 어느 날 밤이었다. 마사코의 집 문을 똑똑 두드리며 "이모"라고 조심스럽게 부르는 소리가 났다. 귀에 익은 목소리였다. 당황해서 현관문을 열자, 책가방을 짊어진 미츠코가 서 있었다.

"무슨 일이니? 이 늦은 밤에."

"어머니가 집에 없어요……."

"또야? 네 여동생들도 어딘가 놀러 나갔나 보구나."

비에 젖은 머리를 수건으로 닦아 주고, 안아서 부엌으로 데려갔다.

미츠코는 항상 마사코의 집에서 전화를 빌렸다. 언제나 까탈스러운 얼굴을 하고 있어서 좀처럼 말을 걸기가 어려웠는데, 이날은 녹아 버릴 정도로 친절했다.

그 후로 미츠코는 나츠코가 집에 없으면 이모 집으로 굴러 들어갔다. 마사코도 미츠코와 동갑내기 아이가 있어서 그런지, 예뻐하며 돌봐 주었다.

학교에서 돌아와도 어머니는 없고, 이 시기 테르미츠의 집은 아버지와 아이들만 사는 편부모 가정 같았다. 그 아버지마저 언제 집에 돌아올지 몰랐다. 일곱 살 미츠코가 어린 여동생들을 돌보는 것도 힘들었기 때문에, 누군가에게 애들을 부탁해야 했다. 이모인 마사코와 외할머니를 찾아간 것은 미츠코에게 자연스러운 상황이었다.

외갓집에는 외할머니와 큰 이모 토시코가 살고 있었다. 토시코는 마사코의 언니다. 미츠코의 어머니를 대신할 사람은 토시코뿐이었다. 서른 살이 넘었지만 얽매인 곳 없이 혼자였기 때문인지, 미츠코가 찾아오면 외할머니와 번갈아 가며 돌봐 주었다.

어느 날 토시코와 외할머니가 밭일을 나가 집을 비웠을 때였다. 대신 아이들을 돌보기 위해 온 사람은 증조 외할머니였다. 그때 미츠코에게 '조금 슬픈 일'이 일어났다.

"거기 있는 애는 누구니?"

"미츠코예요."

"미츠코? 처음 듣는데, 어느 집 애니?"

교환되고 얼마 안 되서는, 이웃 사람들에게도 "너는 누구니?"라는 말을 들었다.

그럴 때는 "보보 미츠코예요"라고 대답했다. '보보'는 테르미츠의 집을 부르는 별칭이었다. 같은 성씨가 많은 오키나와에서는 성을 밝히는 것보다 집을 뜻하는 별칭을 말하는 쪽이 파악하기 쉬웠다. 별칭은 한 가문을 나타내는 호칭이기도 했다. 하지만 이때는 가족이라고 생각한 사람에게 의심을 받아서, 어떻게 대답하면 좋을지 몰랐던 미츠코는 그 자리에서 얼어 버렸다.

왠지 그곳에 있는 것이 잘못된 행동인 것 같아 뒤돌아보지 않고 달려 나왔다.

학교에서 돌아오면 외할머니 집에서 저녁까지 놀고 목욕도 하고 밥도 먹은 후 잠자기 위해 집으로 돌아왔다. 이것이 테르미츠의 집에 온후, 미츠코의 일과였다. 집으로 돌아갈 때는 아이 혼자 밤길을 다니는 것은 위험하다며 외할머니가 데려다주었다. 그러나 텅 빈 집에다 대고 "나츠코!"라고 불러도 대답 없는 일이 다반사였기에, "어휴, 오늘은 할미 집에서 자고 가렴" 하고 밤길을 다시 되돌아온 적도 종종 있었다.

아이를 교환한 일은 가족의 최대 위기로, 보통 어머니라면 어느 때보다 더 세심하게 신경을 쓰며 애정을 쏟으려고 할 텐데 나츠코의 행동은 이해할 수 없었다.

이 무렵의 미츠코에게는 가족이 모두 모여 밥을 먹은 기억이 없었다. 이후로도 나츠코의 손을 잡고 장을 보러 간 적은 없었으며, 단란한 가족과는 거리가 먼 생활을 하고 있었다.

그런 미츠코를 불쌍하게 여겼는지, 마사코는 미츠코를 양녀로 들이려고 진지하게 생각해 보기도 했다. 하지만 테르미츠의 반대에 그 이야기는 흐지부지되어 버렸다.

테르미츠는 이미 나츠코에게 어머니 역할에 대한 기대를 저버렸는지, 네 명의 아이를 차례로 토시코에게 맡기면서 돌봐 달라고 부탁했다. 이제 와서 아내를 설득할 마음은 눈곱만큼도 없었다. 마음씨 좋은 토시코는 불평도 하지 않고 정말로 자기 자식인 것처럼 정성스럽게 아이들을 보살폈다.

나츠코는 학교 학부모회에 한 번도 얼굴을 비추지 않았다. 허겁지겁 참석하는 것은 아버지 테르미츠로, 그때마다 일을 쉬어야 했다.

어긋난 인연

그런 나츠코도 간혹 어머니다울 때가 있었다. 적금을 깨서 아이들에게 자전거를 사 준 적이 있는데, 미츠코에게는 여동생들과 쟁탈전을 벌이며 서로 타려고 했던 일이 그리운 추억으로 남아 있었다. 이때 미츠코는 아주 행복했는지, 주위 사람들에게 자전거를 자랑하고 다녔다. 그러나 미츠코의 머릿속에 떠오르는 나츠코의 기억은 그 자전거가 전부였다.

부모와 자식의 인연이 갈기갈기 찢기고, 특히나 애정에 굶주려 있던 미츠코는 외할머니와 이모들의 사랑만으로는 충족되지 않았다. 역효과로 토요일이 되면 토모코도 질려 버릴 정도로 시끄럽게 떠들었다. 학교에서 야자수 씨앗을 심고 관찰한 것부터 토끼가 새끼를 낳아서 새로운 친구가 생긴 것까지, 일주일 동안 일어난 일을 쉬지 않고 계속 이야기했다. 글짓기와 시험 결과 그리고 통지표도 나츠코와 테르미츠에게는 보여 주지 않고 토모코에게 가지고 왔다.

미츠코를 테르미츠 씨 집으로 데리고 갈 때 슬픈 얼굴을 하며, 미츠코가 6학년 되면 엄마 집으로 도망쳐 와도 돼? 라고 물었다. 나는 뭐라고 대답하면 좋을지 몰라서, 그럼, 크면 돌아와, 라고 말해 버렸다.

국어 시간에 〈엄마〉라는 제목으로 글을 쓴 적이 있는데, 미츠코가 생각한 '좋은 엄마'는 G정에 사는 토모코였다.

언젠가 토모코는 마사코에게서 "미츠코, 고양이 같은 생활[50]을 하고 있어요"라는 말을 들었다. 토모코는 그냥 농담이라고 생각하며 신경

---

50 떠돌이 생활

쓰지 않았는데, 미츠코의 입으로 직접 그 이야기를 들었을 때는 꽤 충격이었다.

나츠코는 미츠코에게 자주 이렇게 소리쳤다.

"내 심부름을 안 할 거면 나가 버려!"

감정이 치밀어 오르면 제어가 안 되는지, 나츠코는 미츠코를 혼낸 후에도 책가방과 옷가지들을 싸서 친정집에 던져 버렸다. 미츠코는 나츠코의 뒤를 따라 사탕수수밭의 두둑을 터벅터벅 걸어왔다.

"설거지 안 해 놓았다고, 토시코 이모 집으로 가 버리라고 하면서 쫓아냈어요."

미츠코는 외갓집 대문 앞에 선 채 흐느끼며 울었다. 토시코가 당분간 돌봐 주었지만, 농사일이 바빠지면 "어머니가 있는 집으로 돌아가렴" 하고 돌려보냈다. 미츠코는 산더미 같은 옷을 품에 안고 왔던 길을 다시 되돌아갔다. 하지만 반년도 지나지 않아서, 이런 일로는 울지 않는 씩씩한 소녀가 되었다.

토모코는 그런 일이 있어도 테르미츠 부부에게 따지지도 못하고 참고만 있어야 하는 상황에 속이 타들어 갔다.

자동차로 M정에 데려다줄 때 미츠코는 창문 밖 풍경을 넝하니 바라보면서 겁먹은 듯이 입을 꼭 다물고 있었다. 이럴 때는 어떤 말도 무의미했다. 토모코는 괴로워서 아무 말도 할 수가 없었다.

잠시 후 작은 손을 조심스럽게 뻗더니, 토모코의 손을 꼭 잡았다. 토모코는 아무 말 없이 미츠코의 손을 잡아 주었다. 그러면 안심이 된 듯이 미츠코의 얼굴에 서서히 미소가 돌아왔다. 테르미츠의 집에 도착할 때까지 두 사람은 손을 꼭 잡고 놓지 않았다.

어긋난 인연

—

이 무렵 미츠코에게 가장 즐거웠던 기억은 교환된 후 첫 여름방학에 토모코의 친정이 있는 이리오모테 섬으로 놀러 간 것이었다. 8월 8일부터 2주간의 여행이었다. 미츠코와 마치코, 코이치와 토모코 이렇게 네 명이 함께 갔다.

동중국해와 태평양을 가르는 류큐 호의 선단에 떠 있는 야에야마 제도와 미야코 제도를 오키나와에서는 '사키 섬'이라고 뭉쳐서 부르는데, 그중 이리오모테 섬은 대만과 불과 200㎞도 안 되는 거리에 있었다. 나하 공항에서 비행기로 한 시간 정도 걸리지만, 배로는 족히 반나절은 걸렸다.

아침 일찍 일어나서 두 사람 모두 날뛰었다. 나하 항에 도착하자 마치코는, 이런 큰 배를 타고 가요? 라며 처음 타 보는 듯 매우 기뻐했다. 배 안에서 풀이 죽어 있기에, 무슨 일 있니? 라고 물어보자 M정 나츠코 어머니와 언제 만날 수 있을지 걱정하고 있는 것 같았다. 야에야마에 가는 것은 기쁘지만, 테르미츠 아버지와 나츠코 어머니 그리고 여동생들과 만날 수 없는 것이 속상한 모양이다.

처음에는 마치코만 데려갈 생각이었지만, 테르미츠에게 마치코랑 같이 놀 친구로 미츠코를 데리고 가게 해 달라고 부탁했다. 테르미츠는 어떻게 하면 좋을지 고민했지만, 아이가 가고 싶어 하니 딱 잘라 거절하지 못하고 마지못해 허락했다.

시게오는 일 때문에 함께 갈 수 없었다. 그 대신, 새로운 인생에서 처음으로 맞이하는 아이들의 생일에 전보를 보냈다. 전보를 받은 토모코는 말주변 없는 남편이 수줍은 얼굴로 보냈을 것을 상상하며 참았던 웃음을 터트렸다.

생일 케이크를 사기 위해 일부러 배를 타고 이시가키 섬까지 건너갔다 오기도 했다. 과자는 몰라도 케이크와 만주는 이리오모테 섬에서는 살 수 없었다. 이시가키에서 돌아오자, 고향 사람들이 '가사미'라고 부르는 거대한 게가 식탁에 놓였다. 정확히는 노코기리 가자미라고 한다. 강이 바다로 흘러 들어가는 어귀에 있는 맹그로브숲에 숨어 있다가 대나무로 짠 바구니를 물속에 넣어 포획한 것이라고 외할아버지가 말했다. 미츠코는 게를 한 입 먹더니, 세상에서 제일 맛있다며 감탄했다. 입에서 살살 녹는 달콤한 맛이었다.

이리오모테 섬에서는 모든 것이 새로운 발견의 연속이었다. 수십 개의 뿌리를 모래사장에 내리고 있는 야에야마 히루기[51]의 기둥뿌리. 푸른 보석 같은 껍질을 가진 게. 낮에도 어두운 정글. 무엇보다 야시가니[52]를 잡았을 때는 흥분해서 잠도 못 잘 정도였다.

토모코는 야시가니는 밤에 잡는다고 아이들에게 말해 주었다. 야자 열매를 먹기 위해 사그락사그락 소리를 내면서 굵은 집게발로 야자수를 타고 올라가는 놈을 잡았다.

미츠코와 마치코는 발을 조심조심하면서 토모코의 뒤를 따라 해안의 야자수 숲속을 걸었다. 오키나와 본섬과는 비교도 안 될 정도로 어두운 밤이었다. 들리는 것은 파도 소리뿐이었다. 바다는 푸르게 빛나

---

51 맹그로브를 구성하는 홍수과 식물
52 야자집게라고 하는 갑각류로 게의 일종, 코코넛 크랩이라고도 함.

고, 하늘을 올려다보면 별이 쏟아져 내릴 것 같았다.

손전등을 비춘 쪽에서 가슬가슬한 소리가 들렸다.

"어, 엄마. 뭔가 있어."

"쉬쉬, 조용히, 야시가니야."

토모코는 민첩하게 움직였다. 야자수 뿌리에서 움직이고 있는 야시가니를 찾아 살짝 발로 밟아서 미츠코의 눈앞에 가져다주었다. 얼굴만 보면 싸우던 두 아이도 그때만큼은 얼싸안고 부들부들 떨며 바라보았다. 처음 보는 야시가니의 굵은 집게발은 정말이지 흉측해서 기분 나쁠 정도였다. 그것을 아무렇지도 않게 맨손으로 잡은 '엄마'를 미츠코는 어리둥절하게 바라보았다.

처음에는 혼자 덩그러니 있는 경우가 많던 마치코도 일주일 정도 지나자 아이들과 함께 흙투성이가 되어 놀았다.

낮에는 외할아버지를 따라 낚시를 하러 나갔다. 얇은 대나무 끝에 낚싯줄을 묶은 조촐한 낚싯대였지만, 불과 두 시간 동안 30㎝가량의 물고기가 10마리나 잡혔다.

낚시가 지겨워지면 호시즈나 해변에 가서 수영을 했다. 하얀 모래를 손으로 떠서 관찰하면 육안으로 겨우 보일 정도의 작은 알갱이가, 별 모양을 하고 있었다. 불가사리가 파편이 되어 바닷가로 떨어져 모래처럼 보이는 것이라는 사실은, 그때 외할아버지에게 처음 들은 얘기였다. 그 위를 달리면 삑삑 하는 소리가 났다.

미츠코는 외할아버지가 너무 좋았다.

어린이집에 가게 된 네 살 때의 일이다. 미츠코는 한 달도 채 지나지 않아 "안 갈 거야"라며 발을 동동 구르면서 울었다. 억지로 보내려고 하는 토모코를 외할아버지는 반대로 크게 혼내면서 그만두게 했다. 이 일로 2년 동안 어린이집에 보내는 것을 포기하고, 1년 정도 토모코가 선생님이 되어 미츠코를 직접 가르쳤다. 외할아버지는 항상 미츠코의 편이었다. 눈에 넣어도 안 아플 정도로 귀여워했다.

해가 지면 물가에서 불꽃을 쏘아 올렸다. 미츠코는 행복했다. 팽팽한 신경전을 벌여야 하는 테르미츠의 집과는 달리 따뜻한 사람들에게 둘러싸여 마음 편히 지낼 수 있었다. 시간은 눈 깜짝할 사이에 지나갔고, 모든 것이 즐거운 일뿐이었다. 이대로 시간이 영원히 멈추길 바라면서, 야에야마 초등학교로 전학 갈 수 없는지 진지하게 고민했다.

—

1978년 여름, 하시구치 병원과의 합의 협상은 결국 의견불일치로 법정에서 소송이 제기될 예정이었다. 최종 결정이 내려진 것은 1980년 8월로, 이런저런 일로 토모코 부부와 테르미츠 부부는 빈번하게 왕래했다.

하시구치 병원과의 재판에 관여하고 있던 카토 요시키 변호사의 소개로 두 가족은 정신 건강학 전문의와 만나게 되었다. 이 상담은 류큐대학 사사키 유우지 교수의 소견에 의한 것이었는데, 사사키 교수의 의뢰를 받아 류큐대학에서 문부기관[53]으로 일하고 있던 우라사키 토시에가 상담을 담당하게 되었다. 아이를 교환하고 아홉 달째가 되던 때였다.

처음으로 토모코의 아파트를 방문한 우라사키는 그곳에서 우연히

---

53 연구원의 관명 중 하나

두 가족이 식탁에 둘러앉아 이야기하는 모습과 조우했다. 상상한 것과는 달리, 뜻밖의 부드러운 분위기에 그녀는 훈훈함을 느꼈다. "쓰라린 아픔을 안고 있는 사람들끼리, 이만큼 사이좋게 지낼 수 있을까?" 눈을 의심하며, 이 가족들이라면 어떤 어려움이 있어도 이겨 낼 수 있을 거라 확신했다. 오히려 아이들의 씩씩함에 압도당해 "이런 밝은 가족에게 나야말로 어떤 도움을 줄 수 있을지" 당황스러울 정도였다고 했다.

몇 차례 상담을 진행하는 동안 그들이 안고 있는 문제가 두 가지인 것으로 파악되었다.

우선, 첫 번째 문제는 아이들이 태어난 집과 키워 준 집을 왕래하고 있는 것이었다. 특히 미츠코의 행동은 테르미츠 부부의 중대한 관심사였다. 다른 문제는 되찾은 친자식에게 부모가 어떻게 다가가면 좋을지 모르겠다는 것이었다.

아이들이 키워 준 집으로 돌아가는 것을 양쪽 부모 모두 기분 좋게 생각하고 있지 않았다. 이대로 계속 친부모에게 익숙해지지 않을까 봐 불안한 한편, 우리 아이가 우는 모습을 차마 볼 수 없어서 스스로 아이를 데려다주고 데려오는 곤경에 빠져 있었다. 이를 해결하기 위해서는 아이들의 왕래 횟수를 줄일 수밖에 없었다. 매주 왕래하던 것을 일단 2주에 한 번으로 할 순 없는지, 그 후 한 달에 한 번으로 점점 간격을 늘리면 어떨지, 그러면서 친자식과 접하는 시간이 길어지면 친부모에게 틀림없이 적응할 것이라고 우라사키는 생각했다.

하지만 이 방법은 실패로 돌아갔다. 테르미츠가 더는 못하겠다고 거절한 것이다.

"저쪽 집에 데리고 가는 것도 괴롭지만, 가지 못하게 하는 것이 더 괴롭습니다. 여러 가지 이유를 들면서 가지 못하게 했지만, 한밤중에 울거나, 전화하러 뛰어나가 버리거나 하면, 나는 아이가 너무 불쌍해서 어떻게 할 수가 없습니다."

아이가 울기 시작하면 어떻게 하냐는 질문에, 순간 우라사키는 대답을 할 수 없었다.

우라사키에게는 미츠코를 G정에 데려가는 것이 테르미츠의 마음속 버팀목처럼 보였다.

애처롭던 미츠코가 G정에서 돌아온 다음 날은 얼굴에도 생기가 돌았다. 아이의 슬픈 얼굴을 보고 싶지 않은 것은 부모로서 당연했다. 한 치 앞도 보이지 않아 불안해도 생살이 찢기는 듯한 비통함을 맛보는 것보다는 지금 이대로가 낫지 않을까 하는 생각마저 들었다.

누구나 친부모에게 빨리 익숙해지기 위해서는 아이의 왕래를 단절하는 것이 좋다고 생각할 것이다. 하지만 아이들이 왕래를 지속하는 데 따른 단점보다 왕래를 무리하게 단절시켰을 때 찾아오는 불행이 더 크지는 않을까. 우라사키는 명확한 답변을 찾지 못한 채 동요되었다.

이러한 문제에 처방전이 있는 것도 아니기 때문에, 우라사키를 포함해서 모두가 시행착오를 반복했다. 왕래 횟수를 줄이는 것을 아이와 부모 모두 견디기가 힘들다면, 잠시 이대로 지켜볼 수밖에 없다고 우라사키는 판단했다.

부모들은 한숨만 나왔다. 아이들이 생각대로 움직여 주지 않기 때문이었다. 하지만 단점만 생각하면 심리적 부담도 커진다. 특히 나츠코가 그랬다. 나츠코의 고민은 구체적인 육아 상담보다 미츠코에 대한 불평이 대부분을 차지했다. 그래서 우라사키는 아이들이 키워 준 집에 가고 싶어 하는 이유를 다른 시각으로 바라볼 수도 있지 않을까 생각했다. 아이들의 왕래를 긍정적으로 받아들이는 것이다.

아이들이 길러 준 집에 돌아가는 것이 아니고, 놀러 가는 것뿐이라고 생각하면 어떨까. 어른도 노는 것을 방해하면 기분이 나쁜 것처럼, 아이의 왕래를 중단시키는 것은 억지로 놀지 못하게 하는 것이 아닐까. 미츠코가 G정에 가는 것을, 말하자면 캠핑을 가는 것과 같은 감각으로 받아들이면 어떨까 — 하는 것이 우라사키의 제안이었다.

테르미츠는 이 제안을 지지했다. 나츠코와 토모코 그리고 시게오도 동참했다.

되찾은 친자식과의 관계를 관찰해 보니, 각각 미묘하게 다른 문제를 안고 있다는 것을 우라사키는 깨달았다. 토모코는 마치코가 말이 너무 없어 어떻게 키우면 좋을지 당황하고 있었다. 마치코에게 가장 부족한 것은 포옹하거나 손을 잡는 것 같은 스킨십이었다. 게다가 마치코는 말하기보다 행동하는 성격이었다. 그래서 줄넘기나 술래잡기 같은 신체를 이용한 활동이 적절하다고 판단하여 토모코에게 함께 놀아 줄 것을 권했다.

스킨십이 필요한 것은 테르미츠의 가정도 마찬가지였지만, 밤늦게 들어오는 테르미츠에게는 함께 놀아 줄 시간이 없었다. 나츠코는 불평만 할 뿐, 딱히 육아 고민이라고 할 만한 것이 없었다.

우라사키도 나츠코의 태도를 불안하게 여겼는지, 나츠코에게는 아이를 대하는 방법을 최대한 구체적으로 지시했다. 예를 들어, 아이에게 "잘 다녀오렴" "잘 다녀왔니?"라고 말할 때의 부모의 자세 같은 것을 알려 주었다. 나츠코는 아이들에게 등을 보이며 말하는 버릇이 있었다. 아무리 아이를 소중하게 생각해도 이런 행동으로는 마음을 전할 수 없었다. 우라사키는 아이의 눈을 보면서 말하는 것이 중요하다고 가르쳤다. 간식도 때로는 스킨십의 도구가 되었다. 정원이 있다면 놀이 감각도 심어 줄 겸, 잔디에서 소풍 온 기분으로 간식을 먹어 보라는 우라사키의 조언에 나츠코는 일일이 그럴듯하게 고개를 끄덕였다.

나츠코가 조언을 실행했는지는 우라사키도 확인하지 않았다. 다만 나중에 테르미츠가 실행 여부를 물어본 적이 있는데, 나츠코는 이렇게 대답했다.

"들었으니까 해 보려고 했는데, 피곤해. 아이들을 네 명이나 보살펴야 되는데 하나하나 어떻게 다 챙겨 줘."

아이들에게는 친부모와의 즐거운 추억이 없었다. 부모의 의무 중에 아이들과 함께 새로운 추억을 만드는 것도 있다는 우라사키의 의견은 부모들의 생각과도 일치했다.

우라사키가 두 가족을 만난 지 2년 4개월이 되었다. 재판을 계기로 우연히 시작했지만, 이 상담은 그녀의 삶에도 큰 영향을 주었다. 이후 우라사키는 이 사례를 논문으로 작성했다. 「마음 건강을 지지하는 '지혜'와 전문성」(사사키 유우지, 『오키나와의 문화와 정신 건강』 수록)이 그 내용을 정리한 논문이다.

우라사키의 지원이 종료된 것은 1981년 3월로, 이 무렵에는 마치코가 드디어 마음의 안정을 보여서 토모코도 안심하고 아르바이트를 시작했다.

우라사키는 논문에서 두 가족과 함께한 기간을 모두 5기로 나누고 있는데, 그중 3기에 이런 구절이 있다. 3기는 1979년 6월부터 이듬해 3월까지 약 10개월간으로, 아이들이 초등학교 2학년 때이다.

방문할 때마다 키워 준 집에 있는 아야코를 보고, 나는 아야코의 아픈 마음을 이해하기보다 안 좋은 시선으로 바라보게 되었다. 아야코는

어긋난 인연

키워 준 집에 대해 애착이 강했다. 나는 그런 아야코를 보면서 과감하게 두 집의 왕래를 전면적으로 중단시키는 것이 좋지 않을까 고민하기도 했다.

아야코는 미츠코의 가명이었다. 우라사키가 걱정했던 일은 현실이 되었다. "그만큼 위기를 극복해 온 가족이니까"라는 우라사키의 낙관은 보기 좋게 배신당하고, 토모코에 대한 미츠코의 애착은 점점 심해졌다.

우라사키는 어떻게 해야 할지 고민한 끝에, 부드럽게 토모코의 의중을 파악해 보기로 했다.

"아이들의 왕래를 중단시키면 어떻게 될까요?"

"일주일을 늦추는 것도 어려운 지금 상황에서는 힘들 것 같아요. 전면적으로 중지하려면 서로 연락이 되지 않는 곳으로 이사를 갈 수밖에 없잖아요. 아마 그건 불가능하다고 생각해요."

토모코의 대답은 단정적이었다.

테르미츠 또한 아이가 밤새 울면 가슴이 아파서 견딜 수 없다며 부정적인 태도를 취했다.

우라사키는 미츠코가 언젠가 테르미츠네 집을 떠날 것 같다는 예감이 들었다. 한편, '두 집의 따뜻한 교류'는 우라사키를 낙관적으로 만들기도 했다.

하지만 아쉬움이 없는 것은 아니었다. 두 집안과 함께한 2년 4개월 동안 단 한 번도 '가족 측이 먼저 방문을 의뢰한 적이 없다.' 이것이 무엇을 의미하는지, 우라사키도 해답을 찾지 못했다.

—

따갑던 햇빛이 드디어 부드러워지기 시작하면 운동회의 계절이 찾아온다.

운동회는 생일 파티처럼 두 가족이 모두 참여하는 행사였다. 학교가 달랐기 때문에 양측 가족은 두 운동회에 다 참가했다. 미츠코의 운동회에는 나하에서 시게오의 아버지와 형제들까지 와서, 일가족 총출동 '운동회'가 되었다.

3학년 운동회 때, 미츠코가 학부모 자리에 일부러 담임선생님을 데리고 온 적이 있다. '올리브'라는 별명을 가진 날씬한 선생님이었다. 원래 이 별명은 길쭉하니 키가 큰 미츠코에게 붙여질 뻔했는데, 어느새 선생님에게 붙여져서 미츠코는 '걸리버'라고 불렸다.

"이분이 G정 엄마이신가요? 1학년 때부터 몇 번이나 들었습니다. 언제나 엄마를 칭찬했어요. 이렇게 아이를 생각하는 엄마는 어떤 분인지 저도 만나고 싶었답니다."

토모코는 무심코 "제가 그 G정 엄마입니다"라고 자칭했다.

학교에서 미츠코는 본래의 명랑함을 되찾아 가고 있었다. 노래를 좋아하고, 방송부 동아리에서 활동했다. 스스로 "나는 입이 가벼워"라고 말하고 다닐 만큼 수다쟁이였다.

미츠코가 자신이 아기일 때 뒤바뀌었다는 사실을 막연하게나마 이해하기 시작한 것은 3학년이 끝나갈 무렵이었다. 그전까지는 별생각 없이 이 사실을 여기저기 이야기하고 다녔다. 천진난만하다고 해야 할지, 비밀이 알려지는 것을 조금도 부끄러워하지 않았다. "가엽게도, 힘들겠구나"라는 위로를 받을 때는 왜인지 비극의 주인공이 된 것 같은 기분에 더욱더 활기차게 이야기했다. 그런 미츠코를 모르는 교사가 없을 정도로 학교에서는 어느 정도 유명 인사였다.

반 친구들 대부분은 미츠코가 아기일 때 뒤바뀐 것을 당사자의 입으로 들어서 알고 있었다. 숨김없이 말하는 미츠코의 성격 때문에 그 일로 괴롭힘을 당하는 일은 없었다. 미츠코는 마지막으로 이렇게 덧붙이는 것도 잊지 않았다.

"그래서 나는 엄마가 두 명이야."

이웃 사람들이 미츠코 앞에서 뒤바뀐 것에 대해서 말하지 못하게 입막음을 하고 있던 토모코는 이런 사실을 알고 어깨에 힘이 빠졌다.

미츠코는 담임이 바뀔 때마다 'G정 엄마'에 대해 이야기했다. 'G정 엄마'는 미츠코의 자랑이었다. 저는 엄마가 두 명, 아빠도 두 명. 삼촌은 세 명, 할머니는 네 명……. 처음으로 미츠코의 담임이 된 교사들은 이상한 가족 구성을 듣고 대부분 고개를 갸웃했다.

학부모 자리에 돗자리를 깔고 점심으로 각각의 집에서 만든 도시락을 펼쳤다. 토모코가 만든 도시락에는 미츠코가 제일 좋아하는 미트볼과 치킨이 반드시 들어 있었다.

"엄마."

운동장 쪽에서 미츠코가 손을 흔들며 달려왔다.

"미츠코 이쪽이야."

테르미츠가 손을 들어 미츠코를 불렀지만, 그쪽은 돌아보지도 않고 "아, 피곤하다"라면서 둘러앉더니 토모코가 싸 온 도시락을 펼치기 시작했다. 원래대로라면 테르미츠네 식구와 함께 먹어야 하는데, 테르미츠가 가져온 도시락에는 손도 대지 않았다. 친아버지에게는 등을 돌리고 앉았다.

"아버지의 도시락도 먹으렴" 하고 토모코가 재촉해도, 안 들리는 것처럼 모르는 체했다.

"미츠코는 발이 느리네. 누구 닮은 거지?"

옆에서 소리도 없이 먹고 있던 테르미츠의 귀에 무심코 시게오의 친척이 하는 이야기가 들렸다.

테르미츠의 마음에 공허함이 밀려왔다.

미츠코의 기억에 운동회 때 테르미츠 가족과 함께 도시락을 먹은 것은 초등학교를 졸업하는 마지막 학년 때 딱 한 번뿐이었다.

—

이윽고 초봄 같은 오키나와의 새해가 밝았다.

아열대의 오키나와에서도 입춘 전이 가장 춥다. 평균기온이 16도로 도쿄의 4월 하순 기후와 비슷하다. 이 시기에 있는 무치비사(제일 추운 날)[54]에는, 예로부터 향 좋은 월도[55] 잎에 싼 떡을 불단 앞에 바쳤다.

오키나와에서는 정월에 떡방아를 찧는 대신 집집마다 거실에 카가미모찌[56]를 걸어 두었다. 토시코시 소바[57] 대신 돼지고기 요리를 먹는 것이 관습인데, 과거에는 직접 돼지를 잡는 집도 있었지만 지금은 사라진 풍습이다.

설날 아침은 '와카미즈[58]'를 퍼 올리는 것으로 시작된다. '와카미즈'

---

54 1월 하순부터 2월 상순 사이의 가장 추운 날로, 음력 12월 8일을 말함.
55 복숭아의 한 종류
56 설날 또는 길일에 차려 놓는 크고 둥글납작한 떡
57 일본에서 12월 31일에 대청소를 한 후 온 가족이 모여서 먹는 음식
58 와카는 '젊은', 미즈는 '물'을 뜻함.

란 문자 그대로 회춘하는 물이라는 의미로, 오키나와에서는 설날 새벽에 이 물을 마시면 젊어진다고 믿었다.

이날 처음으로 맞이하는 손님은 남성으로 제한하고, 여성은 금기했다. 반드시 여자가 찾아가야 할 때는, 우선 남자아이를 보낸 후에 시간을 두고 방문하는 것이 상대방에 대한 예의였다.

도소주[59]를 다 마시면, 본가나 친척들을 찾아가서 새해 인사를 한다.

돼지고기 죽으로 액운을 물리치는 난카누스쿠(1월 7일)[60]까지의 일주일이 설날 연휴다. 새해 인사를 도는 것도 7일 안에 해야 하는데, 옛날에는 집집마다 들려서 인사하고 마시고 또 걸어서 다른 집에 방문했다고 하니, 상당한 중노동이었을 것이다. 최근에는 먼저 분가한 집부터 방문하고 마지막으로 본가에 도착해서 먹고 마신다고 한다. 불단이 장남의 집, 즉 본가에 있기 때문에 여기저기 흩어져 있는 친척도 결국 불단 앞에 모인다.

미츠코도 테르미츠 아버지의 손을 잡고 인근 친척 집을 돌았다.

나츠코 대신 이모인 토시코가 따라 붙은 것을 처음에는 이상하다고 생각했지만, 아버지가 특별히 불편해하지 않았기에 어느새 신경 쓰지 않게 되었다.

친척집을 돌아다니면서 하는 설날 인사는 1년 중 가장 격식을 차리는 것으로, 아무리 친언니라고 해도 다른 사람이 어머니 행세를 하며 친척 집을 방문하는 것은 예사롭지 않았다. 왜 토시코 이모가 어머니인 것처럼 행동하는 걸까. 어머니 나츠코가 함께 오지 않은 것은 어째

---

59 가족이 모여 앉아 무병장수를 기원하는 의미에서 마시는 술

60 오키나와에서 챙기는 명절로, 새해 초 음력 정월 초이렛날을 말함.

서일까. 일고여덟 살의 나이로는 그 깊은 의미까지 짐작할 수 없었다.

테르미츠는 장남의 아들이었기 때문에 근처 친척들에게 새해 인사를 마치고 나면 서서히 본가에서 손님을 맞이할 준비를 했다.

본가의 정원은 사람들로 북적였다.

하지만 미츠코는 이렇게 북적북적한 것과는 성격이 맞지 않았던 것일까. 대충 새해 인사가 끝나면 "아버지, 빨리 돌아가자. 집으로 돌아가자"라고 테르미츠를 못살게 굴었다. 미츠코는 처음 보는 얼굴의 친척들이 불편하기만 했다. 그런 사람들에게 "얘는 누구니?"라는 말을 듣는 것이 너무 싫었다. 테르미츠가 사정을 설명하면 그제야 알겠다는 듯이 "아, 이 아이가 그 아이구나" 하고 입을 모아 끄덕였다. 그 후에는 어김없이 이렇게 말했다

"역시, 자매가 다 닮았네."

동생들과 닮았다는 말을 들으면 미츠코는 괜히 화가 났다. 나는 'G정 엄마'와 닮았다고 속으로 되새겼다.

마치코의 행동도 테르미츠네 집에서의 미츠코의 똑같았다. 토모코 부부와 함께 인근 친척들을 방문하면 토모코의 뒤에 숨어서 무서운 것이라도 본 듯한 얼굴로 웃지도 않고 가만히 있었다. 그렇게 기다리다가 지치면, "엄마, 빨리 돌아가자, 집에 돌아가자" 하고 토모코의 등을 찔렀다.

시게오랑 똑 닮았다는 이야기를 들으면, 마치코는 귀를 막아 버렸다.

"얘는 웃지도 않네."

한숨을 내쉬며 중얼거리는 소리가 들려올 때마다 토모코는 죄송해서 어찌할 바를 몰랐다.

설날 다음 날에는 미츠코는 토모코네의 친척 집을 돌고 마치코는 테

228

어긋난 인연

르미츠네의 친척 집을 돌았기 때문에 서로 긴장이 풀리면서 마음이 편해졌다. 이시가키 섬에서 건너온 시게오의 아버지는 나하시의 교외에 집을 지어 살고 있었는데, 미츠코는 할아버지 집에 가면 아무 데나 드러누웠다. 토모코가 "모처럼 산 새 옷이 엉망이 되잖아" 하고 핀잔을 줘도 신경 쓰지 않았다.

설빔은 테르미츠의 집에서도 장만해 주었지만 미츠코가 살 수 있는 금액은 5,000엔까지로 한정되어 있었고, 그 범위 내에서 치마부터 신발까지 전부 마련해야 했다. 5,000엔보다 비싼 것을 가지고 싶어 하면 테르미츠는 "네가 돈 벌어서 사거라" 하고 딱 잘라 말했다. 사고 싶은 것을 전부 사기에 5,000엔은 부족했기 때문에, 꼭 가지고 싶은 것이 있으면 토모코에게 사 달라고 했다. 이 사실을 알게 된 테르미츠는 얼굴을 찌푸렸다.

설빔을 장만하는 것만 빼면 미츠코의 설날은 즐거운 추억으로 가득했다. 특히, 세뱃돈을 양쪽에서 받았기 때문에 지금까지의 배 이상 되는 돈이 손에 들어와 갑자기 부자가 된 것 같은 기분이었다. 미츠코는 연말에 미리 세뱃돈 표를 만들어 두고, 누구에게 얼마를 받았는지 빈 칸에 금액을 채워 나가는 것이 무엇보다 큰 즐거움이었다.

—

1980년 8월, 길었던 재판이 종료되면서 테르미츠네 가정에서는 내 집 마련을 위한 신축 계획이 새로운 화제로 떠올랐다.

밝고 씩씩한 미츠코의 성격은 테르미츠의 집에서도 유감없이 발휘되었다.

나츠코가 아파서 병원에 입원했을 때는 정성스럽게 보살피기도 했다. 부적응 상태였던 미츠코가 나츠코를 위해 죽을 만들고 허리를 문질러 주기도 했다. 그런 모습에 나츠코가 더 놀랄 정도였다. 좀처럼 칭찬해 주지 않던 나츠코도 그때만큼은 기쁨을 감추지 못해 눈물을 글썽이면서 우라사키에게 이런 이야기를 했다.

"자기 일을 스스로 할 줄 아는 아이로 키우고 싶어요. 그러면 남편이 뭐라고 해도, 그 아이가 가고 싶어 하는 곳에 갈 수 있게 해 줄 텐데……."

나츠코에게 가장 행복했던 시기였는지도 모른다.

테르미츠에게도 이 시기의 추억이 선명하게 남아 있다.

평상시에는 유원지나 하이킹 등과 인연이 없는 테르미츠네도 어린이날은 특별했다. 부족한 주머니 사정 때문에 마음만큼 해 줄 수는 없었지만, 테르미츠는 어떻게든 아이들의 기대를 저버리지 않기 위해 노력했다. 주로 가까운 해변에서 바비큐 파티를 하는 경우가 많았다. 입이 찢어져도 가난해서 레스토랑에 갈 수 없다고 말할 수는 없었기에, 전날 고기와 야채를 사서 의도적으로 바비큐 파티를 유도하는 방법은 생활의 작은 지혜이기도 했다. 그래도 아이들은 가슴 벅차게 행복해했다.

나츠코는 자외선을 싫어했기 때문에 거의 따라오지 않았다. 딱 한 번 해변까지 따라온 적이 있지만, 가쥬마루나무 아래에서 파라솔을 펼친 채 해가 떨어질 때까지 꿈쩍도 하지 않았다.

가난해도 아이들과 함께 놀아 주는 아버지를 미츠코는 믿음직하게 생각한 적도 있었다. 그해 테르미츠의 생일에는 손수 만든 감사장을 건네기도 했다. 감사장에는 이렇게 적혀 있었다.

어긋난 인연

언제나 열심히 일하시느라 고생이 많으세요. 늘 항상 우리들에게 옷도 사 주시고, 밥도 먹을 수 있게 해 주셔서 너무나 감사합니다.

하지만 불행하게도 엎친 데 덮친 격으로 가지각색의 괴로운 사건들이 이러한 추억의 대부분을 미츠코의 기억 속에서 지워 버렸다.

—

'나츠코 씨의 얼굴을 보면 빨리 집으로 돌아가자고 조른다. 우리에게는 응석 부리는 일이 거의 없는데, 나츠코 씨가 오면 무릎 위에서 떠나려 하지 않는다.' 토모코가 일기에 이렇게 적었던 마치코는, 초등학교 3학년 중반을 지나면서 드디어 토모코 부부와 가까워졌는지 토요일이 되어도 M정에 가고 싶다고 토모코를 괴롭히지 않았다.

초등학교에 입학한 그해 연말, 토모코의 집으로 데려다줄 때면 입을 다물어 버리는 마치코에 대해서 테르미츠는 이런 글을 썼다.

아침 출근 전에 G정애 하츠코를 데려다주었다. 차 안에서 하츠코에게 왜 아무 말도 하지 않는 거야? 아침에는 기분 좋았잖아. 아무 노래라도 불러 보렴, 하고 말하면, 부르고 싶지 않아, 라고 햇다. 아침의 하츠코는 밝았는데, 지금 하츠코는 시무룩하네, 밝은 기운은 다 어디로 갔을까? 라고 물으면, 쓴웃음을 지으면서, 몰라, 라고 햇다.

빨리 원래의 하츠코가 되어서, 차 안에서 큰 소리로 노래를 불렀으면 조켔다.

그리고 2년이 지나, 테르미츠의 바람대로 '하츠코'는 노래를 부르게 되었다. 하지만 그것은 반대로 테르미츠를 우울하게 했다. 밝은 기운을 되찾은 건 토모코 부부에게 익숙해졌기 때문이었다. 그에 비해 미츠코는 어떤가. 변함없이 G정에 가고 싶다고 테르미츠의 속을 태웠다.

마치코가 테르미츠 아버지 집에 가고 싶다고 말하지 않게 된 것은, 토모코 부부의 사랑을 느끼게 되었기 때문인지도 몰랐다. 토모코의 집에서는 겨우 되찾은 소강상태였다.

어느 날 토모코는 나츠코에게 따진 적이 있다.

주말에 토모코 집에서 지내고 있던 미츠코를 나츠코가 데리러 왔을 때의 일이다.

"마치코도 데려갈 거니까, 현관으로 데려와요."

나츠코는 아무 생각 없이 말했지만, 이 한마디에 토모코의 표정이 달라졌다.

"마치코를 데리고 오라니 무슨 뜻이죠? 보고 싶으면 나츠코 씨가 만나러 오면 되잖아요. 겨우 적응해서 본인도 가고 싶다고 말하지 않게 되었는데, 부모인 당신이 참아야 되는 거 아닌가요?"

나츠코는 주춤했다. 미츠코가 여기에 오는 것도 어머니인 나츠코의 책임이라고 말하지는 않았지만, 그렇게 말하고 싶어 하는 말투였다. 나츠코는 아이처럼 풀이 죽어 버렸다.

테르미츠의 근심은 더욱 커지고 있었다. 분명히 우라사키가 말한 것처럼 미츠코를 '놀러 보내는 것'이라고 생각하며 토모코의 집에 데려다줄 수는 있지만, 시간이 지나도 마치코처럼 그 횟수가 줄지 않았다. '어떻게든 되겠지'라고 생각했지만, 친부모에게 정을 붙이려고 하지 않는 미츠코를 보면 둘 다 토모코 부부에게 빼앗긴 것은 아닌가 하는 두려움이 목이 박힌 가시처럼 계속해서 머릿속을 떠나지 않았다.

마치코는 육상 선수로 선발되면서 밝은 기운을 되찾았다. 시게오 아빠의 피를 물려받았는지, 타고난 오기로 오로지 달리기에 몰두했다. 주위 사람들에게 미래의 유망한 선수라는 말을 듣게 되자 마치코의 얼굴은 기쁨으로 가득 찼다. 식탁에서 이 일이 화제가 될 때마다 조금씩 토모코의 앞에서도 웃게 되었다.

시게오도 마치코에게 이전처럼 엄격하게 말하지 않았다.

"어차피 시집가면 네 품을 떠나게 되니까, 그렇게까지 엄격하게 키울 필요는 없지 않을까"라는 직장 동료의 말이 시게오의 마음을 조금 편하게 했다.

오랜만에 가족끼리 패밀리 레스토랑에 갔다 오는 길에 시게오가 속도위반으로 잡힌 적이 있다. 뒷좌석에 앉아 있던 마치코는 몸이 굳은 채로 사건의 경과를 지켜보았다. 경찰차에서 경찰관이 내리자, 갑자기 안절부절못하기 시작했다.

"아앗! 아빠가 경찰 아저씨에게 끌려가면 어쩌지. 아빠, 괜찮은 거지?"

마치코의 목소리가 떨렸다. 시게오의 속도위반보다 마치코의 당황하는 모습이 더 예상치 못한 행동이었다. 토모코는 뜻밖에도 아이가 진심으로 남편을 걱정해 주고 있다고 생각하니 기뻤다.

그리고 이런 일도 있었다. 테르미츠 집에서 토모코 집으로 가는 길에 마치코가 "〈아빠 노래〉 불러 줄게"라고 하며 갑자기 노래를 부르기 시작한 것이다. 시게오는 숨을 쉴 수 없을 정도로 벅차서 응응, 이라고 하며 몇 번이나 고개를 끄덕였다. 학교에서 배운 것이라고 했다. 잘 부르는 것을 아니었지만, 딸의 노랫소리를 들으면서 시게오는 자신도 모르게 눈시울이 뜨거워졌다.

그날 시게오는 온종일 기분이 좋았다. 그리고 마치코를 차에 태울 때마다 "그 노래 불러 줘"라고 졸랐고, 활짝 웃으면서 들었다.

한편 미츠코는 토모코 부부에게 돌아갈 궁리로 머릿속이 가득 찼다.

"아버지, 이번 토요일은 몇 시에 데려다줄 거야?"

입만 열면 G정에 돌아갈 생각으로 귀찮게 구는 미츠코를 테르미츠는 때때로 한 대 때려 주고 싶었다. 게다가 테르미츠는 주 5일 근무가 아니었기 때문에 토요일이 휴무가 아닌 날도 있었다. 데려다주지 않으면 큰 소리로 울어서 골치가 아팠다. 궁리 끝에 테르미츠는 여러 가지 조건을 붙여 미츠코의 행동을 제재하려고 했다.

"토끼에게 먹이를 주라고 말했지? 왜 아버지와의 약속을 안 지키는 거야? 약속을 지키지 않으면 이번 토요일은 데려다주지 않을 거야."

테르미츠는 스스로도 지나치다고 생각했는지, 조금 뒤에 "이건 혼내는 게 아니야. 미츠코를 생각해서 주의를 준 거야"라고 덧붙였다. 그러나 토끼와 토모코 엄마를 만나는 것의 관련성을 아무리 생각해도 이해할 수 없었던 미츠코는 당연히 반발했다.

"아버지는 항상 주의하라고 하지만, 나를 데려다주고 싶지 않으니까 그렇게 말하는 거잖아."

테르미츠는 주의를 줄 생각이었지만, 미츠코는 꾸지람으로 받아들였다. 꾸지람의 이유가 토끼 밥 때문이라는 걸 미츠코는 도저히 이해할 수 없었다.

토모코 부부와의 유대를 필사적으로 끌어당기고자 하는 미츠코는 클수록 자립심과 함께 번뜩이는 잔꾀를 다양한 곳에서 발휘했다.

미츠코에게는 질병조차 '행운의 징조'였다.

어긋난 인연

감기에 걸려서 39도나 열이 올랐을 때였다. 아픈 데도 불구하고, 미츠코에게는 이 순간이 감사하게 느껴졌다. 당당하게 "G정 엄마가 보고 싶어"라고 말할 수 있기 때문이었다.

"엄마, 머리가 아파. 빨리 와!"

유행성 감기에 걸렸을 때는 특히 기뻐했다. 나을 때까지 아무 데도 나갈 수 없다는 것을 안 미츠코는 열이 펄펄 끓고 있음에도 불구하고 '이것은 기회'라고 생각하며 토모코의 아파트에 굴러 들어가 잠들어 버렸다.

"어머, 미츠코는 오늘 학교에 안 가는 거야?"

이웃 사람들이 놀러 와서 물어보면 잔뜩 들뜬 목소리로 대답했다.

"볼. 거. 리. 에. 걸. 렸. 어. 요!"

토모코는 차분한 얼굴이었지만, 속으로는 미츠코가 의지하는 게 기뻤다.

지금까지 주말에만 키워 준 부모 곁에서 지내는 규칙을 갑자기 무너뜨린 것도 미츠코의 지혜였다.

평소대로라면 돌아갈 준비를 하고 있어야 할 일요일 밤, 계속해서 한가롭게 놀고 있는 미츠코의 모습을 보고 토모코는 물었다.

"무슨 일이야? 빨리 준비하지 않으면 늦어."

"오늘은 돌아가고 싶지 않아."

"또 그런 말을…, 테르미츠 아버지께 혼날 거야."

"어차피 일요일은 아버지 집에서 자는 것뿐이니까, 월요일에 여기에서 학교에 가도 되는 거 아니야?"

"내일 학교에 가야 하는데, 교과서는 어떻게 할 거야?"

"벌써 챙겨 두었어."

미츠코의 세심한 계획에 토모코는 기가 막혔다.

―

이윽고 두 가족에게 충격적이라고 할 만한 사건이 일어났다. G정에 가고 싶다는 충동을 억제하지 못한 미츠코가 마침내 실력 발휘를 한 것이다.

토모코가 저녁밥을 차리고 있을 때였다.

"다녀왔습니다. 엄마!"

귀에 익은 우렁찬 목소리가 들려왔다. 오늘이 토요일이었나, 하고 토모코는 순간 착각했다. 그럴 리가 없었다. 그래도 이건 확실히 미츠코의 목소리였다. 앞치마에 젖은 손을 닦던 토모코는 침을 삼켰다. 뒤돌아보니, 어스름한 어둠 속에서 하얀 치아를 보이면서 "돌아왔어요" 하고 싱글벙글거리는 미츠코가 서 있었다.

"테르미츠 아버지가 데려다준 거야?"

"아니, 혼자 왔어."

"어떻게 왔는데?"

"버스 타고 왔어."

"돈은 어떡하고?"

"엄마가 준 용돈을 조금씩 모아 뒀어."

M정에서 혼자 버스를 타고 여기까지 왔다고 말했다.

토모코는 어안이 벙벙했다.

미츠코의 반 친구 중에 버스로 통학하는 학생이 있었다. 그 친구에게 버스를 타면 어디든지 갈 수 있다는 말을 듣고, G정에 가고 싶다는 충동을 억제하지 못한 것이었다. 지나가는 버스를 한 대씩 잡아서 "이 버스, G정에 가요?"라고 운전기사에게 물어서 왔다고 했다. 버스 요금이 얼마인지도 몰랐기 때문에 오른손에는 저금통을 안고 탔다.

분명 불안했을 것이다. 토모코가 무심코 꼭 안아 주려고 손을 뻗자, 작은 카네이션 다발을 내밀며 "이제 곧 엄마 생일이잖아"라고 했다. "고마워"라고 말하며 받으려고 하자, 미츠코는 꽃을 손에 든 채로 당장이라도 울 것 같은 얼굴을 했다.

"엄마에게 줄 꽃을 사고 나니까 돈이 다 떨어졌어."

토모코를 위해서 꽃을 사고 거기에 버스비까지 냈더니 저금통이 텅비어 버린 것이었다. 돌아갈 버스 요금이 없어서 걱정하고 있었다. 토모코는 얼굴 한가득 미소를 띠우며 미츠코를 품에 넣고 "괜찮아, 괜찮아, 어서 와"라며 세게 끌어안았다.

그러나 토모코의 심경은 복잡했다. 테르미츠 부부의 기분을 생각하면, 순수하게 미츠코를 맞아들여도 될지 판단이 서지 않았다.

토모코의 전화로 이 사실을 알게 된 테르미츠는 머리가 아팠다. 도시에서 자란 아이들은 버스 타는 법을 익히는 것도 빠르다고 스스로를 설득했지만, 미츠코는 끝까지 친부모에게 정을 주지 않을지도 모른다는 곤혹스러운 마음에 얼굴이 찌푸려졌다.

버스 타는 법을 배운 미츠코는 자유를 얻은 작은 새 같았다. 언제든지 테르미츠와 나츠코라는 새장에서 도망갈 수 있었다. 아버지 테르미츠가 일 때문에 데려다주지 못한다고 해도, 혼자서 울고 있을 필요가 없었다. 후다닥 버스를 타러 나가 버리면 그만이었다.

어느 날은 버스비가 50엔에서 70엔으로 오른 것도 모르고 버스를 탔다. 버스에 탄 다음 알게 되는 바람에 주머니에는 50엔밖에 없었다. 20엔이 부족했다. 미츠코는 성큼성큼 운전석으로 다가가 고개를 꾸벅 숙였다.

"50엔에 태워 주시면 안 될까요?"

안 된다고 하면 "20엔만큼 일 할게요"라고 말할 생각이었다.

좋은 버스 기사였다. "그러렴. 꼬마 아가씨"라며 G정까지 태워 주었다. 그 뒤로는 수중에 버스비 70엔, 전화 요금 10엔을 남겨 두었다.

테르미츠가 기분이 좋을 때, "이걸로 아이스크림 사 먹어라" 하고 용돈을 준 적이 있다. 미츠코는 네 명의 몫으로 400엔을 받아서, 여동생들에게 50엔짜리 아이스캔디를 사 주고, 남은 돈은 자신의 저금통에 넣었다. "미츠코 언니는 깍쟁이야"라고 동생들이 뒤에서 손가락질해도 모르는 체했다. 아이들에게 만족할 만큼의 용돈을 주지 못하는 테르미츠 집의 빈곤은, 어린 미츠코도 충분할 정도로 뼈저리게 느끼고 있었다.

학교에서 돌아오면 저금통의 동전을 셌다. 정말로 꼬마 깍쟁이였다.

매주 일요일마다 토모코에게 받는 200엔에서 우선 5일간의 전화비 50엔과 버스비 70엔을 빼고 나머지를 용돈으로 썼다. 그래도 부족했다. 그럴 때는 농사를 짓고 있는 외할머니 집에 가서 밭일을 돕고 삯을 받아서 충당했다.

테르미츠 아버지와 나츠코 어머니에게는 처음부터 용돈을 기대할 수 없었다.

이 무렵부터 토모코 부부의 가계는 조금씩 여유가 생겼다. 시게오는 크레인 오퍼레이터라고 하는 현장감독을 맡게 되었고, 그에 따라 월급도 올랐다. 아내 토모코도 사무 아르바이트를 하게 되었다. 결코 부유한 것은 아니었지만 무리하지 않아도 적당히 생활할 수 있게 되었다.

반면 작은 자동차 수리 공장에서 근무하는 테르미츠의 월급은 지난 몇 년간 그다지 변화가 없었다. 그러나 물가는 천장 높은 줄 모르고 치

어긋난 인연

솟았다. 게다가 생활비의 일부는 나츠코의 술값으로 사려져 버렸다. 실제로 네 아이를 끌어안고 악착같이 살고 있던 테르미츠 집에서는 아이들의 용돈을 생각할 경황이 없었다.

"먹이는 데 급급하니까, 아이들 옷은 모두 싸구려예요"라고 말하는 테르미츠의 생활은 예를 들어 이런 식이었다.

"오늘은 좋아하는 옷을 사 줄게."

테르미츠의 말에 아이들이 일제히 환호성을 지르며 줄줄이 친숙한 잡화점으로 향했다. 값비싼 옷이 진열된 곳은 빠른 걸음으로 지나고 옷이 산처럼 수북이 쌓인 할인 매대를 발 빠르게 점령했다. 그리고 이렇게 말했다.

"여기라면 뭐든지 사 줄게."

아이들이 주춤거리고 있으면 "아버지는 이게 좋네"라고 먼저 모범을 보였다. 할인 매대에서는 아무리 비싸도 1,000엔을 넘지 않았다. 테르미츠에게 이끌려 아이들도 앞다퉈 옷을 골랐다.

하지만 이것도 드문 일이었다. 새 옷을 사 주는 일은 거의 없었다. 평소에는 순서대로 옷을 물려 입었기 때문에, 막내 마사미가 입을 때쯤이면 거의 누더기가 되었다.

보너스가 나왔을 때는 놀이공원에 데려가기도 했다. 그럴 때는 아이들에게 각자 1,000엔짜리 지폐를 한 장씩 쥐어 주었다. 무엇에 쓸지는 재량에 맡겼다. 동생들은 대체로 테르미츠와 놀이 기구를 타려고 했지만, 미츠코는 자신의 돈을 바라보기만 할 뿐 절대 쓰는 일은 없었다. 어느 틈에 막내 동생이 하는 전자 게임을 빼앗아서 하기도 했다.

"자기 용돈을 써야지. 마사미의 놀이 기구를 가로채는 것은 나쁜 행동이야."

"가르쳐 주고 있을 뿐이야."

"무엇을 가르쳐 준다는 거니?"

속속히 잘도 나쁜 지혜를 발휘한다는 것을 테르미츠도 묘하게 느끼고 있었다.

미츠코가 본격적으로 우체국 적금을 시작한 것은 초등학교 3학년 때였다. 세뱃돈을 저축하기 위해 토모코에게 부탁해 처음으로 통장을 만들었다. 어제든지 인출할 수 있는 일반예금이었다. 중학교에 입학해서 수학을 잘했던 것은 아마 이때부터 돈 계산을 하고 있었기 때문이라고, 지금의 미츠코는 생각하고 있다.

미츠코는 대부분의 돈을 G정에 가기 위한 버스 요금으로 사용했다. 저축은 1엔 단위였다. 토모코에게 받은 돈은 고스란히 저축했고, 공책과 연필이 떨어지면 통장에서 돈을 꺼내 샀다.

그 통장은 테르미츠와 나츠코에게는 절대 보여 주지 않았다.

"이것만 있으면 테르미츠 아버지에게 의지하지 않아도 돼."

미츠코에게 예금통장은 혼자 살아가기 위한 버팀목이었다.

여태까지는 토모코의 가족과 함께 놀러 갈 때 "토모코 엄마와 같이 가고 싶은데…"라고 조심스럽게 테르미츠에게 부탁했지만, 예금통장을 갖게 된 후의 미츠코는 "갔다 올게. 아버지"라고 분명하게 말했다. 동의를 구한 것도 아니었다.

집안이 시끄러워지는 것을 막기 위한 일종의 통보였다.

"아버지는 돈 없지? 내 돈으로 갔다 올 테니까 걱정하지 않아도 돼."

"가도 좋지만…. 빨리 돌아와야 해."

테르미츠는 이렇게 대답할 수밖에 없었다.

미츠코에게 테르미츠 아버지는 G정에 데려다주는 사람에 불과했다.

그것조차 필요하지 않게 되자, 친아버지는 작은 걸림돌 같은 존재가 되었다.

"오늘은 토모코 엄마에게 볼일이 있으니까 집에 안 들어가. 아버지, 데려다주지 않아도 괜찮아. 미츠코 혼자서 갈게."

"그렇게 가고 싶으면 마음대로 해라."

테르미츠도 심통이 나서 호통을 쳤다.

테르미츠는 몹시 난감했다. 그리고 해결 방법이 없을까 생각하다 지쳐 버렸다.

'하루 정도는 괜찮지만 자주 오는 것은 안 된다고, 이 정도는 가르치는 것이 당연한데…'라고 테르미츠의 속마음은 배배 꼬여 있었지만, 토모코 부부에게는 끝내 속 시원히 말하지 못했다. 토모코네와 사이가 틀어져서 아이들이 더욱 반발할 것을 걱정했는지도 모른다. 미츠코의 행동을 보고도 못 본 척하면서 언젠가 미츠코를 잘 타일러 줄 거라고 토모코 부부에게 기대했다.

토모코는 '따뜻한 가정을 느끼고 싶어서 찾아온 건데, 쫓아낼 수는 없다'며 곤란한 표정을 지었지만, 마음속으로는 환영하고 있었다.

—

미츠코에 비해 마치코는 점잖게 토요일이 오기를 기다렸다.

딱 한 번, 돈도 없이 택시를 타고 테르미츠를 만나러 간 적이 있다. 미츠코의 행동에서 자극을 받았는지 마치코 혼자 몰래 간 것이다.

'마치코는 시골 아이여서 미츠코와는 다르게 어떻게 오는지 모를 뿐이다'라고 생각했던 테르미츠는 머리를 쓰다듬으며 이렇게 말했다.

"마치코 대단하구나, 큰 결심을 하고 여기까지 와 주었구나."

수줍게 고개를 끄덕이는 마치코를 보며 테르미츠는 계속 말을 이어 갔다.

"힘들 때는 언제든지 아버지에게 상담하러 와. 여섯 살 때까지 마치코의 아빠였고, 지금도 마치코의 아빠니까."

마치코는 토모코 부부에게 스며들기 위해 적극적으로 노력하지는 않았지만, 반발도 하지 않았다. 토모코는 주체성이 필요한 일에도 일절 입을 열지 않고 가만히 있는 마치코가 오히려 훨씬 염려되었다.

미츠코는 항상 토모코에게 딱 달라붙어서 응석을 부렸다.

이렇게 되면 가정교육이 불가능했다. 관대한 부모라는 말은 듣기에는 좋지만, 사실 무리한 요구가 아닌 이상 아이가 원하는 것을 모두 들어주는 눈먼 부모였다. 자칫 잘못하면 불량아가 될 수 있기 때문에 아이들의 장래가 걱정되면서도 토모코는 엄격할 수 없었다.

테르미츠도 마찬가지였다. 동생들은 때리면서라도 가르쳤지만 미츠코에게만은 손을 대지 못했다. '꾸중'만 하는 아버지였다. 아이의 작은 행동에도 벌벌 떤다고 하는 것이 어쩌면 솔직한 표현이었다.

―

미츠코가 버스 타는 법을 익혀 기분이 내킬 때마다 오게 되니, 사소한 것에서도 마치코와 싸움이 붙었다.

언제나 토모코만을 엄마라고 믿는 미츠코와 토모코를 엄마로 인식하기 시작한 마치코가 각자 '나만의 엄마'를 주장하면서 격렬하게 부딪쳤다.

어긋난 인연

아이들은 '엄마'를 독차지하고 싶어 했다. 하지만 미츠코는 늘 토모코와 함께 있는 마치코와 경쟁이 되지 않았다. 미츠코는 적어도 마치코와 동등하게 대해 주기를 바랐다.

"엄마, 마치코만 엄마 딸이라고 생각하고 있어? 나는 남의 자식이라고 생각하고 있는 거야. 미츠코는 이제 필요 없는 거야!"

이런 경우에는 "그렇지 않아"라고 하면 될 것 같지만, 아이들은 그것만으로 토모코의 마음을 알아주지 않았다. 토모코는 아이가 이해할 때까지 계속 이야기하면서 애정을 주었다.

심각한 표정으로 투정을 부리는 미츠코에게 마치코는 종종 이런 도발을 했다.

"네 엄마는 저쪽에 있잖아. 저쪽에 가서 사 달라고 해."

말이 끝나기가 무섭게 싸움이 시작되었다. 토모코는 그런 두 아이를 바라보면서 '친해지기 위해서는 싸우는 편이 더 나을지도 모른다'는 생각에 기뻐했다. 아무리 한 아이가 잘못했다고 해도 다른 아이의 편만 들지는 않았다. 둘 다 말을 듣지 않아도 일부러 화해시키지 않았다. 싸움을 하면 철저하게 똑같이 혼을 냈다. 비록 미츠코가 운다고 해도 "네가 고집부리면 힘들어지는 건 엄마야" 하고 따끔하게 혼냈다.

체격이 월등히 작은 미츠코는 항상 당하는 쪽이었다.

'언젠가는 마치코를 이기고 싶다'는 것이, 이 당시 미츠코의 꿈이었다. 그 꿈을 기어코 이루게 된 것은 고등학교에 들어가서였다.

—

아이들이 4학년이 되던 1981년, 예전에 테르미츠네 집에서 가지고 있던 토지가 미군으로부터 반환되었다. 테르미츠 명의의 땅 280여 평이 카데다 기지에 소속되었는데 거의 산림인 채로 사용되지 않았다.

하지만 테르미츠는 반환되는 것이 오히려 곤란했다. 정부로부터 영구적으로 임대료가 들어오는 것을 노리고 있었는데, 계획이 틀어졌다. 그래서 테르미츠는 내 집 마련의 계획을 실행하는 동시에 임대 점포용 건물을 짓기로 했다.

재판을 통해 하시구치 병원에서 받아 낸 950만 엔으로 자금을 마련했다. 임대 점포 건물은 콘크리트로 튼튼하게 지었다. 건물은 두 칸짜리 점포 세 개로 나누어서 각각의 입주자를 모집했다. 건물을 세우기 위해 수중에 가지고 있던 자금의 대부분을 써 버리는 바람에, 임대 점포와는 반대로 자택은 지붕과 벽에 함석을 박아 간소하게 지었다. 은행 대출도 생각해 보았지만, 테르미츠는 미래의 생활을 위해 막대한 부채를 안고 시작하는 것은 피하고자 했다.

듣기 좋게 말해 주택이었지, 겉보기에는 막사에 가까웠다. 비가 오면 빗물이 함석지붕을 두드리는 소리에 이야기를 나누기도 힘들었고 여름에는 찜통처럼 더웠기 때문에 아이들의 불평은 끝이 없었지만, 테르미츠는 드디어 내 집을 마련했다는 생각에 아주 뿌듯했다.

집은 30평 남짓한 넓이의 단층이었다. 그중 10평이 테르미츠의 작업장으로 사용되었기 때문에 생활공간은 꽤 좁았다. 하지만 이것도 각오한 바였다. 이를 계기로 독립해서, 염원하던 자동차 수리 공장을 직접 경영해 볼 생각이었다. 제한된 자금으로는 어느 정도 희생이 따랐다. 테르미츠는 잠시 고민한 끝에 인생에서 가장 중요하다고 할 수 있는 결정을 내렸다.

작업장 겸 집을 짓는 데는 또 다른 이유가 있었다. 어머니의 자격이 없는 나츠코의 빈자리를 채우기 위해서였다. 나츠코에게 엄마의 역할을 기대할 수 없다면, 자택 근처로 일터를 옮겨 아이들을 보살피고 싶었다.

새로운 집이 지어졌을 무렵에는 조금 기쁜 이야기가 들렸다. 미츠코와 여동생들의 옆방에서 나츠코의 언니 토시코도 함께 살게 된 것이다. 미츠코는 토시코를 좋아했다. 친엄마보다 따뜻하게 보살펴 주어서 한때는 토시코가 어머니였으면, 하고 바란 적도 있었다.

미츠코는 설레었다. 토시코 이모 때문에 새집의 설계도가 바뀌면서 자신의 방이 더 좁아지긴 했지만 그런 건 아무래도 좋았다.

새로 지은 집에 처음으로 가정방문을 온 미츠코의 담임교사가 '아이들 공부방도 없을 만큼 좁은 집이었다'고 놀랄 정도였으니, 오키나와의 평균 주거 공간보다 훨씬 좁았던 것은 틀림없었다. 그런 것을 조금도 창피해하지 않고 장난을 치며 밝게 자란 아이들의 모습에 교사는 큰 감명을 받았다고 한다.

하지만 미츠코는 테르미츠의 가족과 벽을 허물 기색이 없었다. 미츠코의 마음은 항상 G정의 가족을 향하고 있었다.

사라진 6년을 되찾는 데는 다시 6년이라는 시간이 필요한 것일까. 테르미츠는 언젠가 시간이 모든 것을 해결해 줄 것이라고 믿었다.

그해 여름, 데이고 꽃[61]이 만발한 가운데 미츠코의 가족은 Y정에 있는 새집으로 이사했다.

---

61 인도나 말레시아 반도에서 피는 콩과 식물

제8장

—

불신

10월 말이 되면 오키나와도 드디어 가을의 기운이 느껴진다. 하지만 그것도 해가 저물었을 때뿐, 낮에는 아직도 햇빛이 강하고 더위가 꼬리에 꼬리를 물었다. 길가에는 잡초가 수북하게 우거져 여름의 기운이 짙게 남아 있었다.

미츠코와 마치코가 초등학교 6학년이 되자 억새와 사탕수수로 덮인 Y정 일대에 개발의 물결이 일었다. 곳곳에서 논밭의 푸른빛이 홀연히 사라지고 도시처럼 대형 매장이 들어섰다.

테르미츠의 임대 점포 세 곳에도 음식점이 들어왔다. 하지만 정작 테르미츠가 경영하는 판금 공장에서는 물건 만드는 소리가 일절 들리지 않았다. 거래처였던 회사가 도산하는 바람에 테르미츠는 대출을 받고 수금을 하기 위해 종일 이리저리 뛰어다녔다.

공장의 반대쪽에 위치한 테르미츠네 거실은 큰길에 인접한 귀퉁이

어긋난 인연

방이었다. 그곳에는 전등갓을 씌우지 않은 전구가 노랗게 빛을 밝히고 있었다. 밤은 제법 쌀쌀했다. 어느 날 자정, 그 거실에서 토모코와 나츠코가 처음으로 심각한 얼굴로 마주했다.

"토모코 씨, 들어 봐요. 저는 억울하고 속상해서⋯⋯."

나츠코는 혀가 꼬인 말투로 하소연을 늘어놓았다. 만취 상태에서 같은 말을 되풀이하는 것은 흔한 일이지만, 지나친 집요함에 토모코는 대충 호응해 주면서 고개를 끄덕였다.

이날 토모코는 우연히 테르미츠의 집을 방문했는데 나츠코가 거의 인사불성이 되도록 술을 마시고 있었다. 이야기를 몇 마디 나눈다는 것이 그만 나츠코의 술 투정을 들어주게 되었다.

나츠코는 술김에 속마음을 털어놓았다.

"저기 있는 언니, 이제 언니라고 생각하지도 않아. 어떻게 생각해요? 도둑고양이처럼 내 남편에게 딱 붙어서⋯⋯. 내가 있는데도 내 남편 옆에서 살고 있어요. 밤이 되면 둘이 그 짓 하는 소리가 들려요. 나는 내가 너무 한심하고 불쌍해서⋯⋯."

갑자기 흥분하고 목소리가 갈라지더니 눈물을 흘렸다. 토모코의 눈에 감정을 억제하기 힘들어 하는 나츠코의 모습이 보였다.

"가장 위의 언니가 막내 여동생의 남편을 빼앗아 놓고, 아무렇지도 않게 함께 살다니⋯⋯. 급기야 아이까지 만들었어요. 누가 부인인 거죠? 나예요. 토모코 씨. 이제 어떻게 하면 좋을까요? 이럴 거면 차리라 죽는 편이 낫지!"

토모코는 죽는다는 소리에 "그런 말을⋯" 하고 말을 잇지 못했다. 어떻게 대응해야 할지 알 수 없었다.

큰 꽃잎이 그려진 화려한 스웨터는 그야말로 나츠코의 취향이었다.

다만 옷이 축 늘어져 있고 여러 번 빨았는지 팔목 부분에는 보푸라기가 잔뜩 올라와 있었는데, 생활에 여유가 없다는 것은 말하지 않아도 알 수 있었다.

가장 위의 언니라는 사람은 토시코일 것이다. 나츠코의 말을 그대로 받아들이면, 테르미츠는 아내의 언니인 토시코와의 사이에서 아이를 가진 셈이었다. 아내와 같은 지붕 아래에서 정부인 토시코와 얇은 판자 한 장을 사이에 두고 동거하고 있었다. 갑작스럽고 믿기 어려운 이야기지만, 토모코는 이미 어느 정도 사정을 알고 있었는지 나츠코의 말을 듣고도 놀란 기색이 없었다.

"언제부터 그렇게 된 거예요?"

별로 물어보고 싶지 않았는데, 토모코는 자신도 모르는 사이에 말을 뱉었다.

"키요미를 출산하고 첫 아이를 언니에게 맡겼는데……. 오키나와의 여름은 덥기도 하고 예전에 세 들어 살던 집은 선풍기가 필요 없을 정도로 시원해서, 언니를 집으로 불렀어요. 언니는 피서 겸 아이를 봐주었고요. 하츠코도 돌봐 줬으니 그건 고맙게 생각하고 있어요. 하지만, 설마 이런 일이 생길 줄은……."

"그럼 아이를 교환하기 훨씬 전 아닌가요?"

토모코가 놀라서 되물었다.

"그래요. 초등학교 운동회 기억하시죠? 나는 미츠코의 운동회에 남편과 같이 간 적이 없어요. 항상 언니가 함께 갔죠. 나는 집에 두고 언니가 부인인 것처럼 같이 갔어요."

나츠코는 울분을 토하면서 옆에 사는 토시코의 방을 턱으로 가리켰다.

토모코는 아이들의 운동회에서 나츠코를 본 게 한 번뿐이라는 사실

어긋난 인연

이 뇌리에 떠올랐다. 안 좋은 소문은 몇 번 들은 적이 있지만, 테르미츠의 집에 방문했을 때는 테르미츠와 나츠코가 언제나 사이좋게 응대해 주었기에 이만큼 심각하다고는 생각하지 못했다. 그러나 나츠코의 근심 가득한 표정을 보니, 정말로 암담하기 그지없었다.

"미츠코가 여기에 정을 붙이지 못하는 것도 당연해요. 이런 콩가루 집안이 되어 버렸으니 하츠코가 찾아오지 않는 것도 당연하고요. 하지만, 나는 토모코 씨에게 감사하고 있어요. 토모코 씨가 안 계셨다면 저 아이들은 지금쯤 어떻게 되었을지 모르니까요. 그니까, 둘 다 앞으로도 잘 부탁드려요."

토모코는 아무런 대답도 하지 않았다.

말을 하려고 하면 취기가 올라오는지 나츠코는 숨을 가쁘게 쉬었다.

나츠코가 얘기한 믿기 힘든 사실은, 이미 테르미츠의 가정이 수면 아래로 무너져 내리고 있다는 것을 말해 주고 있었다. 기묘한 사정이 인생의 천막 뒤에 숨겨져 있었던 것이다. 너무 어이가 없어서 토모코조차 쉽게 믿을 수 없었다.

나중에 그 사실을 알게 된 두 소녀는, 다시 한번 삶의 방향에 대해 생각해야 했다. 하지만 미츠코와 마치코는 그것을 겉으로 티 내지 않았다. 두 사람은 각각 나름의 결론을 찾게 되는데, 결정적인 계기가 된 것은 틀림없이 테르미츠와 나츠코의 사생활이었다.

—

1971년에 마치코(당시는 하츠코)가 태어나면서 이듬해부터 연년생으로 히데미와 키요미가 태어나고, 2년 터울을 두고 마사미가 태어났다.

나츠코는 스물세 살의 나이로 네 아이의 어머니가 된 것이다.

셋째 딸 키요미가 태어나면서부터 나츠코 혼자 아이를 키우는 것은 역부족이었기 때문에, 두 살이 된 마치코를 친정에 부탁했다.

옛날부터 대규모 농가였던 나츠코의 친정은 안방 앞에 넓은 정원이 있었다. 정원의 절반은 잘 손질된 잔디가 깔려 있어, 친척 아이들이 자주 와서 모여 놀았다. 토시코는 마당 한쪽에 방 두 개 규모의 작은 집을 지어서 살았다. 농번기가 되면 나츠코의 어머니도 밭에 나가야 했기 때문에 한가롭게 아이들을 돌볼 수가 없었다. 어머니를 대신해 정성스럽게 아이들을 돌봐 준 사람이 바로 토시코였다.

당시 아이를 맡겼던 것은 나츠코뿐만이 아니었다. 나츠코의 언니 마사코 역시 농번기에는 토시코에게 아이를 맡겼다. 토시코는 말하자면 집안의 보모 같은 역할이었다.

오키나와에서는 지금도 이런 모습이 보편적이다. 특히 농촌과 같은 공동체에서는 친척끼리 아이들을 돌봐 주며 상부상조하는 것이 삶의 지혜이기도 했다.

테르미츠의 네 아이 중 누군가는 항상 토시코의 보살핌을 받고 있었다. 엄마 손이 필요한 젖먹이보다는 기어 다니는 아이를 맡기는 것이 덜 미안했기 때문에 마치코를 맡기게 되었다. 이 정도는 아무런 문제도 되지 않았다. 그런데 몸조리가 끝나도 나츠코는 계속 아이들을 맡긴 채, 다시 방탕한 생활을 시작했다. 결국 아이를 데리러 가는 것은 나츠코가 아닌 테르미츠의 일과였다.

아이들에게 점심과 저녁을 먹이고 목욕을 시키는 것도 토시코가 했다.

테르미츠의 말을 빌리면 낳은 것은 나츠코이지만 키운 것은 토시코였다.

테르미츠는 일이 끝나면 토시코에게 맡긴 아이들을 데리러 갔고, 그 때마다 집에 돌아와도 아내가 없다고 생각하니 자연스럽게 마음이 멀어졌다. 토시코와 보내는 시간도 점차 많아졌다. 테르미츠는 아내가 없는 집에서 아이들과 보내는 시간이 훨씬 즐거웠다. 사실 부부라는 것은 이름뿐이었다. 테르미츠는 가정의 따뜻함을 토시코에게 바랐다.

두 사람이 남녀 사이가 된 것은 자연적인 흐름이었다.

그러던 중 나츠코가 집을 비우는 날을 가늠해, 토시코가 테르미츠의 집에 들어와 지내게 된 것이다. 그러나 언니가 동생의 남편과 바람난 것은 도덕적으로 용서받을 수 없고, 이 일이 친척들에게 알려지면 큰 문제가 될 게 뻔했다.

테르미츠와 토시코가 만나기 위해서는 명분이 있어야 하기 때문에, 토시코에게 아이들을 맡기지 않으면 둘은 만날 수 없었다. 걱정이 된 마사코는 "아이들을 토시코 언니에게 맡기지 말고 네 스스로 키우렴" 이라고 나츠코에게 충고했다. 그러나 나츠코는 테르미츠가 그럴 리 없다고 생각해, 한 귀로 듣고 한 귀로 흘려버리고는 늘 그랬듯이 노는 데만 정신이 팔렸다.

아이가 뒤바뀐 것을 알게 된 것은 하필이면 이때였다.

6년이나 타인의 손에 길러진 내 아이를 간신히 되찾았는데, 토시코가 돌보는 아이가 마치코에서 미츠코로 바뀌었을 뿐 나츠코에게는 전혀 의식의 변화가 없었다.

"미츠코는 네 아이야. 네가 돌보지 않으면 안 된다고. 왜 토시코 언니에게 맡기는 거니? 네가 책임을 지고 키워."

마사코에게 호되게 혼나도 나츠코는 "돈이 없으니까"라는 말도 안 되는 변명을 하고 도망쳤다. 대책 없는 동생에게 아이를 맡길 수 없다고 생각했는지, 마사코는 미츠코를 자신의 양녀로 삼으려고 했지만 역시나 테르미츠가 반대했다. 마사코는 화가 나서 막말을 했다.

"제부, 부인을 둘 두려면, 제대로 책임을 지라고."

테르미츠는 조용히 듣고만 있었다.

테르미츠는 패전을 앞두고 치열했던 오키나와 전쟁에서 아버지를 잃었다. 한 살 때라 아버지의 모습은 기억에 없었다. 그 후, 누나가 아버지를 대신해 어린 테르미츠를 보살펴 주었다. 그 탓인지 남자로서 따뜻한 면을 가졌지만 여성스러운 면모도 지니고 있었다. 대장부 같은 마사코는 이런 테르미츠의 성격을 용납할 수 없었다. 평상시 마사코는 테르미츠를 눈엣가시로 여겼다.

마사코는 짜증나는 기분을 감추지 않고 테르미츠에게 표현했다.

"제부는 친척들에게 폐 끼치고 있는 거야. 알고는 있지?"

고개를 숙인 테르미츠는 작은 소리로 중얼거렸다.

"우리가 친척들에게 신세를 지고 있는 건 아닌데……."

마사코는 말을 잇지 못했다. 집안 망신을 시키고 있는 게 친척들에게 폐 끼치고 있는 거니까 반성하라고 말하려 했지만, 테르미츠는 마사코의 말을 금전적인 민폐로 받아들였다. 분명히 이렇게 된 책임은 대부분 나츠코에게 있었다. 하지만 아무리 그래도 아내의 언니에게 손을 대는 건 경우가 아니었기에 마사코는 정나미가 떨어졌다. 판단력을 가진 인간이 창피한 줄도 모르는 것을 보니 속에서 열불이 치밀어 올랐다.

더는 말해도 소용없다고 생각한 마사코는 가슴을 치며 "제부가 가문을 더럽히고 있는 거야"라고 울분을 토했다.

토시코, 마사코, 나츠코 세 자매 중에서 기가 센 것으로는 둘째 마사코를 따라올 사람이 없었다. 마사코 앞에서 테르미츠는 입도 뻥끗 못했다. 언니 토시코조차 기에 눌렸다. 그래서 나츠코는 어릴 때부터 마사코를 의지했다. 나츠코는 무엇을 해도 자신감이 없었던 터라 결혼하고 나서도 사사건건 마사코를 찾았다.

그런데 아이를 교환하는 일에 대해서는 아무것도 상담하지 않았다. 낯선 아이를 거둘지 말지 고민하지 않는 어머니는 없을 것이다. 이것을 심상치 않게 여긴 마사코는 테르미츠의 일 때문에 아이를 키울 기력을 잃어버렸는지도 모른다고 생각했다. 그래서 미츠코를 양녀로 삼아 키워야겠다고 마음먹은 것이다. 하지만 테르미츠가 반대해서 어이없이 무산되었다.

테르미츠와 토시코의 관계가 깊어지기 시작한 것은 미츠코를 되찾고 난 후다.

부부 사이에 파탄을 가져왔어도 테르미츠는 한 명의 아버지였다. 6년 동안 다른 집에서 자란 내 아이를 이제부터 어떻게 키울 것인지 고민했다.

"우리 집사람이 조금 둔한 것인지 모르겠습니다만, 되찾아 온 미츠코를 어떻게 키우면 좋을지에 대해서 관심이 없습니다. 누구에게 상담해야 할지도 모르겠고, 아내에게 물어봐도 대충 중얼거릴 뿐이니 일을 하고 있어도 마음이 편치 않습니다."

이때 나츠코는 류큐대학의 우라사키에게 키쿠치 후지요시의 『가정교육의 열쇠』라는 책을 받았다. 일반인도 알기 쉽게 쓰였기 때문에 참고가 될 것으로 생각한 우라사키가 나츠코를 위해 선물한 것이었다.

하지만 책을 읽는 습관이 없었던 나츠코에게는 오히려 불편한 선물이었다.

"부모의 심리와 아이의 가정교육 방법에 대해 쓴 책을 선물받았지만, 아내가 그 책을 읽었다는 흔적이 없습니다. 아이를 걱정하는 사람이라면 가장 먼저 읽었을 텐데 말입니다. 내가 읽고 있는 것을 알고 있으니, 적어도 뭐라고 적혀 있는지는 나에게 물어봐야 하는 거 아닌가요? 그것조차 하지 않습니다. 분명 처형이 엄마를 대신할 순 없습니다. 하지만 실제로 엄마 이상의 역할을 해 주고 있죠. 그래서 나도 처형에게 상담할 수밖에 없습니다."

어느 날 예상보다 빨리 돌아온 나츠코는 남편과 토시코가 같이 자고 있는 모습을 직면하게 된다. 남편의 간통을 처음 알게 된 나츠코는 반미치광이가 되었다.

나츠코의 말에 따르면 그날 만취해서 눈앞에 무슨 일이 일어났는지, 순간 이해하지 못했다고 한다. 정신을 다잡은 나츠코는 자신의 눈을 의심했다. 테르미츠와 토시코가 한 이불 속에서 자고 있었다. 나츠코의 얼굴은 순식간에 분노로 일그러졌다. 크게 소리를 지르며 토시코에게 달려가 멱살을 잡고 때리려고 했다. 쯧쯧 혀를 차며 테르미츠가 두 사람 사이에 섰다.

"너도 남자와 놀고 왔을 거 아니야?"

이렇게 말한 테르미츠는 오히려 작은 체구의 나츠코를 밀어서 쓰러뜨렸다.

나츠코는 버럭 화를 내면서 큰소리로 테르미츠에게 대들었다.

"왜 언니가 여기에 있는 거야?"

"처형이 아이들을 돌봐 주고 있잖아."

"아이들은 부탁했지만 너까지 봐달라고 부탁한 적은 없어."

"네가 매일 밤 놀러 나가는 데만 정신이 팔려 있으니까 이렇게 된 거야."

나츠코는 뭐가 그리 잘났다고 능청스럽게 변명을 해 대는지 어이가

　어긋난 인연

없어서 남편을 노려보았다.

테르미츠와 말싸움을 하면 나츠코가 진다는 것은 다 아는 사실이었다. 나츠코는 끓어오르는 분노를 어찌할지 몰라 이를 갈았다. 더는 같은 공간에 있지 못하고 부엌으로 달려가더니 소주를 입에 들이부으며 "죽어 줄게. 죽어 준다고"라며 헛소리를 해 댔다.

가슴속에서 분노가 치밀어 올랐다. 그날 밤 친정으로 가서 자초지종을 이야기하자, 어머니는 너무 놀라 어떤 말도 하지 못했다.

나츠코가 알아차렸을 때는 한참 늦어, 테르미츠와 토시코는 이미 빼도 박도 못하는 관계가 되어 있었다. 사실 나츠코도 여기에 기여한 바가 컸다. 하지만 세상이 사라질 것 같은 얼굴을 한 나츠코는, 지금까지 느껴 본 적 없는 감정에 당장이라도 죽고 싶은 심정이었다.

홧김에 테르미츠의 자동차 타이어에 얼음송곳을 꽂은 적도 있는데, 나츠코의 이런 행동은 큰 부부 싸움으로 번졌다.

그러나 나츠코는 남편에게 강하게 반발할 수 없었다. 나츠코가 낳은 아이들이 모두 여자아이였기 때문이다. 당시 오키나와에서는 여자아이밖에 낳지 못한 여자는 아내로서의 입지가 약했다. 심지어 남자아이를 낳지 못해 이혼당한 여자도 있었다. 이것은 어쩔 도리가 없었다. 대는 장남이 이어야 한다는 누습이 있는 한 나츠코는 확실히 불행한 여자였다.

나츠코는 남편을 설득한 용기가 없었고, 어떻게 해결해야 하는지도 몰랐다. 술로 현실에서 도피하는 것 이외에는 아무것도 떠오르지 않았고, 그 방법이 나츠코의 성격과도 잘 어울렸다.

매일 마시고 또 마셨더니 간과 위도 상하고, 집에 돌아와도 재미없는 날들만 늘어 갔다. "혼자 자는 것은 외로워"라며, 취한 채로 방 입구까지 남자에게 업혀 들어오기도 했다. 나츠코에게는 마지막 발악이었지만, 그 방법이 그들을 더욱 수렁으로 몰아갔다.

아이를 교환했던 당시에는 토모코도 테르미츠네 가정에 숨겨진 사정이 있다고는 생각하지 못했다. 다만, 토요일에 마치코를 데리러 가면 맞아 주는 사람이 나츠코가 아니라 토시코였기 때문에, 엄마의 직감으로 복잡한 사정을 대충 감지하고 있었다. 아이들이 토시코를 '마마'라고 부르는 것도 이상했다. 그렇지만 설마 이렇게까지 뒤얽힌 사연이 있을 줄은 생각하지 못했다.

토모코가 이 사실을 알게 된 것은 나중에 친해진 마사코 때문이다. 아이를 교환하고 4년 정도 지났을 무렵이었다. 그러나 시게오는 훨씬 전에 이 사실을 알고 있었다.

테르미츠 집에 찾아간 어느 날, 시게오는 토시코가 자연스럽게 테르미츠를 '여보'라고 부르는 것을 이상하게 생각했다. 그 후 시게오는 주의 깊게 테르미츠네 가정을 관찰하게 되었고, 대략 상황을 짐작할 수 있었다. 하지만 이 사실은 자신만 알고, 양쪽 집에 불필요한 풍파가 생기는 것을 걱정하여 아내에게는 말하지 않았다.

사실을 알았을 때 토모코는 마음이 너무 아팠다. 하지만 곧 생각을 바꾸게 되었다.

'이대로는 우리 아이가 불쌍해. 내가 없으면 미츠코는 살아가지 못할지도 몰라. 지금부터라도 내가 엄마가 되어 키우겠어.'

토모코는 미츠코의 미래를 걱정하며 마음속으로 조용히 다짐했다.

—

나츠코는 종종 죽어 버릴 거라고 하면서 집을 나가곤 했다.

처음에는 모두 어쩔 줄 몰라 했지만 곧 아무도 신경 쓰지 않았다. 하지만 토모코는 달랐다. 토모코의 머릿속에는 동반 자살이라는 단어가 달라붙어 떠나지 않았다. 나츠코가 밭에서 농약을 가지고 갔다는 말을 들으면 황급히 쫓아갔다. 조간신문을 펼쳤을 때 〈애증에 얽힌 가족 동반 자살〉과 같은 기사가 있으면 종일 불안했다. '동반 자살'이라는 글자를 보게 될 때마다 등골이 오싹해지면서 반사적으로 미츠코의 얼굴을 떠올렸다.

토모코조차 조마조마할 정도로 나츠코의 극단적인 행동은 계속되었다. 남편에게 실망한 나츠코는 되찾은 아이를 어떻게 키울 것인가에 대해서는 생각할 여유가 없었다.

나츠코는 인사불성이 되어 집에 들어오는 날이 늘었다. 자학할 때도 있었고, 모두 잠든 심야에 비틀거리다가 퍽 하고 현관에 쓰려져 있기도 했다.

"차라리 죽는 편이 나을지 몰라!"

나츠코는 툇마루에 대자로 뻗은 채 다리를 바둥거리며 헛소리를 했다. 평소에는 온순했지만 술만 마시면 통제가 안 될 정도로 크게 소리를 쳤다.

"어머니, 이렇게 많이 마시면 몸 상해."

아직 사정을 모르는 미츠코는 나츠코를 걱정하며 정성스레 간호했다.

이런 대우를 받으면서 왜 이혼하지 않았을까. 아이들은 무시한 채 술만 마시고 다녔기 때문에, 아이들의 미래를 운운하면서 끈질기게 붙어 있을 필요도 없었다. 나츠코가 이혼을 못할 만한 이유는 아무것도 없었다.

테르미츠도 내심 갈라서고 싶었다. 먼저 입 밖으로 말을 꺼내진 않앗지만, 아내가 말을 꺼내면 이혼 서류에 도장을 찍을 생각이었다.

나츠코는 고민하다가 친한 친구에게 상담했다.

"고생도 인생의 경험이라고 생각하고 빨리 헤어지는 게 좋아. 아무리 부인이 있어도 바람피울 인간은 피니까. 계속 함께 살면 네가 비참해질 뿐이야."

고민을 들은 친구는 나츠코를 위로하며 이혼할 것을 권했다.

한때 나츠코도 헤어질 결심을 한 적이 있다. 하지만 헤어지지 못했다. 친정 식구들과 친척들이 대거 반대했기 때문이었다. 나츠코의 생활력이 반대의 이유였다. 네 아이의 어머니가 되어도 여전히 흥청망청 놀러 다니는 나츠코는, 테르미츠와 헤어지면 혼자 생활하지 못할 것이 분명했다.

어느 날 친족 회의가 열렸을 때, 친척 중 한 사람이 마사코에게 이렇게 말했다.

"나츠코는 절대 이혼시키면 안 돼. 걔는 생활력이 없으니까. 이혼하면 개한테 아이를 키우게 할 리가 없지. 그 끝이 어떻게 될지 알 수 없어. 테르미츠에게 여자가 생겨도 본처는 본처니까. 그러니까 호적만은 그대로 둬. 어떤 일이 있어도 이혼만은 시키면 안 돼."

마사코도 여기에는 이견이 없었다. 어릴 때부터 나츠코를 봐 왔던 만큼 이혼하면 어떻게 될지 속상할 정도로 잘 알았다.

나츠코는 중학교를 졸업하고 몇 번이나 직장 생활을 했지만 제대로 다녔던 적이 없었다. 금전 감각도 없었기 때문에 가계를 맡기면 파탄날 것이 눈에 보였다. 평소 나츠코는 남편에게 한 푼도 받지 못한다고 불평했지만, 그녀에게 지갑을 건네주면 어떻게 되는지 테르미츠도 잘 알고 있었다. 나츠코가 생활력이 없다는 것은 누구나 훤히 알았다.

어긋난 인연

나츠코가 이혼하고 싶어 해도 집안에서 반대했다. 이혼하면 참혹한 고생을 맛볼 것이고, 나츠코가 그걸 견딜 리 없다는 것이 일가족의 공통된 의견이었다.

나츠코의 친정 엄마도 이 사실을 알고 있었기 때문에 테르미츠에게 뭐라 할 말이 없었다.

테르미츠가 토시코와 헤어지면 문제가 없지만, 그렇지 않으면 나츠코에게는 앞으로도 지옥 같은 날들이 계속될 것이다. 하지만 그것조차 이혼하는 것보다는 나았다. 마사코는 이런 의견을 나츠코가 알아듣게 설명할 수밖에 없다고 생각했다.

"이혼하면 너한테는 아무것도 남지 않아. 애들은 넷 다 여자아이인데 결혼해서 출가해 버리면 누가 널 돌봐 주겠어. 너 혼자 아파트 빌려서 생활할 수 있어? 없잖아. 그러니까 호적은 파지 마. 테르미츠가 이혼하자고 해도 듣는 척도 하지 마. 토시코 언니가 아무리 본처인 척해도 세상에서 본처로 인정받는 것은 너니까."

나츠코는 울었지만 마사코는 모르는 척하고 계속 떠들었다.

"왜 그때 토시코 언니에게 맡긴 애를 직접 데리러 오지 않았던 거야? 그 정도는 네가 오라고 내가 몇 번이나 말했어. 이렇게 된 것도 네가 원인 제공한 거야. 너한테도 책임이 있으니까 이제 와서 울 필요 없어."

나츠코는 한마디도 반격하지 못했다. 누군가에게 의지하지 않고 혼자 생활할 수 없다는 것은 자신도 잘 알고 있었다. 결국 나츠코는 마사코 언니의 충고를 가슴에 새기고, 어떤 일이 있어도 이혼하지 않겠다고 다짐할 수밖에 없었다.

하지만 울적한 기분은 호전되지 않았고, 점점 술독에 빠져 살게 되었다.

테르미츠에게 건네받은 생활비는 모두 술값으로 사라졌다. 인사불성으로 취해서 들어오는 것도 이제 놀랍지 않았다. 미츠코가 "우리는 가난하기 때문에"라고 말하는 데는 이런 나츠코의 낭비도 한몫하고 있었다.

테르미츠도 이혼에 대한 의지가 약했다.

"이혼을 하면 나 혼자 좋은 거지, 형님이랑 어머니도 싫어할 겁니다. 나하 근처에 아파트를 빌려서 살면 이혼해도 아무도 모릅니다. 하지만 태어났을 때부터 계속 살아온 마을에서 앞으로도 계속 살고 싶습니다. 내가 원하는 대로 하기가 쉽지 않네요."

테르미츠는 그렇다고 토시코와 헤어질 생각도 없었다. 친척들이 아무리 말해도 이제 와서 나츠코에게 다시 돌아가는 것은 불가능했다. 생활력만이 문제가 아니었다. 어머니로서의 기량이나 아내로서의 배려심도 나츠코보다 토시코가 훨씬 훌륭했다. 다만, 어른들에게 토시코와의 관계를 지적당하는 것이 무엇보다 괴로웠다. 점잖게 "네네" 하며 듣고 있을 수밖에 없었다.

'하지만······.' 테르미츠는 생각했다. 토시코와의 사이에서 남자아이가 태어나면 달라질 것이다. 나츠코는 계속해서 여자아이만 낳다가 결국 남자아이를 낳지 못했다. 장남이 태어난다면 친척들도 더 이상 불만을 이야기하지 못할 것이다. 테르미츠는 그런 예감이 들었다.

낯선 테르미츠네 집에 되돌아온 미츠코는 어땠는가 하면 매일같이 술 냄새가 진동하는 친어머니보다 토시코가 더 좋았다. 토시코가 엄마였다면 좋았을 거라고 생각해 본 적도 있고, 학교에서 돌아오면 제일 먼저 토시코가 있는 외가로 놀러 갔다. 토시코에게는 뭐든지 상담할 수 있었다. 나츠코에게는 대들어도 토시코의 말은 잘 따랐다. 테르미

어긋난 인연

츠도 직장에서 돌아오면 아이들을 데리러 가는 것을 빌미로 토시코가 있는 처가로 달려갔다.

토시코와 테르미츠는 주위의 시선을 아랑곳하지 않고 변함없이 관계를 지속했다.

복잡하게 뒤섞인 인간관계를 숨긴 채, 미츠코의 가족은 Y정에 새로 집을 지어 이사했다. 초등학교 4학년 여름이었다.

—

그때까지는 토시코가 가까이 살았기 때문에 아이들을 맡길 수 있었지만, 걸어서 30분이 걸리는 Y정에서는 그렇게 할 수 없었다. 운전을 못하는 토시코가 새로 지은 집까지 왕복하는 것은 꽤 힘든 일이었다.

테르미츠는 망설였다. 방법은 둘 중 하나였다. Y정 근처에 아담한 아파트를 빌려서 토시코가 머물게 하거나, 새로 지은 집에 토시코를 위한 공간을 마련하는 것이다. 아파트 임대는 가뜩이나 어려운 가정 형편에 더욱 압박을 가하게 된다. 새로 지은 집에 토시코를 끌어들이는 것도 오키나와의 좁은 인간관계를 생각하면 위험천만한 도박이다.

테르미츠는 신뢰하고 있는 친한 형님에게 상담했다. 형님은 밝은 표정을 짓지는 않았지만, 둘 중 하나를 선택해야 한다면 한 지붕 아래에 사는 것을 권했다.

"만약 따로따로 살면, 아이들은 틀림없이 처형 쪽으로 갈 거야. 너도 그쪽으로 갈 테고. 일을 하면서 이쪽저쪽 왔다 갔다 고생하는 건 너야. 게다가 네 아내를 혼자 두면 어떤 소문을 내고 다닐지도 모르고."

분명히 형님이 말한 대로다. 만약 토시코에게 아파트를 빌려주면 테르미츠가 거기에 들어가 살 것은 말하지 않아도 뻔했다. 이 일로 피가 거꾸로 솟은 나츠코가 무슨 짓을 할지 알 수 없었다. "언니가 아이들을 빼앗아 가고, 애들 아빠까지 훔쳐 갔어요"라고 여기저기에 말하고 다니면 얼마나 낯부끄러울 것인가. 먼 친척의 귀에까지 들어가면 그야말로 큰 문제가 될 수 있었다.

상담을 해 준 형님은 새로 지은 집에서 토시코와 함께 살라고 했다. 분명 함께 사는 쪽이 어찌 되었든 뒷말을 방지할 수 있을 것이다. 아내는 생계만 잘 유지할 수 있게 해 주면 아무런 잔소리도 하지 않을 것이다. 테르미츠는 해결책을 찾은 듯한 기분에 상담이 유익했다고 여겼다. 그렇게 과감히 새로 지은 집에 토시코를 불러들였다.

아내와 정부가 한 지붕 아래에서 산다는 것은 역시 세상 사람들에게 면이 깎이는 일이다. 하지만 테르미츠는 부끄럽다는 감정은 접어 두어야 한다고 생각했다. 어느 정도 비난받을 각오는 되어 있었다.

한편, 나츠코는 집을 새로 짓는다는 말을 듣고 기뻐했다. Y정이라면 토시코가 찾아오기도 어려울 것이다. M정에 살던 시절, 토시코가 살던 친정은 코앞이었다. 나츠코는 Y정으로 가면 테르미츠의 발길도 멀어질 거라고 은근히 기대했다.

새로 지은 Y정의 집은 전에 살던 집처럼 기와지붕이 아니었다. 벽도 박격포[62]가 아니라 함석판을 박은 조촐한 것이었다. 노후 생활을 생각해 임대 점포 쪽에 자금을 투자하기 위해 이렇게 지었다고 들었기에, 나츠코는 불만을 늘어놓지 못했다. 그것보다 테르미츠가 언니 토시코와 헤어질지 모른다는 기대가 더 컸다.

---

62 시멘트와 모래를 물로 반죽한 벽

어긋난 인연

새로 짓는 집이 점차 모습이 갖추기 시작하자 나츠코는 이상한 낌새를 눈치챘다. 30평 남짓한 단층집의 일부를 테르미츠가 작업장으로 쓰는 것은 알고 있었지만, 나머지 주거 공간에 현관이 두 개였다. 이전에 테르미츠에게 들은 바에 의하면 현관에 들어서면 부엌과 거실이 있고, 그 옆에 부부 침실이 있고, 빛이 잘 들어오는 남향에는 아이들의 공부방을 만들 거라고 했다. 그런데 예정되어 있던 미츠코의 방에 새로운 현관문이 설치되었다.

불길함을 느낀 나츠코가 테르미츠에게 따졌다.

"이 방은 네 방이야. 중앙에 있는 방에는 처형이 살게 될 거야."

테르미츠는 아무렇지도 않은 얼굴로 태연하게 대답했다.

"뭐? 미츠코 방이잖아."

"아니야."

"내가 당신 본처야. 왜 나한테 이런 망신을 주는 거야?"

"네 땅 아니니까 쓸데없는 참견지 마. 내가 알아서 지을 거야. 당신은 입 다물고 내 말이나 들으면 돼."

나츠코는 수긍할 수 없었다.

답답하고 숨 막히는 나날을 보내던 나츠코는 어느 날 갑자기 3만 엔을 들고 사진관에 갔다. 혼자 웨딩드레스를 입고 카메라 앞에 서더니 전지 크기의 패널에 인쇄해 달라고 했다. 새로 지은 집 침실에 사진을 걸어 둘 생각이었다.

웨딩드레스를 입고 혼자 미소 짓는 신부의 사진을 보고 집에 놀러 온 사람들은 대부분 고개를 갸웃거렸지만, 나츠코는 해맑게 "제 결혼사진이에요"라며 자랑했다.

테르미츠가 "왜 이런 사진을 혼자 찍은 거야?"라고 고함을 쳐도, 나츠코는 웃기만 할 뿐 아무런 말도 하지 않았다. 얼마 전까지 죽을 것처럼 주위 사람들의 애간장을 태우더니, 이 무렵에는 모든 것을 내려놓았는지 환하게 웃는 표정이 토모코의 눈에도 인상적이었다.

마사코는 나츠코의 말을 듣고 격분했다. 토시코를 불러 시원하게 한소리를 했다. 집 하나를 반으로 나누어서 함께 살다니 터무니없었다. 이건 대대손손 수치스러울 일이었다. 수치스러운 건 토시코 언니만이 아니라고 화를 냈다.

토시코는 한결같이 면목이 없다는 입장을 보였지만 모호한 태도는 속내를 파악하기 힘들었다. 마사코는 점차 속이 메스꺼워지면서 분노가 치밀어 올랐다.

"아파트를 빌려도 좋으니까 절대로 함께 살지 마. 함께 살면 자매 인연을 끊을 거야"라고 위협했다. 그러나 폭풍우가 지나가기만을 기다리고 있는 것인지, 토시코의 얼굴은 오히려 슬며시 웃고 있는 것 같은 느낌이 들어 설득할 기력조차 잃었다.

미츠코는 자기 방이 있을지도 모른다고 기대했는데 새집에 와서 보니 그렇지 않아 실망했다. 반면, 토시코가 함께 살게 되었다는 소식을 듣고 소심하게 좋아했다. 테르미츠의 복잡한 사정을 모르는 미츠코는 "좋아하는 이모랑 함께 살 수 있어"라며 기대에 부풀었다.

새집에서 미츠코는 아버지의 이상한 행동을 목격했다. 자기 전에 서둘러 방을 나서는 것이었다. 어디에 가는지 살펴보니, 토시코 이모가 있는 옆방으로 들어갔다. "아버지는 왜 저 방에서 자는 거야?"라고 나츠코에게 물었다. 나츠코가 "아버지는 토시코 이모를 좋아하니까"라고 말했지만, 미츠코는 여전히 아버지의 이상한 행동을 이해할 수 없었다.

—

Y정으로 이사 온 지 얼마 되지 않아, 테르미츠와 토시코 사이에 아이가 태어났다.

모두가 염려했던 일이지만 테르미츠는 바람을 이루어서 기뻤다. 바랐던 대로 남자아이가 태어났다. 아버지로서는 물론, 테르미츠 자신에게도 간신히 인생의 봄이 온 듯 기쁨으로 가득 찬 얼굴이 각별해 보였다. 드디어 장남이 태어난 것이다. 이제 친척들도 이러쿵저러쿵 말하지 못할 거라고 생각했다. 다섯 번째 만에 남자아이를 얻은 테르미츠는 자기 이름에서 한 자를 따서 아들의 이름을 모리미츠라고 지었다.

아들이 태어나면서 테르미츠 가정에도 변화가 생겼다.

예상했던 바와 같이 이때부터 친척들은 테르미츠의 사생활에 대해 일제히 입을 다물었다. 테르미츠는 아들과 연이 없는 것 같다고 포기했던 친척들도, 어리둥절한 얼굴로 축하해 주었다. 오키나와의 가족제도에서 보면 이상하지 않은 일이었다. 타인에게 테르미츠 집안의 대를 잇게 하는 것보다, 비록 정식 처는 아니지만 테르미츠의 피가 섞인 아이에게 대를 잇게 하는 편이 좋다고 생각했다.

장남은 집안의 계보만 물려받는 것이 아니다. 토지나 가옥을 물려받는 것도 장남이다. 무슨 일이 있어도 아들을 원하게 된 배경에는, 만약 아들이 없으면 힘들게 모은 재산을 친척에게 물려주어야 할 수도 있는 복잡한 누습이 엉켜 있었다. 오키나와에 다자녀 가정이 많은 것은 남자아이가 태어날 때까지 계속 아이를 낳기 때문이기도 한데, 특히 여자아이만 낳은 여성은 집안에서의 입지가 줄어들었다.

그전까지 테르미츠의 어머니는 탐탁지 않아 하면서 아들 집에 와도 토시코의 방에는 들어가지 않았는데, 손자가 태어난 후에는 마음을 열었는지 토시코의 방에 드나들었다.

테르미츠는 보이지 않는 수렁에서 간신히 탈출한 듯한 기분이었다.

하지만 나츠코의 친정 엄마는 처지가 달랐다. 남자아이가 태어난 것을 알게 된 후부터 한시도 마음 편한 날이 없었다. 지금까지 미츠코를 돌봐 왔던 만큼 더욱더 불안했다. 어느 날 밤 나츠코의 어머니가 토모코의 집 문을 두드렸다. 아이를 교환한 후 친척 같은 느낌으로 가끔 방문한 적은 있지만, 두 발로 걷기 힘들 정도로 만취가 되어 찾아온 것은 처음이었다.

"토모코 씨 들어 보세요." 노모가 눈물을 글썽이며 말을 꺼냈다.

"당신이라면 한 남자에게 딸을 둘이나 준거냐는 말을 들었을 때 어떻게 할 거예요? 나는 뭐라고 대답하면 좋을까요? 조상님께 면목이 서지 않아요. 이러면 안 되는 건 알지만 술 좀 마시고 가도 될까요? 이런 일은 부끄러워서 친척들에게 말도 못 꺼내요. 나는 이제 더는 살고 싶지 않아요."

노모는 울음을 터뜨렸다.

그 후, 테르미츠의 본가에 가서 "어떻게 할 거야?"라며 사돈에게 따졌다.

테르미츠의 어머니는 손을 모으고 사과했다. 평소 점잖던 나츠코의 친청 엄마가 이렇게 감정을 노골적으로 표현한 것은 처음이었다. 안타깝게도 나츠코의 친정 엄마는 딸의 장래를 걱정하다가 1985년에 뇌출혈로 갑자기 세상을 떠나 버린다.

언젠가부터 테르미츠는 친부모에게 적응하지 못하는 미츠코에 대해 예전처럼 푸념을 늘어놓지 않았다. 미츠코에게 집착하지 않는 것이 어

어긋난 인연

느새 둘째 처형인 마사코의 눈에도 분명하게 보였다. 밑 빠진 독에 물 붓기처럼 테르미츠도 지쳤는지 모른다. 마침 그때 오래 기다리던 대를 이을 아들이 태어난 것이다. 마음을 열지 않는 딸보다 새로 태어난 아들에게 감정이 움직이는 것은 당연했다.

아내의 언니를 정부로 둔 이상한 관계는 아직 미츠코와 다른 딸들에게 들키지 않았다. 태어난 아이의 아빠가 누구일지 생각하기에는 다들 너무 어렸다. 어디까지나 토시코는 엄마의 언니이자 '좋은 이모'였다.

미츠코를 포함해 네 명의 자매는 벌써부터 함께 사는 '좋은 이모' 토시코가 낳은 아이가 어린이집에 가게 되면 누가 마중을 나갈 것인가를 두고 싸웠다.

—

새해가 되어 예년처럼 친척들에게 인사를 하러 갔는데, 테르미츠는 당당하게 나츠코 대신 토시코를 데리고 다녔다. 역시나 '무서운' 동생 마사코에게 "언니는 본처가 아니니까 인사하러 같이 다니지 마"라는 말을 들었을 때만큼은 토시코도 망설였지만, 마사코의 감시망이 사라지면 어느새 테르미츠의 옆에 꼭 붙어 다녔다.

이쯤 되자 친척들도 대부분 그냥 넘어가기로 했는지, 아아, 또 토시코가 따라온 거냐고 말할 뿐 특별히 문제 삼지 않았다. 테르미츠가 확신했던 것처럼 아들을 낳은 것이 친척들의 잔소리를 봉쇄했다.

테르미츠의 입장에서는 나츠코보다 토시코를 아내로 인정해 달라는 속뜻이 내포되어 있는지도 몰랐다. 변명조차 하지 않았다. 주위 사람들도 나츠코의 통제 불능 상태를 알고 있었는지 이렇다 말 한마디 하는 사람이 없고, 다들 문제에 휘말리는 것을 피하려는 것처럼 보였다.

오히려 그쪽이 테르미츠에게는 속 편했다. 언젠가 술에 취해서 "나는 아내가 두 명이나 있어"라고 자랑한 적이 있는데, 듣고 있던 사람이 "보통은 부인이 한 명이라도 먹여 살리기 힘든데 자넨 대단하네"라고 하자, 창피했는지 고개를 떨어뜨렸다고 한다.

—

막 6학년이 된 봄날, 미츠코는 친척 중 한 명에게 이상한 이야기를 들었다.

"너희 집에 있는 남동생은 테르미츠 아버지와 토시코 이모 사이에서 태어난 아이야."

미츠코는 순간 어떻게 대응해야 할지 몰랐다.

몇 번이나 "네?"라고 반문했지만, 말의 진의를 파악하기는 어려웠다. '무슨 말도 안 되는 소리를 하는 거야'라고 생각했을 뿐이었다.

그냥 웃어넘기려고 했지만 무언가 꺼림칙했다. 그러고 보니 모리미츠의 아버지라는 사람을 만난 적이 없는 것도 이상했다.

미츠코는 서둘러 G정으로 가서 들은 이야기를 토모코에게 몽땅 털어놓았다. 그리고 진실을 말해 달라고 부탁했다. 토모코는 때가 되었을 때 진실을 말해 주려고 했지만, 다른 사람에게 듣게 된 이상 숨길 수 없다는 생각에 마음을 가다듬었다.

말해 주기로 결정했지만 앞으로의 일이 걱정되었다. 곧 사춘기에 들어설 나이였다. 상식을 넘은 남녀 관계를 어떻게 받아들일지 도무지 알 수 없었다. 이 일로 인해 반항기가 더욱 심해질까 싶어 토모코는 마

어긋난 인연

음을 졸였다. 하지만 이미 알아 버린 이상 숨긴다고 해결될 것 같진 않았다. 잠시 골똘히 생각한 끝에 말을 하거나 숨기거나 결론은 같을지 모른다는 생각에 모든 것을 이야기해 주기로 했다.

펑펑 울 거라고 생각했는데 뜻밖에도 미츠코는 차분했다.

미츠코는 쥐구멍에라도 숨고 싶을 정도로 부끄러웠다. 좋은 이모라고 생각했는데, 이제는 지저분한 존재로 보이고 그야말로 혐오스러웠다. 테르미츠가 자신의 아버지라고 생각하고 싶지도 않았다. 죽을 때까지 아버지를 용서할 수 없을 것 같은 증오가 마음 한구석에 퍼졌다.

설날에 친척들에게 인사하러 갈 때나 운동회 때 항상 토시코가 어머니 역할을 했던 것에, 이런 사정이 있었는지 지금까지 몰랐던 자신이 한심하게 느껴졌다.

시간이 지나면서 테르미츠가 원하는 바를 이룰 때마다 미츠코는 분노를 느꼈다. 예를 들어, 자택 건축에 대한 재판에서 승리해 위자료 950만 엔을 받게 된 것도 불만이었다.

"토시코 이모가 함께 사는 거였으면 새집 따윈 짓지 않는 편이 좋았어. 왜 멋대로 미츠코의 돈을 쓰는 거지?"

미츠코는 하나부터 열까지 테르미츠를 못 잡아먹어 안달이었다. 용돈을 받지 못한 것도, 가난해서 정월 설빔을 사 주지 못하는 것도, 모두 테르미츠가 자기 멋대로 행동해서 일어난 일이라고 생각했다.

딸에게 약점을 잡힌 아버지만큼 불행한 사람도 없다. 배신당했다고 생각한 미츠코는 테르미츠를 깔보고, 멸시하고, 불쌍하게 만들었다. 훈계하는 아버지를 바보라고 생각했다. 한 예로 학기 말 성적표를 보여 달라는 테르미츠에게 "아버지는 봐도 몰라"라며 무시해 버렸다. 이윽고 반항기에 접어들자 아버지에 대한 증오는 더욱 배가 되었다.

이때부터 미츠코는 토모코 앞에서 테르미츠 부부를 칭할 때 '저쪽 부모님'이라고 표현했다. 미츠코가 토모코에게 Y정에서 함께 살자고 제안한 것은, 그 후로 한참 시간이 지난 뒤의 일이다.

나중에 미츠코의 성인식 때, 테르미츠 가족이 모두 모여 기념사진을 찍을 기회가 있었다. 불편했는지 토시코는 참석하지 않았다.

초등학생이었던 미츠코의 '남동생', 즉 토시코와 테르미츠 사이에서 태어난 모리미츠는 촬영에 참여했다. 그때 미츠코의 표정이 굳었다. "너는 우리 가족이 아니잖아"라고 외치려고 했지만 "나란히 서세요"라는 소리에 묻혀 버렸고 어느새 셔터가 눌렸다. 찜찜한 뒤끝을 떨쳐 버리지 못한 채 인쇄된 사진을 받게 된 미츠코는 아무도 모르게 사진을 찢어 버렸다.

얼마 지나지 않아 마치코도 테르미츠의 사생활을 알게 되었다. 마치코는 미츠코만큼 테르미츠 가족에게 미련을 끊어 내지는 못해서, 테르미츠는 피해도 나츠코와는 연락을 하며 지냈다. 하지만 중학생이 된 후로는 어느 시점부터 갑자기 테르미츠의 집에 가지 않게 되었다. 그 이유는 타락한 나츠코의 모습을 두 눈으로 직접 보았기 때문이었다.

남편의 정부와 벽 하나를 사이에 두고 함께 산다는, 상상을 초월하는 사태에 자존감이 바닥을 친 나츠코는 점점 초췌해졌다. 결국 자포자기해 될 대로 되라는 식으로 자기도 남자를 집에 데리고 들어왔다. 그 장면을 마치코가 본 것이었다.

남자를 방에 들인 후 현관문을 잠그고 커튼을 치는 모습을 하나하나 보고 있던 마치코는 집으로 돌아와 충격을 이기지 못해 울기 시작했다.

그 후에 토모코의 가슴에 기대어 이렇게 말했다.

"만약 엄마에게 돌아오지 않으면, 지금쯤 머리를 빨간색으로 염색

하고 담배도 피우고 다녔을지 몰라."

이때까지 마치코는 토모코 집에서 마음을 열고 가족의 한 사람으로 생활하지 않았다. "부모님이 둘 있는 느낌이 들어요"라는 문장은, 흔들리고 있는 마치코의 마음을 표현하는 말이기도 했다. 테르미츠의 진짜 생활을 알게 된 후에야 마음에 변화가 생겼다. 하지만 나츠코의 타락한 모습을 생생하게 보게 된 것이 결정적인 계기였다. 마침내 흔들리는 마음을 정리하고 자신이 기댈 곳은 토모코 가족뿐이라는 것을 깨달았다.

키워 준 6년은 아이들에게도 잊어버릴 수 없는 시간이다. 하지만 마치코는 그 시간을 버려야 했다. 그렇지 않으면 앞으로 살아가고 싶은 의지가 사라져 버릴지도 모른다고 생각했다. 마치코는 토모코의 집 말고는 자신이 살아갈 수 있는 곳은 없다고, 테르미츠와 나츠코의 숨겨진 일면을 보고 마음의 결정을 내렸다.

사춘기는 신체적으로도 심리적으로도 크게 변화하는 시기이다. '사랑받는 것' '사랑하는 것'을 배우는 시기이기도 하다. 하지만 정신과 육체의 불균형은 외부의 작은 충격에도 심리적으로 큰 변화를 초래한다. 이런 불안정한 시기에 아버지와 어머니의 부조리한 관계를 알게 된 것은, 결국 미츠코와 마치코의 인생에 있어서 좋든 싫든 상관없이 깊은 상처로 남았다.

불과 열세 살 소녀가 누구에게도 의지하지 않고 혼자 살아가고자 스스로에게 다짐하지 않으면 안 되는 선택과, 이에 더하여 자신이 그들과 피로 연결되어 있다는 수치심을 받아들여야 하는 불행에, 안타깝게도 테르미츠와 나츠코는 고개를 돌렸다.

제9장

—

장대한 실험실

1983년 가을, 세월이 훌쩍 사라진 것처럼 6년이라는 시간이 흘렀다.

아이들의 초등학교 졸업식 날짜가 손에 꼽을 정도로 얼마 남지 않았는데도, 미츠코는 테르미츠 가족과 친해질 기미가 보이지 않았다. 낳아 준 부모의 비밀을 알게 된 미츠코가 '보이지 않는 벽'을 쌓아 올린 것은 당연했지만, 이러한 사실을 모르는 테르미츠는 한숨만 내쉬었다.

테르미츠 부부의 허락도 받지 않고 몰래 버스에 올라 Y정을 지나 토모코의 아파트로 가는 미츠코의 생활은 이미 일상이 되었고, 테르미츠도 더는 시끄럽게 잔소리하지 않았다. 사실 말한다고 해서 그만둘 것 같지도 않았다.

시게오의 회사는 미츠코의 초등학교에서 도보로 40분 거리에 있었다. 토요일 수업이 끝나면 미츠코는 테르미츠의 집으로 돌아가지 않고, 책가방을 짊어진 채 시게오의 회사 사무실에 와서 노는 경우가 종

어긋난 인연

종 있었다. 시게오의 일이 끝나기를 기다렸다가 함께 G정으로 갔다. 그대로 월요일 아침까지 토모코 부부와 함께 지냈다. 미츠코가 토모코의 집에 있는 시간은 줄어들기는커녕 해를 거듭할수록 늘어나기만 했다.

테르미츠가 책가방 속을 엿보려고 하면 "왜 마음대로 보는 거야!"라며 가방을 숨겼다. 미츠코의 반발은 점점 심해졌다. 시험 성적이 어떠냐고 물으면 "왜 일일이 말해야 하는데"라며 대들었고 끝내는 책상 서랍에 자물쇠까지 달았다. 성적표와 공책조차 나츠코는 물론이거니와 테르미츠에게도 보여 주지 않았다. 담임교사가 가정방문을 왔을 때, 테르미츠는 미츠코의 성적에 대해 아는 것이 아무것도 없었기에 부끄러워서 얼굴을 들 수 없었다.

단 한 가지 좋은 일이 있다면 마치코가 더는 돌아가고 싶다고 하지 않는 것이었다. 하지만 이것도 토모코의 집에서만 좋은 상황이지 테르미츠의 입장에서는 고민만 더욱 깊어졌다.

교착 상태에 빠진 두 가족은 아무도 생각해 내지 못한 기상천외한 방법을 고안해 냈다. 잘하면 각각 안고 있는 고민을 단번에 해결할 수 있는 비장의 카드가 될 것 같았다. 모두가 이 방법뿐이라고 생각했다.

토모코는 "미츠코가 고양이 같은 생활을 하고 있어"라는 말을 들었을 때부터 언젠가 때가 되면 테르미츠네 근처로 이사를 가겠다고 생각했다. 한때 Y정 근처의 저렴한 아파트를 알아본 적도 있었다. 물론 남편에게는 상담하지 않았다. 시게오에게 말하면 반대할 것이 틀림없기 때문이었다.

바로 그 무렵이었다. 시게오가 일하고 있는 회사에서 조립식 주택 재료를 받을 수 있을지도 모른다고 했다. 다소 손상은 있지만 사용하는 데 지장은 없다고 했다. 3LDK[63]의 구조였다. 네 명의 가족이 살기에는 충분했다. 하지만 재료를 받아도 집을 지을 땅이 없었다. 집 짓는 것을 포기하려고 했을 때, 미츠코가 이런 제안을 했다.

"그러면 우리 집 건너편에 있는… 그러니까 아버지가 세놓고 있는 가게 옥상에 지으면 되지 않아?"

테르미츠가 세를 주고 있는 점포는 철근 콘크리트로 단단하게 건축된 건물이었다. 언젠가 자금이 모이면 3층으로 증축할 계획으로 지은 건물이기 때문에, 옥상에 조립식 주택을 설치하는 것은 문제가 되지 않았다. 아이디어를 낸 것은 미츠코였다.

"그것도 괜찮네. 하지만 테르미츠 아버지가 허락하실까?"

"그럼, 미츠코가 아버지에게 부탁할게. 그다음에 엄마가 물어보면 되잖아."

토모코는 그다지 기대하지 않았다. 토모코는 시게오의 반대를 걱정하며 조심스럽게 이야기를 꺼냈는데, 뜻밖에도 시원하게 찬성해서 순간 긴장이 풀렸다. 오히려 솔깃했던 것은 시게오 쪽이었다고 해야 할지도 모른다. 시게오는 아침 일찍부터 테르미츠와 만나 이야기를 마무리 지었다.

미츠코의 이야기를 듣고 테르미츠는 다소 고민했지만, 시게오의 부탁을 들어주기로 했다. 이유는 이랬다.

"최근 마치코가 이전에 비해 말수가 적어졌습니다. 표정도 밝지 않고, 그렇게 여동생들과 개구쟁이처럼 뛰어다녔는데, 모든 걸 다 바쳐 키운 부모로서 마음이 아주 무겁네요. 계속 이대로 지내게 될까 걱정

---

63 방 세 개에 거실, 식당, 부엌이 있는 주택을 뜻하는 일본식 약어

입니다. 게다가 틈만 나면 버스를 타고 나가는 미츠코도 걱정입니다. 교통사고라도 나면 안 되니까요. 저쪽 부모가 곁에 있어 주면 안심이 될 것 같기도 하고…….”

하지만 속마음은 달랐다. 마치코가 예전처럼 놀러 오지 않게 된 것이다. 전에는 매주 토요일마다 왔는데 4학년이 된 후부터는 2주에 한 번 정도 오더니, 결국 한 달에 한 번이 되고 6학년이 되자 찾아오지 않는 달도 많았다.

한편 미츠코는 토모코의 아파트에 살다시피 했다. 여름방학과 봄방학이 되면 개학식 전날까지 돌아오지 않았다. 게다가 테르미츠의 말은 어떤 것도 귀 기울이지 않고 거스르기만 했다. 테르미츠는 자신의 불운을 한탄하면서 어떻게든 해결할 방법이 없을지 고민하고 있었다.

그때 등장한 것이 시게오의 조립식 주택이다. 바로 옆에 살게 해 주면 언제든지 미츠코를 데리고 올 수 있고, 쓸데없는 걱정 따윈 하지 않아도 된다. 엎어지면 코 닿을 곳이니 마치코도 놀러 오기 편할 것이다.

나츠코에게 물어보니 예상은 했지만 시원스럽게 허락했다.

이렇게 두 집안의 이상한 ‘동거’가 시작되었다. 테르미츠에게는 일발 역전의 의지를 담은 결단이었다. 가까이 사는 것에 기대를 한 건 오히려 테르미츠였다.

월세는 1만 5,000엔으로 정했는데, 두 집안 다 이렇게 쉽게 이루어질 거라고는 생각하지 못했다. “할 수만 있다면 두 아이 모두 내 품에 두고 싶어요. 그게 무리라면 차라리 두 집안이 함께 사는 것도 나쁘지 않아요”라고 했던 두 가족의 숨겨진 바람이 교환 후 6년째에 어려움 없이 이루어졌다.

건물은 달랐지만, 테르미츠가 소유한 280평 부지에 토모코 가족이 이사 오면서 두 가족의 변칙적인 동거가 시작되었다.

나츠코는 운전면허가 없었기 때문에, 지쳐서 퇴근한 후 미츠코를 데리러 가는 것이 테르미츠에게는 꽤 힘들었다. 게다가 테르미츠도 회식으로 술을 마신 날이면 운전이 불가능했다. 이런 점을 생각하면 옆에 사는 것이 얼마나 고마운 일인지 테르미츠는 마음을 쓸어내렸다.

시게오가 조립식 주택 자재를 양도받게 된 우연도 한몫했지만, 결정적으로 동거가 성사된 것은 이 기회에 토모코 부부를 옆으로 끌어들이려 했던 미츠코의 계략 때문이었는지도 모른다. 그 후에는 다소 갈등이 있었지만, 시작은 미츠코가 원했던 대로 움직였다. 낳아 준 부모와 결별을 선언하고, 키워 준 부모의 품으로 도망가고자 했던 미츠코의 원대한 계획이라고 하면 너무 과장된 것일까.

역시나 일부 친척들은 '동거'를 강하게 반대했다. 하지만 테르미츠는 반대를 모조리 물리쳤다. 테르미츠에게 두 집안의 '동거'는 일종의 도박이었다. 훗날 어떠한 결과를 초래할지 아무도 몰랐으며, 혹시 잘못된 결론에 도달해도 처음으로 되돌릴 수 없었다. 어떤 결말이라도 수긍하고 받아들어야 한다는 것은 테르미츠도 충분히 이해하고 있었다.

어느 가족을 선택하든지 미츠코에게도 이것은, 부모와 자식의 인연을 저울질하는 장대한 실험실이었다.

—

시게오는 마치코에게 미츠코 가족과의 '동거'에 대해 말했다. 마치코는 기뻐하는 기색 없이 "알았어"라고 대답한 것이 전부였다. 찬성도 반대로 하지 않았다. 기쁜 것인지 아닌지, 늘 그랬듯이 무표정한 얼굴로 희로애락을 드러내지 않았다.

사실 마치코는 복잡한 마음이었다. 테르미츠네 집에 생각지도 못한 일이 생겼다는 것을 알게 된 후로, 마치코에게 뚜렷한 변화가 보이기 시작했다. 토모코 부부와 부모 자식의 정을 싹 틔우려고 마음을 다잡았던 마치코의 입장에서는 솔직히 기쁘지 않았을 것이다. 이 시기에 마치코가 쓴 작문은 당시의 분위기를 은근히 전해 주고 있다.

내가 유치원에 다닐 때 내 이름은 시로마 하츠코였습니다. 성격은 화를 잘 내고, 수줍음도 조금 많이 타지만, 진짜 성격은 온순한 편입니다. 그렇지만 많은 사람들이 저에게 "까불이네"라고 종종 말합니다.

좋아하는 음식은 카레, 과일, 과자, 타코, 크레페 등을 좋아합니다. 체중은 통통하기 때문에 비밀입니다.

엄마 이름은 토모코이고 수다를 아주 좋아하셔서 '윤타쿠(수다쟁이)'로 불리고 있습니다.

자신 있는 과목은 체육, 그중에서 계주와 피구를 좋아합니다.

과묵하기만 하던 소녀는 점차 쾌활함을 되찾고 있었다. 토모코가 가족의 일원으로서 마치코의 존재를 실감한 것도 바로 이 시기였다.

남동생 코이치가 초등학교에 입학하면 등굣길이 위험하니까 같이 통학해 달라고 토모코는 입이 닳도록 마치코에게 부탁했다. 하지만 가지각색의 이유를 대면서 혼자 가 버리는 마치코를 토모코는 반쯤 포기한 상태였다. 그런 마치코가 코이치와 사이좋게 어깨를 나란히 하며 통학하게 되었다. 집안일을 돕게 된 것도 큰 변화였다. 공책과 연필을 사 달라고 요구하게 된 것도 6학년이 되고 나서의 일이었다. 그전까지는 테르미츠에게 몰래 사 달라고 부탁했다. 딱 보기에도 표정부터 달라지고 있었다.

이때, 테르미츠 가족과의 '동거'를 알게 된 것이다. 반대로 마치코는 당황스러웠다.

마치코는 나츠코보다 토모코에게 응석을 부리고 싶었는지도 모른다. 하지만 이제 와서 테르미츠 부부와 함께 산다는 것에 반발하면서 화를 낼 수도 없었다. 마치코는 이러한 기분을 표현하는데 "그다지 기쁘지 않다"라는 게 고작이었다.

—

마치코의 마음과는 반대로 '동거'는 이미 결정되었다.

조립식 주택이 지어지기 시작하자 기쁨을 감출 수 없었던 미츠코는 토모코의 주위를 맴돌면서 떠나지 않았다. 가슴이 두근두근하고 숨을 쉴 수가 없었다.

"뭐라도 도울까?"

"방해되니까 괜찮아. 미츠코는 들어가서 공부하렴."

"아니야. 엄마 도와주고 싶어."

특히 이사하던 날에는 가관이었다. "엄마, 옷장은 어디에 넣어?" "냉장고는 어디?" "커튼은 무슨 색깔로 할 거야?" 하고 연거푸 질문하며 토모코를 괴롭혔다.

"미츠코 방은 어디야?"라고 질문했을 때였다. 토모코는 순간 대답할 수 없었다.

부엌과 거실, 부부 침실 그리고 마치코와 코이치의 공부방은 있지

어긋난 인연

만, 미츠코의 방은 없었다. 설계 단계에서는 미츠코의 방도 넣으려고 했지만 구조적으로 어렵다는 이유로 건설업자에게 거절당했다. 마치코나 코이치의 방을 둘로 나누는 것도 생각했지만, 미츠코의 방을 따로 설계하면 테르미츠가 자식을 빼앗겼다고 여길 것 같았다. 테르미츠 가족과의 관계를 생각해 미츠코의 방은 만들지 않았다.

방이 없어서 토모코에게 버림받았다고 생각했는지, 미츠코는 토라져서 입을 삐쭉 내밀었다. 미츠코가 마음에 걸린 토모코는 마치코에게 함께 방을 써 달라고 부탁했다.

"미츠코와는 자매나 다름없잖아, 둘이서 사이좋게 방을 쓰는 것은 어때?"

이야기가 끝나기 무섭게 마치코가 말했다.

"둘이서 한방 쓰기 싫어."

단박에 못 박았다. 완고한 성격은 남편을 닮았는지 일단 거절하면 아무리 달래도 소용없었다. 이러면 걷잡을 수 없게 된다. 어떻게 해야 미츠코를 달랠 수 있을까. 토모코는 뼈를 깎는 심정으로 미츠코에게 말했다.

"그게 아니야, 미츠코는 특별히 귀여우니까, 엄마와 같은 방이야."

"그런가……."

미츠코는 잠시 생각하는 척했다.

"미츠코의 방은 10첩이란다. 제일 이득을 보는 사람은 미츠코야. 엄마와 붙어 잘 수도 있고, 거기에 비하면 마치코는 불쌍하지."

"그렇긴 하네……."

미츠코의 표정이 한결 부드러워졌다.

"엄마 혼자는 쓸쓸하니까, 미츠코가 함께 방을 써 주면 좋겠어."

"그래, 엄마가 외로움을 많이 타니까, 엄마랑 한방 써도 좋아."

미츠코는 어쩔 수 없다는 듯이 대답했지만, 내심 기뻐하며 고개를 돌린 채 애써 웃음을 참았다.

1983년 11월 말에 착수한 조립식 주택 공사는 마치코와 미츠코의 졸업식 전인, 이듬해 1월에 완공되었다.

—

조립식 주택이 완성되자 미츠코는 새집에 붙어살았다. 테르미츠는 어처구니가 없어 토모코 부부에게 따졌다.

"두 명을 다 키우라고 여기에 살게 해 드린 게 아니에요."

그리고 미츠코에게 이렇게 말했다.

"놀러 가는 것은 좋지만 저쪽에서 자고 오는 것은 절대 용서하지 않을 거야!"

테르미츠는 자신의 아이를 빼앗긴 것 같아 초조했다.

토모코는 고개를 숙였다. 그리고 미츠코를 불러 집으로 돌아가도록 타일렀다.

"일단 돌아가렴. 밤에는 나츠코 어머니가 있는 곳에서 자고, 학교 다녀와서 엄마 방에서 놀면 되잖아. 간식도 많이 만들어서 기다리고 있을게."

마지못해 계단을 내려가는 미츠코는 분명 마치코와는 달랐다.

마치코는 키워 준 부모를 찾아가는 일이 없고, 미츠코는 낳아 준 부모로부터 도망치려고 했다. 어느 쪽도 테르미츠의 집을 피하려고만 했다. 말하기도 꺼려지는 '그 일'을 알게 된 것이 계기였지만, 물론 그것만이 전부는 아니었다. 이 차이는 어디에서 왔을까. 부모의 자질 차이라고 할 수도 있고, 미묘하게 다른 가정 분위기의 차이라고도 할 수 있다.

테르미츠는 엄마의 애정 차이 때문이라고 말하며 이런 예를 들었다.

"친척들이 미츠코와 여동생들을 보살펴 준 것은 가엾게 여겼기 때문입니다. 응석을 부려도 받아 주지 않는 나츠코는 밤새 술 마시며 노느라 집에 들어오지도 않습니다. 주말이라면 모를까, 평소에도 낮부터 나가서 밤늦게까지 집에 들어오지 않으니. 젊은 시절부터 노는 걸 좋아하더니 지금까지 놀고 있는 것이 제 아내입니다.

미츠코가 태어났을 때는 저도 아이를 키우기 위해 많이 노력했습니다. 둘째 딸이 태어났을 때까지는 그랬죠. 하지만 이젠 저도 지쳤어요. 저렇게까지 놀 줄은 몰랐습니다. 세 번째 아이가 태어났을 때 그걸 깨닫고 때린 적도 있어요. '당신에게 모성애가 있긴 해?'라고 물어봤죠. 하지만 변하지 않았어요. 아무리 말해도 놀러 나가 버리니 손쓸 방도가 없습니다. 그러다 보니 아이들만 잘 키우자, 하고 단념하게 됐습니다. 우리 집사람이 저쪽 엄마 같은 사람이었다면 상황이 달라졌겠지요."

나츠코가 들먹이는 변명은 경제적인 이유였다.

"우리 집은 아이들이 많아서 원하는 대로 사 주지 못해요. 토모코 씨 집은 원하면 뭐든 사 줄 수 있죠. 레스토랑에도 얼마든지 데리고 갈 수 있고요. 아이들은 달콤한 쪽에 친밀함을 느끼고 있는 거죠."

토모코는 마치코가 자기 자식이 되기까지 함께 지내는 시간을 두 배로 늘리고, 잃어버린 6년의 세월보다 더 많은 시간이 걸릴 것을 각오하고 있었다. 잃어버린 유대 관계를 회복하기 위해서는 우선 아이에게 안정감을 주어야 한다. 그래서 한동안은 아이 마음대로 할 수 있게 해주자고 자신을 타일렀다. 경제적인 사정은 테르미츠의 집과 비슷했지만, 아이들의 응석을 받아 주면서 좋아하는 것을 사 주자는 방침을 고

수했다. 엄격하게 키우는 것은 그 후에 해도 늦지 않다고 판단했다.

지금보다 두 배로 애정을 쏟을 생각이었다. 토모코가 말하는 애정은 아이들의 목소리에 하나하나 귀를 기울이고 끝까지 들어주는 역할에 최선을 다하는 것이었다. 토모코는 충실히 이 역할을 해냈다.

어떤 면에서는 테르미츠의 집과 정반대의 가정이었다. 테르미츠의 집에서 말하는 변명도 분명 일리가 있었다. 다만 문제는, 서로 책임을 전가하기만 하고 스스로 제공한 원인은 외면한다는 점이었다. 한마디로 말하면, 언 발에 오줌 누기와 같은 교육 방침이 가뜩이나 불안정한 아이에게 혼란만 가중시켰다.

'우리 집은 엄격하게 가르쳤기 때문에 아이들이 반항적으로 변했다'는 테르미츠의 '엄격함'은 예를 들면 이랬다.

미츠코는 설거지 담당이었는데 노느라 잊어버렸는지, 설거지할 그릇이 산더미처럼 방치되는 경우가 종종 있었다. 화가 난 테르미츠는 미츠코에게 전단지 뒷면에 '설거지는 제 담당입니다'라고 쓰게 했다. 약속을 지키지 않을 때마다 미츠코가 쓴 전단지를 꺼내 "이거 봐. 누가 적은 거지?" 하며 닦달했다.

"아버지의 말을 듣지 않으면 성적도 떨어져. 가정도 학교와 마찬가지야. 아버지와의 약속을 지키지 않으면 선생님께 연락해서 이를 거다"라는 말에 미츠코는 눈을 치켜뜨며 테르미츠에게 대들었다.

"자기 자식을 괴롭히는 것도 아버지야?"

미츠코는 왜 부모의 말을 일일이 따라야 하는지 이해가 되지 않고 불쾌했다. 미츠코가 테르미츠에게 갈수록 거세게 반발한 것은 이토록 집요한 훈육 방식도 하나의 원인이었다. 테르미츠의 '엄격함'이 미츠코의 눈에는 '괴롭힘'으로 비쳤다.

어긋난 인연

한참 뒤에 들은 이야기이지만, 미츠코는 테르미츠 부부와 벽을 허물지 못한 이유로 테르미츠 가정의 경제적 빈곤과 부모의 교양 수준을 언급했다.

"나츠코 어머니는 항상 마치코와 비교를 했어요. 화낼 때는 감정적이었기 때문에 무서웠죠. 그게 제일 싫었어요. 어디서 혼을 내고, 어디서 칭찬하면 좋을지, 어쩌면 자신의 머릿속에 정돈되어 있지 않았던 것 같아요. 용돈을 받지 못한 것도 슬펐지만, 부모가 교양이 없었던 것이 더 슬펐어요."

교양이 없다는 것은 셋째 딸 키요미에게도 아픈 추억을 남겼다.

초등학교 2학년 무렵, 키요미가 나츠코에게 학교 숙제를 물어본 적이 있다. '북쪽'과 '오른쪽'의 반대어를 묻는 문제였다. 나츠코는 "이런 것도 스스로 못 푸는 거야?"라고 하면서 '쪽북' '쪽른오'라고 적었다. 이 일로 놀림받은 키요미는 다시는 나츠코에게 학교 일을 상담하지 않았다.

테르미츠의 집에는 해결해야 할 문제점이 몇 가지 있었는데, 테르미츠는 토모코네와 같이 살게 되면 개선될 거라 낙관했다. 그만큼 토모코를 믿었다. 토모코만 곁에 있으면 언젠가는 미츠코도 틀림없이 안정을 되찾게 될 거라고 생각했다. 비록 시게오와 토모코를 잊지 못한다고 해도, 자신과 나츠코를 아버지와 어머니로 인정해 주기만 하면 되었다. 테르미츠가 토모코 가족을 옆에 살게 한 것에는 이러한 속내가 담겨 있었다.

'동거'가 시작되자 마치코의 남동생 코이치는 테르미츠가 취미로 하는 낚시에 곧잘 따라다녔다. 테르미츠를 '아버지'라고 착각하여 부르기도 했지만, 얼마 안 가서 "아버지는 이상한 것 같아요. 역시 아저씨라고 부르는 게 좋을 것 같아요"라며 정정했다.

키요미도 코이치와 같은 의문을 품은 적이 있었다.

"토모코 엄마랑 키요미는 혈연관계가 아닌 거죠? 그런데 왜 엄마, 아빠라고 부르고 있는 거지? 이상해. 지금부터 아줌마, 아저씨라고 불러도 돼요?"

키요미는 다음 날 아침 토모코에게 "아줌마 학교 다녀오겠습니다"라며 얼버무렸다.

"엄마라고 부르지 않으니까… 또 뭔가 이상하네."

결국 테르미츠의 네 자매는 토모코 부부를 '엄마, 아빠'라고 부르고, 친부모를 '어머니, 아버지'라고 부르기로 했다.

—

전학 절차를 마무리한 마치코는 졸업까지 두 달간 미츠코와 같은 M초등학교에 다니게 되었다. 그런데 아침에 나갈 때면 딴짓을 하며 서로 외면했다. 이사를 별로 내켜 하지 않았던 마치코는 도저히 미츠코와 함께 등교할 기분이 나지 않았다. 미츠코 역시 마치코의 존재가 탐탁지 않았다.

1984년 봄, 두 사람은 함께 K중학교에 입학했다. 서로 으르렁거리는 사이는 아니었지만 각별히 친밀한 사이도 아니었다.

어느덧 시간이 지나 테르미츠의 집은 '아랫집'으로 불리게 되고, 점포 건물 옥상에 세를 내 살고 있던 토모코의 집은 '윗집'이 되었다.

첫 가정방문 때였다. 담임교사가 나츠코와 면담을 마치고 나오자 미츠코가 생글생글 웃으면서 기다리고 있었다.

"위에 엄마가 살고 있어요. 선생님, 만나 보시지 않을래요?"

"어? 이분은 엄마가 아니니?"

"이분은 어머니."

"그럼, 엄마는 누구시니?"

"선생님 모르고 있었구나. 저 아기일 때, 뒤바뀌어서 길러진 적이 있어요."

태연하게 이야기하는 미츠코의 행동에 놀라움을 감추지 못한 것은 교사였다. 아픈 기억이 있다고 생각하기 어려울 만큼 밝은 기운이 얼굴에 한가득 담겨 있었다. 학교에서는 애써 밝은 모습으로 지내려고 했던 것인지, K중학교의 선생님들은 수다쟁이에 밝고 쾌활한 미츠코밖에 몰랐다.

"식사하고 잠을 자는 건 아랫집에서 하고 윗집은 놀 때만 가라"는 테르미츠와의 약속은 몇 개월도 못 가 휴짓조각이 되었다. 미츠코는 갖은 이유를 대면서 옷가지를 옮기고, 토모코의 집에 자신의 생활공간을 만들었다. 학교에서 돌아오면 테르미츠 부부에게는 얼굴도 비추지 않고 계단을 뛰어올랐다. 여름방학과 겨울방학은 말할 것도 없고 평소에도 일주일 중 절반은 토모코의 집에서 보냈다. '아랫집'에 내려오는 것은 버스비와 학용품 비용을 청구할 때뿐이었다.

가끔씩은 그것조차 토모코가 주는 경우가 있어 테르미츠는 아버지로서의 존재를 무시당하는 것 같아 견디기 힘들었다.

주위 사람들로부터 "이제 많이 익숙해졌나?" 하는 질문을 받을 때가 가장 싫었다. 얼굴이 굳는 것을 상대방이 눈치챌까 걱정하면서 답했다.

"계속 떨어져 지냈다면 어색했겠지만 지금은 매일 얼굴을 보니 많이 좋아졌지."

그것은 테르미츠의 과장된 허세였다.

마치코는 거의라고 말해도 될 정도로 테르미츠의 집에 오는 일이 없었다.

"가끔은 아랫집에도 놀러 가렴." 토모코가 부추겨도 듣는 둥 마는 둥 "어…"라고 마음에도 없는 대답만 하고 내려가려는 기색은 좀처럼 보이지 않았다.

매년 8월 17일에는 케이크 하나에 둘의 나이를 더한 촛불을 꽂아서 생일 파티를 했다. 미츠코의 생일과 마치코의 생일 사이의 날에, 두 가정이 하나의 가족으로 함께하기 위한 행사처럼 파티를 열었다. 하지만 이것도 26개의 촛불을 마지막으로 흐지부지되었다. 명분상으로는 따로따로 생일을 축하해 주자는 것이었지만, 실제로는 미츠코와 마치코 둘 다 토모코의 집에서 생일을 보냈다.

테르미츠는 심술이 났다. 이대로 두면 두 아이 모두 빼앗겨 버리는 것은 아닐까 하는 불안감이 몰려왔다. 하지만 내성적이고 차분한 성격 탓인지 초초함을 억제하면서 불평 한마디 하지 않고 그저 방관했다.

그런데 어느 날 술에 취한 테르미츠가 갑자기 토모코의 집을 찾아왔다. 밤이 깊어 인적도 드문 시간이었다. 계단 중간에서 잠시 망설였지만 거실에서 불빛이 새어 나오는 것을 보고 문을 두드렸다.

"마치코! 마치코!"

놀라서 얼굴을 내민 것은 토모코였다.

"당신이 마치코에게 아래로 내려가지 말라고 한 거지?"

잡아먹을 듯이 따졌다.

토모코는 순간 할 말을 잃었다. 테르미츠가 이런 말을 하는 이유는 알만 했지만 눈이 풀릴 정도로 취해 있었다. 토모코는 얼굴을 찌푸리면서도, 술이라도 마시지 않으면 말하기 힘들었을 거라고 이해했다.

어긋난 인연

테르미츠는 미츠코와 마치코가 아래로 내려오지 않는 건 토모코가 막고 있기 때문이라고 의심했다. 아이들을 패밀리 레스토랑에 데려가는 것도 어장 속 물고기에게 밥을 주는 것처럼 뭔가 꿍꿍이가 있기 때문이라고 생각했다.

"나는 가라고 말했는데, 아이들이 안 간 거예요."

"아이들은 달콤한 속삭임에 넘어가는 존재이니까 당연한 거 아닌가? 부모가 더 엄격하게 지도하지 않으면 안 된다고. 둘 다 빼앗아 가서, 나는 속상하다고⋯⋯."

"빼앗아 가다니⋯ 마치코와 미츠코에게 나중에 아랫집에 내려가라고 말할 테니 이만 가세요."

납득했는지 아닌지, 테르미츠는 "정말로 말해 줘야 합니다"라는 말을 반복하면서 힘이 풀린 다리로 계단을 내려갔다.

테르미츠는 아이들에게 용돈을 넉넉하게 주지 않은 것이 자신을 멀리하게 된 원인이라고 생각했다. 토모코 부부가 미츠코에게 용돈을 주면 미츠코는 토모코네 집에 달라붙어 버릴 것이 눈에 훤히 보였다. 그걸 알면서도 용돈을 주는 것은 아이를 도둑질하는 거나 마찬가지라고 테르미츠는 늘 생각하고 있었다. 술김에 속마음이 나와 버린 것이다.

마찬가지로 토모코도 힘들었다. 설마 이런 일로 테르미츠에게 비난받을 거라고는 생각하지 못했다. 정말로 애정이 있다면 부모가 아이를 끌어당겨야 한다고 생각했다. 그것을 다른 사람의 탓으로 돌리다니, 토모코는 받아들일 수 없는 억울함을 느꼈다.

그렇다고 옆에 살고 있는 마당에 이제 와서 테르미츠 부부와 싸울 수도 없었다. 어떤 의미에서는 아이를 중심으로 한 가족이었다. 토모코는 마음을 고쳐먹고 미츠코와 마치코를 설득하기로 했다.

먼저 미츠코와 이야기를 시도했다.

"엄마는 내 교육 방침에 문제가 없다고 생각하니까 자신이 있어. 그런데 테르미츠 아버지는 그렇게 생각하지 않는 것 같아. 그래서……."

"그래? 아버지 마음대로 생각하라고 해."

미츠코가 귀찮다는 듯이 말하자, 토모코는 진지한 얼굴로 다시 이야기했다.

"네 아버지와 어머니는 하나뿐이야. 나와 시게오 아빠가 너를 키워 주었지만 진짜 부모님은 테르미츠 아버지와 나츠코 어머니란다."

"낳아 준 것은 어머니이지만…" 하고 미츠코는 입을 뗐지만, "이건 어떻게 할 수 없는 일이니까. 꼭 마음속에 새기고 다니렴"이라고 하는 토모코의 목소리에 묻혀 버렸다. 미츠코는 시무룩한 얼굴로 고개를 끄덕였다. 토모코는 풀이 죽은 미츠코에게 "오고 싶을 때는 언제라도 오렴"이라고 말하며 달랬다.

이번에는 마치코 차례였다.

"마치코도 가끔씩 찾아가서 얼굴을 보여야 해."

"왜 가라고 하는 거야?"

"네가 가지 않아서 테르미츠 아버지가 한밤중에 오신 거야. 부탁할 테니까 다녀와. 마치코가 가면 테르미츠 아버지가 엄청 좋아하실 거야."

"여동생들과 노는 건 좋지만, 아버지 얼굴은 보고 싶지 않아!"

마치코는 이렇게 말하며 시선을 딴 곳으로 돌려 버렸다.

반항기에 접어든 마치코는 점점 토모코의 말에 귀를 기울이지 않았다. 미츠코는 아직 그만큼은 아니었지만 마치코는 종종 토모코를 괴롭혔다.

조금이라도 마음에 안 들면 부루퉁한 얼굴로 방 안에서 나오지 않았

어긋난 인연

다. 한 달 정도 말을 전혀 안 듣는 경우도 있었는데. 그럴 때는 식사도 자신의 방으로 가지고 가서 먹는 등 고집불통이었다. 버릇없는 행동은 가끔 도를 지나쳤다. 반항기가 지나가면 괜찮아지겠지. 만약 잘못된 방향으로 엇나간다면, 역시 뒤바뀐 아이가 문제라는 말을 듣게 될지도 모른다. 이런 생각이 토모코의 머릿속에 맴돌았다.

토모코는 나중을 기약하며, 반항기가 지난 중학교 3학년 후반쯤부터 지금까지 응석받이로 키웠던 것만큼 엄격하게 대하기로 다짐했다. 놀 때나 물건을 살 때, 어디에 있든지 위치를 확인할 수 있게 전화를 하도록 했다. 친구들끼리 놀러 나갈 때도 집합 장소를 집으로 정하도록 했다. 누구랑 가는지 확인하기 위해서였다. 통금도 엄격했다. 무슨 일이 있어도 귀가 시간은 저녁 7시였다. 친구 집에서 공부를 한다고 해도 7시 통금은 변함없었다.

"시험 전인데 엄마가 이상해"라며 마치코는 노골적으로 반발했다.

잠들지 않는 곳이라고 불리는 오키나와에서 통금 시간이 7시라는 것은 확실히 이상했다. 오히려 7시부터 놀러 나가는 것이 보통이었다. 그런데 7시에 집으로 들어오라고 하니 싫어하는 것은 당연했다. 하지만 토모코는 알면서도 그렇게 했다.

"엄마 말 안 들으면 친구도 없어질 거야."

"그 정도로 없어질 것 같은 친구라면 처음부터 없는 편이 나아."

"남자 친구도 생기지 않을 거야."

마치코는 눈물까지 보였지만 토모코는 완강한 자세를 바꾸지 않았다.

"안 생겨도 돼."

토모코는 아이들의 성장 과정을 세심하게 관찰했다. 언제 혼내야 할지, 언제 칭찬하면 좋을지, 훈육할 순간을 가늠했다. 육아는 온몸을 던져서 하는 것이라는 말처럼, 나름대로 기준을 세워 최선을 다해 교육했다.

그 사건 이후 마치코에게 테르미츠와 시간을 갖도록 집요하게 말했지만, 막무가내로 들으려고 하지 않았다. 미츠코의 동생인 히데미나 키요미와는 놀아도 테르미츠가 돌아올 무렵이 되면 허둥지둥 집으로 왔다. 얼굴을 마주치지 않으려고 피하는 것 같았다.

그 후 테르미츠는 다시 술을 마시고 한밤중에 찾아왔다.

쾅쾅 문 두드리는 소리에 처음에는 무슨 일인가 하고 모두 모여들었다. 테르미츠는 이웃집에 들릴 정도의 큰 소리로 고함을 지르며 문 앞에서 울기도 했다.

"마치코, 마치코 왜 놀러 오지 않는 거야?"

마치코가 얼굴을 내밀 때까지 문을 두드렸다.

토모코는 서둘러서 자고 있는 마치코를 깨웠다.

"테르미츠 아버지가 왔어. 나가 보렴."

"이제, 짜증 나."

"그러지 말고, 부탁할게."

마치코는 용돈을 준다는 말에 마지못해 졸린 눈을 비비며 현관으로 향했다. 문을 열자 술 냄새가 물씬 풍겨 왔다. 황급히 입을 막았다.

"아버지는 아버지야. 아저씨라고 부르지 마. 왜 아랫집에 안 오는 거야? 가끔은 놀러 와. 아버지는 외로워."

마치코는 시선을 피하며 조용히 듣고만 있었다.

이런 한밤중에 어디서 사 왔는지 "이거 아버지가 주는 선물이야"라며 장미 꽃다발을 내밀었다. 테르미츠의 선물은 돈일 때도 있었다. 마치코는 받으면서 거의 들리지 않는 목소리로 "고맙습니다"라고 했다.

울적한 테르미츠의 마음은 술을 마신 날이면 이런 식으로 폭발했다.

어긋난 인연

종종 심야 방문을 당하는 토모코의 집에서는 민폐라고 생각했지만 쫓아내지는 못했다. 테르미츠가 찾아오는 것은 마치코를 만나기 위해서 였으며, 무슨 이유인지 친자식인 미츠코를 찾는 일은 한 번도 없었다.

토모코 부부에게 '잠들면 시체'라고 불릴 정도로 마치코는 잠귀가 어두웠다. 꼬집거나 때려도 일어나지 않았다. 사실 토모코도 질려 버려서 그냥 미츠코를 내보낸 적도 있었다. 토모코가 나오면 테르미츠는 아침까지 울면서 징징거렸기 때문이었다.

"테르미츠 씨, 빨리 집으로 돌아가세요. 지금이 몇 시인지 알고 계세요?"

"시끄러워. 마치코를 만나러 왔다고, 마치코를 보여 달라고."

마치코의 얼굴을 보지 않고는 돌아갈 기미가 보이지 않았다. 미츠코는 할 수 없이 골아떨어진 마치코를 깨워야 했다.

"아버지가 너 찾고 있어. 용돈 줄 거야. 어서 나가 봐."

미츠코는 잠이 덜 깨어 멍한 눈으로 일어나는 마치코를 놀렸다.

"또야……."

일어난 마치코의 등을 짝 때리면서 "내 몫도"라고 덧붙이며 내보냈다. 창문으로 마치코가 얼굴을 내밀자 테르미츠는 생긋 웃으며 "이제 마치코의 얼굴을 보았으니 아버지는 안심하고 자러 간다"라고 혼잣말을 하며 올라왔던 계단을 비틀거리면서 기분 좋게 내려갔다.

—

토요일에 담요를 안고 계단을 뛰어올라 월요일 아침에서야 내려오던 미츠코의 생활은 중학교에 들어간 첫 여름방학이 끝날 무렵, 또다시 토모코의 집에 틀어박히는 생활로 바뀌었다. 친부모와 함께 자는 것은 "가끔 얼굴을 보이지 않으면 테르미츠 아버지가 화내니까"라며 나름의 방식을 취하고 있었다.

어느 날 그것을 못마땅하게 생각한 테르미츠와 유치하기 짝이 없는 싸움을 하기도 했다.

"어디가 미츠코의 집인지 알고 있긴 한 거냐?"

"알고 있어. 아랫집인 거."

"그런데 왜 위에서 자는 거냐?"

"아버지가 자도 된다고 했잖아."

"계속 자도 좋다고 누가 말했니?"

"토모코 엄마가. 아버지는 공부방을 만들어 주지 않았잖아."

"여동생들과 같이 하면 되잖아."

"시끄러워서 할 수가 없어."

"옛날 사람들은 전등 없이도 공부했어."

"옛날과 지금은 다르단 말이야."

요렇게 말하면 저렇게 대답했다. 미츠코의 말대꾸에 테르미츠도 이제 정나미가 떨어졌다. 자신도 모르는 사이에 울화통이 터져서 "위층에 올라가는 거 앞으로는 절대로 허락하지 않을 거다!"라고 소리쳤다.

미츠코의 변명도 일리는 있었다. 테르미츠의 집은 다다미 4첩 반 크기의 부엌과 6첩 크기의 거실, 거기에 부부 침실과 아이들 방이 있는 구조였다. 다다미 6첩보다 작은 방이 네 아이들의 공부방이자 침실이었다. 책상은 하나밖에 없었다. 숙제를 할 때도 돌아가면서 사용해야 했다. 그 때문에 식사가 끝난 뒤 거실이나 부엌에서 공부할 때도 있었다. 에어컨이 없어서 여름에는 찜통이었다. 게다가 옆방에 토시코가 있다는 것이 미츠코를 몹시 화나게 했다.

어쨌든 테르미츠는 9시까지 아래로 내려와서 자라고 막무가내로 명령했다. 테르미츠의 집에서는 밤 10시까지 잠자리에 들어야 했다. 토모코의 집에 깊은 밤까지 환하게 불이 들어와 있는 것과 비교하면, 테르미츠의 집은 전형적인 농촌형 생활양식을 유지하고 있었다.

아이를 교환하긴 했지만 테르미츠의 입장에서 토모코네 가족은 이해가 안 되는 사람들이었다. 우리 아이가 남의 집에 마음대로 올라가서 숙식을 하는 것은 용납할 수 없는 일이었다. 토모코가 아무리 6년 동안 키운 자식이라고 해도 미츠코는 남의 집 아이다. 테르미츠의 허락 없이 자주 묵는 일이 생기면 마음이 아프더라도 쫓아내야 했다.

미츠코는 불평을 줄줄 말했지만 토모코는 테르미츠의 허락 없이 묵는 일만큼은 들어줄 수 없었다. '동거'을 통해 만들어진 인위적 대가족을 깨뜨리는 것은 아직 너무 일렀다. 하지만 토모코의 마음고생을 모르는 미츠코는 점차 냉대받고 있다고 느끼며 혼자 힘들어하고 있었다.

—

중학교에서 미츠코와 마치코는 소프트볼부에 가입했다. 미츠코가 운동부를 선택한 것은 '근육량을 늘리기 위해서'였다. 처음에는 농구부를 희망했지만 마치코와 같은 동아리라면 안심할 수 있을 것 같아서 소프트볼부를 선택했다.

체격이 좋은 마치코는 동아리 가입 후 얼마 안 되어 선수로 추천받았다. 포지션은 포수였다. 순식간에 다른 학교의 강호를 쓰러뜨리는 강한 선수가 되었다. 반대로 키만 크고 삐쩍 마른 미츠코는 언제나 후보 선수였다. "뭐야, 이 동아리의 기준은." 미츠코는 마치코가 잘나가는 게 체력이 부족한 것만큼이나 분했다.

그래도 동아리 활동이 늦게 끝나면 함께 밤길을 걸어서 돌아오는 등, 서로에 대한 시기와 질투를 노골적으로 드러내지는 않았다. 하지만 서로를 너무 의식한 나머지 마치코는 자신의 자리를 위협받는 상황이 되면 맹렬히 미츠코를 공격했다. 윗집에서 둘이 싸우는 소리가 테르미츠의 귀에도 종종 들렸다.

"왜 우리 집에서 노는 거야! 여기 너네 집 아니니까, 내려가!"

마치코는 강하게 미츠코를 밀어붙였다. 반박할 수 없는 미츠코는 머리를 숙이고 가만히 듣고 있을 수밖에 없었는데, 이런 취급을 받는 것은 중학교 때가 가장 힘들었다.

항상 명랑하고 수다쟁이였던 미츠코는 반에서도 인기가 많았다. 천진난만하다고 해야 할까, 근심이 없었다. 성적은 그저 그랬지만, 주위 사람에게 사랑받았고, 방과 후에도 친구들이 같이 놀고 싶어 했다. 하지만 친구를 초대해도 되도록 '윗집'에서는 놀지 않으려고 신경 썼다.

K중학교는 세 군데 초등학교 출신의 아이들이 모여 있었다. 미츠코와 같은 M초등학교 출신은 미츠코의 사정을 잘 알았지만, 다른 초등학교에서 온 학생들은 알 수 없었다. 뒤바뀐 일에 대해 물어보면 곤란한 것은 아니었지만 그렇다고 이제와 일일이 설명하는 것도 귀찮았다. 초등학교 때와 달리 토모코 부부 방에 끼어 지내는 것도 막연한 죄책감이 들었다.

나츠코는 미츠코가 친구를 데려오면 노골적으로 얼굴을 찡그렸다. 게다가 알리고 싶지 않은 가정사까지 말해 버리기 때문에 '아랫집'에서 노는 것은 그다지 내키지 않았다. 그렇다고 윗집으로 데리고 가기에는 마치코가 뭐라고 할지 몰라 걱정이 앞섰다. 친구와 반드시 집에서 놀고 싶을 때는 마치코가 없는 것을 확인한 후 데리고 가든지, 미닫이문을 꼭 닫아 얼굴이 마주치지 않도록 해야 했다. 어느 쪽이든 고생이었다. 아무리 조심해도 화장실을 가거나 할 때 꼭 한 번은 마주치게 되었다. 미츠코는 노는 것조차 마음 편한 날이 없었다.

초등학교 시절부터 친구였던 요네스 미카에도 미츠코네 집에 간 것은 중학교 2학년이 되고 나서였다. Y정으로 이사 왔을 때 한 번 놀러 온 적이 있었다. 그때는 아직 토모코네 집이 지어지지 않았을 때라 미츠코와 놀던 곳은 테츠미츠의 집이었다.

옥상에 새로 지어진 집에 놀러 온 미카에는 미츠코가 세탁실 창문을 넘어서 들어가자고 하자, 어처구니가 없었다. 마치코에게 들키지 않으려면 몰래 세탁실로 돌아서 창문 너머로 들어가는 수밖에 없었지만, 사정을 모르는 미카에는 "도둑 같잖아"라며 키득키득했다.

토모코 부부와 함께 살고 싶은 마음은 가득했지만, 토모코의 친자식은 마치코였기 때문에 미츠코는 당연히 적정한 선을 지켜야 했다.

—

중학교 3학년이 되자 둘 다 학원에 다니게 되었다. 물론 수험 때문이었다. 무엇을 시켜도 잘 하는 마치코에 비해서 미츠코의 성적은 평균 아래를 맴돌았다. 학원에 다니게 된 것도, 이대로 두면 고등학교 입학 여부가 불투명했기 때문이었다.

마치코의 목표는 M고등학교로, 인문계 고등학교였다. 지금까지의 성적을 보면 합격은 틀림없었다.

미츠코의 성적으로는 상업고등학교를 선택할 수밖에 없었다. 그것도 노력해야 가능한 것으로, 어려울 수도 있었다. 마치코는 확실히 고등학교에 간다. 미츠코는 지고 싶지 않았다. 어떻게 해서든 마치코와 같은 학력을 원했다. 게다가 어릴 때부터 어린이집 교사가 되는 것이 미츠코의 작은 꿈이었다. 반드시 고등학교만은 졸업하고 싶었다. 마음이 초조해지기 시작했다.

성적이 좋지 않은 것은 집중력 부족이 원인이라고 담임선생님에게 지적받았다. 차분하지 못한 성격은 자각하고 있었지만 이제 와서 쉽게 바뀌지는 않았다. 그래서 어느 때보다 열심히 노력했다.

3학년 여름방학이 끝나고 2학기가 중반에 접어들면 진로를 결정해야 한다.

성적은 여전히 하위권을 맴돌았고 상고 진학 여부도 불투명했다.

"성적도 그다지 오르지 않고, 그냥 학원도 그만둬라."

테르미츠는 없는 생활비를 쪼개 미츠코의 학원비를 주는 것이 쉽지 않았다.

"될 수 있으면 중학교를 졸업하고 취직을 해라."

미츠코는 고개를 숙인 채 조용히 듣고 있었다. 지금까지 그려 온 삶의 설계도가 마지막 한 걸음을 남겨 두고 희미해지는 것 같았다. 하지만 테르미츠의 경제 상황을 생각하면 수긍이 되었다. 미츠코는 오래 고민한 끝에 '아버지께 신세를 지고 싶지 않다'는 생각에 취직을 결심했다. 테르미츠가 미츠코에게 취직을 권한 것은 부모의 마음이었다.

진학 상담으로 학교에서 연락이 왔을 때의 일이다. 테르미츠는 미츠코의 성적을 보고 놀랐다. 40점과 50점이라는 숫자가 줄지어 있었다. 지금까지 미츠코가 시험 점수를 보여 준 적이 없어 어느 정도인지 몰랐는데, 그때 성적을 보고 놀라움을 금치 못했다. 무리해서 진학하는 것보다

어긋난 인연

안전하게 취업을 선택하는 쪽이 미츠코에게도 좋을 거라고 생각했다.

시간이 조금 지난 후, 테르미츠는 자신이 한 말을 후회했다. 중졸은 역시 체면이 서지 않을 테고, 나츠코처럼 되지 않으려면 무리해서라도 고등학교에 보내야겠다고 생각했다.

"저번에 한 말 신경 쓰지 마라. 어린이집 선생님이 되고 싶다고 했지? 돈은 대 줄 테니 노력해서 고등학교 시험 보거라."

하지만 미츠코는 "내 머리로는 무리야"라며 테르미츠의 조언을 듣지 않았다.

미츠코는 진학을 포기하지 않았지만 더는 테르미츠에게 기대지 않았다. 그렇다고 해서 토모코에게 경제적으로 의지하는 것도 꺼려졌다.

자신은 취업을 하고 마치코가 고등학교에 가면 인생의 시작부터 결정적인 차이가 생긴다. 학력 사회에서는 종졸에 대한 편견이 심했다. 아무리 발악해도 마치코를 쫓아갈 수 없을 거라는 생각이 들었다. 지금까지 무엇 하나 마치코를 이기지 못한 것이 아쉬웠다. 인생의 승패는 이렇게 쉽게 정해지는 것인가, 생각할수록 억울함이 복받쳤다.

그동안 토모코는 미츠코의 베개에 상당히 많은 머리카락이 떨어져 있는 것을 발견했다. 자연스럽게 빠진 것 같지 않았다. 때로는 한 무더기가 떨어져 있었다.

토모코는 걱정이 되어 목욕할 때 조심스럽게 미츠코의 머리를 들여다보았다. 아니나 다를까 10엔 동전만 한 크기로 머리카락이 빠져 있었다. 원형 탈모가 틀림없었다. 한동안은 그대로 두면 자연스럽게 나아질 거라고 생각했지만, 나아지는 기색은 전혀 보이지 않고 일주일 사이에 500엔 동전 크기만큼 커졌다. 원형 탈모는 정신적인 스트레스에서 온다고 어떤 책에서 읽은 기억이 났다. 이 문제를 대강 넘길 수 없었던 토모코는 미츠코를 불러서 물어보았다.

그러나 왜인지 미츠코는 대답을 주저했다. 말하게 되면 토모코에게 부담을 주고 걱정을 끼칠 것 같았다. 토모코는 미츠코를 달래면서 설득했다.

안타깝게도 테르미츠와 나츠코는 미츠코가 원형 탈모인 것도 몰랐다. 머리가 빠지고 있는 것은 알았지만, 테르미츠는 '어딘가 아픈 거 아니야?'라고 생각했다. 테르미츠 가정과 토모코 가정의 환경 차이는 이런 것에서 드러났다.

미츠코는 두 개의 고민이 있었다. 하나는 마치코처럼 고등학교에 가고 싶다는 것이었다. 하지만 학원에 다니지 않으면 자신의 성적으로 고등학교 수험은 무리였다. 테르미츠 아버지는 돈이 없으니까 학원에 보내 주지도 못한다. 어쩔 수 없이 중학교를 졸업하면 취직해야 했다.

두 번째는 테르미츠의 집에는 세 명의 여동생이 있어서 차분하게 공부할 수가 없다는 것이었다. 밤에는 나츠코 어머니가 술에 취해 행패를 부렸다. 토모코 엄마 집에서 공부하고 싶지만… 테르미츠 아버지가 윗집에 가지 말라고 했다.

미츠코의 이야기를 들은 토모코는 어처구니없는 일에 분개했다.

"고등학교를 졸업하지 않으면 취직도 할 수 없어. 돈이 없으면 엄마가 줄게. 그러니까 학원에 다니렴. 테르미츠 아버지에게는 비밀로 하고. 혹시나 들켜서 어디 가냐고 물어보면, 엄마 심부름 간다고 하거나 친구네 집에 공부하러 간다고 하면서 둘러대."

이걸로 고민 중 하나는 해결되었다. 나머지는 미츠코의 의지에 달렸다.

그러나 두 번째 문제는 간단하지 않았다. 어디까지나 테르미츠네 집안 문제였다. 토모코가 다른 집 가정사에 참견할 수는 없었다. 조금이라도 잘못하면 두 가정이 틀어지기 때문이었다.

이것은 미츠코가 스스로 해결해야 했다. 그래서 토모코는 미츠코에게 테르미츠와 속마음을 터놓고 허락해 줄 때까지 이야기해 보라고 조언했다.

미츠코는 나츠코와 토시코가 없는 것을 확인하고 테르미츠와 둘이서 이야기를 했다. "아무리 생각해 봐도 역시 토모코 엄마 집에서 공부하고 싶어"라고 입을 뗀 미츠코에게 테르미츠는 "왜" 하고 불만 가득한 말투로 물었다.

"이 집은 시끄러운 동생들 때문에 공부할 수가 없어. 토모코 엄마 집은 조용하니까 윗집에서 공부할 수 있게 허락해 주면 안 될까? 역시 고등학교에 가고 싶어, 아버지. 마치코 방에 책상이 있으니까 거기서 함께 공부하게 해 줘. 앞으로 절대, 더 이상은 아버지께 부탁하지 않을게. 그러니 이 부탁만은 들어 줘."

미츠코가 허락을 받는 데는 두 시간 가까이가 걸렸다. 생각해 보면 친아버지의 얼굴을 이렇게 오랜 시간 동안 보면서 이야기에 열중한 것은 처음이었다.

미츠코의 강한 말투에 기가 눌렸는지, 테르미츠는 "성적이 오른다면 좋다"라고 하며 우선 12월까지 세 달 동안만 토모코 부부와 함께 사는 것을 허락했다. 그리고 "만약 고등학교 수험에 실패하면 취직하는 거야"라는 말을 덧붙였다. 미츠코는 벼랑 끝에 몰린 상황이었지만 당장의 목적을 달성한 것에 가슴을 쓸어내렸다.

밖에 나오니 별빛이 밤하늘을 수놓고 있었다. 미츠코는 크게 숨을 들이마시며 "해냈다"라고 작은 소리로 여러 번 외쳤다.

"엄마, 여기 와도 된다고 허락 맡았어."

미츠코는 두 손을 들고 폴짝폴짝 뛰어들었다. 토모코에게 테르미츠와 했던 이야기를 전해 주며, 그날 바로 이불과 담요, 잠옷 등의 생활용품을 옮겼다.

그렇게 한 달이 지나지 않아 원형 탈모가 생겼던 자리에 솜털 같은 머리카락이 다시 자라기 시작했다.

—

미츠코는 수험 공부를 이유로 토모코의 집에서 숙식하는 것을 허락받았지만, 약속한 세 달이 지나도 아랫집에 내려가지 않았다. 졸업식이 가까워질 때까지 토모코의 집에서 지냈다. "언제 내려올 거냐?" 따져 물어도 모르는 체했다. 테르미츠에게도 이런 태도였기에 나츠코의 말은 아예 무시했다.

같은 곳에 살고 있다고 해도 실질적으로는 '가출'이었다. 식사를 하는 것도, 공부를 하는 것도, 잠을 자는 것도, 심지어 "다녀오겠습니다, 다녀왔습니다"라는 인사도 전부 토모코의 집에서 일어나는 일이었다.

이상적인 방향을 꿈꾸었던 '동거'는 점차 불안정한 형태로 바뀌고 있었다.

학교의 진로 상담은 나츠코에게 비밀로 하고 토모코가 가기도 했다. 고등학교 진학에 관한 상담은 나츠코를 절대 신뢰할 수 없었다. 담임 교사도 사정을 알고 있었는지 "아… 엄마이신가요?" 하며 별다른 말을 하지 않았다.

당연한 말이지만 나츠코와 미츠코는 모녀 사이였다. 마른 체격에 체질도 비슷하다. 하지만 그것을 다른 사람이 지적하면 미츠코의 얼굴은

어긋난 인연

굳어 버렸다. 키워 준 부모와 비슷하다는 말을 듣기 위해 긴 생머리를 자르고 토모코의 머리 모양과 비슷한 모습을 한 적도 있었다. 하지만 토모코네 가족이 되려고 하는 미츠코의 한결같은 행동은 점점 테르미츠 부부의 심기를 건드렸다.

버스 요금과 학용품 비용은 테르미츠 쪽에서 내고 있지만, 그 외의 식사, 옷 등은 모두 토모코 쪽에서 챙겨 주었다. 토모코는 마치코의 도시락을 쌀 때, 미츠코의 것도 함께 만들었다.

"왜 윗집 엄마가 도시락까지 만들게 하는 거야? 시집가면 밥도 해야 하고, 도시락도 싸야 해. 너를 위해서라도 도시락 정도는 아랫집으로 내려와서 만들어라."

테르미츠의 잔소리에 미츠코는 기분 나쁘다는 듯이 "응" 하고 대답할 뿐 별다른 관심조차 보이지 않았다. 걱정했던 대로 미츠코는 점차 테르미츠 가족으로부터 멀어지고 있었다.

이윽고 테르미츠는 '결혼해서 출가하기 전까지 미츠코는 토모코 씨 집에서 맡아 주고 있는 것뿐이야'라고 스스로를 타일렀다.

—

미츠코의 수학여행지는 기타큐슈였다. 새로운 반에는 친한 친구도 없었고, 고등학교에 진학할 수 있을지도 걱정되어 모처럼의 수학여행도 그다지 즐겁지 않았다.

갈 때는 오키나와에서 배를 탔다. 뱃멀미를 심하게 한 것만 기억에 남았다.

수학여행에서 쓸 용돈은 테르미츠에게 부탁하지 않고 스스로 저축한 돈을 가지고 갔다. 아버지로서 무시당했다고 생각한 테르미츠는 여행에서 돌아온 미츠코에게 화를 내며 나무랐다.

"왜 이야기하지 않은 거냐? 고생도 아픔도 모두 함께 나누어야 가족이라고 할 수 있는 거야. 마음에 들지 않으면 들지 않는다고 말을 해."

이제 와서 아버지가 '가족'이라는 단어를 말하다니 어색하기 짝이 없었다.

미츠코는 수험 장소를 G상업고등학교로 정했다. 마치코는 몇 군데 시험을 치른 후, 1차 지망이었던 M고등학교에 무사히 합격했다. 미츠코의 합격 통지가 도착한 것은 그로부터 얼마 후였다.

마음 졸이던 테르미츠도 미츠코의 합격 소식을 듣고 가슴을 쓸어내렸다. 그러나 앞선 걱정이 생겼다. 미츠코가 고등학교에 들어갔기 때문에 세 명의 여동생들도 중졸로 둘 수 없었다. 경제적인 부담을 생각하면 마음이 무거웠다. 언젠가는 돈을 벌기 위해 본토에 가야 할 것 같다는 생각이 테르미츠의 머릿속을 둘러쌌다.

1987년 4월, 고등학교에 입학한 미츠코는 제일 먼저 농구부에 가입했다. 육상부를 희망했지만 새로 생긴 학교였기 때문에 육상부가 없었다. 둘이 짠 것처럼 마치코도 M고등학교의 농구부에 들어갔다.

입학한 지 한 달이 지났다. 미츠코는 교내에서 열린 4,000m 달리기 경기에 참가했다. 난생처음 본격적으로 달려 본 것인데, 약 300명의 전교생 중에서 14위를 할 정도로 좋은 성적을 거두었다. 1학년이, 그것도 육상 훈련을 받아 본 적 없는 초보가 운동부 선배들을 거의 다 따돌린 것이다. 단거리에서는 늘 뒤에서 쫓아가는 쪽이었는데, 뜻밖의 결과였다. 이것을 체육 교사들이 놓칠 리 없었다.

다음 날부터 미츠코는 농구부 선수이면서 육상 훈련도 받는 특별 선수가 되었다. 달릴수록 점차 장거리 선수의 기질을 갖추어 나가고 있었다. 단거리 기록은 같은 나이 평균에 미치지 못했지만, 지구력이 좋아서 마라톤 선수로 유망한 재능이 있었다.

노을이 지는 저녁 8시까지 뭔가에 홀린 것처럼 미츠코는 계속 달렸다.

여기에는 이유가 있었다. 지금까지 미츠코에게는 마치코가 평생의 라이벌이었다. 아무리 노력해도 마치코를 이길 수 없었다. 하나쯤은 마치코보다 잘 하는 게 있다는 걸 증명하고 싶었다. 그렇지 않으면 앞으로도 마치코를 따라잡을 수 없을 것 같았다. 마치코의 약점은 장거리다. 마치코를 이길 수 있는 건 이것밖에 없다. 거의 확신에 가까웠다.

미츠코는 주산을 좋아해서 초등학교 4학년 때부터 집 근처 마을 회관에서 주산을 배웠다. 마치코가 잘 못하는 것 중 어느 하나라도 잘하고 싶었기 때문에, 토모코 부부를 만나러 가는 토요일에는 오후까지 남아서 열심히 공부했다. 이것만은 마치코에게 지고 싶지 않았다. 6학년 때 4급 자격증을 땄지만 기쁨도 잠시, 몇 개월 후 마치코가 무려 1급 자격증을 땄다. 그때만큼 억울했던 적이 없었다.

게다가 테르미츠는 뭐든지 마치코와 비교했다. 그것도 싫었다. 평생 마치코 뒤에서 조용히 숨어 살아야 하는 것은 아닌가 하고 포기하고 있던 미츠코에게 드디어 한줄기 빛이 보이기 시작한 것이다.

고등학교 2학년 봄, 작년과 같이 4,000m를 겨루는 교내 마라톤에 다시 출전하게 되었다. 미츠코는 어느 때보다 신중했다. 마라톤만큼은 절대로 질 수 없다는 생각에 몸을 떨었다.

전력 질주로 시작했다. 선두에 나서자 안정된 속도를 유지했다. 마지막까지 속도를 떨어뜨리지 않을 자신이 있었다. 경쟁자들이 떼로 따라 붙었지만, 2,000m 이후부터는 차례차례 떨어져 나갔다. 마지막 한 명의 경쟁자도 골인 지점이 가까워지자 점차 뒤처졌다. 한눈팔지 않고 연습한 탓인지, 뒤돌아보는 여유도 보였다.

미츠코는 유유히 양손을 높게 흔들며 골인했다.

뜻밖의 전개에 응원 중이던 학생들 모두 숨을 삼켰다. 곧 여기저기서 축하의 함성 소리가 쏟아졌다. 삐쩍 마른 '걸리버'가 우승을 한 것이다. 놀라움은 금방 큰 박수로 바뀌었다.

미츠코는 온몸에서 무언가 뿜어져 나오는 듯한 충동을 느꼈다. 왜인지 이유를 알지 못했지만 눈시울이 뜨거워졌다.

마치코가 "어땠어?"라고 물으면, 얼굴색 하나 변하지 않고 자연스럽게 대답하겠다고 생각했다. 토모코에게는 마치코가 함께 있을 때 이야기해야 한다. 학교에서 돌아가는 길에 마치코에게 어떻게 말하면 가장 효과적일지, 미츠코는 온갖 상상을 하며 혼자 피식피식 웃었다.

집에 돌아와 이야기할 기회를 엿보았다.

"오늘 마라톤에서 미츠코가 1등 했어."

평상시와 다름없는 어조로 말하고 싶었지만 목소리가 격앙되었다.

마치코는 순간 놀란 듯했지만 곧 마음을 가다듬었다.

"거짓말이지? 또 농담을 하고 그래……."

이런 경계심도 예상한 일이었다. 미츠코는 뒤에서 상장과 우승 트로피를 꺼내 눈앞의 라이벌에게 내밀었다.

마치코는 "아, 정말이네"라고 하며 조금 놀란 것처럼 보였다.

미츠코는 이것으로 마치코를 이겼다고 생각했다.

얼마 지나지 않아 미츠코는 동아리 지도교사로부터, 연말에 열리는 마라톤 대회에 학교 대표로 나가 보라는 권유를 받았다. G상업고등학교가 마라톤 대회에 출전하는 것은 처음이었다. 지금까지는 유능한 선수가 없었기 때문에 참여를 주저했지만, 미츠코의 활약을 보고 교사들도 자신감이 생긴 것이다.

1988년 12월, 오키나와현 여고생 마라톤 대회에서 미츠코가 달리는 코스는 가장 긴 구간이었다. 군도[64] 1호선이라고 불리는 국토 58호선 중 기노완시 후텐마 마을 부근부터 시작해 남쪽 아래 전환점을 통과하는 4구간 6㎞의 거리였다.

미츠코가 마라톤에 출전한다는 말을 들은 토모코는 대회 전날에 돼지 뼈를 고아 국물 낼 준비를 했다. 아침에 나가기 전 오키나와 소바를 먹이기 위해서였다. 소바는 체내에 곧바로 흡수되어 에너지로 변하기 때문에, 마라톤을 할 때 유리하다고 고등학생들 사이에서 유명했다.

"엄마, 내일 마라톤인 거 알고 있지?"

미츠코가 이런 말을 하는 것은 오키나와 소바를 만들어 달라는 신호였다.

마라톤 당일, 토모코는 농사일을 하고 있던 나츠코의 둘째 언니 마사코를 불러서 함께 응원을 나갔다.

마라톤코스 옆에서 기다리고 있자 작은 점이 마침내 두 사람의 그림자가 되어 엎치락뒤치락하는 것이 보였다. 둘 다 머리를 떨어뜨린 채 힘들어했다. 당장이라도 쓰러질 것 같은 발걸음으로 숨을 헐떡였다. 뒤의 선수가 걱정되었는지 미츠코는 몇 번이나 돌아보았다.

"조금만 더 힘내!"

토모코는 자신도 모르는 사이에 외쳤다.

"엄마. 더 이상 안 되겠어"라고 어렴풋한 목소리가 들리고, 미츠코가

---

64 미국 정부가 설치하고 관리하던 도로

눈앞을 지나가는 순간 토모코는 한 번 더 "엄마가 보고 있어. 포기하지 마"라며 소리쳤다.

첫 출전인 탓에 순위는 좋지 않았다. 출전 학교 37개 중 29위라는 최하위권 기록이었지만 일단 완주한 것만으로도 기뻤다. G상업고등학교가 마라톤 경기에 출전한 것은 이전에도 이후에도 그때뿐이었다.

다음 날 「류큐신보」와 「오키나와 타임즈」에 기사가 실렸다. 작은 기사였지만 시로마 미츠코의 이름도 있었다. 토모코는 신문을 스크랩하면서 마치코에게 말했다.

"보렴. 미츠코의 이름이 실렸어."

"응. 미츠코는 좋겠다. 신문에 실려서."

부러운 눈빛으로 바라보던 마치코가 중얼거렸다.

미츠코는 자랑스럽게 가슴을 펴고 다녔다. 성적은 좋지 않았지만 그런 건 아무래도 좋았다. 마치코가 자신을 부러워하는 눈으로 보고 있다는 것만으로 충분히 행복했다. 이 순간을 얼마나 기다려 왔는가. 이제 드디어 토모코 엄마에게 자랑할 수 있는 것이 생겼다. 미츠코는 자랑스럽게 눈웃음을 지으며 예전부터 꿈꾸던 것을 성취한 감동을 다시 한번 음미했다.

그러나 이때의 기쁨을 테르미츠와 나츠코에게는 표현하지 않았다.

—

고등학교 3학년이 되면 졸업 후의 진로를 결정해야 한다. 마치코는 단기대학에 진학할지 전문학교에 진학할지 고민한 끝에 토모코의 권유로 전문학교에 가게 되었다.

어긋난 인연

한편, 미츠코는 기다렸다는 듯 일찌감치 취업을 하기로 결정했다. 아직 여름방학 전이었지만 망설임은 없었다. 어린이집 교사가 되고 싶다는 꿈은 버리지 않았지만, 자신을 둘러싼 상황을 생각하면 본토에 취직하는 것이 가장 좋다고 판단했다.

미츠코가 선택한 직장은 도쿄 근교에 있는 중견 기업이었다. 학교에서는 백화점이라는 듣기 좋은 이름으로 모집 공고를 냈지만, 실질적으로는 슈퍼마켓 같은 곳이었다. 아무튼 이런 차이는 그다지 상관없었다. 미츠코가 취업을 희망했던 기업 중 입사가 확정된 곳의 조건이 가장 좋았기 때문이었다.

미츠코의 취업 축하로 토모코의 집은 웃음소리가 끊이지 않았다. 밖에서는 노을이 지고 있었지만, 술자리는 끝날 기미가 보이지 않았다. 그 자리의 모두가 즐거운 기분이었는데, 특히 남자 친구가 화제로 떠오르면서 더욱 열띤 대화가 오갔다. 피를 나눈 아이는 아니지만 토모코와 시게오는 내 자식 이상으로 미츠코를 살펴 주었다.

"부모와 자식은 무엇일까?"

토모코가 울컥한 마음으로 말을 했다. 미츠코는 자신을 향한 말이라고 여겼는지 잠시 입을 다물고 생각에 잠기더니, 조심스럽게 말문을 열었다.

"부모와 자식은 혈연관계보다 키워 준 정이 훨씬 더 중요한 것 같아요."

이미 그때로부터 12년이 지났다. '잃어버린 6년'의 두 배가 되는 시간을 보내고도 여전히 미츠코는 키워 준 6년의 연장선에서 방황하고 있었다.

지금의 미츠코는 일찍이 "나는 부모님이 두 명씩 있다"라고 자랑하던 미츠코가 아니었다. 명확하게 '두 부모'을 부정하는 미츠코였다.

잠시 후, 나츠코가 문을 열고 얼굴을 내비쳤다.

"미츠코 양, 취업 축하해."

나츠코는 자신의 딸에게 '미츠코 양'이라는 존칭을 붙였다. 어딘가 모르게 거리를 두는 것 같은 목소리였다. 별거 아닌 것 같지만, 지금까지의 실험의 결말이 집약되어 있는 것 같은 한마디였다.

두 집안이 12년 동안 거둔 성과를 돌아보면, 테르미츠의 집은 아직도 아이를 되찾기에 급급했고, 토모코의 집은 간신히 되찾은 봄을 서서히 음미할 수 있게 되었다.

나중에 미츠코의 생각을 알게 된 테르미츠는 천천히 힘들게 입을 열었다.

"역시 미츠코는 저쪽 가족이 더 좋은가 봅니다. 그 아이도 연민이 있었으면 아래로 내려왔을 텐데, 이래서야 무엇 때문에 고생해서 학교에 보냈는지 모르겠습니다. 저희 쪽은 버려진 것 같고 엎친 데 덮친 격입니다. 이럴 줄 알았으면 교환 따위 하지 않는 편이 좋았을 건데……."

언젠가 토모코가 눈가를 훔치며 이렇게 말했다.

"6년 동안의 공백은 평생 걸려도 만회할 수 없을지도 몰라요."

지금 테르미츠의 가정에서 그것을 맛보고 있었다. 밝음과 어둠, 어디서에서부터 두 가족의 색깔이 나누어져 버린 걸까. 다시 출발점으로 돌아가기에는 12년이라는 시간은 아주 먼 거리였다.

얼마 후 미츠코는 도쿄로 떠났다.

"사회에 나가서 어른이 되면 또 생각이 변할지도 모르겠군."

테르미츠는 아이의 새 출발에, 다시 한번 자신의 희망을 덧붙였다.

테르미츠네 집 마당에 심은 데이고 꽃이 여름을 알리는 듯, 또다시 새빨간 꽃잎을 펼쳤다.

어긋난 인연

제10장

—

미완성의 결론

1990년 봄, 처음으로 고향을 떠나는 '우리 아이'에게 토모코는 산신을 연주하며 오키나와의 민요를 불러 주었다. 눈물은 보이지 않으려 했지만 무심코 뜨거운 것이 치밀어 올랐다. 마음 깊은 곳을 울리는 〈여공절〉[65]을 들으니 미츠코의 가슴에도 수많은 감정이 오갔다.

부모의 곁을 떠나 / 본토로 가는 여행

외로움은 있어도 / 열심히 일하고 올 거야

친구와 헤어진 곳은 / 고향 마을 외각

부모님과 헤어진 곳은 / 나하 항구

나하 항구까지는 내 고향 / 배를 타면 본토

---

65 오키나와의 민요

언제쯤 돈을 모아서 / 내 고향으로 돌아갈 수 있을까

본토에서 돌아오면 / 친구는 한 명도 없겠지

벚꽃 나무에 기대서 / 나는 울어요

빛나는 달을 향해 / 올려다본 하늘

고향의 풍경이 / 서려 있네

유리 창문을 열고 / 노래를 불러

들리나요 엄마 / 내 목소리가

방직공장 일은 / 편하다고 말했지만

편하지 않아요 / 힘들어요 엄마

　한때, 본토의 방직공장에 딸을 보냈던 어머니들의 애석함은 포식의 시대가 된 지금도 변함이 없다. 미츠코가 떠난다. 부모의 곁을 떠나 드디어 혼자 날아오르려고 한다. 토모코는 '딸'의 출발을 축복해 주고 싶으면서도 알 수 없는 슬픔이 가슴속에서 치밀어 오는 것을 억누를 수 없었다.

　그리고 마치 자신에게 말하듯 중얼거렸다.

　"엄마는 성인이 되어 자신의 의사를 확실하게 표현할 수 있을 때까지는 부모가 책임지고 보살펴야 한다고 생각해서 지금껏 네 곁에 있었어. 이제 어른이 되었으니까, 네 인생은 온전히 네 것이니 최선을 다하렴. 언젠가 결혼도 하고 아이도 낳으면 엄마와 아빠의 마음을 알게 될 날이 올 거야. 미츠코와 피가 섞이지는 않았지만 부모와 자식, 아니 그 이상이었다고 생각해. 그 누구도 떨어뜨릴 수 없고, 아마 앞으로도 영원히 함께할 거라고 엄마는 믿고 있단다."

　　　어긋난 인연

—

미츠코는 토모코의 일기를 우연히 보게 되었던 순간을 회상했다. 중학교 2학년 때였다. 테르미츠 집의 복잡한 사정을 알게 된 후였기 때문에 더 와닿았다. 미츠코가 키워 준 토모코 엄마의 은혜에 보답하고자 다짐한 것은 그때부터였다.

별 생각 없이 벽장 속을 정리하고 있는데, 옷상자 사이에서 낡은 공책이 나왔다. 노랗게 변색된 종이를 넘겨보니 토모코가 쓴 일기였다. 내용의 대부분은 미츠코에 대한 것이었다. '우리 아이'가 뒤바뀌었다는 것을 알게 된 순간부터, 교환으로 끝날 일이 아니라는 것을 직감한 답답하고 복잡한 속마음이 흐트러진 문자로 적혀 있었다. 미츠코는 좁은 벽장 속에 웅크린 채 토모코 엄마의 일기를 정신없이 읽었다.

'가치 죽어 버릴까? 심지어는 함께 저 세상으로 데리고 가 버릴까, 라는 생각마저 든다'는 문장을 봤을 때는 대못이 박히는 느낌이었다. '그냥 갖다 버리면 그만이잖아'라는 문장도 있었다. '어딘가 먼 곳으로 아이를 데리고 도망칠까'라고도 쓰여 있었다. 엄마가 사람들의 시선도 신경 쓰지 않고 울었다니, 믿을 수가 없었던 미츠코의 가슴이 저려 왔다.

읽어 내려갈수록 글자가 보이지 않았다. 눈물이 하염없이 쏟아져 흰 셔츠의 소매가 젖어 들었다. 이 일기를 쓴 '엄마'가 평생 머리에서 맴돌 것 같은 느낌이었다. 어떻게 하면 '엄마'에게 보답할 수 있을지 도무지 알 수 없지만, 적어도 토모코의 기대를 저버리지 않는 삶을 살고 싶었다.

졸업 후 진로를 결정해야 하는 시기가 되었을 때, 일찌감치 취업을 하기로 한 것도 그때 일을 잊을 수 없기 때문이었다. 라이벌인 마치코가 단기대학과 전문학교 진학을 놓고 고민할 때, 미츠코도 전문학교에 진학하고 싶어 고민했다. 하지만 '하루빨리 보너스를 받아서 토모코 엄마를 기쁘게 해 드리고 싶어'라는 생각에 돈을 벌 수 없는 대학 진학은 시원하게 포기했다.

"마치코는 6년분만 보답하면 되지만, 나는 20년분을 효도해야 해."

태어나서 6년간 '엄마'였던 토모코를, 그 이후에도 '엄마'로 선택한 미츠코의 심경은 복잡했다. 테르미츠와 나츠코에게 의지할 수도 없고, 그렇다고 토모코의 집에 의존하는 것도 내키지 않았다. 어머니처럼 생각해도 진짜 엄마는 아니었다. 토모코의 아이는 마치코이지 미츠코가 아니었다. 낳아 준 부모님으로부터 토모코네 집에 맡겨져 지금까지 성장하게 되었다는 생각을 어떻게 해도 지울 수 없었기 때문에, 마치코처럼 응석을 부릴 수 있는 입장이 아니었다.

생각 끝에 미츠코가 선택한 것은 '빨리 돈을 벌어서 누구에게도 의지하지 않고 생활할 수 있게 되는 것'이었다. 받은 월급의 일부를 토모코 엄마에게 송금하는 것도 목표 중 하나였다. 은혜를 금전으로 환산할 수는 없지만, '엄마'에 대한 마음을 표현하려면 이 방법뿐이 없다고 생각했다.

미츠코는 일자리를 결정할 때 세 가지 조건을 고려했다. 첫 번째는 가능하다면 간사이[66] 혹은 간토[67]에 있는 회사를 선택하고 싶었다. 두 번째는 기숙사가 있어야 한다는 것이었다. 그리고 세 번째는 월급의 실제 수령 금액이 10만 엔 이상 되어야 한다는 것이었다.

---

66 교토부, 오사카부 등이 있는 곳
67 도쿄도 등이 있는 곳

여기에는 공통적인 이유가 있었다. 바로, 매달 5만 엔씩 적금을 들기 위해서였다. 매달 5만 엔을 모으면 2년 후에는 120만 엔이 된다. 어쩔 수 없이 약간의 지출을 하더라도 100만 엔은 확실하게 저축할 수 있다. 이 돈은 결혼 자금으로 쓰고자 했다. 이만큼은 저축해서 오키나와로 돌아오자고 미츠코는 스스로에게 다짐했다.

오키나와 이외의 지역에 있는 기업을 선택한 것은, 오키나와에 있으면 애써 일을 해도 친구들과 놀면서 돈을 써 버릴까 걱정되었기 때문이다. 기숙사가 있으면 일단 숙식은 해결할 수 있다. 매달 5만 엔을 저축하기 위해서는 기숙사비를 공제해도, 생활비를 포함하여 최소한 10만 엔 이상이 있어야 한다. 이 세 가지 조건에 맞는 기업이라면 어디라도 좋았다.

학교 취업실에서 책자를 받은 미츠코는 사진을 보고 지금의 직장을 결정했다. 학교에서 취업이 내정된 학생은 미츠코가 처음이었다.

테르미츠에게 이 소식을 전하자 "네가 갈 길이니 스스로 결정해라"라고 하며, 허탈할 정도로 시원스럽게 대답해 주었다. 그런데 뜻밖에도 키워 준 엄마인 토모코의 반대가 심해서 잠시 포기할까 생각했다. "절대로 본토는 안 돼"라며 허락해 주지 않았다. 토모코는 자기가 낳은 자식만큼 미츠코 또한 곁에 두고 싶어 했다. 하지만 미츠코는 어떻게든 나가고 싶다고 주장했다.

이모인 레이코와 세츠코의 중재로 토모코는 마지못해 져 주며, 2년 이라는 조건을 걸고 허락했다.

"결혼할 때 내 돈으로 결혼식을 올리고 싶어. 절대로 저쪽 부모님에게 기대고 싶지 않아. 아마 저쪽도 내가 기댈 거라는 생각은 전혀 안 하고 있을 거야. 내가 부탁하면 엄만, 아마 도움을 주겠지만… 지금까지 엄마에게 여러 가지 신세를 졌는데 더는 요구하고 싶지 않아. 교환된 후에도 엄마에게 신세를 졌으니, 내 빚이라 생각하고 언젠가 엄마에게 보답하고 싶어."

그럭저럭 오키나와를 떠나 독립하는 것으로 결정되자, 두 집안의 관심은 아이들의 결혼으로 향하게 되었다. 성인이 된 딸이 두 명이나 있으니 당연하다면 당연했다. 언젠가는 미츠코도 결혼을 하게 되는 날이 올 것이다. 그때 미츠코가 선택한 배우자를 누구에게 인사시키느냐는 것이, 어느 날 토모코의 집에서 화제가 되었다.

"낳아 준 부모님으로 정해진 거 아닌가?"

토모코는 그다지 깊게 생각해서 말한 것은 아니었다. 가족처럼 키운 미츠코지만 테르미츠의 아이였다. 자신이 정성스럽게 키운 것은 사람의 도리로서 당연한 일을 한 것이다. 하지만 미츠코의 반응은 달랐다.

"내가 결혼하게 되어도, 시부모님을 저쪽 부모님과 만나게 하고 싶지 않아. 그러니까 부탁할게. 결혼하게 되면 결혼식에 엄마네 가족들이 왔으면 좋겠어."

"그런데, 그렇게 했다가 테르미츠 아버지에게 들키면 큰일이야. 엄마는 어디까지나 너를 내 아이라고 생각하고 키웠지만, 정말로 내 아이는 아니니까."

"알고 있어… 그렇지만, 나는 그 사람들을 부모로 생각하지 않는데, 그런 집안에서 결혼 허락을 받는 건 싫어. 돈은 엄마에게 폐 끼치지 않을게. 그래서 나 저축하고 있어."

토모코는 살며시 웃으며 "당분간 결혼 안 시킬 거니까, 너무 걱정하지 마"라고 답답한 화제에 종지부를 찍으려고 했지만, 미츠코는 정색하면서 말을 덧붙였다.

어긋난 인연

"저쪽 집은 이제 지긋지긋해. 나는 아이가 생기면 엄마처럼 많은 애정을 쏟으면서 키울 거야. 엄마를 본받아 반드시 따뜻한 가정을 만들 거야."

미츠코는 조용히 다짐했다. 이제는 부모에게 의지하지 말고 살아가자, 어떤 난관이 닥쳐도 스스로 이겨 내자. 인색하다는 말을 들을 정도로 돈을 저축하게 된 것도, 누구에게도 의지하지 않고 살아가고자 하는 마음 때문이었다.

—

오키나와를 떠난 지 2년이 지난 1992년 1월 15일, 초봄을 알리는 매화가 만발하고 기온이 15도까지 오르는 따뜻한 봄날이었다. 이 해에 성인식을 치른 오키나와의 남녀는 1만 6,000명 남짓이었다. 미츠코는 고향의 성인식에 참석하기 위해 오키나와에 돌아왔다.

159㎝의 키에 몸무게 38㎏으로 여전히 마른 몸매였지만, 기모노를 입으면 어엿한 성인 여성의 느낌이 풍겼다. 물론 기모노는 대여했다. 성인식 전날 오랜만에 친한 친구들과 만나 그동안 쌓아 둔 이야기를 하느라 새벽까지 노는 바람에, 당일 성인식에는 술이 덜 깬 상태로 참석했다.

이때 미츠코는 다른 사람의 머릿속에서는 나오기 힘든 말을 했다.

"스무 살이 되면 자신이 좋아하는 성씨를 선택할 수 있는 법이 있었으면 좋겠어. 그렇게 할 수 있다면 내가 제일 먼저 이사 미츠코로 변경할 거야."

이미 두 아이의 엄마가 된 친구도 있었다. 고등학교를 중퇴하고 결혼한 친구도 있었다. 스무 살에 육아가 일상의 전부가 되어 버린 결혼 생활 얘길 들으니, 미츠코는 존경과 동정이 교차되는 마음으로 옛 친구들을 바라보게 되었다. 그리고 테르미츠의 네 자매 중, 결혼은 자신이 제일 마지막으로 하게 될 것 같다는 예감이 들었다.

인생의 중대사가 있으면, 오키나와에서는 종종 성대하게 축하를 한다. 이날 밤도 곳곳에서 모여든 토모코네 친지들이 고급 아와모리를 마시며 마치코와 미츠코의 성인식을 축하했다.

마치코와 미츠코는 도중에 자리를 떴지만, 주인공이 없어도 마시고 노래하며 시끌벅적한 술자리를 새벽까지 이어 갔다.

연회가 시작되기 전, 토모코네 가족은 한자리에 모여 기념사진을 찍었다. 사진 촬영 후 토모코는 미츠코가 스무 살이 된 것을 테르미츠 부부에게도 알려 주고자 했다.

"모처럼 꽃단장했으니까 테르미츠 아버지에게도 보여 드리렴."

이렇게 말하며 내키지 않아 하는 미츠코를 아랫집에 억지로 보냈다.

"출근하셔서 집에 안 계실 거야."

"그럼 나츠코 어머니에게라도 인사드리고 와."

"그 사람도 집에 없었어."

"너를 낳아 준 어머니한테 그 사람이라니, 그렇게 말하는 거 아니야. 테르미츠 아버지는 이제 일 끝나고 돌아오실 거니까 그때까지 기모노 벗지 말고 기다렸다가 인사드려."

결국 테르미츠에게는 기모노 입은 모습을 보여 주었지만, 나츠코에게는 보여 주지 못했다. 나츠코가 집에 돌아왔을 때는 꽤 늦은 밤이었기 때문에, 미츠코는 기다리지 못하고 편한 옷으로 갈아입어 버렸다. 그 사실을 알게 된 나츠코는 원망 가득한 표정으로 쓸쓸하다는 듯이

어긋난 인연

어깨를 떨었다.

"눈앞에 부모가 살아 있으면 뭐하니, 자식이라는 게 도대체 뭐야······."

나츠코는 본토에 취직한 미츠코로부터 한 통의 편지도 받지 못했다. 도쿄에 도착했을 때, 딱 한 번 수신자 부담으로 전화를 건 적이 있는데, 콜렉트콜을 알지 못했던 나츠코가 그냥 끊어 버렸다. 그러고 난 후에는 전화가 걸려 온 적이 없었다. 딸이 직장 전화번호조차 알려 주지 않았기에 소식을 알 길은 없었다. 하지만 알고 싶다면 토모코에게 물어보는 방법이 있었다. 배 아파서 낳은 딸을 자신의 품에 두고 싶은 마음이 없는 걸까. 이런 의문에 나츠코는 이렇게 되받아쳤다.

"내 입장에서 생각하면 그게 그거예요. 왜냐하면 우리 집에는 오지 않으니까. 오키나와에 돌아와도 토모코 씨 집에만 들러요. 그렇다면 차라리, 멀리 떨어져 있는 것이 더 좋아요. 오키나와로 돌아오고 싶어 한다면 어쩔 수 없지만······."

미츠코는 토모코와 시게오의 생일마다 빠짐없이 선물을 보냈다. 택배로 보냈기 때문에 부재중일 때는 테르미츠의 집에서 받아 보관하는 경우도 있었다. 나츠코는 미츠코가 보낸 것이라는 말을 듣고 기뻐했다. 하지만 그것도 잠시, 토모코 부부의 선물이라는 것을 알고 곧 실망했다. 택배를 윗집에 다시 전달해 줘야만 했다. 큰 택배를 들고 토모코의 집 문을 두드릴 때만큼 속상하고 분할 때가 없었다.

그때 나츠코는 토모코 부부가 거실에서 소포를 뜯는 것을 바라봤는데, 상자 가득 겨울 의류가 담겨 있었다.

"좋겠네요, 따뜻한 선물을 받아서"라고 이야기했지만 부러움과 서운함이 뒤섞여 황급히 계단을 내려갔다. 지금까지 미츠코는 친어머니인 나츠코에게 무엇 하나 보내온 적이 없었기에 섭섭함은 더욱 크게 다가왔다.

"나는 교환 따윈 하고 싶지 않았어요. 마치코를 내 곁에 그대로 두고 싶었다고… 친척에게 말해 버려서 어쩔 수 없이 바꾼 거예요."

미츠코의 근황은 간혹 찾아오는 마치코가 알려 주었다. 마치코는 아버지 테르미츠와는 얼굴을 마주치지 않았지만, 간간히 어머니 나츠코를 찾아왔다. 어렸을 때 많은 신경을 쓰지 않았음에도 불구하고, 게다가 다른 남자와 불륜을 저지르는 것을 보았는데도, 마치코는 토모코의 눈을 피해 몰래 나츠코를 만났다.

이 사실은 토모코도 한동안 몰랐다. 그렇다고 마치코가 옛날 '어머니'에게 미련이 남았던 것은 아니었다. 단지 쉽게 '어머니'의 모습을 머릿속에서 지워 버리는 것이 어려웠는지도 모르겠다. 마치코와 테르미츠 부부를 연결해 주는 것은 세 명의 여동생이었는데, 나츠코는 어쩌면 이 덕을 보고 있었다.

—

약속한 2년이 지났지만, 미츠코는 오키나와로 돌아오지 않았다. 1년 더 도쿄에서 일하고 싶다고 말한 후로 해마다 1년만 더 있겠다며 토모코의 마음을 조마조마하게 했다.

현재 미츠코는 도쿄의 생활에 만족했다. 어쩌면 미츠코는 오키나와로 돌아가지 않을 생각인지도 모른다. 4년이라는 시간이 지난 1993년 가을, 미츠코는 진지한 표정으로 조용하게 말했다.

"오키나와에는 친척이 모이는 명절이나 행사가 많고, 지금도 우리 사정을 모르는 사람들이 '얘는 누구 핏줄이야?' 하고 물어보는 경우가 종종 있어요. 그럴 때마다 '토모코 엄마 아이예요…'라고 대답하면, 이번에는 '토모코네 애는 마치코야. 이렇게 마르지 않았어'라는 말이 돌아와요. 억울해서 울고 싶을 만큼 속상해요. 어떻게 대응하면 좋을지, 여기에서 나는 무엇인지, 너무 마음이 아프고, 역시 나는 토모코 엄마네 가족이 될 수 없구나, 하는 생각이 들어요. 당당할 수 있는 마치코가 부러워요. 내 마음은 토모코 엄마가 있는 곳으로 돌아가고 싶지만, 역시 이대로 도쿄에 있는 편이 좋은 것 같아요."

분명 오키나와는 미츠코를 키워 준 섬이지만, 미츠코를 둘러싼 복잡한 환경을 생각하면 결코 안주할 수 있는 곳이 아니라는 게 어렴풋이 느껴졌다. 오키나와 이외의 지역에 자신을 위한 새로운 고향을 만들고자 하는 마음이 강한 것으로 보였다.

―

성인식을 기점으로 테르미츠의 집과 토모코의 집은 점차 멀어졌다. 토모코네 집에서는 고민의 씨앗이었던 미츠코가 오키나와를 떠났기 때문에 테르미츠네 사람들에게 더는 마음을 쓸 필요가 없어졌다. 물론 미츠코도 1년에 두 번 정도 추석과 정월에 고향으로 돌아왔지만 "저쪽 부모님 얼굴은 보고 싶지 않아"라고 하며 찾아가지 않았다. "이사를 가면 내가 돌아와도 저쪽은 모르잖아. 빨리 아파트를 알아봐"라고 재촉했다.

스무 살을 넘긴 아이들의 생각에 참견하지는 않았다. 결혼하기 전까지는 부모가 아이들을 책임질 의무가 있다고 생각한 토모코는 의사를 존중하여 Y정을 떠나기로 결심했다. 1993년 12월이면 테르미츠와 맺은 10년의 계약 기간도 끝난다. 계약 만료를 계기로 시게오의 직장 근처에 아파트를 임대하기로 했다.

계약을 갱신할까 망설인 적도 있지만 테르미츠 부부의 태도가 왠지 쌀쌀맞아 포기했다.

새로 임대한 아파트는 6첩 다다미방 두 개와 부엌 겸 거실로 이루어진, 이른바 2DK[68] 구조였다. 전에 살던 집보다 훨씬 좁고, 월세 6만 엔은 가뜩이나 어려운 가계에 큰 부담이었다. 하지만 아이들이 모두 찬성했기 때문에 시게오도 이사하기로 결단을 내렸다.

고등학교를 졸업한 마치코는 도쿄에 있는 단기대학에 진학하고 싶었지만, 토모코의 "엄마의 단 하나 소원이니까, 멀리 가지 마"라는 간절한 부탁을 외면할 수가 없었다. 미츠코가 떠나고 마치코까지 손이 닿지 않는 곳에 가 버리는 것은 토모코에게는 상상도 할 수 없는 일이었다.

마치코는 나하에서 가까운 컴퓨터 관련 전문학교에 입학한 뒤, 가나가와현의 대기업인 전기회사에 취직했지만, 불과 두 달 만에 되돌아왔다. 잠시 집안일을 도우며 빈둥거리고 있을 때, 마침 시게오가 개업을 하게 되어 월급 8만 엔을 받고 아빠 회사에 취업했다. 물론 의식주는 여전히 제공해 주니까 8만 엔은 마치코의 용돈인 셈이었다.

—

"안녕하세요. 이사건설입니다. 그러니까 오전 중에 끝나고 돌아오실 예정인데…, 예? 확실해요. 밤새 작업했으니까 곧 오시지 않을까요? 몇

---

68 방 두 개에 식당, 부엌이 있는 주택을 뜻하는 일본식 약어

시쯤이 좋으세요… 현장은 어딘가요… 테루마 마을이군요. 예, 산업회
관 앞에서 왼쪽 방향이요. 이건 5톤인 가요… 네, 일시적인 입고네요,
알았습니다. 감사합니다."

전화로 척척 일을 해내는 마치코의 목소리가 들려왔다.

1991년 11월에 시게오는 지금까지 다니던 건설 회사를 퇴직하고,
오키나와시 외곽에 대형 중장비를 임대하는 회사를 설립했다. 모아 둔
돈에 은행 대출을 더했다. 사실 대부분이 은행 대출이었다. 자칫 잘못
하여 대출을 상환하지 못하면 빚더미에 앉을 수도 있었다. 매사에 신
중한 시게오는 몇 번이나 고민했다. 그러나 아무리 작아도 자신의 회
사를 가지고 싶었던 꿈만큼은 실현하고 싶었다.

불도저와 대형 크레인 같은 기계를 취급하는 회사이기에 어느 정도
넓은 토지가 필요했다. 높은 토지 임대료 때문에 수익이 날지 걱정이
었다. 이때 나츠코의 친정에도 군용지로 접수되었던 토지가 반환되어,
운 좋게도 시게오는 그 땅을 싸게 빌렸다. 물론 나츠코는 맹렬히 반대
했지만, 나츠코의 아버지는 굳이 시게오의 제안을 거절할 이유가 없었
다. 테르미츠네와 토모코네는 다양한 이해관계에 얽히고설키면서 알
게 모르게 인연을 이어 가고 있었다.

직원은 네 명으로 아담한 회사였다. 그중 셋이 시게오와 토모코 그
리고 마치코였기 때문에 실질적으로는 가족이 운영하는 회사였다. 토
모코는 경리를 담당하고, 마치코는 수금과 사업의 총 지휘를 겸하는
중요한 역할을 담당했다. 사장은 시게오였지만, 마치코의 지휘 아래에
있었기 때문에 딸이라고 해도 대등하게 맞설 수 없었다.

"우리 사장님은 마치코 같아. 제일 잘난 척하고, 내게 명령까지 하니
까. 주위 사람들이 부모와 딸이 함께 일하는 걸 보고 많이 부러워하는

데, 말 그대로 행복해."

마치코는 시게오가 이라크의 후세인과 닮았다고 놀리곤 했다. 시게오가 스무 살밖에 안 된 딸에게 당하는 것을 보고, 주위 사람들은 쓴웃음을 짓기도 했지만 시게오는 싫지 않았다.

점심시간에는 마치코가 만든 도시락을 함께 먹기도 했다. 하도 졸라대서 크레인 운전을 가르쳐 준 적도 있었다. 시게오 아빠에게 완전히 마음을 닫고 지냈던 것이 거짓말처럼 느껴질 정도였다. 시게오가 딸의 머리를 쓰다듬으려고 손을 내밀면, 울면서 몸을 피해 도망친 것도 지금은 머나먼 추억 속 이야기가 되었다.

"함께 일하니까 마치코도 바뀌더라고요. 회사도 사람을 채용해야 하니까, 그렇다면 부모 밑에서 일하는 것이 좋지 않겠냐고 권유했지요. 지금은 마음 편해 보여서 좋아요. 저쪽 집안 여동생들은 아직도 귀여운지 테르미츠 씨네 가끔 놀러 가는 것 같지만, 더는 관여하고 싶지 않아요. 더 이상 나쁘게는 안 될 것 같고, 이제는 안심하고 있으니까요."

토모코의 말 속에 감추어진 속뜻은 없어 보였다.

—

라이벌로 경쟁해 온 두 사람은 미츠코가 오키나와를 떠난 후, 지금까지와는 다르게 한층 친해졌다. 토모코에게는 비밀로 하고 연애 상담을 주고받기도 했다. 토모코는 미츠코에게 애인이 생겼다는 이야기도 마치코에게 듣고 알았다. 마치코는 두 사람의 관계를 '친구 이상, 자매 미만'이라고 표현했다.

차례차례 결혼하는 동창들을 보면서도 마치코는 아직 결혼이 멀게 느껴졌다. 주위에서는 빨리 결혼하라고 닦달했지만 정작 본인은 아랑곳하지 않았다.

"만약 결혼해서 태어난 아이가 바뀌면 어쩌지? 부모에 이어서 딸까지 뒤바뀌면 최악이야. 내 아이에게는 이 고생을 겪게 하고 싶지 않아. 이런 고생은 나 하나로 충분해. 그런 일을 생각하면 아무 생각 없이 결혼할 수 없어."

마치코에게 이런 이야기를 들은 이후, 토모코는 마치코의 앞에서 더는 결혼에 대해 입 밖으로 꺼내지 않았다.

요즘 토모코는 어려서부터 배운 산신을 마치코에게 가르쳐 주고 있었다. 벽을 쌓고 지내던 딸이 최근에는 노래방에 가자고 했다. 옛날 노래를 부르면 푸념을 늘어놓으면서도 즐거워 보였다.

항상 심각한 얼굴을 하고 있던 토모코가 농담을 하기 시작한 것도 최근의 일이다. 예를 들어, 추석 휴가에 미츠코가 귀향했을 때였다.

토모코네 사무실에 드나들던 고객이, 가끔 놀러 오는 미츠코를 마치코의 친구라고 착각했다. 물론 토모코 가정의 숨겨진 사정은 몰랐다. 미츠코가 토모코를 향해 "엄마!"라고 부르는 것을 본 고객은 얼굴색이 싹 바뀌었다. "누가 네 엄마니?"라며 당장에라도 잡아먹을 듯한 목소리로 물었다. 그럴 만했다. 토모코와 미츠코의 얼굴은 모르는 사람이 봤을 때, 부모와 딸이라고 연관시키는 데 무리가 있었다. 하지만 토모코는 표정 하나 바뀌지 않고 체념한 듯 말했다.

"이런, 들켜 버려서 어쩔 수 없네. 우리 집 양반에게는 자백했지만, 옛날에 내가 몰래 낳은 자식이에요. 이런 이야기 아무에게도 하지 말아요."

"그게 정말입니까?"

고객은 어안이 벙벙해져서 두 사람을 바라보았다. 봐서는 안 될 것을 본 사람처럼 어쩔 줄 몰라 했다. 색안경을 끼고 보게 되는 상황인데, 토모코와 미츠코는 오히려 웃음을 참느라 애썼다.

그리고 간신히 감정을 가다듬었다.

'예전에는 나쁜 쪽으로만 생각했는데, 지금은 좋은 쪽으로 생각할 수 있게 된 것'도 토모코에게 여유가 넘치기 시작한 이후부터다.

토모코는 아이를 낳아 키운 지 6년째 되던 해에 "아이가 뒤바뀐 것에 대해 어떻게 생각하시나요?"라는 질문을 받았다. 그때는 "병원에서 실수만 하지 않았더라면 이런 일이…"라고 울먹이며 말을 잇지 못했다.

그 후 16년 째 되는 해, 나는 다시 같은 질문을 던졌다.

"미츠코도 함께 돌봐 주라는 신의 장난이었는지도 모르겠네요. 병원을 원망하지 않아요."

토모코는 확실히 평온을 되찾았다.

"미츠코가 테르미즈 씨 댁에서 적응하지 못한 건 아마 애정을 주지 않았기 때문일 거예요. 우리 쪽에 정을 붙이고 싶어 하는 미츠코의 마음은 스무 살이 되어도 변하지 않았고 앞으로도 분명 달라지지 않을 거라 생각해요. 그 아이가 의지할 곳은 여기밖에 없었어요. 이제 어른이기 때문에, 나머지는 흘러가는 상황에 맡길 뿐이지요."

마지막으로 다시 아이가 뒤바뀌면 어떻게 할 거냐고 물었다. 토모코는 잠시 천장을 바라보더니, 역으로 나에게 질문했다.

"여섯 살은 한창 귀여울 나이예요. 이제 와서 다른 사람의 아이라고 보내 줄 수 있으신가요? 하지만 가까이에는 내가 배 아파 낳은 아이가 있어요. 어느 쪽을 골라야 하다니, 이만큼 잔인한 선택은 없을 거예요. 피를 나눈 자식과 정을 나눈 자식 중, 만약 당신이라면 어느 쪽을 선택

어긋난 인연

하시겠어요?"

나는 잠시 동안 말을 할 수 없었다.

"그래도 역시 진짜 내 자식을 선택하겠지요. 지금 상황에 만족해요. 시간이 지나면서 덤덤해지기도 했고 후회하지 않아요."

자신감이 넘치는 확고한 태도로 거침없이 단언했다. 단 한 번도 마음 편안한 적 없던 날들도 지금 생각하면 한순간에 지나지 않았다고 덧붙였다.

—

1993년 연말에 토모코의 식구들은 임대 점포 옥상의 조립식 주택에서 짐을 뺐고, 나츠코는 토모코네 짐이 빠지기만을 기다리고 있었다는 듯이 세 딸의 물건을 옮겼다. 물론 딸들에게 한마디 의논도 하지 않은 나츠코의 '기습 작전'이었다. 집에 돌아와 이불, 옷 그리고 화장대까지 없어진 것을 보고 딸들은 분노했다.

"우리 보고 나가라는 뜻이야?" 따지듯이 덤비는 딸들에게 나츠코는 주춤하는 기색 하나 없이 태연하게 "윗집이 이제 빈집이 되었으니까 좋은 거 아니야?"라고 대답했다.

나츠코는 딸들이 쓰던 방을 순식간에 정리하고, 창문에 자신이 좋아하는 커튼을 달았다. 멍하니 지켜보는 딸들을 무시하고 꿈꿔 왔던 새 성곽을 만들어 나가는 나츠코를, 직장에서 돌아온 테르미츠도 정나미가 떨어졌다는 얼굴로 바라보았다.

세 여동생들은 토시코에 대한 생각이 미츠코와는 조금 달랐다. "어머니의 사랑을 우리는 토시코 이모에게서 받았어"라고 서슴없이 말했다.

셋째 키요미는 나츠코의 손에 이끌려 술집에 간 적이 있는데, 어렸을 때의 경험은 지금도 충격적인 기억으로 뇌리에 남아 있었다. "여기에서 얌전히 주스 마시고 있어"라는 말과 함께 어두침침한 소파에 앉혀져, 나츠코가 집에 돌아가자고 할 때까지 몇 시간 동안이나 기다렸다. 낯선 어른들이 얌전하구나, 착하기도 하지, 라며 머리를 쓰다듬어 주었지만 설움이 복받쳤다.

키요미가 중학생 때는 마치코와 같은 일을 겪었다. 동아리 활동 때문에 늦은 시간에 집에 돌아오니, 모르는 남자가 방 한가운데 앉아 있었다. 어머니는 그 남자에게 교태를 부리며 요염하게 술을 따랐다. 키요미는 엄마를 노려보며 쏜살같이 토시코 이모의 방으로 들어갔다.

생각지도 못한 상황과 맞닥뜨리니 오열이 터졌다.

"아버지와 이모가 그런 관계가 된 것도 어쩔 수 없다고 생각해요. 만약 이모가 없었다면 지금쯤 우리는 불량 청소년이 되었을지도 몰라요. 외로움을 달래 준 것도 이모였어요. 아버지에게 이혼하라고 강요한 적도 있지만, 아버지는 곤란한 얼굴로 이렇게 말했어요. '어머니와 이모는 자매니까 이제 와서 이혼을 한다 한들, 그러니까 당장 어머니와 이혼해도 이모와의 결혼은 친척들이 허락해 주지 않아. 아버지는 어머니를 아내로 생각하지 않으니까, 그냥 이대로 두는 거야.' 짜증은 났지만 아버지 말을 듣고 마음의 결정을 내렸어요. 내가 결혼하면 꼭 이모에게 친정 엄마 자리에 앉아 달라고 부탁하기로."

아버지와 이모의 부조리한 관계를 알아도 키요미는 미츠코처럼 토모코네 집으로 도망칠 수 없었다. 살아남기 위해 테르미츠를 피할 수도 없었다. 미츠코가 "너무나 불쌍한 우리 동생들"이라고 했던 것은 이런 뜻이었다. 나츠코 어머니를 대신하여 토시코의 어깨에 기대는 것만

어긋난 인연

이 동생들에게 남겨진 유일한 생존 수단이었는지도 모른다.

경제적인 빈곤 속에서 테르미츠와 토시코는 필사적으로 딸들을 키웠다. 딸들을 나츠코처럼 키우지 않는 것이 절실한 목표였다. 적어도 고등학교만은 졸업시키고 싶었다.

미츠코가 고등학교 2학년 때였다. 테르미츠는 계약직으로 규슈[69]의 자동차 공장에서 일하게 되었다. 표면적인 이유는 새로운 자동차의 동력 전달 시스템을 기초부터 공부하고 아이들의 학비를 벌기 위해서였다. 하지만 그에게는 다른 계획이 있었다. 자신이 없어도 토시코가 혼자 가족을 지켜 나갈 수 있을지, 아이들을 착실하게 학교에 보낼지 시험한 것이었다. 나츠코보다 토시코에게 어머니로서의 기대를 걸고 있었다. 반년 사이에 네 명의 아이들은 토시코를 어머니로 인정했다. 본토로 일하러 가는 것은 향후 삶의 방향을 결정하는 중요한 결단이었다.

테르미츠가 떠난 후, 친척 중에서 토시코의 편이 되어 주는 사람은 아무도 없었다. 은근히 '나가라'고 눈치를 주는 사람도 있었다. "테르미츠네 가정에 왜 다른 사람이 참견하는 거야?"라고 비난하기도 했다. 토시코는 몇 번이나 테르미츠의 집을 떠나려고 했지만, 3년 전에 친정 엄마가 돌아가셨기에 찾아갈 곳도 없었다. 둘째 히데미가 등교를 거부한 것도 토시코의 발목을 잡았다.

매주 토요일이면 테르미츠에게 전화가 왔다. 아이들 하나하나의 근황을 듣기 위해서였다. 학교에서 싸운 이야기부터 새 신발을 갖고 싶다는 이야기까지, 토요일 밤은 마치 아버지와 딸의 '전화 상담실' 같았다. 반년 후 돌아올 때 보니, 그동안 사용한 전화 카드의 두께가 10㎝

---

[69] 후쿠오카현 등이 있는 곳

나 되었다. '괴로움도 슬픔도 전부 이 전화 카드에 담겨 있네'라던 테르미츠는 지금도 그것을 소중히 보관하고 있었다.

오키나와로 돌아가기 직전이었다. 가장 아니꼬운 시선으로 바라보던 히데미의 한마디가 테르미츠에게 큰 위로가 되었다.

"옛날 일은 잊어버렸어. 이제부터는 좋은 생각만 하기로 했어."

이제 와서 토시코를 엄마라고 부를 수는 없지만 마음속으로는 엄마로 생각한다고 말했다. 무엇보다 아이들이 토시코를 엄마로 인정해 준 것이 테르미츠를 기쁘게 했다. 도박일지도 모르는 모험에 자신을 걸고 시련을 이겨 낸 결실이라고 생각했다.

하지만 미츠코는 끝내 토시코를 테르미츠 가정의 일원으로 인정하지 않았다. 테르미츠는 섭섭했지만, 이것 또한 운명이라고 생각하며 포기할 수밖에 없었다.

다행히 히데미와 키요미는 테르미츠를 걱정시키지 않고 무사히 고등학교를 졸업했다. 두 딸의 무사 졸업은 테르미츠에게도 자랑이었다.

미츠코는 토시코를 싫어했지만 나머지 세 딸은 달랐다. 어머니 이상으로 사랑을 줬기 때문에 감사하다고 말했다.

—

1992년에는 일찌감치 결혼한 둘째 딸 히데미의 아이가 태어나 테르미츠는 할아버지가 되었다. 현재 테르미츠는 세 딸과 아들, 그리고 손자에게 둘러싸여 즐거운 나날을 보내고 있다.

나츠코가 멋대로 독신 생활을 즐기고 있는 방은 분위기가 완전히 바뀌어 멋지고 깔끔해졌다. 언제든지 손님을 맞이할 수 있도록 탁자와 찬

어긋난 인연

장도 반짝반짝하게 닦아 두었다. 아이들은 그런 나츠코를 째려보며, 술에 만취되어 남자에게 업혀 들어올 때 부끄럽지도 않냐고 경멸했다.

여전히 나츠코는 집에 없었다. 술 마시고 노느라 가끔 외박도 했다. 갑자기 손님이 방문했을 때, 나츠코의 방은 응접실로 사용되었다.

나는 종전[70] 49주년 기념일에 '주인' 없는 응접실에서 테르미츠를 만났다.

테르미츠는 미츠코가 본토에 가서도 편지 한 통 보내지 않는다며 눈물을 흘렸다.

취업이 결정되었을 때였다. 미츠코가 운전면허를 따고 싶어 한다는 말을 들었지만 당시 테르미츠에게 20만 엔은 큰돈이었기 때문에 쉽사리 지원해 줄 수 없었다. 학원비를 마련하기 위해 분주하게 돈을 마련할 방도를 알아보는데, 자신에게는 비밀로 하고 어느새 외삼촌에게 돈을 빌려 면허를 땄다. "부모가 있는데 왜 상담을 하지 않았냐"고 언성을 높인, 그 일이 지금까지 마음에 걸리는 모양이었다. 이러한 감정이 복잡하게 얽혀 미츠코는 애증의 존재가 되었다.

"아버지의 마음으로 이야기하면, 다음에 또 이런 일이 생긴다면 아이는 한 번에 떼어 놓아야 합니다. 함께 살면 아이도 안정을 찾을 거라고 생각한 것이 잘못된 판단이었죠. 부모한테는 아이가 성장해 가는 모습을 보는 것이 즐거움인데, 이렇게 되면 재미는커녕… 아이의 마음도 헤아리지 못하고. 힘들게 키웠는데 부모를 남으로 생각하는지 전화 한 통 하지 않습니다. 이런 가슴 아픈 일을 생각하면, 차라리 그때 교환하지 않았으면 더 좋았을 것 같군요."

---

70 제2차 세계대전의 종료

다시 한번 "교환하지 않는 편이 좋았다"라는 말을 들었다. 하지만 말의 어감과 테르미츠의 태도는 완전히 달랐다. 몇 년 전과는 다른 사람처럼 태연했다. 말 속에 꿍한 기색이 없어진 것은 손자들에게 둘러싸인 지금의 생활에 만족하고 있기 때문인지도 모른다. 떠나간 미츠코에게 미련이 있는 것 같지도 않았다.

자신의 아이를 하나 잃은 것을 그렇게 슬퍼하지도 않았으며, 남은 딸들을 좋은 짝과 결혼시키고 토시코와의 사이에서 태어난 외아들을 무사히 키우는 것이 지금 그의 삶의 보람이었다.

테르미츠 부부는 교환하지 않았으면 좋았을 것이라고 말하고, 토모코 부부는 교환해서 좋았다고 말했다. 17년의 총결산은 두 가족에게 상반되는 결과가 되었다.

두 가족은 15년이 넘는 시간 동안 대가족 같은 관계를 계속 유지했다. 이런 사례는 찾아보기 힘든 드문 경우임에 틀림없다. 하지만 그들이 이 방법을 선택한 것은 숙명이지 않았을까. 여기에는 몇 가지 이유가 있다.

우선, 토모코네와 테르미츠네는 생활 및 교육 수준에 그다지 큰 차이가 없었다. 약간의 차이만 있을 뿐 가정환경은 비슷했다. 이것은 두 가정을 하나의 대가족으로 쉽게 묶을 수 있는 원인이 되었다. 친척처럼 왕래해도 위화감이 없었던 것이 주위 사람들에게는 물론 본인들에게도 안정감을 준 것이다.

두 번째는, 도쿄와 나가사키처럼 물리적으로 교류가 불가능한 거리가 아니었다. 버스로 겨우 20분. 아이도 걸어갈 수 있는 거리를 사이에 두고 두 집이 있었다.

아이가 초등학생이 된 후 교환을 한 오다 부부처럼 교환 후 교류를

어긋난 인연

차단한 가족과 비교하면, 이 두 가지가 결정적으로 달랐다. 그 차이를 '동거'라는 기발한 발상으로 발전시킨 것이다.

하지만 미츠코가 끝까지 테르미츠의 집에 정을 붙이지 못한 것은 예상 밖의 결과였다. 토시코와 테르미츠의 관계가 그 원인이었다고 해도, 토시코 없이는 지금의 테르미츠 가정은 상상할 수 없었다. 결과적으로 비난을 받기도 했지만, 어떤 의미에서 테르미츠 가정의 버팀목이 되어 준 것은 토시코이며, 미츠코의 여동생들과 테르미츠가 받은 상처를 치유해 준 것도 토시코였다.

—

테르미츠는 지금도 낚시를 좋아한다. 그가 이런 비유를 했다.

"어망에서 도망쳐 버린 물고기는 다시 돌아오지 않는다고 하죠."

물고기는 미츠코일 것이다. 친부모의 주위를 맴돌기만 하더니 자신을 외면해 버린 미츠코를, 결코 자신의 품에 들어오려 하지 않는 딸을, 지금은 되찾고 싶다는 집착이 누그러졌다. 그는 담담했고 아쉬움은 없어 보였다.

또한, 토모코가 미츠코를 엄격하게 지도했다면 우리 쪽에 정을 붙였을 텐데, 라며 상대방을 질투하는 목소리도 더는 들리지 않았다. 후련하고 온화한 표정이었다.

"오키나와에 돌아와도 우리 집에는 오지 않습니다. 선물로 과자를 가져온 적은 있지만, 나와 얼굴을 맞대고 싶지 않은지, 후닥닥 도망치듯 돌아가 버렸죠. 편지 한 장도 보내지 않습니다. 그렇다고 이제 와서 성인이 된 딸에게 화를 낼 수도 없는 노릇이고, 인생을 오래 살다 보니 생각지도 못한 난관에 부딪히기도 하네요."

어디서부터 톱니바퀴가 잘못 맞물렸는지 생각하다 지쳐 버린 듯했다. 어쩔 수 없는 상황에 연연하기보다 시원스럽게 단념하는 것이 얼마나 깔끔한가, 그런 그의 속마음이 들려오는 것 같았다.

이제 내가 결론을 내릴 차례다.

"결론 따위는 없다. 어디선가 타협하지 않으면 결론 따위는 영원히 찾을 수 없으니까."

강한 어조로 단언한다.

밖은 찌는 듯이 더웠다. 오래된 에어컨이 신음 소리를 내며 돌아갔지만, 함석지붕을 통해 춤추듯 내려오는 열기는 어쩔 수 없었다. 텔레비전의 채널마다 종전 기념일 특별 프로그램으로 오키나와 상륙 당시 미군이 촬영한 기록 영화를 방영했다.

나는 테르미츠와 처음 만났을 때를 떠올렸다. 당시 그는 헤어질 때 이렇게 말했다. 언젠가 시간이 해결해 줄 겁니다, 우리는 그날을 기다릴 뿐입니다, 라고 말이다.

테르미츠는 잠시 침묵했다가 천천히 낮은 목소리로 중얼거렸다.

"시간이 해결해 줄 수 없는 것도 있군요. 그래도, 미츠코도 언젠가 결혼하겠죠. 결혼하면 아이도 낳을 거고요. 엄마가 되면 생각이 바뀔까요? 그때가 또 다른 전환점이 될 거라고 믿습니다."

테르미츠는 오후의 빛을 배경으로 소소하게 웃었다.

—

에필로그

—

　도쿄 근교의 S시는 야마노테선[71]에서 사철[72]을 갈아타고 30분 남짓한 거리에 있다. 지난 몇 년 동안 인구가 급격히 늘고 역전에 새로운 상가가 들어서면서 시끌벅적한 신흥 도시의 정취가 느껴졌다. 상가를 관통하는 좁은 거리에는 대형 사철과 버스가 오가는 사람들을 밀칠 것 같은 기세로 달렸다. 여기서 택시로 5분 정도 가면 지금까지 북적이던 것과 달리, 간토 화산 퇴적층으로 덮인 검은 밭이 인상적인 한가로운 풍경이 펼쳐졌다. 그러고 보니 미츠코가 자란 Y정과도 비슷했다. 하지만 고속도로를 달리는 대형 트럭의 배기가스로 인해 푸르게 빛나는 하늘은 보이지 않고 흐리기만 했다.

---

71 도쿄도 미나토구의 시나가와 역을 기점으로 시부야, 신주쿠, 이케부쿠로를 지나 키타구의 타바타 역을 잇는 일본철도(JR) 노선 중 하나
72 국가가 운영하지 않고 개인이나 특정 회사가 소유하고 있는 민영 철도

이 도로의 한곳에 미츠코가 일하는 대형 마트가 있다. 전국에서도 손꼽히는 대규모 소매 점포 중 하나이다. 진열 상품의 재고를 점검하고, 고객의 요구에 따라 제품 설명을 하는 등 미츠코는 바쁘게 움직였다. 때로는 파트타임 아주머니들과 번갈아 가며 계산대 업무를 담당하기도 했다.

1990년 봄에 입사해 매년 간토 지역 매장을 돌아다니다가, 불과 4년 만에 지금 매장의 주임을 맡게 되었다. 입사 이후 의류 매장을 시작으로 이제 매장 전체를 책임지는 입장이 되었다. 파트타임 아주머니들을 감독하는 것도 미츠코의 일이다. 최근에는 책임자로도 관록을 보이고 있다.

고졸 출신 여성으로는 이례적인 발탁으로 동료들의 부러움을 샀다. 봄이 되면 신입 사원에게 접객하는 방법을 가르치고, 신규 개점 점포를 지원하러 달려가는 등 일이 바빠 점심도 거르기 일쑤였다. 과로 때문에 현기증이 나서 쓰러진 적도 있었다.

타고난 쾌활한 성격을 한껏 발휘하고 있었다.

인사이동의 계절이 되면 어김없이 상사와 파트타임 직원들로부터 "미츠코 씨는 이동하지 않겠지요. 미츠코 씨 같은 사람은 좀처럼 없으니 인사발령 지시가 있어도 거절해요"라는 말을 들었다. 막상 배치전환이 결정되면 "빨리 돌아와요"라고 자꾸 이야기해 오히려 미츠코의 마음이 무거울 정도였다. 일부러 미츠코가 일하는 매장으로 찾아와 쇼핑하는 고객이 생길 정도였으니, 분명히 그녀는 누구에게나 사랑받는 성품이었다.

타고났다고 하지만, 처음부터 이렇게 잘했던 것은 아니다. 친구가 없어 우울했던 적도 있었다. 그럴 때는 토모코의 편지를 읽으면서 마음을 달랬다. 편지에는 이렇게 적혀 있었다.

친구라는 것은 먼저 다가가서 말을 걸지 않으면 언제까지나 생기지 않아. 스스로 도망치려고 하면 아무도 다가오지 않는단다. 상대에게 친절하게 대해 보렴. 친절하게 대하면 친구는 자연스럽게 생길 거야. 네가 하기 싫은 것은 상대도 하기 싫은 일이란다. 이 점을 늘 기억하고 사람의 약점을 함부로 이용하지 않도록 주의하렴. 나쁜 말은 오른쪽 귀로 듣고 왼쪽 귀로 흘려버리고 모두에게 사랑받을 수 있도록 노력하거라. 어떤 일이든 인간관계가 가장 중요하단다. 언젠가 스스로 어려움을 이겨 내지 않으면, 늘 그 자리에 머물게 될 거야. 사회는 생각보다 만만치 않다는 것을 항상 마음에 새겨 두렴.

취업 후 한동안은 외로움이 몰려와 매일같이 기숙사 한쪽 구석에서 울었다. 그 무렵 밤 8시가 되면 어김없이 토모코네 집의 전화가 울렸다.

선배에게 야단맞은 일을 비롯해 그날 있었던 크고 작은 일들을 세세하게 늘어놓으며, 마지막에는 "지금 당장 돌아가고 싶어. 데리러 와"라고 수신자 부담 전화로 울면서 말했다. 토모코는 미츠코의 끝없는 푸념을 한 시간이 넘도록 들어 주었고, 토모코네 집 전화 요금은 10만 엔을 넘지 않는 달이 없었다.

"스스로 선택한 일이니까 적어도 1년은 참고 견뎌야지. 지금 돌아오면 오키나와 사람들은 틀림없이 널 바보 취급할 거야."

미츠코의 기대와 달리 '엄마'에게 돌아오라는 말을 듣지는 못했다.

선배에게 위로를 받으며 지냈는데 지금은 반대로 위로를 해 주는 입장이 되었고, 그날의 일들이 마치 거짓말처럼 느껴졌다.

오키나와에서 같은 비행기를 타고 온 열네 명의 친구들은 추운 겨울이 될 때마다 하나둘 돌아가더니, 3년이 지난 지금은 불과 다섯 명밖에 남지 않았다. 친구들이 돌아가는 이유는 '연못이 얼 정도의 추위'와

향수병 때문이었다. 인간관계가 좋지 못해 요령을 부리다 제풀에 지쳐 돌아가 버리는 친구도 적지 않았다.

친한 친구가 하나둘 떠나는 것을 보면 외로움이 몰려왔다. 가장 힘들었던 순간이었다. 하지만 미츠코는 이를 악물고 버텼다. 혼자 꿍해 있지 않는 성격도 한몫했지만, "적어도 2년은 견디다가 퇴직금을 받고 돌아가자"라는 미츠코다운 다짐이 정신적인 지주가 되었다.

예정했던 2년은 벌써 지났지만, 지금은 오키나와에 돌아갈 마음이 없었다. 그런 미츠코의 태도가 토모코를 힘들게 했다. 어쩌면 이대로 본토에 눌러살면서 자신의 품에서 멀어지는 것이 아닐까 걱정되었다.

최근 미츠코에게 첫 남자 친구가 생긴 것도 토모코를 안절부절못하게 했다. 스물 셋이나 되었으니까 남자 친구가 생기는 것은 당연하다고 생각하면서도, 아무래도 신경 쓰였다.

"본토에서 결혼하면 부모와 딸의 인연도 끝이야."

은근히 오키나와로 빨리 돌아오라는 의도로 한 말이지만, 결국 토모코 혼자 하는 기 싸움에 불과하다는 것을 알고 있었다.

미츠코는 목표 저축액을 100만 엔에서 300만 엔으로 올렸다. 결혼 자금뿐만 아니라 앞으로 삶의 터전을 다지기 위한 금액이었다. 게다가 지금까지 키워 준 토모코 부부에게 해외여행을 선물하고 싶다는 작은 소망이 있었다. 토모코 부부가 결혼식을 올리지 못했다는 이야기를 듣고, 그렇다면 결혼기념일에 자신이 번 돈으로 '신혼여행'을 보내 드리고 싶다고 생각했다.

미츠코는 작은 꿈이 많았다. 앞으로 살아가기 위해 꼭 필요한 꿈이었다. 꿈은 미츠코의 보람이기도 했다. 꿈이 하나둘 실현될 때까지 어떤 일이 있어도 오키나와에 돌아갈 수 없었다.

"도쿄에는 재미있는 게 많아서 좀처럼 돈이 모이지 않아."

어긋난 인연

평온한 미소가 돌아왔다. 유연해진 표정에는 지금까지 말하기 힘든 고민을 안고 살아온 인생이라고는 믿을 수 없을 정도로 밝은 기운이 돌았다.

—

1994년 5월, 오키나와는 벌써 우기를 맞이한 듯 이슬비가 내리는 날이 계속되었다.

토모코네 집은 여전히 수다가 끊이지 않는 화기애애한 가정이었다.

"빨리 결혼하지 않으면 노처녀로 늙어 죽을지 몰라."

"괜찮아, 결혼 못하면 죽을 때까지 엄마랑 살면 돼."

이런 대화가 토모코와 마치코 사이에서 농담처럼 자주 오갔다.

해가 바뀌자, 마치코의 동생 코이치가 고등학교를 졸업하고 이사건설에 입사했다. 이제 가족 전원이 시게오의 회사에서 일하게 되었다. 이와 더불어 토모코 가족을 행복하게 만드는 것은, 세 대의 대형 크레인을 최대한으로 가동해도 부족할 정도로 일에 쫓기고 있다는 것이었다. 불황 때문에 일이 부쩍 줄었다고 걱정하던 시게오의 불평도 쏙 들어갔다. 이사건설이 번성하는 것은 토모코 덕분이라는 소문도 자자했다.

한편, 테르미츠의 집은 토시코를 중심으로 가족 간의 유대를 더욱 강화했다. 나츠코의 방은 집에서 사라져 버린 듯이 조용했다. 사회인으로 성장한 딸들은 일이 끝나면 가장 먼저 토시코의 방으로 찾아갔다. 테르미츠네 집은 토시코를 중심으로 하나가 되려고 노력했다.

테르미츠는 그런 딸들을 바라보며 상당히 흐뭇했다. 다만, 장녀 미츠코만은 걱정이었다.

미츠코를 포기하려고 한 적은 없느냐고 물었다.

"그런 적은 없어요. 어떤 경우에도 부모가 자식을 생각하는 마음은 변하지 않습니다."

테르미츠는 나지막하게 중얼거렸다.

하지만 셋째 키요미의 설명을 통해 근심이 그리 깊지 않다는 것을 짐작할 수 있었다.

"부모님이 언니를 걱정하는 마음은 알겠지만, 미츠코 언니는 오키나와에 돌아와도 우리 집에는 오지 않으니까 어떻게 할 수가 없어요. 오히려 안 오는 편이 더 좋을지도 몰라요. 지금은 토시코 이모를 중심으로 잘 지내고 있고, 언니가 돌아와서 풍파를 일으키는 것보다 이대로가 좋아요. 아버지도 그다지 기대하고 있지 않은 것 같아요. 손자가 태어난 후로 엄청 바뀌었어요. 애들이 '젊은 할아버지'라고 부르면 싱글벙글거리는 걸요. 지금 가족 사이에서 미츠코 언니는 그다지 화제가 되지 않고, 가족으로서의 존재감도 없다고나 할까요."

나는 오키나와에서 돌아와 서둘러 미츠코가 살고 있는 회사 기숙사에 전화를 걸었다.

마지막 정리를 위해 꼭 물어보고 싶은 것이 있기 때문이었다. 그것은 테르미츠와 나츠코를 지금 어떻게 생각하고 있는지였다. 미츠코는 잠시 할 말을 찾지 못하고 입을 굳게 다물었다가 나지막한 어조로, 그러나 분명하게 말했다.

"저는, 테르미츠 아버지와 나츠코 어머니 쪽 사람들과 인연을 끊을 생각이에요. 저쪽 부모님은 나에게 이름만 부모이지, 진정한 부모님은 토모코 엄마밖에 없다고 생각해요. 그래서… 이제 끝내고 싶어요. 나츠코 어머니는 나를 버렸으니까. 가능하다면 하루라도 빨리 성씨를 바꾸고 싶을 정도예요. 지금은 시로마라는 성에 미련이 없습니다."

—

한참 지나서 한 통의 팩스가 도착했다. 미츠코였다. 말로 다 못한 내용이 있으면 편지로 써서 보내 줄 수 있냐고 미츠코에게 부탁했다. 일하는 틈틈이 쓴 것인지 편지지 대신 미츠코가 일하는 회사의 보고서 용지에 글이 적혀 있었다. 우편이 아닌 팩스라는 것도 요즘 애들다워 나는 쓴웃음을 지었다.

글에는 친부모인 테르미츠 부부에 관해서는 한 줄도 언급되지 않았다. 이것이 그 무엇보다도 미츠코의 마음을 대변해 주고 있었다.

짧은 문장이었지만 거기에는 다음과 같이 적혀 있었다.

저는 글쓰기가 서툴러서 이 편지도 힘들게 적었어요.

글을 써 보려고 몇 번이나 책상 앞에 앉았지만, 여러 가지 일이 머릿속을 복잡하게 해서 좀처럼 쓸 수가 없었어요. 그날 일을 떠올리면 저도 모르게 서러움이 복받치면서 눈물이 멈추지 않고, 순간적으로 토모코 엄마가 보고 싶어져요.

20년간의 세월을 되돌아보면 정말로 여러 가지 일들이 있었습니다. 특히 기억에 남는 추억은 초등학교 여름방학 때, 토모코 엄마의 친정 야에야마에 가서 외할아버지가 만들어 준 낚싯대를 가지고 물고기를 많이 잡으려고 기를 썼던 일, 바다에 들어가 수영한 일, 밤에는 야시가니를 잡는다고 두근거리며 설렜던 일이에요.

방학 때는 어디를 가든 토모코 엄마와 함께였고, 엄마 껌딱지라는 소리를 들은 적도 있어요. 병에 걸려 일주일 정도 엄마의 보살핌을 받을 때는 행복해서, 이대로 낫지 않는다면 계속 엄마랑 살 수 있을 텐데, 라고 생각한 적도 있어요.

일요일에 낳아 준 부모님 집으로 돌아가는 것이 싫어서 몹시 애처롭게 굴었어요. 저는 눈물을 흘리면서 토모코 엄마에게 '안녕, 토요일에 반드시 데리러 와야 해'라며 몇 번이나 손을 흔들었어요. 그때가 가장 힘들었던 기억이에요.

성인식 때 깨달은 것이 있어요. 지금까지 엄마는 마치코와 저를 평등하게 대해 주었지만, 어딘가 모르게 마치코가 친딸이구나 하는 생각이 들어서, 하염없이 슬픔이 몰려왔어요.

제가 토모코 엄마에게 교환하지 않았다면 좋았을 건데, 라고 하자 엄마는 신의 장난이었나 봐, 라고 대답했어요. 엄마의 고통스러운 마음은 알고 있었지만, 제가 우는소리를 하면 엄마는 나에게 이렇게 말해 주곤 했답니다. 인생에서는 뭐든지 피가 되고 살이 되는 경험이고, 앞으로 무슨 일이 일어날지는 아무도 모른단다. 자신에게 플러스가 되기도 하고 마이너스가 되기도 하는 일이 가득한 게 인생이기에, 하나하나 좋은 공부가 되었다고 생각하라고 말해 주었어요.

지금까지 토모코 엄마에게 배운 것이 많아요. 제가 하고 싶은 말은, 진짜 친자식도 아닌데 23년간 키워 주셔서 고맙다는 감사의 인사예요. 정말, 정말로 엄마께 감사하고 있습니다. 시게오 아빠와 토모코 엄마가 지어 주신 미츠코라는 이름을 저는 앞으로도 소중히 여길 거예요.

미츠코 드림

교환한 지도 벌써 17년이라는 세월이 지났다. 곧 24번째 생일을 맞는다. 당시 간호사의 사소한 실수는 시간이 흐를 때마다 여러 가지 갈등을 만들어 냈지만, 이제 미츠코의 마음에도 서서히 안정이 찾아오고 있었다.

어긋난 인연

—

지은이의 말

—

　책을 정리하고자 오키나와로 건너간 1993년의 가을, 토모코의 아버지가 세상을 떠났다. 미츠코가 '야에야마 할아버지'라고 좋아했던 외할아버지이다. 79세였다. 장수의 섬이라고 불리는 오키나와에서는 80세를 넘지 않으면 대왕생이라고 하지 않는다. 70대의 불의의 죽음은 남겨진 가족들에게 슬픔을 안겼다.

　심장병으로 쓰러진 이후, 거의 1년 전부터 나하 시내의 병원에서 투병을 계속했다고 한다. 갑작스러운 죽음은 미츠코에게 상당한 충격을 주었다. 전화로 이 소식을 전해 듣고는 일이 손에 잡히지 않아 멍하니 주저앉아 버렸다고 한다. 일부러 올 필요는 없다고 토모코는 말렸지만, 미츠코는 장례식에 참석했다. 비행기 안에서 계속 울었기 때문에 눈이 빨갛게 부었다. 장례식에서는 당장이라도 쓰러질 것만 같았다. 만약 테르미츠 혹은 나츠코에게 이런 일이 생겼으면, 무심하게 행동하지 않았을까 하는 생각이 들면서, 미츠코가 이 정도로 황급히 달려왔을지 의문이 들었다.

내가 처음으로 두 가족을 만난 것은 1977년이다. 당시 '아이가 뒤바뀌는 사건'은 빈번하게 일어나고 있었는데, 말하자면 사회현상이기도 했다. 차례차례 신문 지면에 떠들썩하게 실리고, 세상 사람들은 또 이런 일이, 라는 시선으로 바라보았다. 가족의 뿌리를 뒤흔드는 사건인 만큼 사회적 관심도 높았다. 이런 사건을 당시 주간지가 내버려 둘 리가 없었고, 내가 그들을 취재하게 된 것도 『여성자신』이라는 주간지에 기사를 싣기 위해서였다.

『여성자신』이라는 잡지에는 지금은 고인이 된 코다마 타카야가 만든 「시리즈 인간」이라는 코너가 있었는데, 당시 주간지 사이에서도 색다른 기획이었다. 불과 일곱 쪽을 위해서 한 달이라는 시간을 들인 것도 그 때문이었다. 취재 비용도 막대했던 것으로 기억한다. 조금의 가능성이라도 있다면, 철저히 준비하는 자세와 조직력을 살린 취재로 다른 기사를 압도했다. 신입 기자였던 내가 그들을 취재할 수 있었던 것도 이러한 배경 덕분이었다.

당시 기사는, 오다 부부와 두 가정이 대담하는 형태로 1977년 10월 13일 호에 게재되었다.

여하튼, 기사가 발표된 후에도 취재의 대상이 된 사람들과 교류를 하는 일은 거의 없었다. 그런데 신기하게도 그들과는 그 후에도 만남이 계속되었다. 왜냐고 물어봐도 도무지 모르겠다. 끝까지 지켜보고 싶던 마음은 분명 있었지만, 그만큼 강하진 않았다. 나는 점차 사건 자체보다 부모와 자식이란 무엇인지, 혈연관계란 무엇인지에 관심이 집중되었다. 사건은 잊혀도 부모와 자식 사이의 '피와 정'은 영원한 과제였다. 정답 없는 방정식을 그들은 어떻게 풀어 나가고자 하는지, 나는 점점 관심을 갖게 되었다.

하지만 나는 어디까지나 제3자였다. 가족과 함께 이 문제를 해결 수도 도움을 줄 수도 없었다. 가능한 그들의 이야기를 듣는 데 힘을 쏟았다.

1985년이 되면서 '아기가 뒤바뀌는 일'이 점차 사라지고 있었다. 그러나 당사자인 가족들은 점점 치열한 갈등 속에서 고군분투하고 있었다. 책으로 정리하고 싶다고 생각하게 된 것은 이때부터이다.

문제는 아이들에게서 어떻게 이야기를 들을 수 있을까 였다. 지금까지 부모들의 이야기를 들으면서도 아이들과의 인터뷰는 가능한 한 피했다. 불안정한 아이의 마음을 뒤흔들지 말아 달라는 부모들의 암묵적인 요청이 느껴졌기 때문이었다.

아이들과의 인터뷰에 대하여 토모코에게 물어보자, 잠시 생각한 끝에 아이들이 성인식을 마친 후에 해 달라고 말했다. 그 이유는 스무 살이 되면 아이들도 자신의 의사를 표현할 수 있기 때문이다. 그때 토모코가 일기 전체를 보여 주었는데, 내 아이라는 믿음이 무너졌을 때의 충격, 그리고 새로운 자식과 인연을 쌓기 위한 갈등이 적나라하게 적혀 있었고, 그걸 읽어 내려가는 동안 마음이 크게 들끓었다.

성인식을 치른 이듬해부터 본격적으로 인터뷰를 시작했지만, 오키나와 여성은 경계심이 강한 것인지, 아님 내성적인 것인지, 미츠코도 마치코도 좀처럼 본심을 말해 주지 않았다. 마침내 터놓고 이야기할 때까지 1년이라는 시간이 또 걸렸다.

책의 후반은 미츠코를 중심으로 이야기가 진행되는데, 전체적으로도 미츠코가 주인공이다. 내가 관심을 가진 것도 미츠코의 삶이었다.

부모와 자식은 본래 '피'와 '정'으로 이루어진 관계이다. 그것이 갑자기 차단되어 버리면 부모에게도 고난이 생기지만, 아이에게는 말로 표현할 수 없는 충격이 따른다. 그런데 미츠코와 마치코, 두 사람의 삶은 방향이 다소 달랐다. 키워 준 부모와의 인연이 차단되지 않은 현실은 미츠코의 인생에 큰 혼란을 가져왔다. 그녀는 '피'와 '정' 사이에서 방황하더니 결국 토모코의 '정'을 선택했다. '피'를 버리지 않으면 안 되는 심정이 얼마나 괴로웠을까. 하지만 그녀는 밝게 살려고 노력했다. 그 씩씩함이 감동스럽다. 미츠코의 머릿속은 늘 부모란 무엇인지, 자식이란 무엇인지에 대한 고민의 연속이었다. 이 고민은 지금도 그녀의 머릿속을 지배하고 있다. 잊으려고 해도 잊어버릴 수 없는 것이다.

미츠코는 지금도 토모코와의 인연을 선택한 것을 후회하지 않는다고 말한다. 다만, 이 선택은 미츠코의 입장을 애매하게 했다. 토모코라는 '엄마'가 있는 동시에, 어디에도 엄마가 없다는 외로움을 느꼈다. 토모코의 집과 정말 강한 정으로 연결된 가족이라 해도, 역시 진짜 가족은 아니라는 생각이 마음속 어딘가에 항상 존재했다. 이런 입장은 앞으로도 그녀의 삶을 틀림없이 아슬아슬하게 흔들 것이다.

테르미츠는 "미츠코가 결혼해서 아이를 낳으면, 지금의 관계를 바꿀 새로운 기회가 될 거다"라고 했는데, 진짜로 미츠코가 새로운 가족을 만들었을 때가 새로운 전환점이 될지도 모른다는 생각이 들었다.

두 가족이 늘 품어 왔던 부모와 자식의 인연이란 무엇일까, 라는 고민은 나의 주제이기도 했다. 하지만 17년이 지난 지금도 확신을 가지고 단언할 수 없다. 아마 앞으로도 결론을 찾기는 힘들 것이다. 결론이 나지 않은 한, 나에게 영원한 주제이기도 하다.

나는 '오키나와의 아기가 뒤바뀐 사건'을 특종 보도한 쟈하나 요시히로 씨를 10년 만에 나하의 찻집에서 만났다. 이 기사를 쓴 후 그는 나하의 본사로 승진됐다. 지금은 취재기자 생활에서 손을 뗐지만, 여전히 「류큐신보」에서 바쁘게 움직이고 있었다.

토모코 가족과 테르미츠 가족의 근황을 전했더니 "어, 아직도 오키나와시에 살고 있습니까?"라고 추억을 떠올리며 미소 지었다. 그 기사를 쓴 후, 쟈하나 씨의 아내는 병원을 옮겨 다른 병원에서 출산했다. 그때 태어난 아이는 벌써 고등학생이 되었다고 한다. 취재한 사건은 셀 수 없을 정도지만, 이 사건만은 취재 기록을 찾아보지 않아도 확실하게 기억하고 있다고 했다.

당시 하시구치 병원 원장에게도 취재를 요청했지만 정중하게 거절했다. 간호사를 통해 "그때부터 필사적으로 노력해서 여기까지 왔어요. 겨우 잊혔다고 생각했는데, 이제 와서 과거 일을 후벼 파고 싶지 않아요"라고 전해 왔다. 당시 변호사였던 미야자토 마츠쇼 씨도 비서를 통해 취재 요청을 거절했다. 그래서 당시 병원장과 두 가족의 상황은 토모코와 테르미츠의 일기와 증언을 토대로 작성됐다.

명확하게 누가 가해자이고 누가 피해자인지 말하라고 한다면, 모두 피해자였다고 말할 수도 있다. 굳이 가해자를 말한다면, 아마도 당시 오키나와시 의사회와 그때의 시대 상황이었을지 모른다. 하지만 아기를 뒤바꾼 사실은 부인할 수 없고, 그 때문에 토모코와 테르미츠의 가정이 아픔을 짊어지게 되었다. 아이가 뒤바뀐 사건에 대한 책임은 어디까지나 하시구치 병원이 감당하지 않으면 안 될 것이다. 그런 의미에서 꼭 병원장의 답변을 듣고 싶었다.

취재를 통해 여기에 등장하는 사람들로부터 배운 것이 많다. 특히, 미츠코를 통해 아이가 부모의 사랑을 받는 것이 얼마나 중요한지 알게 되었다. 부모들도 각각 말할 수 없는 고민이 있겠지만, 토모코의 헌신에 경의를 표한다. 게다가 아이들은 씩씩하고 훌륭하게 자랐다.

여기에 등장하는 가족들의 이름을 전부 가명으로 한 것은 개인 정보의 보호 때문이기도 하지만, 그보다 먼저 뒤바뀐 것을 모르는 사람들에게 알려져서 아이들이 위축될 것을 걱정한 부모들의 부탁이 있었다. 이것에서 나는 아이들에게 사죄하고자 하는 부모의 마음을 느꼈다.

최근의 출산 상황을 취재하고 있을 때 지인인 의사가 이런 말을 했다.

"분명히 아기가 뒤바뀌는 일은 없어졌지만, 그렇다고 앞으로 절대 일어나지 않는다고 할 순 없습니다. 생활이 풍요로워졌기 때문일까, 최근 산모들은 출산 때만큼은 개인실에서 편안히 지내고 싶어 하는 경우가 많습니다. 퇴원할 때까지는 아기와 같은 방에 있고 싶어 하지 않죠. 그 사건 이후 모자이상[73]이 모자동상[74]이 되었는데, 이러한 분위기 탓인지 최근 다시 모자이상이 되어 가고 있습니다. 말할 것도 없이 모자이상은 아이가 뒤바뀌는 사건의 원인 중 하나이기에, 이러한 풍조는 매우 위험한 징조라고 할 수 있죠."

이런 악몽이 다시 반복되지 않기를 기도할 뿐이다.

책을 쓰기 시작한 지 2년 가까이 세월이 흘렀다. 이 책을 완성할 수 있었던 것은 두 가족이 적극적으로 도와준 덕분이다. 항상 불시에 찾아오는 나를 위해서 열 일 제쳐 두고 취재에 응해 준 배려에 깊이 감사한다. 특히 시로마 미츠코의 훌륭한 기억력은 정말로 큰 도움이 되었다. 그 외, 두 가족의 친척들과 미츠코의 수많은 친구들에게도 신세를 많이 졌다. 사정상 여기에 이름을 전부 나열할 순 없지만, 진심으로 감

---

73 母子異床, 엄마와 아이가 다른 곳에 있는 것
74 母子同床, 엄마와 아이가 같은 곳에 있는 것

사의 말을 전하고 싶다. 또한, 1977년 햇병아리 기자였던 나를 한 달 동안 오키나와에 체류할 수 있게 해 준 당시 『여성자신』 편집자 타카하시 츠네오 씨, 두 가족이 거주하는 곳을 찾기 위해 이리저리 뛰어다닌 히가 케이코 씨와 「류큐신보」의 쟈하나 요시히로 씨, 그리고 여러 방면으로 조언해 주신 대선배 누마자키 쿄스케 씨, 취재를 도와준 오키나와 거주자인 사진작가 나카야마 아키라 씨 등 여러 사람들의 협력이 없었다면 이 책은 완성되지 못했을 것이다.

마지막으로 내가 책을 쓰고 싶다고 했을 때, "흥미 있는 주제이니 꼭 써 보도록" 하라고 응원해 준 신조사[75]의 야노 유 씨 그리고 토미자와 요시로 씨에게 진심으로 감사의 인사를 전한다.

이 책을 집필하는 사이, 1992년 여름에 어머니가 돌아가시고 이어서 재작년 가을에 아버지가 돌아가셨다. 제일 먼저 읽어 주셨으면 했던 두 분께서 세상을 떠나, 그 점이 늘 아쉬움으로 남는다.

1995년 초봄

오쿠노 슈지

---

75 일본의 출판사 중 하나

새로운 이야기,
초여름

　내가 미츠코를 처음 만난 건 그녀가 여섯 살 때였다. 쉴 새 없이 재잘거리고 겁이 없던 소녀는, 이제 새삼 손꼽아 보니 서른 살이 되었다.

　처음 만난 날로부터 25년. 사반세기라는 엄청난 시간이 흘렀지만 나는 아직도 미츠코와 교류를 지속하고 있다. 미츠코는 3년 반 전인 1998년에 도쿄 생활을 정리하고 지금은 나하에서 살고 있다. 지금까지 일했던 회사의 소개로 나하에 있는 같은 계열 업체에 취직했다. 의류 관련 기업이다.

　나는 지금도 1년에 수십 번씩 오키나와를 방문하는데, 그때마다 미츠코가 차를 빌려준다. 차를 빌려준 답례로 소소하게 밥을 사는 것이 나의 즐거움이기도 하다. 때로는 2차로 나하의 술집에 가기도 한다. 대부분 쿠모지강 근처의 흔한 선술집이지만, 둘이서 마시고 있으면 아버지와 딸로 오해받을 때도 있다. 그럴 때는 끝까지 부녀인 척 연기한다.

그게 은근히 재미있어서 가게에서 나오면 둘이서 배꼽을 잡고 한바탕 웃는다.

서론이 길어졌는데 책을 출판한 지 벌써 7년이 지났고, 다시 미츠코의 근황을 보고하고자 한다. 이 문고판을 위해 한두 자 적고자 오키나와에 건너간 것은 2002년 봄이었다.

—

오키나와에서는 4월부터 5월까지를 우리즌[76]이라고 부르며, 가장 지내기 좋은 계절이기도 하다. 초여름의 계절감을 젊은 여름이라고 비유한 이 시기는, 살결에 스치는 바람도 부드럽고 푸른 하늘 가득한 햇볕도 따스하다.

토모코의 집이 있는 오키나와시 교외는 지난 몇 년 동안 놀랍게 탈바꿈했다. 예전에는 패스트푸드점만 눈에 띄었는데, 잡초가 무성했던 공터에 새로운 주택이 촘촘히 들어섰다.

이사건설은 지금도 여전히 그곳에 있다. 언젠가는 신흥 주택에 밀려 이전하게 되겠지만, 이 책을 쓸 1995년에는 세 대밖에 없던 기중기가 지금은 여덟 대로 늘었고, 불황임에도 불구하고 모두 가동되고 있었다.

"다녀왔습니다. 엄마"

미츠코의 우렁찬 목소리가 집안에 울려 퍼졌다.

20여 년 전, 미츠코는 매주 토요일 오후가 되면 가방을 던져 놓고 떠나갈 듯 발랄한 목소리로 토모코의 아파트에 뛰어들었는데, 서른을 훌

---

76 '젊은 여름'이라는 뜻으로 초여름을 말함.

쩍 넘긴 지금도 그때 목소리 그대로였다.

단, 미츠코가 문을 열고 들어오던 그 아파트는 없어졌다.

지난봄, 토모코 부부는 이사건설이 안정기에 들어서자, 회사 옆에 60평 정도의 토지를 매입하여 이층집을 신축했다. 언젠가 장남 코이치가 가정을 꾸릴 것을 염두에 두고 두 세대가 살 수 있는 주택을 지어, 위층에는 코이치가 아래층에는 토모코 부부가 거주했다. 미츠코가 힘차게 열고 들어오는 것은 새집의 현관문이었다.

미츠코가 고등학교를 졸업하자마자 취직한 본토 회사를 그만두고 오키나와로 돌아온 것은 1998년 가을이었다. 오키나와를 떠난 지 8년이 지난 후였다.

토모코가 "약속했던 2년이 지났으니, 빨리 돌아오거라" 하고 목이 쉬도록 말해도 미츠코는 이런저런 이유를 대면서 돌아올 기미를 보이지 않았다. 오키니와에 돌아갈지 말지 고민하는 동안, 미츠코의 마음속에는 이미 도쿄가 제2의 고향이 되어 가고 있었다.

미츠코에게 애인이 생겼을 때, 토모코는 초조한 마음으로 "본토에서 가정을 가지게 되면 오키나와에는 돌아오지 않을지도 몰라"라고 생각하며 반은 포기 상태였는데, 애인과 헤어졌다는 소식을 들었을 때는 "너무 슬퍼하지 말고, 힘내렴"이라고 다독이면서도 밝은 표정이었다.

애인과 헤어진 후에도 미츠코는 계속 도쿄에 머물렀다. 구매에서 판매 그리고 관리까지 모든 부서를 책임지며 겨우 일에 보람을 느끼기 시작했는데, 이제 와서 오키나와로 돌아가 처음부터 다시 시작할 용기가 나지 않았을 것이다. 미츠코는 오키나와를 '나를 낳아 준 섬'으로 한정할 생각이었다.

토모코에게 시게오가 쓰러졌다는 전화를 받은 것은 그 무렵이었다.

어긋난 인연

뇌에 종양이 생겨 수술해도 어떻게 될지 모르는 상황이었다. 시게오는 수술을 하고 싶지 않다고 말했지만, 그대로 두면 몇 년밖에 살지 못할 거라는 진단을 받았다. 이런 상황을 토모코가 전하자 미츠코는 훌쩍였다.

"도쿄에 있으면, 이제 아빠와 만날 수 없을지도 몰라. 미츠코가 다음에 아빠 얼굴을 보는 것은 장례식장이 될지도……."

토모코의 말속에 은근히, 시게오가 살아 있을 때 돌아오라는 뜻이 담겼다는 것을 미츠코도 알고 있었다. 미츠코는 마음이 쓰였다. 한동안 일도 손에 잡히지 않고 괴롭고 초조한 나날을 보내다가, 결국 오키나와에 돌아가기로 결심했다.

처음에는 마치코와 함께 이사건설을 도울 생각이었다. 그런데 오키나와에 돌아온 미츠코는 눈이 휘둥그레졌다. 얼마 살지 못한다던 시게오가 담배를 입에 물고 시치미를 떼며 건강하게 크레인을 운전하고 있었다. 생사를 헤매고 있어야 할 시게오는 햇볕에 까맣게 탄 채였다.

"오, 미츠코, 어서 와라."

미츠코는 아무 말도 못하고 멍하니, 그 자리에 우두커니 서서 시게오를 바라보았다.

"아… 속인 거야? 아빠가 쓰러진 것은 사실이지만, 그걸 백 배 정도 부풀려서 말한 거네. 나를 오키나와로 돌아오게 하려고 모두가 연기한 거였어."

미츠코는 쩌렁쩌렁한 목소리로 말했다.

토모코는 피가 섞이지 않았어도 '딸'처럼 키운 미츠코를 옆에 두고 싶었던 것 같다. 미츠코도 그때는 화가 났지만 토모코의 마음을 알기에, '엄마'의 거짓말을 마음 좋게 받아들이기로 했다.

최근 들어 토모코는 미츠코가 나하에 있는 것도 마음에 안 드는지

"빨리 정리하고 엄마 곁으로 오렴" 하고 잔소리를 늘어놓았다.

"같은 오키나와에 있잖아. 정리해서 갈 것도 없어. 좀 너그럽게 봐
줘. 엄마."

미츠코는 투정을 부렸지만 토모코가 잔소리하는 이유를 알고 있었다.

토모코는 미츠코와 마치코를 포함해 다섯 명이 생활하는 것이 꿈이
었다. 그러나 테르미츠 가족을 생각하면 이루어질 수 없는 꿈이었다.
한 지붕 아래에서 살 수 없다면, 적어도 오키나와시에서 같이 살기를
바랐는데, 미츠코는 20㎞나 떨어진 나하시에서 혼자 살고 있었다. 토
모코는 은근히 미츠코에게 눈치를 줬지만, 누구에게도 의지하지 않고
살아가기 위해 자신의 몫을 해 온 미츠코는 이제 와서 토모코에게 의
지하고 싶지 않았다. 게다가 매일 오키나와시에서 나하시로 출퇴근하
는 것도 귀찮았다. 미츠코가 지금 하는 일을 그만두지 않는 한, 토모코
의 바람이 이루어지는 것은 불가능했다. 토모코도 그 사실을 알고 있
었기 때문에, 섭섭한 마음을 미츠코에게 쏟아붓지 않고 돌려서 말할
수밖에 없었다. 이러한 토모코의 잔소리는 미츠코에게 '엄마'와의 인
연의 끈을 확인시켜 주는 리트머스 시험지 같은 존재였다.

—

미츠코의 휴일은 월요일이었다. 휴일 전날 밤이 되면 토모코네 집
문을 힘차게 열고 들어왔다. 손에 든 종이봉투에는 아기 옷이 가득 들
어 있었다. 미츠코의 평생의 라이벌이었던 마치코는 그렇게 결혼하고
싶지 않다고 말하더니, 서른을 눈앞에 두고 초조해하다가 식을 올리고
그해에 딸을 낳아서 한 아이의 엄마가 되었다.

"네 자매 중에서 결혼은 제가 제일 늦게 할 것 같아요"라고 말한 대로 미츠코의 세 여동생들은 모두 결혼을 했고, 거기에다 마치코까지 추월해서 식을 올렸다. 아직 독신인 사람은 미츠코와 코이치뿐이다.

"어린이집 선생님이 되고 싶다"고 했던 미츠코는 아이도 잘 돌봤는데, 마치코의 딸을 자기 자식처럼 귀여워했다. 휴일이면 직원 할인으로 산 아동복을 비롯해 이유식이나 젖병, 인형 등을 한 아름 가지고 오는 것이 습관처럼 되었다. 토모코는 그런 미츠코를 보고 "마치 애 아빠 같네"라며 웃었다. 미츠코도 "안 그래도 왜 이렇게 카드 요금이 많이 나왔나 했더니, 전부 애 옷 사는 데 쓴 거 있지"라며 싫지 않은 얼굴로 투정을 부렸다. 덕분에 마치코는 딸의 옷을 사 본 적이 없다.

새댁이 된 마치코는 친정 근처에 살았다. 마치코는 지금도 이사건설에서 일하고 있어, 출퇴근이 편리하도록 친정 근처에 신혼집을 얻었다. 일요일 저녁, 마치코는 미츠코가 오기만을 기다렸다. 미츠코에게 앨범을 보여 주기 위해서였다.

몇 주 전, 딸의 돌잔치를 성대하게 열었다. 생후 첫 생일을 오키나와에서는 '탄카수지'라고 부르며 양가 친척이 모여 성대하게 축하한다. 이번 돌잔치는 가까운 친척들만 불렀지만, 그래도 스무 명이나 모였다.

술, 화미[77], 카가미모찌 등을 거실에 차린 후, 친척들 모두가 지켜보는 데서 아이에게 늘어놓은 물건을 잡게 유도한다. 이번 돌잔치에는 돈, 팥찰밥, 주판, 붓, 벼루, 가위 등이 상 위에 올랐다. 어른이 되었을 때 가정 먼저 잡은 물건을 제일 능숙하게 다루게 된다는, 일종의 미신이었다. 예를 들어, 붓을 잡으면 서예가가 되고 팥찰밥을 잡으면 배를

---

77 생쌀로 만든 꽃

꿇지 않는다고 했다. 마치코의 딸이 선택한 것은 돈이었다. 고민 끝에 잡은 것이 지폐였으니, 모두 기뻐했다.

"잘도 잡았네. 돈 때문에 고생할 일은 없겠어."

어른들은 모두 마치코 딸의 머리를 쓰다듬었고, 마치코의 딸도 밤늦게까지 재롱을 떨며 즐거워했다고 한다.

—

마치코가 딸을 출산한 것은 지난해 봄이었다.

산달이 다가오자 마치코는 자꾸 농담을 했다.

"부모와 딸이 2대에 걸쳐 뒤바뀐다면, 비극보다도 희극이겠지, 엄마. 혹시 역사에 남을지도 몰라."

토모코는 그래그래 하며 건성으로 대답했지만, 마치코와 함께 웃을 수 없었다.

출산이 가까워지자 토모코는 마치코의 얼굴을 볼 때마다 "매직펜은 샀어? 너와 아이에게 같은 아픔을 주고 싶지 않아"라며 "태어나면 바로 몸에 있는 반점을 찾아. 반점은 유전되니까" 하고 정말로 지겹도록 끊임없이 말했다. 마치코는 "낳는 순간 반점을 찾을 여유가 어디에 있어!"라고 반박하면서도 매직펜만은 야무지게 사 놓았다. 매직펜만큼은 분만실에 가져갈 생각이었다.

진통이 온 것은 새벽이었다. 졸음과 진통이 교대로 왔다. 아이를 낳고 가장 먼저 발바닥에 매직으로 표시해 둔다는 것이, 그대로 잠들어 버렸다고 했다.

출산 전 농담으로 한 말이 현실이 된 건 다음 날이었다.

수유실은 신생아실 안쪽이었다. 여기에서 아기에게 젖을 먹이는데, 마치코도 수유 시간이 되어 수유실로 향했다. 수유실에는 먼저 온 산모가 젖을 먹이고 있었다. 밖에서 잠시 기다리고 있자, 문 너머로 당황하는 목소리가 들려왔다.

"내 아이가 아니야. 다른 애야."

예상치 못한 사태에 마치코는 신경이 곤두섰다.

'어, 설마 뒤바뀐 거야?'

심장이 격하게 뛰었다. 불안과 궁금증이 뒤엉켜 귀신이라도 본 것 같은 표정으로 수유실 안으로 들어갔다. 마치코는 "이 일을 어쩌면 좋아. 간호사가 다른 아이를 데려왔군요"라고 젖을 먹이던 산모에게 위로의 말을 건네면서, 간호사가 안고 있던 아기를 살짝 들여다보았다.

마치코는 "어!"라고 작게 외치며 그 자리에서 얼어 붙었다.

"이… 이… 아이는 내 아이예요."

목소리가 떨렸다.

"발바닥에 내가 그려 놓은 표시가 있어요. 잘 보세요."

말이 거칠게 나왔다.

자신이 뒤바뀌었을 때와 같은 단순한 실수가 지금처럼 의학이 발달한 시대에는 일어날 리 없다고 생각했는데, 눈앞에서 자신의 아이가 뒤바뀐 것을 보고 마치코는 화가 치밀어 올랐다.

'평소에는 출산하는 사람이 두세 명인데, 내가 출산한 날에는 여덟 명이나 있어서 간호사들도 바빴기 때문에 정신이 없었을 뿐'이라고, 간호사가 실수를 한 원인을 헤아리려고 했지만, 그래도 이런 간단한 실수가 지금까지 일어나고 있다는 것에 마치코는 소름이 끼쳤다.

"부모와 딸이 2대에 걸쳐 뒤바뀌는 일이 벌어지면 어떨까? 웃지 못하겠지."

1년 전의 일을 지금은 우스갯소리로 말할 수 있는 것에 마치코는 감사하고 있다.

一

그때의 아이가 지금은 흑요석 같은 눈을 반짝거리며 미츠코를 보고 방긋방긋 웃었다. 칭얼거리다가도 미츠코의 얼굴을 보면 울음을 그칠 정도였다. 그런 미츠코를 마치코는 '또 하나의 엄마'라고 불렀다.

"처음 만난 사람이 보면 미츠코 딸이라고 여길지도 모른다니까요."

토모코는 곁눈질하면서 미츠코를 바라보았다. 미츠코는 혼잣말을 하듯 대답했다.

"음, 나랑은 안 닮았지만, 아빠 닮았다고 하면 아무도 모를 걸."

토모코는 미츠코를 키울 때를 떠올렸다.

"미츠코 어렸을 때와 똑같네. 마른 것도, 감기에 자주 걸리는 것도, 분유를 안 먹었던 것도 쏙 빼닮았어. 이상하기도 하지. 마치코의 딸인데 미츠코의 딸 같단 말이야."

토모코는 고개를 갸웃거리며 "누가 엄마일까"하고 손녀에게 말했다.

할머니가 된 토모코는 이사건설의 경리를 마치코에게 전부 맡기고 손녀를 돌보는 일에 전념했다.

"어떤 엄마가 될까……."

토모코는 혼잣말로 중얼거렸다. 두 사람 다 자신에게 한 질문이라고 생각했다. 마치코는 망설이지 않고 말했다.

"나는 건강하고 씩씩하게 키우고 싶어."

하지만 미츠코의 대답은 달랐다.

"나는 아이 교육에 극성스러운 엄마가 될 것 같아."

토모코의 질문에 마치코와는 정반대로 대답했다. 이런 미츠코의 의견에 마치코도 동의하는지 연신 고개를 끄떡였다.

"알 것 같아. 옛날부터 미츠코는 여동생들에게 무척이나 엄했으니까. 반드시 가정교육을 확실하게 하는 엄마가 될 거야."

"그것보다 엄마에게 보고 배운 것이 있으니까, 여동생들에게도 똑같이 하지 않으면 직성이 풀리지 않았을 뿐이야."

"정말로 시끄러울 정도로 잔소리가 많았지. 나도 제대로 된 교육을 받은 것은 여섯 살 때부터였으니까. 그전까지는 야생에서 자란 느낌이었다고나 할까. 젓가락질도 잘 못했으니. 엄마에게 감사하고 있어."

"마치코, 주산 학원에 다녔을 때 기억나? 마치코가 주판을 능숙하게 다루는 모습을 주시하고 있었는데, 그때만큼 분했던 적이 없었어. 테르미츠 아버지는 건강하게만 크면 된다고 했지만, 그 말이 정말로 싫었어. 그래서 아이를 낳게 되면 절대 아버지처럼 키우지 않을 거야."

미츠코의 이야기를 가만히 듣고 있던 마치코가 "미츠코가 자기 아이를 키우는 모습을 빨리 보고 싶네"라고 작은 소리로 말했다. 미츠코가 아무 말도 하지 않고 웃자, 마치코는 갑자기 생각났다는 듯이 얘기했다.

"늦게 결혼해서 서른다섯 살에 산모수첩을 만들면 노산이라고 도장찍어. 그거 은근 창피해."

"정말?"이라고 외치며 얼굴이 굳어 버린 미츠코의 어깨를 두드리면서, 둘은 떠나갈 듯이 큰 소리로 웃었다.

—

오후가 되자 이슬비가 내리기 시작했다. 서쪽 하늘에는 본격적으로 장마전선이 다가오고 있었다.

미츠코와 마치코는 사이좋은 자매처럼 언제나 수다가 끊이질 않았다.

"엄마가 건강할 때, 빨리 아이를 낳는 편이 좋아."

"왜?"

"엄마가 반은 키워 주시니까 엄청 편해."

이런 어린아이 같은 대화가 끝없이 이어지고, 가끔 들려오는 웃음소리가 반주가 되어 둘 사이를 더욱 돈독하게 만들었다.

마치코는 갑자기 생각난 듯이 말했다.

"우리 나이 때 엄마는 뭘 하고 있었을까?"

그 한마디에 재잘거리며 즐겁게 수다를 떨던 미츠코의 표정이 단번에 변했다.

"아, 맞다. 엄마는 스무 살에 아이를 낳고 스물여섯 살에 우리가 바뀌었다는 것을 알았지. 미안해, 아직도 난 철이 덜 들었는데."

"정말이네. 엄마는 대단한 것 같아. 스물여섯 살이라니, 나는 놀고 있던 나이인데 그렇게 우리를 필사적으로 키웠다니 상상이 안 가."

"파란만장한 인생이었네."

각자 어릴 적 엄마의 모습을 떠올렸는지, 두 사람은 얼굴을 마주 보며 한동안 말이 없었다. 마치코는 다시 미츠코에게 물었다.

"그럼, 서른 살 때는 우리가 4학년이었네."

"맞아, 마치코가 차츰 적응해 가고 있을 때, 나는 버스 타는 법을 배워서 엄마가 살고 있는 아파트에 자주 갔지."

"4학년 때는 아직 엄마에게 응석 부리진 못했어. 갖고 싶은 걸 사 달라고 말하지 못해서 테르미츠 아버지에게 공책을 사 달라고 했더니, 아버지가 공책을 열 권이나 사 준 게 기억나."

"나는 사 준 적 없는데……."

그때까지 책상을 정리하고 있던 토모코가 잠시 손을 내려놓았다.

"미츠코는 고양이였으니까."

그리고 놀리듯 말했다. 고양이처럼 테르미츠 집안의 친척들 손을 전전하며 키워졌다는 의미였다. 미츠코는 소심하게 끄덕였다.

결혼 이후의 몇 년을 뒤돌아보면, 토모코의 반평생은 그야말로 피말리는 육아의 나날이었다. 미츠코와 마치코는 토모코의 인생과 자신들의 30년 인생을 비교하면서, 이런저런 말 대신 단지 "존경스럽다" "대단하다"라고 하며 한숨을 쉬었다. 예전에 토모코는 "언젠가 결혼해서 아이를 낳으면 우리가 한 고생을 알아주었으면 좋겠어요"라고 말한 적이 있는데, 지금 엄마가 된 마치코가 '위대한 존재'인 토모코에게 감사하다고 말했다.

그런 마치코에게 미츠코는 농담처럼 말했다.

"미안해, 엄마. 더 효도할게. 그리고 마치코 너도 좀 더 엄마에게 효도해."

"결혼하기 전에 엄마가 그랬는데, 가장 효도하는 길은 손자의 얼굴을 보여 주는 거래. 그러니까 나는 효도했다."

"못 말려. 진짜."

—

　미츠코는 오키나와를 떠날 때 두 가지 목표를 세웠다. 그것은 '누구에게도 의지하지 않고 생활하는 것'과 돈을 모으면 토모코에게 '해외여행을 선물하는 것'이었다. 그로부터 12년이 지난 지금, 미츠코의 바람은 모두 현실이 되었다.

　미츠코가 '누구에게도 의지하지 않는 삶'을 목표로 한 것은 친부모인 테르미츠네 집에도 양부모인 토모코네 집에도 의지할 수 없는 상황 때문이었지만, 그것과는 별개로 한 가지 이유가 더 있었다.

　"그때는 마치코가 할 수 없는 것을 하고 싶었어요. 마치코에게 없는 생활력과 금전 감각으로요. 마치코는 혼자서 생활하지 못했거든요. 토모코 엄마도 결혼했을 때 작은 집을 빌려서 생활했는데, 마치코는 오키나와의 급료가 낮다는 이유로 독립하지 않았어요. 사실 그건 다 핑계고, 독립할 마음이 없었던 거죠. 마치코는 잠시 동안 가와사키 공장에서 일한 적이 있어요. 매일같이 힘들다고 구시렁거렸는데, 2, 3개월쯤 후에 제 기숙사로 찾아와서 '돈이 없어서 밥도 못 사 먹었어'라고 했어요. 그날 저녁을 사 주고 다음 날 하라주쿠에 가고 싶다고 해서 안내해 주었는데, '내일 돌아갈 거야'라며 바로 친구들과 오키나와로 돌아가 버렸어요."

　마치코는 미츠코에게 라이벌인 동시에 반면교사였다. 당시 미츠코도 향수병으로 오키나와에 돌아가고 싶은 마음을 억누르지 못해 전화기에 대고 토모코에게 우는소리를 했지만, 이를 악물고 노력해서 살아남자고 다짐하게 된 계기는 방황하던 마치코를 보고 이대로 오키나와에 돌아가면 자신도 '생활력 없는' 사람이 될 거라고 생각했기 때문이었다.

　어긋난 인연

"저는 어릴 때부터 마치코에게 늘 졌어요. 커 가면서 언젠가 이길 날도 올 거라고 스스로를 위로했어요. 어른이 되어서 마치코가 절대 할 수 없는 것이 무엇일까 생각해 보니, 독립하는 것이었어요. 제 친모인 나츠코 어머니도 그걸 못했기 때문에 고집을 부려서라고 혼자 서고 싶었어요."

효도의 하나로 계획했던 해외여행도 이루어 냈다.

미츠코는 미국을 추천했지만, 토모코는 "미국은 마음만으로도 충분히 고마워"라고 하며, 3박 4일로 한국 여행을 다녀왔다. 또한, 태어나서 한 번도 눈을 본 적이 없는 토모코에게 홋카이도 겨울 여행을 선물했다. 조용히 간직하고 있던 꿈을 하나둘 실현해 가는 지금은 딱히 불만이 없었다. 하지만 토모코는 딱 한 가지 불만이 있었다. 그것은 서른이 넘은 미츠코가 아직도 혼자라는 것이었다.

"누구라도 미츠코의 남편감 좀 소개해 줘요."

지금은 미츠코의 결혼 문제가 토모코의 최대 관심사이다.

"정말로 걱정도 팔자셔."

미츠코가 핀잔을 줘도, 토모코의 근심은 사그라질 기미를 보이지 않았다.

—

미츠코는 휴일을 토모코의 집에서 보내고 바로 나하의 아파트로 돌아왔다. 항상 이런 일정으로, 휴일을 토모코와 함께 보내는 것이 미츠코의 즐거움이자 효도였다.

세 여동생들이 모두 아이를 낳았기 때문에 가끔은 회사에서 구입한 아기 옷을 가지고 동생들을 만나러 갔지만, 친부인 테르미츠의 집에는 발걸음도 하지 않았다. 서른이 넘었으니 적어도 계절에 한 번쯤은 테르미츠에게 방문할 법도 한데, 미츠코는 완강하게 거부했다. "테르미츠 아버지와 나츠코 어머니 쪽 사람들과 연을 끊을 생각이에요"라고 나에게 단언했던 것은 빈말이 아니었다. 토모코 부부와의 관계는 물론, 테르미츠 부부와의 관계도 어느 것 하나 변하지 않았다.

5년 넘게 친부모의 얼굴을 본 적이 없었는데, 올해 정월에 시게오와 함께 테르미츠네 집을 방문하면서 드디어 만나게 되었다. 테르미츠도 미츠코도 어색한 표정을 지었던 것이 생생하게 떠오른다. 눈을 어디에 둬야 할지 몰라 하던 미츠코는 시종일관 불편해 보였다. 결국, 약 한 시간 동안 두 사람은 한마디도 하지 않고 마치 처음 보는 타인처럼 있다가 헤어졌다.

"그 아이도 결혼하게 되면……."

과거에 테르미츠가 한 가닥 희망을 잡고 이렇게 말한 적이 있는데, 지금의 미츠코는 테르미츠의 희망을 들어줄 것 같지 않았다. 미츠코는 스스로 테르미츠와의 인연을 끊고, 두 사람의 관계를 다시 세울 이유는 아무것도 없다고 조용히 단언했다.

나츠코는 무엇을 하고 있을까. 바람에 실려 온 소식으로는 현재 해안 끝에 있는 작은 마을에서 조용히 지내고 있다고 한다. 테르미츠 가정에서 설 곳을 잃은 나츠코는, 가족들과의 관계를 청산할 수밖에 없었을지도 모른다.

나는 오랜만에 테르미츠네 집을 방문했다.

초여름의 상쾌한 바람이 가쥬마루 나뭇잎을 흔들었다.

테르미츠는 한때 나츠코의 방이었던 곳에서 낮잠을 자고 있었다. 활짝 열린 창문 너머로 평온한 표정이 보였다. 꿈이라도 꾸는 것일까. 약간 실룩이면서 엷은 웃음을 띠고 있었다. 벽에 박힌 못과 함석 곳곳에 녹이 슬어 물질적으로는 여유가 없어 보였지만, 테르미츠 나름대로 지금의 평온한 생활을 만끽하고 있는 것 같았다. 나는 단잠을 깨워도 될지 고민하다가 결국, 편지를 남겨 두고 테르미츠의 집을 떠났다.

회색빛 하늘이 완전히 사라지고 따사로운 햇살이 창가에 쏟아졌다.

—

테르미츠에게 답장이 온 것은 편지를 남겨 두고 떠난 날로부터 2주 정도 지났을 무렵이다. 솔직히 말하면, 나는 답장이 온 것만으로도 놀랐다. 25년이나 교류를 하면서도 테르미츠에게 편지를 받아 본 적은 한 번도 없기 때문이다. 갈색 편지 봉투를 열어 보니 테르미츠의 필체임이 확실한 편지가 들어 있었다.

친부모로서 하고 싶은 말을 씁니다.

교환했을 때부터 친부모에게 정을 붙이기를 기도했지만, 아직도 내 자식은 내 품으로 돌아오지 않고 있어요. 너무나 외롭습니다. 어른이 되면 언젠가 부모의 마음을 알아줄 거라고 생각했는데, 미츠코는 제 곁에 와 준 적이 없습니다.

지금 생각하면, 아기 때 바꾸지 않았다면 더 좋았을지도. 부모로서 후회합니다. 키워 준 부모에게 딸을 빼앗긴 것 같고, 너무 억울합니다.

친자식도, 키운 자식도, 부모에게는 차이가 없는데……. 부모가 자식을 생각하는 마음은 어느 부모라도 마찬가지라고 생각합니다.

가족 행사인 추석이나 정월, 청명제[78]에도 찾아오지 않고, 가족들과 함께 식사한 적도 없습니다. 선조들께 인사드리는 청명제에도 얼굴 한 번 내밀지 않습니다. 미츠코가 오지 않아 저는 어머니께 한 소리 들은 적도 있습니다. 마치코의 부모님에게 적어도 정월과 추석, 청명제만이라도 친부모가 있는 곳으로 딸을 보내 달라고 몇 번이나 부탁했는데……. 정말로 속상합니다.

키워 준 시게오 아빠의 병환을 돌보고자 하는 마음도 이해 가지만, 친부모의 마음도 헤아려 주었으면 좋겠어요……. 제가 폐렴으로 열흘간 병원에 입원해 있을 때, 형제와 사위, 손자들까지 와 주었습니다. 그런데 미츠코는 오지 않았지요.

미츠코를 저쪽 집에 빼앗겨 버려서 저는 너무나 분합니다.

하지만 미츠코도 조금 효도한 적이 있습니다. 내 생일과 손자들 생일에 선물을 사 온 적이 있습니다.

내가 감기몸살로 드러누웠을 때, 미츠코가 와서 맛있는 음식을 사 먹으라고 돈을 쥐여 준 적도 있습니다. 그런데도 왜, 라는 생각으로 가득합니다.

저쪽 부모가 좀 더 우리 친부모를 생각해 주는 마음이 있었다면 이런 일은……. 하지만 언젠가 부모의 마음을 알게 될 날이 오겠죠. 저는 믿고 있습니다.

나는 숨을 삼키고, 멍하니 그 편지를 바라보았다. 다가가려고 하지 않는 미츠코를 테르미츠가 본척만척했던 것은 나의 허상이었다. 손자

---

[78] 오키나와의 큰 행사 중 하나로 조상에게 공양을 올리는 축제

에게 둘러싸여 행복한 나날을 보내고 있다고 생각한 것은 나의 착각이었다. 미츠코를 은수[79]인 그들에게 떠나보낸 것이 아니었다. 테르미츠는 지금도 갈등하고 있고, 부모와 자식의 정을 쌓으려고 한다. 부모와 자식을 둘러싼 갈등은 테르미츠가 말했듯이 어딘가에서 타협을 하지 않으면 결판이 나지 않을지도 모른다. 하지만 테르미츠는 아예 타협할 마음이 없었다.

편지를 받은 이후 테르미츠에게 전화가 왔다. 아마 편지에 쓰지 못한 감정을 말로 전하고 싶었던 것 같다. 우치나 구치(오키나와 방언)를 섞어 가며, 변함없이 더듬거리는 말투가 수화기 너머로 들려왔다.

"미츠코는 나의 육아 방식이 마음이 들지 않았을지도 모르지만, 저는 제 나름대로 필사적으로 키우려고 노력했습니다. 토모코 씨 부부처럼 잘 되진 않았지만 그래도 최선을 다했어요. 어느 부모라도 자신의 아이를 생각하는 마음은 같을 겁니다. 아이가 서른 살이 되어도 바뀌지 않아요. 다만, 저는 그런 부모의 마음을 표현하는 것에 서툽니다. 미츠코가 반발한 것은 그 탓인지도 모르지만, 저는 제 나름대로 최선을 다했다는 것을 언젠가 알아주었으면 합니다. 거짓말이 아니고 나는… 나는……"

테르미츠의 목소리가 떨리고 점점 작아지더니, 울먹이며 말을 잇지 못했다.

지금도 미츠코를 생각하는 마음은 변하지 않았다고 테르미츠는 몇 번이나 말했다. 테르미츠의 말은 거짓이 아닐 것이다. 그는 "최선을 다했다"라고 반복했다.

---

79 恩讐, 은혜와 원한(원수)을 아울러 이르는 말

미츠코에 대한 테르미츠의 애정을 과연 미츠코가 알아줄지는 모르겠다. 만약 미츠코가 테르미츠의 마음을 알아준다면, 아마도 미츠코가 엄마가 되었을 때밖에 기회가 없을 거라는 생각이 든다. 테르미츠도 그렇게 믿고 있었다.

수화기 너머에서 테르미츠 손자들의 활기찬 목소리가 흘러나왔다.

이 책을 문고판으로 출간하는 데 있어, 문예춘추출판사의 야마시타 스스무 씨의 많은 도움을 받았다.

어긋난 인연

—

주요 참고 문헌

—

『이리오모테 섬에 살다』 야마다 유키코 저술, 안케이 타카코·안케이 유지 편찬, 1992년, 히루기사

『이리오모테 섬의 민속』 호시 이사오 지음, 1981년, 우고당서점

『인자』 후쿠치 히로아키 편저, 1992년, 나하출판사

『오키나와 재미있는 방언 사전』 오키나와 잡학클럽 편찬, 1989년, 창광출판사

『오키나와 속담 사전』 나카이마 겐카이 지음, 1971년, 월간 오키나와사

『오키나와 문화사 사전』 류큐 정부 문화재보호위원회 감수, 마에다 기켄 외 편찬, 1972년, 도쿄당출판

『오키나와 대백과사전』 오키나와 대백과사전 간행사무국 편집, 1983년, 오키나와 타임즈사

『오키나와의 연중행사』 사키하라 코우신 지음, 1990년, 오키나와출판

『오키나와의 문화와 정신 건강』 사사키 유우지 편찬, 1984년, 홍문당

『오키나와현 보건 통계 연보』 1964년~1967년

『오키나와의 민요』 타키하라 야스모리 지음, 1992년, 오키나와 예능출판사

『오키나와 행정기구 변천사』 테루야 에이이치 지음, 1984년, 비매품

『오키나와현 행정 청사의 발자취』 오키나와현 홍보협회 편집, 1987년, 오키나와현 홍보협회

『오토미 개척 기념사』 25주년 기념사 편집위원회, 1977년, 오토미 마을 회관

『개척 40주년 기념사』 기념사 편집위원회, 1992년, 오토미 개척단

『현대 오키나와 사전』류큐신보사 편찬, 1992년, 류큐신보사

『코자시사』코자시 편집 발행, 1974년

『언어로 보는 오키나와 전후사』류큐신보사 편, 1992년, 니라이사

『아동 발달과 교육』이와나미 강좌 제4권 「유년기-발달 단계와 교육 1」1979년

『아동 발달과 교육』이와나미 강좌 제5권 「소년기-발달 단계와 교육 2」1979년

『산과와 부인과』1973년 8월, 진단과 치료사

『신남도풍토기』아라카와 아키라 지음, 1987년, 아사히 신문사

『정신과 의사의 육아론』핫토리 사치코 지음, 1991년, 신조사

『전쟁 후 오키나와 통화』마키노 히로타카 지음, 1987년, 히루기사

『다큐멘터리 야에야마 개척 이민』킨죠 아사오 지음, 1988년, 아~망 기획

『직계 가족을 말하다』후쿠치 케이지 지음, 1982년, 비매품

『하이사이 오키나와 독본』시노하라 하키라·타카라지마 편찬, 1993년, JICC
출판국

『법의학』마츠쿠라 토요지 편저, 1974년, 나가이서점

『야에야마의 스빙츄』요미탄손 소베 잡지 편집실 편, 1990년

『야에야마 생활지』미야기 후미 지음, 1982년, 오키나와 타임즈사

『야에야마 역사』야에야마 역사 편찬위원회 편집, 1954년

『야에야마·섬 사회의 풍경』마에시로 모리사다 지음, 1982년, 히루기사

『류큐 사료 제4집 사회편』1945년~1955년, 류큐 정부 문교국

어긋난 인연

—

옮긴이의 말

—

무더위가 기승을 부리던 여름날에 소설 『어긋난 인연』을 처음 접하게 되었습니다. 그리고 한파가 몰아치고 눈이 내리던 겨울날 출판을 위한 마지막 작업을 하였습니다. 저희에게 『어긋난 인연』은 더위와 추위를 함께 이겨 낸 그런 존재입니다.

처음으로 하는 문학 번역이었기에 잘할 수 있을지 걱정이 앞서기만 했습니다. 평생 언어를 업으로 삼아 왔지만, 번역은 생각했던 것보다 만만한 일이 아니었습니다. 문학적인 표현을 살리기 위해, 여러 번 반복하여 수정 작업을 하였고, 부족한 부분을 채워 나가고자 노력했습니다. 저희의 이런 노력과 마음이 독자 여러분께도 전달되었으면 좋겠습니다.

'부모와 자식'을 주제로 한 가족 소설 『어긋난 인연』을 번역하는 동안, 저희 자신을 뒤돌아보게 되었습니다. 아직 미혼이기에 자식의 시선에서 소설을 바라보았습니다. 부모님의 아픔을 이해하고자 귀 기울였는지, 부모님의 입장을 헤아리고자 노력했는지, 부족한 딸이었던 저희가 소설을 통해 성장할 수 있는 시간이었습니다. 이 소설을 읽는 순간만큼은 여러분의 가정에 따뜻함이 스며들길 바랍니다.

이 책을 출판하기까지 많은 분의 응원이 있었습니다.

초짜 번역가인 저희에게 작품 번역을 의뢰해 주신 유제민 피디님과 유제원 선배님, 출판사를 소개해 주신 김세희 아나운서님, 작품을 긍정적으로 검토해 주신 도서출판 아라크네/디오네의 김연홍 대표님과 출판 도서로 거듭나기까지 긴 시간 함께 고생해 주신 편집부 직원분들, 바쁘신 와중에도 베타테스터에 흔쾌히 응해 주신 이한섭 교수님, 김유영 교수님, 배경복 대표님께 감사의 마음을 전합니다.

2018년 어느 봄날

김보예, 박세원 드림

부모와 자녀의 원활한 소통에 대하여

김보예(교육학 박사과정)

본 소설은 고레에다 히로카즈 감독의 영화 〈그렇게 아버지가 된다〉의 원작으로 우리에게 친숙하다. 그런데 소설과 영화는 두 가지 차이점이 있다. 하나, 영화에서는 아이가 뒤바뀐 두 가족의 환경이 다르지만, 소설에서는 두 가족의 환경이 비슷하다. 둘, 영화에서는 아버지를 중심으로 이야기가 전개되지만, 소설에서는 어머니를 중심으로 이야기가 진행된다.

영화는 오다 부부[80]의 이야기를 각색한 것이 아닌가 하는 생각이 든다. 소설 속 오다 부부와의 대화 중에서 "우리의 경우 도시와 어촌이라는 매우 다른 환경이라, 아이들이 적응할 수 있을지가 큰 걱정이었습니다(77쪽)"라는 부분이 있다. 영화에서는 서로 다른 환경에서 살아온

---

80 '제3장 각각의 선택'에서 조언자로 등장하는 부부

두 가족이 아이를 교환하는 과정에서 겪는 고민을 풀어 나간다. 때문에 오다 부부가 놓인 상황과 영화 속 주인공들이 처한 상황이 어느 정도 비슷한 면모를 지니고 있다. 본 소설은 영화와는 또 다른 문제에 대해서 언급하고 있으며, 독자에게 '부모와 자식'의 관계를 다시 한번 생각해 보는 계기를 마련해 준다.

앞서 언급했듯이 소설 속 주인공인 토모코 부부(시게오, 토모코)와 테르미츠 부부(테르미츠, 나츠코)는 사는 곳도, 생활 수준도, 교육 수준도 비슷하다. 즉, 두 집안이 아이를 교환하는 과정에서 겪는 물리적인 장애물은 없었다고 할 수 있다. 하지만 두 가정은 아이를 교환한 후, 확연히 다른 결론에 도달한다. 무엇이 두 가정의 차이를 만들었을까.

글씨는 전혀 읽지 못했고 그림책조차 이해하지 못했다. 자신의 이름을 쓸 수 없는 것은 물론이었다. … (중략) … 향후 하츠코를 데려오고 토모코가 가장 먼저 한 일은 입학할 때까지 자신의 이름 정도는 쓸 수 있도록 특별훈련을 시킨 것이다. 식사 후 식탁을 치우고 도화지를 펼쳤다. … (중략) … 토모코는 또한 이전에 미츠코를 위해 사 놓은 그림책을 벽장에서 다시 꺼내 읽어 주었다. 지금까지 누군가가 그림책을 읽어 준 적이 없었던 하츠코는 토모코의 낭독만은 즐겁게 들었다. / 이러한 육아법의 차이는 교환 이후 두고두고 다양한 형태로 꼬리를 물고 이어지게 된다. (84쪽)

그동안 토모코는 미츠코의 베개에 상당히 많은 머리카락이 떨어져 있는 것을 발견했다. … (중략) … 토모코는 걱정이 되어 목욕할 때 조심스럽게 미츠코의 머리를 들여다보았다. 아니나 다를까 10엔 동전만한 크기로 머리카락이 빠져 있었다. 원형 탈모가 틀림없었다. … (중략) … 안타깝게도 테르미츠와 나츠코는 미츠코가 원형 탈모인 것도 몰랐다. … (중략) … 테르미츠 가정과 토모코 가정의 환경 차이는 이런 것에서 드러났다. (297~298쪽)

'부모의 육아 교육'의 차이이다. 즉, '부모의 자질의 차이'라고도 할수 있다. 토모코는 아이를 가르치기 위해 식사 후 식탁에 도화지를 펼쳤고 그림책을 읽어 주었다. 그리고 아이가 말하지 않은 고민까지 끌어안기 위해 세세한 관심을 기울였다. 즉, 말이 아닌 행동으로 아이가 성장할 수 있는 환경을 만들어 주고자 노력했다. 하지만 테르미츠 부부는 아이에게 관심이 필요한 순간을 무심하게 지나쳤으며, 가장 기본적인 심리적 안정조차 제공하지 못했다.

마치코는 키워 준 부모를 찾아가는 일이 없고, 미츠코는 낳아 준 부모로부터 도망치려고 했다. 어느 쪽도 테르미츠의 집을 피하려고만 했다. 말하기도 꺼려지는 '그 일'을 알게 된 것이 계기였지만, 물론 그것만이 전부는 아니었다. 이 차이는 어디에서 왔을까. 부모의 자질 차이라고 할 수도 있고, 미묘하게 다른 가정 분위기의 차이라고도 할 수 있다. (280~281쪽)

아버지 테르미츠와 이모 토시코는 부조리한 관계를 갖고 심지어는 아이까지 낳는다. 이 사실을 알게 된 어머니 나츠코는 상실감을 이기지 못한 채 매일 술을 마시고 다른 남자와 부적절한 관계를 맺으며 방탕한 생활을 한다. 테르미츠와 나츠코의 이성 문제는 아이들에게 큰 타격을 입히지만, 본문에서도 언급했듯이 비도덕적인 이성 관계가 아이와의 소통을 단절시킨 원인의 전부는 아니다. 테르미츠 부부의 가장 큰 문제점은 아이들이 입은 마음의 상처를 치료하기 위해 충분히 노력하지 않았다는 것이다.

테르미츠는 엄마의 애정 차이 때문이라고 말하며 이런 예를 들었다. … (중략) … 나츠코가 들먹이는 변명은 경제적인 이유였다. … (중략) … 테르미츠의 집에서 말하는 변명도 분명 일리가 있었다. 다만 문제는, 서로 책임을 전가하기만 하고 스스로 제공한 원인은 외면한다는 점이었다. 한마디로 말하면, 언 발에 오줌 누기와 같은 교육 방침이 가뜩이나 불안정한 아이에게 혼란만 가중시켰다. (281~282쪽)

마찬가지로 토모코도 힘들었다. 설마 이런 일로 테르미츠에게 비난받을 거라고는 생각하지 못했다. 정말로 애정이 있다면 부모가 아이를 끌어당겨야 한다고 생각했다. 그것을 다른 사람의 탓으로 돌리다니 토코모는 받아들일 수 없는 억울함을 느꼈다. (287쪽)

결국 테르미츠에게는 기모노 입은 모습을 보여 주었지만, 나츠코에게는 보여 주지 못했다. 나츠코가 집에 돌아왔을 때는 꽤 늦은 밤이었기 때문에, 미츠코는 기다리지 못하고 편한 옷으로 갈아입어 버렸다. 그 사실을 알게 된 나츠코는 원망 가득한 표정으로 씁쓸하다는 듯이 어깨를 떨었다. / "눈앞에 부모가 살아 있으면 뭐하니, 자식이라는 게 도대체 뭐야……." (316~317쪽)

테르미츠 부부는 아이들이 자신들에게서 멀어지는 것을 서로의 책임으로 돌렸다. 뿐만 아니라 토모코를 비난하고, 미츠코를 원망하며 자신의 잘못을 가볍게 여기고자 했다. 즉, 스스로 문제점을 되돌아보려는 의지가 없었다. 테르미츠 부부는 아이들을 위해 최선을 다했던 부분만을 기억하며, 수많은 잘못된 선택에 대해서는 회피했다. 하지만 부모와 아이가 단절되는 순간은, 부모가 아이를 교육하면서 부족한 자신의 모습과 직면할 용기가 없을 때 찾아온다.

본 소설에는 세 명의 엄마가 등장한다. 엄마 토모코, 어머니 나츠코, 마마 토시코. 어머니 나츠코는 네 명의 딸을 낳았다. 주인공인 미츠코와 여동생 히데미, 키요미, 마사미. 안타깝게도 네 명의 딸 모두, 낳아준 친모인 나츠코를 외면했다. 미츠코는 엄마 토모코를 선택했으며, 세 명의 여동생은 마마 토시코를 선택했다. 네 딸의 선택에서 우린 '혈연관계'가 부모와 자식을 이어 주는 연결 고리의 전부가 아님을 알 수 있다.

미츠코가 선택한 엄마 토모코는 아이가 뒤바뀐 사건으로 인하여 6년간 미츠코를 기른 양모이다. 단순히 미츠코가 6년의 기른 정을 못 잊어 양모 토모코를 선택했다고 하기에는 무리가 있다. 왜냐면, 토모코의 친딸 마치코는 지난 6년간 길러 준 어머니 나츠코가 아닌, 낳아 준 엄마 토모코를 선택했기 때문이다. 즉, '어떻게 아이와의 관계를 형성하고자 노력했는가'가 가장 중요하다.

"나츠코 어머니는 항상 마치코와 비교를 했어요. 화낼 때는 감정적이었기 때문에 무서웠죠. 그게 제일 싫었어요. 어디서 혼을 내고, 어디서 칭찬하면 좋을지, 어쩌면 자신의 머릿속에 정돈되어 있지 않았던 것 같아요. 용돈을 받지 못한 것도 슬펐지만, 부모가 교양이 없었던 것이 더 슬펐어요." (283쪽)

토모코는 아이들의 성장 과정을 세심하게 관찰했다. 언제 혼내야 할지, 언제 칭찬하면 좋을지, 훈육할 순간을 가늠했다. 육아는 온몸을 던져서 하는 것이라는 말처럼, 나름대로 기준을 세워 최선을 다해 교육했다. (289~290쪽)

나츠코와 토모코는 자녀 교육에 임하는 태도가 달랐다. 나츠코는 감정적이었고 다른 인물과 비교를 했다. 반면, 토모코는 아이들에게 관심을 기울였으며 있는 그대로 받아들이고자 노력했다. 자녀 교육에 방침을 세우고 계획대로 실현한다는 것은 힘든 일이다. 예외의 상황은 늘 열려 있으며 그때마다 일관성 있는 태도를 취한다는 것은 쉬운 일이 아니다. 또한, 그것을 잘 이행하는 것보다 중요한 것은 올바른 교육을 하기 위해 부모로서 얼마나 노력했는지의 여부이다.

여동생 히데미, 키요미, 마사미가 선택한 마마 토시코는 이모이자, 불편한 동거인이다. 세 명의 여동생이 처음부터 아무렇지도 않게 테르미즈와 토시코의 관계를 받아들인 것은 아니다. 처음에는 토시코에게 비난의 눈빛을 쏘아 댔다. 하지만 토시코는 아이들에게 인정받지 못하는 와중에도 변함없이 나츠코를 대신하여 애정을 주고자 노력한다.

토시코는 부적절한 행동으로 아이들에게 상처를 주었지만, 그것을 만회하기 위해 오랜 시간 동안 변함없는 애정을 주면서 천천히 아이들

어긋난 인연

의 마음이 열리기를 기다렸다. 또한, 토시코는 아이들에게 자신을 어머니로 인정해 줄 것을 강요하지 않았으며, 자신의 애정에 대한 대가를 바라지 않았다. 아이들과 관계를 지속하기 위해 참고 인내한 시간은 토시코에게만 해당되는 것은 아니다. 건전한 부모의 모습을 보여 준 토모코 또한 인내의 시간은 있었다. 내 아이가 특별히 유별나서, 혹은 부모인 나 자신이 부족해서 아이와 불편한 시간이 생겨난 것이 아니다. 어떤 부모에게나 닥쳐오는 시간이고, 이 시간을 어떻게 이겨 내느냐가 훗날 가정의 모습을 결정한다.

> 세 여동생들은 토시코에 대한 생각이 미츠코와는 조금 달랐다. "어머니의 사랑을 우리는 토시코 이모에게서 받았어"라고 서슴없이 말했다. (325쪽)

> 미츠코는 토시코를 싫어했지만 나머지 세 딸은 달랐다. 어머니 이상으로 사랑을 줬기 때문에 감사하다고 말했다. (328쪽)

토시코의 긴 기다림은 아이들에게 전해졌으며 어머니로서 인정받았다. 그렇다면 나츠코는 어머니로서 아무런 노력을 하지 않았는가. 아니다. 나츠코 또한, 적금을 깨서 아이들에게 자전거를 사 주거나, 아이들과 술래잡기를 함께 해 준 시간이 있었다. 하지만 나츠코의 노력은 일시적이었으며 아이들과의 관계도 일시적으로 호전되었다.

아이와의 관계가 무너졌을 때, 아이를 다그치거나 심경 및 의견의 변화를 재촉하지 않는 기다림의 자세가 중요하다. 아이와의 단절은 한 번의 사건으로 찾아오는 것이 아니다. 오랜 시간 지속된 마찰 때문에 생겨난 문제이다. 문제의 해결을 돈과 같은 물질적인 수단이나, 아이가 좋아하는 놀이로 급하게 개선하고자 하는 것은 아이와의 관계에 있어서 좋은 영향을 주지 못한다. 변함없는 애정을 주면서 기다릴 줄 아는 자세 또한 부모의 중요한 덕목이다.

얼마 후 미츠코는 도쿄로 떠났다. / "사회에 나가서 어른이 되면 또 생각이 변할지도 모르겠군." / 테르미츠는 아이의 새 출발에, 다시 한 번 자신의 희망을 덧붙였다. (308쪽)

나는 테르미츠와 처음 만났을 때를 떠올렸다. 당시 그는 헤어질 때 이렇게 말했다. 언젠가 시간이 해결해 줄 겁니다, 우리는 그날을 기다릴 뿐입니다, 라고 말이다. … (중략) … "시간이 해결해 줄 수 없는 것도 있군요. 그래도, 미츠코도 언젠가 결혼하겠죠. 결혼하면 아이도 낳을 거고요. 엄마가 되면 생각이 바뀔까요? 그때가 또 다른 전환점이 될 거라고 믿습니다." (332쪽)

토모코는 마치코가 자기 자식이 되기까지 함께 지내는 시간을 두 배로 늘리고, 잃어버린 6년의 세월보다 더 많은 시간이 걸릴 것을 각오하고 있었다. … (중략) … 지금보다 두 배로 애정을 쏟을 생각이었다. 토모코가 말하는 애정은 아이들의 목소리에 하나하나 귀를 기울이고 끝까지 들어주는 역할에 최선을 다하는 것이었다. 토모코는 충실히 이 역할을 해냈다. (281~282쪽)

아이에게 상처가 되는 것은 순간의 선택이 아니다. 그 선택에 대한

378   어긋난 인연

책임을 회피했을 때 생겨난다. 즉, 선택 후 기대했던 애정이 결핍되었을 때 아픔이 되어 돌아오는 것이다. 토모코와 테르미츠는 '아이를 바꾼다'는 같은 선택을 했다. 하지만 서로 다른 결론에 도달한 것은 그 선택에 대한 책임의 자세가 달랐기 때문이다. 테르미츠는 자신의 선택에 대해 시간이 해답을 찾아 주기를 바랐다. 외부의 변화가 상황을 호전시켜 주기를 기대한 것이다. 반대로, 토모코는 그 선택에 대한 무게를 인지하고 있었다. 그리고 자신이 감내하고 희생해야 하는 요소에 대해 마음을 굳게 먹었다. 이처럼 서로 다른 두 부부의 태도에서 부모와 자식의 관계도 서로를 이해하고자 노력하는 시간이 필요하다는 것을 알 수 있다.

> 미츠코를 저쪽 집에 빼앗겨 버려서 저는 너무나 분합니다. … (중략) … 저쪽 부모가 좀 더 우리 친부모를 생각해 주는 마음이 있었다면 이런 일은……. 하지만 언젠가 부모의 마음을 알게 될 날이 오겠죠. 저는 믿고 있습니다. (364쪽)

> "미츠코는 나의 육아 방식이 마음이 들지 않았을지도 모르지만, 저는 제 나름대로 필사적으로 키우려고 노력했습니다. 토모코 씨 부부처럼 잘 되진 않았지만 그래도 최선을 다했어요. 어느 부모라도 자신의 아이를 생각하는 마음은 같을 겁니다. 아이가 서른 살이 되어도 바뀌지 않아요. 다만, 저는 그런 부모의 마음을 표현하는 것에 서툽니다. 미츠코가 반발한 것은 그 탓인지도 모르지만, 저는 제 나름대로 최선을 다했다는 것을 언젠가 알아주었으면 합니다. 거짓말이 아니고 나는… 나는……." … (중략) … 지금도 미츠코를 생각하는 마음은 변하지

않았다고 테르미츠는 몇 번이나 말했다. 테르미츠의 말은 거짓이 아닐 것이다. 그는 "최선을 다했다"라고 반복했다. (365쪽)

테르미츠는 떠나간 미츠코에 대한 애정이 가득하며, 미츠코를 그리워하고 있다. 그는 진심으로 최선을 다했다. 부족한 주머니 사정에도 불구하고 어린이날에는 유원지에 데려갔으며, 해변에 놀러 가 바비큐 파티를 하는 등 아이들의 기대를 저버리지 않도록 노력했다. 하지만 그는 순간순간 잘못된 선택을 했으며, 그 선택 때문에 상처받은 미츠코의 마음을 끌어안아 주지 못했다. 그러고는 모든 문제를 다른 사람의 탓으로 돌렸으며, 자신의 잘못을 객관적으로 바라보지 않았다. 부모 중에서 '나는 아이에게 애정을 주었지만, 아이는 내 마음을 알아주지 않는다'고 느끼는 사람도 적지 않을 것이다. 그렇다면 이제껏 해 온 선택이 욕심을 채우기 위한 노력이었는지, 아이를 위한 희생이었는지 생각해 봐야 할 것이다.

테르미츠는 지금도 갈등하고 있고, 부모와 자식의 정을 쌓으려고 한다. 부모와 자식을 둘러싼 갈등은 테르미츠가 말했듯이 어딘가에서 타협을 하지 않으면 결판이 나지 않을지도 모른다. 하지만 테르미츠는 아예 타협할 마음이 없었다. (365쪽)

본문에서 저자 오쿠노 슈지도 언급했듯이 '어디선가 타협하지 않으면 결론 따위는 영원히 찾을 수 없(332쪽)'다. 혹시, 아이와의 소통에 힘겨워하고 있는 가정이라면, 한 걸음 물러나서 아이와의 관계를 되돌아보는 시간을 가져 보는 것은 어떨까. 자신의 욕심을 내려놓고 아이를 바라본다면 필히 좋은 해결 방안이 보일 것이다.

"저쪽 집은 이제 지긋지긋해. 나는 아이가 생기면 엄마처럼 많은 애
정을 쏟으면서 키울 거야. 엄마를 본받아 반드시 따뜻한 가정을 만들
거야." (315쪽)

"미츠코가 테르미츠 씨 댁에서 적응하지 못한 건 아마 애정을 주지
않았기 때문일 거예요. 우리 쪽에 정을 붙이고 싶어 하는 미츠코의 마
음은 스무 살이 되어도 변하지 않았고 앞으로도 분명 달라지지 않을
거라 생각해요. 그 아이가 의지할 곳은 여기밖에 없었어요. 이제 어른
이기 때문에, 나머지는 흘러가는 상황에 맡길 뿐이지요." (324쪽)

소설 속 주인공인 토모코 부부와 테르미츠 부부는 탄탄한 재력으로
아이들에게 부유한 환경을 제공해 주지는 못했다. 또한, 고등 교육을
받은 고학력자 부모도 아니었다. 하지만 소설의 마지막 부분에 도달하
면 아이들은 부모의 학벌도, 경제력도 원망하지 않는다. 아이가 느꼈
던 섭섭함은 '애정의 부족'이었다. 즉, 아이와의 소통의 단절은 외부의
요인보다도 내부의 요인이 크다. 아이와의 일대일 관계 속에서 자신이
취했던 선택들을 뒤돌아볼 필요가 있다. 아이가 사랑을 절실히 원했던
순간을 외면하진 않았는지. 무심코 아이에게 상처가 된 선택들을 얼버
무리면서 넘어가고자 하진 않았는지. 본 소설을 통해 자녀와의 관계를
돌아보는 계기가 되었으면 좋겠다.

"부모와 자식은 무엇일까?" / 토코모가 울컥한 마음으로 말을 했다.

미츠코는 자신을 향한 말이라고 여겼는지 잠시 입을 다물고 생각에 잠기더니, 조심스럽게 말문을 열었다. / "부모와 자식은 혈연관계보다 키워 준 정이 훨씬 더 중요한 것 같아요." (307쪽)

'부모와 자식은 무엇일까.' 본 소설의 핵심 주제이다. 답은 모두가 알고 있는 뻔한 내용이다. 아이에게 필요한 것은 '애정'이다. 부모와 자녀는 남들과 달리 '피'로 연결되어 있기에 끈끈한 관계가 형성될 거라고 착각하는 경우가 있다. 하지만 아이가 부모의 모습을 떠올릴 때 가장 애틋한 순간은, 피로 연결되었다는 것을 과학적으로 확인하는 순간이 아닌, 자신에게 넘치는 애정을 주었을 때이다.

소설은 '아이가 뒤바뀐 실화'를 바탕으로 하고 있다. 소설 속 부모들은 낳은 아이와 기른 아이 중 누굴 택할지 갈등하며, 아이들은 낳아 준 부모와 길러 준 부모 중 누구의 곁에 머물 것인지 가치관에 혼란을 겪는다. 즉, 주인공들은 피와 정 사이에서 방황한다. 책의 결말을 통해 우린 적어도 '피'가 전부가 아님을 알 수 있다. 소설에서는 '피'와 '정' 중 하나만 택해야 하는 극단적인 상황을 제시하여 가족의 본질과 가치에 대해서 논하고 있지만, 좀 더 나아가 생각하면 '피'와 '정' 둘 다 가진 일반 가정에서도 소설을 통해 교훈을 얻을 수 있다. 특히, 소통이 단절된 가정에서 어떻게 부모와 아이가 관계를 재구축해 나가면 좋은지, 그 방향성에 대하여 실마리를 찾을 수 있을 것이다.

사춘기는 신체적으로도 심리적으로도 크게 변화하는 시기이다. '사랑받는 것' '사랑하는 것'을 배우는 시기이기도 하다. (271쪽)

사춘기 때뿐만 아니라, 아이는 언제나 부모로부터 사랑받기를 원하며, 사랑하는 방법을 배우기를 바라고 있다. 아이와의 소통이 단절되었다고 하더라도, 변함없는 애정을 아이에게 줄 마음이 있다면 아이와의 관계 재구축의 가능성은 언제나 열려 있다.

독자 여러분의 가정에 늘 사랑이 넘치길 바랍니다.

어긋난 인연

초판 1쇄 인쇄　2018년 6월　5일
초판 1쇄 발행　2018년 6월 10일

지은이　오쿠노 슈지
옮긴이　김보예, 박세원

펴낸이　김연홍
펴낸곳　디오네

출판등록　2004년 3월 18일 제313-2004-00071호
주소　서울시 마포구 성미산로 187 아라크네빌딩 5층(연남동)
전화　02-334-3887　**팩스**　02-334-2068

ISBN　979-11-5774-604-0 03830

디오네는 아라크네 출판사의 문학·인문 분야 브랜드입니다.